APRIL DAWSON
Starting Something Real

Die Romane von April Dawson bei LYX:

Die Starting Something-*Reihe:*
Starting Something New
Starting Something Real
Starting Something Great *(erscheint im Februar 2025)*

Die Proof of Love-*Reihe:*
Proof of Hope
Proof of Faith
Proof of Love

Die Dare to Trust-*Reihe:*
Dare to Trust
Dare to Dream
Dare to Stay

Die Up All Night-*Reihe:*
Up All Night
Next to You
More than This

Die Royals-*Reihe:*
Royal Wedding *(exklusiv als E-Book erschienen)*
Royal Temptation *(exklusiv als E-Book erschienen)*

Die Boss-*Reihe:*
Pick the Boss – Liebe ist Chefsache
(exklusiv als E-Book erschienen)
Love the Boss – Ein Chef fürs Leben
(exklusiv als E-Book erschienen)
Feel the Boss – (K)ein Chef für eine Nacht
(exklusiv als E-Book erschienen)
Kiss the Boss – Eine Chefin zum Verlieben

Außerdem erschienen:
Still Broken

Weitere Romane der Autorin sind bei LYX in Vorbereitung.

APRIL DAWSON

STARTING *something* REAL

Roman

LYX

LYX in der Bastei Lübbe AG

Die Bastei Lübbe AG verfolgt eine nachhaltige Buchproduktion. Wir verwenden Papiere aus nachhaltiger Forstwirtschaft und verzichten darauf, Bücher einzeln in Folie zu verpacken. Wir stellen unsere Bücher in Deutschland und Europa (EU) her und arbeiten mit den Druckereien kontinuierlich an einer positiven Ökobilanz.

NACHHALTIG PRODUZIERT

MIX
Papier | Fördert gute Waldnutzung
FSC® C014496
FSC www.fsc.org

Textredaktion: Silvana Schmidt
Umschlaggestaltung: © Jeannine Schmelzer unter Verwendung von Motiven
von © Shutterstock (Anna_Kim, grafius, Bokeh Blur Background)
Satz: Greiner & Reichel, Köln
Gesetzt aus der Adobe Caslon
Druck und Verarbeitung: GGP Media GmbH, Pößneck

Printed in Germany
ISBN 978-3-7363-2252-3

1 3 5 7 6 4 2

Weitere Informationen unter:
lyx-verlag.de
luebbe.de | lesejury.de

Liebe Leser*innen,

dieses Buch enthält potenziell triggernde Inhalte.
Deshalb findet ihr auf der letzten Seite eine Triggerwarnung.

Achtung: Diese enthält Spoiler für das gesamte Buch!

Wir wünschen uns für euch alle
das bestmögliche Leseerlebnis.

Eure April und euer LYX-Verlag

Für alle,
die sich in Thorne verlieben.

PLAYLIST

Taylor Swift – I Can See You (Taylor's Version)
Taylor Swift – Clara Bow
Kacey Musgraves – Nothing to be Scared Of
Taylor Swift – Fortnight (feat. Post Malone)
Kelsea Ballerini – Penthouse
Taylor Swift – Miss Americana & The Heartbreak Prince
Taylor Swift – Better Man
Taylor Swift – Haunted (Taylor's Version)
Lady A – Bartender
Alec Benjamin – Pick Me
Bella Poarch – Build a Bitch
Taylor Swift – I Can Do It With a Broken Heart
Switchfoot – You
Kelly Clarkson – Behind These Hazel Eyes
Taylor Swift – seven
Danielle Bradbery, Thomas Rhett – Goodbye Summer
Harry Styles – Boyfriends
MIIA – Dynasty
Taylor Swift – willow
Taylor Swift – illicit affairs

KAPITEL 1

Novalee

Ich bin Nova Wells, Pop-Prinzessin, Sängerin des Jahrzehnts, die Stimme vieler junger Frauen und ein Weltstar. Das sind einige der Titel, die mir von der Presse ohne mein Zutun gegeben wurden. Sie entbehren jeglicher Wahrheit, denn all diese Beschreibungen lassen die Menschen die Frau hinter der Stimme vergessen. Hinter alldem bin ich Novalee, eine junge Frau, die selbst bei ihrem hundertsten Konzert nervös ist, die Angst hat zu stolpern, wenn Tausende von Menschen zusehen. Die zu jung war, um zu begreifen, in welchem Ausmaß sich ihr Leben verändern wird, wenn sie diese berufliche Laufbahn wählt.

Siebzigtausend Menschen rufen meinen Namen. Laut, rau und mit einer Kraft, die es vermag, meine Welt aus den Angeln zu heben. Die Wände und auch der Boden vibrieren und befinden sich im Einklang mit meinem wild pochenden Herzen. Es ist ein elektrisierendes und doch beängstigendes Gefühl. Ich klammere meine Finger um die Tischkante und betrachte mein Spiegelbild. Dunkle Smokey Eyes betonen meine eisblauen Augen, genau wie das schwarze Kleid mit dünnen Fransen, das einen Kontrast zu meiner hellen Haut bildet.

Mein Aussehen ist makellos. Haare, Make-up und Outfit sind perfekt auf die Belichtung der Bühne angepasst. Die Verantwortlichen für Ton und Bild haben grünes Licht gegeben, meine Band ist bereit und die Setlist in Stein gemeißelt. Alles scheint perfekt zu sein, um meine Welttournee mit einem letzten Konzert in Los Angeles zu beenden. Doch auch wenn der Schein makellos ist, spricht das Sein eine andere Sprache.

Ich lächle mein Spiegelbild an, doch ich brauche ein paar Versuche, um es glaubhaft aussehen zu lassen. Es verrutscht, wenn ich daran denke, dass es das letzte Konzert für einen längeren Zeitraum ist und ich dann die sichere Blase des Tourlebens verlasse. Nichts liebe ich mehr, als auf der Bühne zu stehen, lächelnden Menschen dabei zuzusehen, wie sie meine Songs singen. Wo sich meine Welt nur darauf beschränkt, in welche Stadt wir als Nächstes reisen müssen.

Eine herrliche Blase aus Soundchecks, Konzerten und Social-Media-Präsenz, etwas, was mir nur in den Monaten auf Tour vergönnt ist. Es ist auch eine Zeit, in der meine Mutter nicht ständig um mich herumschwirrt, wie sie es sonst tun würde. In den letzten Monaten habe ich meine ganze Aufmerksamkeit und Konzentration auf die Tour gerichtet. Musik ist mein Leben, doch selbst wenn sie dieses ausfüllt, ist da auch eine andere Seite der Medaille, eine, an die ich jetzt nicht denken sollte. Nicht unmittelbar vor dem Konzert.

Ich werde zu Nova, dem Superstar, und verdränge somit Novalee, die Frau, die tief in mir schlummert. Ich stoße mich vom Tisch ab, trete ein paar Schritte zurück und sehe mich im luxuriösen Zimmer um, doch das Rufen wird lauter, und keine Sekunde später klopft es an der Tür.

Ich atme tief durch, öffne sie und sehe mich einem ernst dreinblickenden Thorne gegenüber. Ich muss den Kopf in den Nacken legen, um meinem Bodyguard in die Augen sehen zu können. Auch wenn sein Auftreten professionell wirkt und er den grimmigen Blick eines Security-Mitarbeitenden perfekt draufhat, schaffen es seine Augen immer, eine gewisse

Beständigkeit auszustrahlen. Etwas, das ich gerade dringend brauche.

»Bereit?«, fragt er, wie immer kurz angebunden. Er sagt nicht viel, aber ich fühle mich sicher an seiner Seite und vertraue ihm.

»Das bin ich.« Worte, die ich schon oft gesagt, aber nicht immer gefühlt habe. Doch das ist im Moment nicht wichtig, jetzt geht es um die Musik und meine Fans, denen ich heute ein unvergessliches Konzerterlebnis bieten möchte.

Nach jedem Konzert überwältigen mich die Eindrücke, und ich fühle mich, als könnte ich Berge versetzen und würde über den Wolken schweben. Genauso wie am Anfang ruft die Menge meinen Namen, und die Begeisterung der Fans spiegelt sich in ihren Stimmen wider. Das Team applaudiert, und ich lächle als Antwort. Denn ich fühle mich tatsächlich unsagbar glücklich. Dass diese Tour zustande gekommen ist, habe ich so vielen Menschen zu verdanken, und ich teile ihnen meine Dankbarkeit auch mit. Ich verabschiede mich mit einer kurzen Umarmung von meiner Band und gehe endlich in die Garderobe.

Sobald die Tür hinter mir ins Schloss fällt, presse ich die Luft aus meinen Lungen. Dabei fällt mir das Lächeln vom Gesicht wie ein Schleier, der über meine schweißnasse Haut auf den Boden gleitet. Auch wenn die letzten zwei Stunden mitunter die besten meines Lebens waren, haben sie mir all meine Energie geraubt. Ich kann kaum die Kraft aufbringen, die es erfordern würde, wieder in die Rolle meines Alter Ego zu schlüpfen. Eine Weile stehe ich einfach nur da und höre dumpf die hektischen Geräusche auf dem Flur, während mein wild klopfendes Herz sich allmählich beruhigt. Es ist, als wäre ich in einem von mir geschaffenen Kokon, aus dem ich nicht ausbrechen möchte. Doch sosehr ich diesen Moment der Ruhe genieße, weiß ich, dass mein Team und vor allem meine Bodyguards auf mich warten.

Seufzend ziehe ich mich um und schnappe mir meine Tasche, während alles in mir nach einer Dusche im Hotel lechzt. Neben der Tür erwarten mich Thorne und sein Kollege Ismail, der mich mit einem leichten Lächeln begrüßt. Meine Mundwinkel zucken, doch für ein echtes Lächeln fehlt mir die Energie. Meine Assistentin Libby umrundet die großen Männer und kommt strahlend auf mich zu.

»Das war wie immer grandios, Nova. Ich hatte das Gefühl, als hätte die ganze Stadt gebebt. Es war unglaublich.« Sie gestikuliert wild, ehe sie ehrfürchtig ihre Hand auf die Brust legt. Sie hat langes, schwarzes Haar, das sie stets zu einem Zopf geflochten hat, den sie aufsteckt oder der an ihrer Seite herunterhängt. Ihre runde Brille ähnelt der von Harry Potter, und sie steht ihr unheimlich gut.

»Die Menge war wirklich außer Rand und Band.« *Wie in jeder Stadt*, füge ich im Geist noch hinzu. Auch die Menschenmenge und die Gesichter heute Abend wurden mit meinen zunehmenden Kopfschmerzen zu einer verschwommenen Masse.

»Wenn jemand die Stadien randvoll bekommen kann, dann bist du das.« Libby redet gerne und viel, doch langsam weicht das Adrenalin des Auftritts, und die Müdigkeit nagt an mir, sodass ihre Worte kaum zu mir durchdringen. Sie öffnet gerade den Mund, als Thorne sich zu Wort meldet.

»Entschuldigen Sie, Miss Portman, aber wir müssen jetzt gehen.« Thorne weiß wohl instinktiv, dass ich den Tag so schnell wie möglich ausklingen lassen möchte.

»Oh. Natürlich. Dann sehen wir uns später auf der Party«, erwidert Libby fröhlich.

»Party?« Meine Frage kommt mir lauter über die Lippen als

beabsichtigt, und meine Miene verrät wohl jeder umstehenden Person, dass mir gerade nicht zum Feiern zumute ist.

»Aspen Knox hat heute seine Filmpremiere, und du bist eingeladen. Für den roten Teppich ist es zu spät, aber die Afterparty hat noch nicht angefangen.«

»Oh.« *Mist, das hatte ich total vergessen.* Ich mag Aspen, auch wenn ich ihn nicht gut genug kenne, um ihn wirklich als Freund zu bezeichnen. Hinzu kommt, dass ich beim Gedanken an Aspen auch automatisch an *ihn* denken muss.

»Du hast einen Song zum Soundtrack beigesteuert, und es wird erwartet, dass du zumindest auf der Party erscheinst.« Natürlich wird es das, denn in meiner Branche zählt nicht, wer du wirklich bist, sondern was du trägst und mit wem du dich blicken lässt. Ziemlich traurig, aber es ist die harte Wahrheit. Theoretisch könnte ich die Premierenparty sausen lassen, doch damit würde mir auch die gute Publicity entgehen. Also atme ich tief durch und setze mein antrainiertes Lächeln auf.

»Wann muss ich noch mal dort sein?«

»In einer Stunde steht ein Wagen vor deinem Hotel.«

»Das heißt schnell unter die Dusche, und dann geht's auch schon los?«

»Es tut mir leid, dass es so knapp getaktet ist, aber Tate meinte, dass du dich sicher freuen wirst, deinen Freund Aspen wiederzusehen.« Mein Manager scheint davon auszugehen, dass ich nach meinem Konzert, bei dem ich mir die Seele aus dem Leib gesungen habe, auch noch Lust habe, mich aufzubrezeln und auf einer Party zu erscheinen. *Der hat leicht reden! Vielleicht sollte ich ihn nach einem harten Arbeitstag dazu verdonnern, seine Schwiegermutter besuchen zu fahren, die immer an ihm herumnörgelt. Wer hat schon Lust, die gute Laune in Person darzustellen, wenn er doch eigentlich einfach nur in sein Bett kriechen und schlafen möchte?*

Diese Worte hätte meine innere Novalee gesagt, wenn ich sie rauslassen würde. Doch diese hat nichts zu melden, weil es völlig fehl am Platz wäre, hier und jetzt meine wahre Meinung kundzutun.

»Ob ich es pünktlich schaffe, kann ich nicht sagen, aber ich werde hingehen.«

»Perfekt. Es werden einige Leute von der Presse anwesend sein, aber das sind sie ja immer, wenn du unterwegs bist.«

Libby denkt, es wäre etwas Schönes, 24/7 auf Schritt und Tritt verfolgt zu werden. Als würde ich darauf brennen, dass Presseleute mir ihre Mikros vor die Nase halten, während ich mir nur einen Bubble Tea holen oder einen Spaziergang machen will. Die Zeiten, in denen ich ohne Security das Haus verlassen konnte, gehören schon lange der Vergangenheit an.

»Wie dem auch sei. Dein Team ist bereits in der Hotellobby und wartet darauf, dich für die Party zu stylen. Und deine Bodyguards sind sowieso an deiner Seite.« Sie wirft den beiden Männern einen Blick zu, ehe sie sich wieder mir zuwendet.

»Okay.« Während ich spreche, unterdrücke ich ein Gähnen. Meine innere Novalee hätte vielleicht einen sarkastischen Kommentar auf Lager, den der Star Nova jedoch weglächelt. Libby verabschiedet sich fröhlich und geht ihres Weges, während ich einen müden Schritt nach dem anderen in Richtung der Fahrstühle mache.

»Nimm du den schnelleren Fahrstuhl und sichere den Ausgang. Ich bleibe bei Miss Wells«, sagt mein Bodyguard zu seinem Kollegen, doch ich bekomme es über das Rauschen in meinen Ohren kaum mit. Denn langsam, aber sicher kommen sie wieder, die Kopfschmerzen, mit denen ich seit Wochen zu kämpfen habe.

»Ist gut.« Ismail nickt und verschwindet aus meinem Sichtfeld.

Auf dem Weg zum VIP-Fahrstuhl lächle ich den entgegenkommenden Menschen zu und bin erleichtert, als wir uns endlich im Aufzug befinden. Ich atme laut aus und blinzle müde vor mich hin. Jetzt, wo das Kreischen der Menge und das geschäftige Treiben um mich herum nicht mehr zu hören ist, fühle ich mich merkwürdig leer.

»Wir fahren auf direktem Weg in Ihr Hotel. Wenn Sie es wünschen, werde ich Ihr Team erst eine halbe Stunde nach Ihrer Ankunft ins Zimmer lassen.« Thorne ist der Meister der Einsilbigkeit und Kühle. Anderen würden seine Worte vielleicht harsch vorkommen, doch mir fällt auf, dass sie weicher sind als sonst. Als hätte er Mitleid mit mir und meiner Verfassung. Nicht dass er das direkt sagen würde, denn obwohl wir seit einem Jahr zusammenarbeiten, tauschen wir keine Nettigkeiten oder privaten Informationen aus. Er sorgt für meine Sicherheit, und ich bedanke mich oder teile mich ihm mit, wenn es um organisatorische Dinge geht. Unser Umgang miteinander ist freundlich, aber auch sehr kühl. Ich denke über sein Angebot nach, doch mittlerweile ist die Premiere in vollem Gange, und je früher ich auf diese Party komme, desto früher darf ich sie auch wieder verlassen, also schüttle ich den Kopf.

»Nein. Nachdem ich geduscht habe, können sie rein und versuchen, einen vorzeigbaren Menschen aus mir zu machen.«

Ich sehe an Thorne vorbei zum Spiegel, der mir bestätigt, dass mein Haar völlig zerzaust ist und ich verschwitzt bin. Auch wenn ich mich eben umgezogen habe, rieche ich mit Sicherheit nach Schweiß. Ich weiche einen Schritt von Thorne zurück, der mich mit ausdrucksloser Miene mustert.

Die innere Novalee überlegt sich öfter, was wohl im Kopf dieses muskulösen und äußerst attraktiven Mannes vor sich geht.

Ich werde definitiv zu wenig bezahlt, um mich um dieses Popsternchen zu kümmern!

Noch eine Bücherbestellung! Als würden die tausenden Bücher, die sie noch nicht gelesen hat, nicht reichen!

Ich wünschte, ich wäre überall anders, nur nicht hier zwischen aufgebrachten Teenies, die sich um diese unscheinbare Frau reißen!

In meinem Kopf ist Thorne genervt über meinen Ruhm und darüber, dass er mich beschützen muss. Nicht dass er mir einen Anlass dazu gegeben hätte. Mein Bodyguard ist wie ein Roboter, ständig darauf erpicht, neutral und cool zu bleiben. Manchmal wünsche ich mir seine Gabe. Gelassen reagieren zu können, wenn sich Situationen zuspitzen, so wie er es meist tut, wenn mir die Fans auf die Pelle rücken.

Obwohl mein Pokerface keine Regung zulässt, schiebe ich innerlich Panik und würde mich am liebsten abschotten oder fliehen, doch das jahrelange Training als Kinderstar, Model und Popsängerin haben mich zu einem Profi gemacht. Bei Thorne habe ich jedoch das Gefühl, als wäre er äußerlich sowie innerlich die Ruhe in Person. Über Thornes Headset ist Ismails Stimme zu hören, woraufhin er mit dem Zeigefinger auf einen Knopf drückt, um zu antworten.

»Verstanden. Ich werde *Belle* informieren und melde mich.«

Belle. Ein weiterer Name, den ich mir allerdings selbst gegeben habe. Um für meine Sicherheit zu sorgen, brauchte ich ein Pseudonym, damit bei der Kommunikation unter den Security-Mitarbeitenden nie mein richtiger Name genannt wird. Und da ich *Belle* aus dem Disneyfilm *Die Schöne und das Biest* abgöttisch liebe und ihre Leidenschaft für Bücher teile, habe ich ihren Namen als Code genommen. Thorne wendet sich mir zu, sein Blick durchdringend wie eh und je, doch vielleicht liegt es an meiner Müdigkeit, dass es mich dieses Mal ein wenig aus der Bahn wirft. Als würde ich mich unter seiner Musterung winden wollen.

»Dort, wo das Auto geparkt ist, haben sich ein paar Fans versammelt. Sollen wir einen anderen Ausgang nehmen?«

»Nein, ich möchte keine Verzögerungen mehr, sondern so schnell wie möglich ins Hotel.« Das Pochen in meinem Kopf nimmt immer mehr zu und verwandelt sich schließlich in einen stechenden Schmerz, der kommt und geht, wie es ihm beliebt.

Thorne teilt seinem Kollegen meine Entscheidung mit und lässt langsam den Arm sinken, dabei hat er den Blick kein einziges Mal von mir abgewendet. Und dann merke ich, wie seine sonst so harten Gesichtszüge weicher werden. Das ist bisher so selten passiert, dass ich es an einer Hand abzählen kann.

»Zeigen Sie sich auf der Party, aber sobald Sie mir ein Zeichen geben, bringe ich Sie schnell ins Hotel. Dann haben Sie es überstanden.«

Bald ist es geschafft.

Bald.

KAPITEL 2

Novalee

Als wir das Gebäude durch den Hinterausgang verlassen, befindet sich eine Traube Menschen hinter einer Absperrung. Sie rufen nach mir und halten ihre Smartphones in die Höhe. Ich winke ihnen lächelnd zu, bevor ich in den Wagen steige und überrascht die Brauen hebe. Meine Mutter sitzt auf der Rückbank und blickt konzentriert auf ihr Smartphone. Sie hat mir nicht mitgeteilt, dass sie in L.A. ist und dass sie zu uns stoßen wird. Auch Thorne wirkt überrascht sie zu sehen, und blickt vorwurfsvoll zu Ismail, der es wohl versäumt hat, uns zu informieren. Er reicht Thorne etwas, doch ich kann nicht erkennen, was.

»Du hättest ruhig ein paar Autogramme geben können«, meint sie, ohne mich anzusehen. Ich setze mich neben meine Mutter und will mich gerade anschnallen, als mir Thorne einen Thermobecher reicht. Überrascht blicke ich zu ihm auf.

»Ihre Stimme klingt etwas rauer als sonst, also hat Libby Ihnen einen Kräutertee mit Honig besorgt.«

»Honig? Sie wissen schon, dass dieser zu achtzig Prozent aus Zucker besteht, oder?«, sagt meine Mutter empört, ohne sich die Mühe zu machen, in unsere Richtung zu sehen. Doch Thorne ignoriert ihren Einwand, schließt die Tür und nimmt auf dem Beifahrersitz Platz. Sobald er Ismail ein Zeichen gibt, fädelt dieser sich in den Verkehr ein und achtet darauf, keinen der Paparazzi anzufahren, die auf ein Foto von mir aus sind.

»Was für ein ungehobelter Mann«, murmelt sie und fährt die Trennwand hoch, die uns von den Blicken meiner Bodyguards abschirmt. Ich blicke mit einem leichten Lächeln auf den Behälter in meiner Hand. Libby war so aufmerksam und hat sich um mich gesorgt, während meine Mutter sich nicht mal die Mühe gemacht hat, von ihrem Smartphone hochzusehen, wo sie auf einer Homepage für Designertaschen scrollt.

»Du weißt, dass Honig nicht in deinen Diätplan passt. Lass uns auf dem Weg einen anderen Drink besorgen.«

»Das ist nicht nötig. Ich trinke den hier.« Ich halte den Thermobecher demonstrativ in die Höhe, doch auch diesmal sieht sie nicht von ihrem Display auf. Als wäre meine kleine Rebellion gegen sie nicht mal ihre Aufmerksamkeit wert. Die Kopfschmerzen werden stärker, sodass ich einen wehklagenden Laut unterdrücke. Meine innere Stimme würde meine Mutter gerne fragen, wieso sie überhaupt hier ist, wenn sie es nicht mal für nötig erachtet, ihre Tochter anzusehen.

Aber ich schweige, wie immer, denn auch wenn das Verhalten meiner Mutter seit einem Jahr immer merkwürdiger wird, ist sie immer noch meine einzige Freundin und das letzte Familienmitglied, das mir geblieben ist. Ich seufze auf, was meine Mutter nun doch dazu veranlasst, das Smartphone auf ihren Schoß zu legen und mich vorwurfsvoll anzusehen.

»Findest du es nicht verantwortungslos, deinen Essensplan nicht einzuhalten? Die Augen der ganzen Welt sind auf dich gerichtet. Ob du nun Konzerte gibst, oder einfach die Straße überquerst.«

Kannst du nicht einfach »Hallo, mein Schatz« sagen? Ich habe dich monatelang nicht gesehen und möchte das Wochenende mit dir verbringen, wie wir es früher getan haben. Du siehst müde aus, also sollten wir uns vielleicht in ein Spa stehlen und stundenlang reden.

Ich bräuchte liebevolle Worte von ihr, mehr als ich es zugeben möchte, doch sie begegnet mir nur mit Vorwürfen und verstärkt so das Hämmern in meinem Kopf.

»Es ist nur ein Tee und kein Taco«, sage ich und versuche meine stetige äußere Ruhe zu bewahren, auch wenn meine innere Novalee schreien möchte.

»Aber so fängt es an. Mit einem zuckerhaltigen Tee, dann geht es weiter mit Softdrinks, Süßkram und Fast Food. Du hast so hart für deinen Traumkörper gearbeitet. Du solltest dich nicht so gehen lassen.«

»Mom«, sage ich sanft und wende mich ihr ganz zu. Ich habe die Hoffnung noch nicht aufgegeben, dass sie und ich wieder die Menschen werden können, die wir vor meinem Ruhm waren. Ein Team, das durch dick und dünn gegangen ist und aufeinander zählen konnte. Das komplette Gegenteil der distanzierten Frauen, die wir jetzt darstellen.

»Nur, weil ich einmal von meinem ursprünglichen Essverhalten abweiche, heißt das nicht, dass ich all meine Prinzipien über Bord werfen werde.«

»Trotzdem befürchte ich, dass es der Anfang vom Ende ist.«

Ich zucke resigniert mit den Schultern, denn eigentlich fehlt mir die Kraft, mit meiner Mutter zu diskutieren. Kurz dachte ich, dass wir fortan schweigen werden, doch dann ergreift Mom wieder das Wort.

»Hör mal, mein Schatz. Ich brauche eine andere Kreditkarte, denn die hier funktioniert nicht mehr«, meint sie, verstaut das Handy in ihrer Tasche und zieht dann die schwarze American-Express-Karte, die ich ihr vor Jahren gegeben habe, aus ihrem Portemonnaie. Manche wären bei den Worten *mein Schatz* nicht innerlich zusammengezuckt, doch ich schon. Denn als sie mich das letzte Mal mit diesem Kosenamen angesprochen hat, hat sie mir erzählt, dass sie sich von meinem Vermögen ein Haus in Kalifornien gekauft hat, ohne mich vorher darüber zu informieren.

Es ist auch das erste Mal, seit ich eingestiegen bin, dass sie mich anlächelt, und mir ist nicht entgangen, dass sie nicht einmal eine Begrüßung für ihre einzige Tochter übrighatte. Meine Laune verschlechtert sich, weil ich hier und jetzt nicht über Geld reden will.

»Du wirst wohl den Rahmen überschritten haben.« Sie gibt täglich viel Geld für alle möglichen Dinge aus, was mich bis jetzt kaum gestört hat, aber sie hat die Karte noch nie ans Limit gebracht.

»Es gibt einen Rahmen?«, fragt sie überrascht, als wäre ihr nie in den Sinn gekommen, dass ich ihren Konsum einschränken könnte.

»Natürlich. Es schockiert mich allerdings, dass du diesen je erreichen konntest.«

»Wie hoch ist er denn?«

Ich überlege kurz und erinnere mich schließlich an ein Gespräch mit meiner Bankberaterin.

»Vierhunderttausend Dollar pro Woche.« Ich habe das Limit als Sicherheitsmaßnahme setzen lassen, doch mir war nicht bewusst, dass sie dieses je ausschöpfen könnte. *Wozu sollte sie so viel Geld benötigen?*

»Aber ich dachte, die Black American Express hat kein Limit?«

»Nicht für mich.«

Sie hebt ihr Kinn an und verdreht dabei die Augen, als hätte ich sie beleidigt. Ich kann die in mir aufflammende Wut nur mühsam zurückhalten. Es ist nicht der richtige Zeitpunkt. Nicht nach diesem harten Tag, nicht angesichts der Party, auf die ich nicht gehen möchte, aber auf der ich mich trotzdem blicken lassen muss.

»Dann hebe den Rahmen auf.«

»Wieso? Wozu brauchst du wöchentlich vierhundert Riesen?« Je länger wir dieses unsinnige Gespräch führen, desto tiefer sinkt meine Laune.

»Für essenzielle Dinge. Ich war beim Arzt, und sonst geht es mir auch nicht so besonders.«

»Beim Arzt? Ist etwas passiert?«, frage ich mit sorgenvoller Stimme und setze mich auf, doch sie legt ihre weiche Hand auf meine. Zuerst dachte ich, dass sie das Geld für Nichtigkeiten ausgeben möchte, doch wenn sie krank wäre, ist das eine andere Sache.

»Mach dir keine Sorgen, es ist nichts Schlimmes.« Als ich ihr näher komme und einen Blick in ihr Gesicht werfe, weiß ich, welche Art von Arzt sie meint. Die Falten um ihre Augen sind beinahe verschwunden. Sie war beim Schönheitschirurgen, der sie mittlerweile schon so stark gestrafft hat, dass sie fast jünger wirkt als ich.

Erschrocken senke ich den Blick, und mir fällt ein neuer Diamantring an ihrem Finger auf, den ich noch nie gesehen habe. Er sieht teuer aus und könnte der Grund für das Ausschöpfen des Rahmens gewesen sein. Mein Mitleid löst sich in Luft auf, als ich merke, dass sie bewusst mit meiner Sorge gespielt hat.

»Wieder eine Schönheitsoperation, Mom?«, will ich wissen, entziehe ihr meine Hand und nehme aus Trotz einen großen Schluck von meinem Tee. Er wärmt meinen Hals, sodass ich zufrieden die Augen schließe.

»Nun, ich kann nicht von Natur aus so aussehen wie du.« Der kurze Moment des Genusses ist vorbei, als sie auch noch demonstrativ an ihrem Diamantring herumfummelt.

»Und das ist auch gut so. Es ist der natürliche Lauf der Dinge.«

»Wen schert das? Ich möchte nicht alt und runzelig sein«, erwidert sie laut, woraufhin ich den Tee in der Halterung vor mir verstaue und meine schmerzenden Schläfen massiere. Zum Glück können meine Bodyguards diese unsinnige Unterhaltung nicht hören.

»Okay, lass uns bitte aufhören zu reden«, zische ich schließlich. Es war ein zu langer Tag.

»Erhöhst du mir nun den Rahmen?«, fragt sie trotzdem, doch ich schüttle den Kopf. Anstatt sich nach meinem Befinden zu erkundigen, interessiert sie nur das verdammte Geld. Und dabei sind mir meine Qualen sicherlich anzusehen.

»Nein!« Meine Erwiderung ist laut und kraftvoll. Ich habe das Wort beinahe geschrien, sodass meine Mutter erschrocken zusammenzuckt. *Habe ich gerade zum ersten Mal meine Mutter angeschrien?* Das sieht mir gar nicht ähnlich, denn auch wenn Audrey Wells eine Nummer für sich ist, liebe ich sie und ertrage ihre Launen. Sie hebt eine Braue, als könnte sie nicht glauben, dass ich ihr das verweigere, was ihr zusteht. Ich bin selbst überrascht über meinen Ausbruch, doch ich werde mich nicht entschuldigen.

Ich habe es satt, dass sie in letzter Zeit immer mehr und mehr Geld will. Je mehr Erfolg ich hatte, desto mehr wollte sie. Mittlerweile ist es sogar schon so auffällig, dass Artikel darüber kursieren, dass meine Mutter geldgeil ist und ihre eigene Tochter ausnimmt. Nie habe ich diesen Artikeln glauben wollen, doch langsam machen sich Zweifel in mir breit. *Wann hat mich meine Mutter das letzte Mal umarmt oder hat mir einen Kuss aufs Haar gegeben?*

Es muss ziemlich lange her sein, wenn ich mich nicht mehr daran erinnere. In meiner Kindheit gab es einige Momente, in denen meine Mutter mich mit Liebe überschüttet hat, dann gab es die Augenblicke, in denen sie mich ins Rampenlicht zerrte. Ich musste schon von klein auf einen Superstar spielen, bis der Erfolg tatsächlich eingetreten war und die Wünsche meiner Mutter sich endlich erfüllt hatten. Denn die wahre und innere Novalee wollte eigentlich Lehrerin oder Autorin werden.

»Schon gut, reden wir nicht jetzt darüber.« Sie macht eine wegwerfende Geste und wechselt das Thema. Als hätte sie einfach einen Schalter umgelegt, verändert sich ihre defensive Haltung, und sie ist wieder meine Mom. Meine einzige lebende Verwandte und die wichtigste Person in meinem Leben.

»Wie war das Konzert?«, fragt sie mich in einem liebevollen Tonfall, der einen starken Kontrast zu ihrer vorwurfsvollen Stimme von vorhin bildet.

»Es ging«, antworte ich bewusst vage. Denn meine Geduld hängt am seidenen Faden, der jederzeit reißen könnte.

»Willst du mich jetzt etwa mit Nichtachtung strafen? Weil ich als deine Mutter etwas für meinen Körper tun will und mir schöne Dinge kaufe?«

»Ich will einfach nur Stille! Ich bin seit Monaten auf Tour, arbeite mir den Arsch ab und will endlich zur Ruhe kommen, aber du interessierst dich nur dafür, ob ich dir mehr Geld gebe oder nicht.« Ich werfe ihr einen flehenden Blick zu, versuche ihr zu verstehen zu geben, dass ich nicht mehr kann.

»Ich …«, setzt sie an, doch sie überschreitet die Grenze und lässt zu, dass meine Wut aus mir herausbricht.

»Nein! Das Gespräch ist beendet. Jetzt.« Es ist das erste Mal, dass ich meiner Mutter gegenüber schroff bin, und vielleicht werde ich es morgen bereuen, aber jetzt kann ich sie einfach nicht ertragen. Meine innere Stimme jubelt und führt Freudentänze auf. Audrey Wells jedoch schnaubt empört und verschränkt die Arme vor der Brust, schweigt aber zum Glück.

Sobald sich die Welle der Wut in mir wieder gelegt hat, wird mir klar, dass ich zum allerersten Mal meiner Mutter einen Wunsch ausgeschlagen habe.

In all den Jahren waren wir uns häufiger uneins in gewissen Dingen, doch ich habe ihr nie etwas vorenthalten. Bis jetzt. Das entspricht gar nicht meinem üblichen Verhalten. *Oder haben mich die Schmerzen in die Mangel genommen, sodass ich nicht mehr Herrin meiner Sinne bin?* Als wir endlich vor dem Hotel ankommen, verabschiedet sich meine Mutter beleidigt und steigt als Erste aus. Es wundert mich nicht, dass sie sich im selben Hotel wie ich einquartiert hat. Ich seufze auf und steige mit schweren Beinen aus dem SUV. Mit Thorne an meiner Seite fahre ich in das Stockwerk, auf dem sich mein Zimmer für heute befindet. Als ich endlich vor der Tür stehe, drehe ich mich kurz zu ihm um und versuche zu lächeln, doch es gelingt mir kaum.

»Wie immer liegt mein Zimmer neben Ihrem. Sollten Sie mich brauchen, dann klopfen Sie einfach an der Verbindungstür.« Wie es täglich der Fall ist, unterweist er mich hinsichtlich der relevanten Sicherheitsvorkehrungen, doch seine Stimme dringt kaum noch zu mir durch. Ich nicke mechanisch, doch meine Aufmerksamkeit ist schon längst verflogen.

»Gehen Sie duschen, ich werde das Team in einer halben Stunde zu Ihnen lassen.«

Bilde ich es mir ein, oder ist da Mitgefühl in seiner Stimme? Ich bin allerdings so müde, dass ich mich auch täuschen könnte. Denn Thorne ist und bleibt Grumpy-Thorne. Er wirkt durch sein Auftreten stets ein wenig schlecht gelaunt – ein Mann, der sich auf meine Sicherheit spezialisiert hat, sonst aber völlig unnahbar scheint.

»Hmm. Okay«, murmle ich und frage mich, was Thorne gerade sieht. Sieht er den Superstar Nova, der ich vorgebe zu sein, oder sieht er die verletzliche Novalee, die keine Ahnung hat, was sie hier eigentlich macht? In seinem Gesicht kann ich nichts lesen, nur seine Augen verraten ihn manchmal. Wir kennen einander kaum, und doch ist er derzeit die einzige Person, die sich um mein Wohlergehen sorgt.

KAPITEL 3

Novalee

Innerhalb einer Stunde wurde mir die Müdigkeit wie durch Zauberhand aus dem Gesicht gewischt, und ich bin zu einer sexy Göttin mutiert. Ich trage ein silberfarbenes Crop Top aus Seide und ein hauchdünnes Bauchkettchen, das unter meinem Bauchnabel im Licht glänzt. Das Top sowie der gerade geschnittene kurze Rock schimmern wie Quecksilber im Scheinwerferlicht, und alle Blicke liegen auf mir, als ich den Vorraum betrete, wo die Party für Fans ausgerichtet wird. Thorne ist an meiner Seite und behält alles im Auge, als ich zwei kurze Interviews gebe und dann von einer Mitarbeiterin der Veranstaltung in den VIP-Bereich geleitet werde.

Als ich an einem Spiegel vorbeigehe, erkenne ich mich selbst kaum wieder. Während meine innere Novalee völlig fertig von der monatelangen Tour ist, sieht mein Äußeres makellos aus. Dunkler Lidschatten, der meine eisblauen Augen betont, zartes Rouge und ein tiefroter Lippenstift: Der Farbklecks bildet einen Kontrast zu meinem eher kühlen Outfit.

»Miss Wells? Stimmt etwas nicht?«, fragt mich Thorne, der neben mich tritt und mich über den Spiegel hinweg ansieht. Mit seinem schwarzen Anzug, der ebenso tiefschwarzen Krawatte und seinen whiskeyfarbenen Augen sieht er aus, als würde er zu mir gehören. Nicht als Leibwächter, sondern als meine Begleitung. *Warte, was? Habe ich das gerade tatsächlich gedacht?*

»Es ist alles in Ordnung. Lass uns gehen«, sage ich über die lauter werdende Musik hinweg. Vom Eingangsbereich aus treten wir in einen weiteren Saal, der eine offene Fensterkuppel hat, die jedoch aus Milchglas besteht und so den Blick auf die Sterne verwehrt. Nicht dass man sie in einer Großstadt wie dieser gut hätte sehen können. Auf einer Bühne wurde ein DJ-Pult aufgestellt, und eine junge Frau spielt einen Remix von Beyoncés neuem Hit ab.

An den Seiten befinden sich Tische, an denen wohl das Abendessen eingenommen wurde, das ich verpasst habe. Ich habe vorhin einen kleinen Salat gegessen, aber ich habe immer noch das Gefühl, als würde ich verhungern. In der Mitte des Raumes befinden sich einige Stehtische, an denen sich der Großteil der Partygemeinschaft tummelt. Manche bewegen sich auf der Tanzfläche, doch vom Tanzen habe ich nach einer zweistündigen Show die Nase voll.

Ich gebe vor, die Menge nach Aspen Knox abzusuchen, doch eigentlich geißle ich mich selbst und halte nach seinem Manager Ausschau. Dem Mann, der mich abgewiesen und mir das Herz gebrochen hat. »Falls Sie Mr Knox suchen, er befindet sich an dem Stehtisch unmittelbar neben der Bar«, flüstert mir Thorne ins Ohr, ohne mich zu berühren. Seine tiefe Stimme legt sich wie eine vertraute warme Decke um mich und lässt mich in der fremden Umgebung trotzdem atmen.

»Es wundert mich nicht, dass du ihn mit deinen Adleraugen sofort gefunden hast.« Ich werfe ihm einen Seitenblick zu, und kurz glaube ich, ein Zucken an seinem Mundwinkel wahrzunehmen, als hätte ihn meine Aussage tatsächlich amüsiert.

»Für meinen Job sind diese Skills das A und O.«

»Und ich profitiere von ihnen, denn nach dem Gespräch

mit Aspen werde ich mir einen Drink genehmigen, und dann hauen wir von hier ab.«

»Verstanden.«

Ich spüre die bewundernden Blicke und sehe Köpfe, die sich tuschelnd zusammentun – ein gewohnter Anblick für mich. Aspen ist in ein Gespräch vertieft, als ich auf seinen Tisch zusteuere. Es ist Daphne, die mich als Erste erblickt und anstrahlt. Vor einem Jahr habe ich Aspens Freundin beim Videodreh zu meinem Musikvideo kennengelernt.

Damals hatte es ihr gar nicht gefallen, dass Aspen und ich für das Video ein Liebespaar spielten, doch mittlerweile weiß sie, dass alles nur Schauspiel war. Sie ist Anwältin und laut eigenen Aussagen ein großer Fan von mir. Ich winke ihr zu, und nun blickt auch Aspen in meine Richtung. »Nova. Schön, dass du es einrichten konntest.« Aspen und ich begrüßen uns mit einem Wangenküsschen, ehe ich seine Freundin in die Arme nehme.

»Ich freue mich, hier zu sein. Leider habe ich den roten Teppich verpasst«, erwidere ich und stelle fest, dass Daphnes Wangen sich vor Aufregung rosa färben. *Wie süß.*

»Dein Konzert war mega. Ich habe es online ein wenig verfolgt, aber ich konnte leider nicht dabei sein«, meint Daphne traurig und macht einen Schmollmund. Ihr honigblondes Haar trägt sie heute offen und auf eine Seite gestylt, sodass die Wellen wie ein Wasserfall über ihre Schulter fallen. Sie trägt ein dunkelblaues Etuikleid, das dieselbe Farbe wie Aspens Krawatte hat, und dazu knallrote Lackpumps.

»Soll das heißen, dass du heute nur mit halbem Herzen an meiner Seite warst?« Aspen neckt seine Freundin und stupst sie mit der Hüfte an.

»Nun, da ich Novas Musik liebe, ist es ein Kopf-an-Kopf-Rennen«, gibt sie zu, was ihn die Augen verdrehen lässt. Er sieht sie mit einem verliebten Blick an.

»Hörst du das, Nova? Sie ist mehr dein Fan als meiner.«

»Das habe ich gerade mitbekommen, und auch wenn's mir leid für dich tut, ich freue mich darüber.« Mit Aspen abzuhängen hat immer Spaß gemacht, und ich bin froh, dass er eine so zauberhafte und sympathische Freundin an seiner Seite hat.

»Du weißt, ich mag dich, aber ich kann deine Stimme nicht mehr hören. Jedes Mal, wenn wir im Auto sitzen, läuft irgendeiner von deinen Songs.« Mein Lachen ist laut und überraschenderweise echt.

»Ich bin eben ein Novaholic.« Dass Daphne zu meinen Vollblutfans gehört, finde ich ziemlich amüsant.

»Schon gut. Schon gut. Ich bin jedenfalls sehr froh, dich hier zu sehen. Deine Welttournee wird überall gelobt. Wie wars für dich?« Kurz überlege ich, ob ich ihm die einstudierte Antwort geben soll, die ich der Presse präsentiere, doch ich entscheide mich dagegen.

»Ich bin am Ende meiner Kräfte und habe das Gefühl, als könnte ich tagelang durchschlafen, aber es war auch aufregend.«

»Gott, ich bewundere dich. Wie schaffst du es nur, monatelang durch die Welt zu reisen und unzählige Auftritte zu absolvieren?«

»Es ist alles eine Frage der Übung.« Daphne hakt sich bei Aspen unter und wirft ihm einen so liebevollen Blick zu, dass ich mich kurz abwenden und zu Thorne schauen muss. Er steht in professionellem Abstand da, der mir eine Mischung aus Distanz und Sicherheit übermittelt. Er lässt mir meine Privatsphäre und macht trotzdem deutlich, dass er ein wachsames Auge auf mich hat. Sein Blick gleitet zu mir, und er hebt kaum merklich eine Augenbraue – seine Art zu fragen, ob alles okay ist. Mit einem Zucken meiner Mundwinkel signalisiere ich, dass es mir gut geht, und klinke mich wieder ins Gespräch ein.

Während wir uns unterhalten, kann ich nicht aufhören, Aspen und Daphne zu mustern. Die Liebe, die die beiden füreinander empfinden, ist beinahe greifbar, wenn sie sich anstrahlen. Auch wenn es mich kaltlassen sollte, schnürt der Anblick etwas in mir zu.

Ich gönne Aspen sein Glück, aber ich frage mich auch, wieso ich noch nie auf diese Weise angesehen wurde. *Wieso kann ich nicht glücklich sein?* Diese Frage wird immer lauter und lauter in meinem Kopf, und unweigerlich sehe ich mich nach Dexter, Aspens Manager um. Da ich ihn nicht ausmachen kann, entschuldige ich mich und ziehe mich mit einer Schwere in der Brust zurück.

Nachdem ich mit schmerzhaft pochendem Herzen aus dem Saal geeilt bin, biege ich in einen schwach beleuchteten Flur, der zum Glück leer ist und wohl zu irgendwelchen Lagerräumen führen soll. Ich lehne meinen Rücken gegen die Wand und genieße die Kühle auf meiner plötzlich erhitzten Haut. *Was ist nur los mit mir?*

Zuerst der Ausbruch meiner Mutter gegenüber, dann meine heftige Reaktion auf das Glück eines Paares. Beinahe wäre mir mein jahrelang antrainiertes Pokerface entglitten, weswegen ich gehen musste. *Ich habe nicht mal Thorne Bescheid gegeben, oder hält er sich bewusst zurück, weil er weiß, dass ich eine Pause brauche?*

»Nova Wells. Was für eine Überraschung«, säuselt eine männliche Stimme und erschreckt mich so sehr, dass ich zusammenzucke. Ich wende mich mit rasendem Puls dem Mann zu, der gerade in den Gang getreten ist und nun auf mich zukommt. Torben Kliff, Sänger und zugleich einer der berüchtigtsten Bad Boys Hollywoods, nähert sich mir mit einem breiten Lächeln. In den letzten Monaten hat er vor allem durch Alkoholexzesse und ausschweifende Partys auf sich aufmerksam gemacht. Sofort versteife ich mich, als der freundliche Ausdruck in seinem Gesicht einem anzüglichen weicht. Wir sind uns schon häufiger auf Veranstaltungen begegnet, doch ich hatte nie die Gelegenheit, mehr als ein paar Worte mit ihm zu wechseln. Und jetzt gerade bin ich mir nicht sicher, ob ich das überhaupt möchte.

»Torben. Hey«, sage ich und wische den Schreck wie mit einer Handbewegung aus meinem Gesicht. Die freundliche und medienoffene Nova nimmt wieder den Platz ein, auch wenn er der letzte Mensch ist, dem ich jetzt begegnen möchte.

»Schön, dich zu sehen. Du siehst toll aus«, sagt er, doch sein Kompliment beschert mir eine eher unangenehme Gänsehaut. Als würde er mir etwas vorspielen und es nicht ernst meinen.

»Danke. Wie läuft es mit dem neuen Song?« Eigentlich will ich das gar nicht wissen, aber ein neutrales Gesprächsthema ist besser als seine schmierigen Komplimente über mich ergehen zu lassen. Alles an seinem Auftreten lässt meine Alarmglocken schrillen.

»Ganz gut. Nicht annähernd so erfolgreich wie deine Musik, aber ich denke, das zu erreichen wird sowieso schwer.«

»Ach was. Deine Songs sind gut.« Er ist zwei Schritte von mir entfernt, und ich will mich gerade von der Wand lösen, als er stolpert und in meine Richtung fällt. Er stützt seine Hände neben meinem Kopf an der Wand ab und vermeidet somit eine Kollision. Erneut zucke ich erschrocken zusammen und kneife die Augen zu.

Als ich meine Lider wieder öffne, sehe ich direkt in Torbens Gesicht. Doch er wirkt weder überrascht noch verlegen, stattdessen erkenne ich Berechnung in seinen Zügen. *Hat er das geplant?* Er neigt leicht den Kopf, als würde er mich küssen wollen.

Was passiert hier? Das kann doch nicht wahr sein! Tu etwas, Nova, meint die um sich tretende Novalee, doch ich bin wie gelähmt. Ich habe weder die Kraft, meinen Kopf wegzudrehen, noch kann ich ihn von mir drücken. Mir entweicht ein hilfloses Keuchen, als ich seinen Atem an meinen Lippen spüren kann.

»Nova«, flüstert er, doch im nächsten Moment wird er gepackt und von mir gezogen. Zwar nicht aggressiv, aber mit Nachdruck. Thorne krallt seine großen Hände in Torbens T-Shirt und drückt ihn hart gegen die gegenüberliegende Wand, in sicherer Entfernung zu mir. Mit einem Rauschen in den Ohren sehe ich, wie Thorne etwas zu ihm sagt, so leise, dass ich es nicht hören kann. Ich blinzle, will diese aufsteigende Panik unterdrücken, doch ich kann nichts weiter tun als meine Hand an die Brust zu legen.

»Tu es«, höre ich Thorne sagen. Er spricht die Worte mit einer solchen Schärfe aus, dass es mich schaudert. Die Adern an seinem Hals sind hervorgetreten, und sein gesamter Körper bebt vor Anspannung. Es wirkt auf mich, als würde er sich mit aller Kraft zurückhalten, um Torben nicht wehzutun.

»Es tut mir leid, Nova. Ich wollte dir nicht zu nahe treten. Wirklich nicht.« Mit vor Schreck geweiteten Augen sieht Torben panisch zwischen Thorne und mir hin und her und macht auf mich einen so jämmerlichen Eindruck, dass der trübe und ängstliche Schleier von mir abfällt. Ich bin Nova fucking Wells, und ich lasse mich nicht bedrängen. *Von niemandem.*

»Bete zu Gott, dass wir zwei uns nie wiedersehen«, sage ich mit kühler Berechnung, und ich meine es ernst. Noch einmal wird er mir nicht zu nahe kommen. *Das werde ich nicht zulassen.*

»Und jetzt verschwinde«, sagt Thorne schließlich, und kaum hat er seine Hände von ihm gelöst, flieht der ängstlich aussehende Torben aus meinem Sichtfeld. Thornes Atem geht schwer, als er vor mich tritt. Seine Augen mustern mich besorgt und wütend zugleich. Er scheint meinen Körper nach Verletzungen abzusuchen, doch diese sind nicht äußerlicher Natur.

»Hat er Ihnen etwas angetan?«

»Nein«, hauche ich, und es gelingt mir kaum, meine Fassade aufrechtzuerhalten. Es ist, als hätte ich meine professionelle Haltung abgelegt. Nun bin ich verletzlicher denn je.

»Wir haben uns unterhalten, und dann ist er gestolpert und hat mich eingekesselt.« Ich bin mir nicht sicher, ob es ein Versehen war oder Berechnung, aber das tut jetzt auch nichts mehr zur Sache, denn Thorne hat mir geholfen, und ich konnte diesem Typen sagen, dass er keine Macht über mich hat. Ich bin stärker als das.

»Dieser verdammte …« Thorne mäßigt seine Stimme, wirkt aber immer noch wütender, als ich ihn je gesehen habe. Er strahlt etwas Bedrohliches aus, doch ich empfinde keine Angst. Thornes Wut ist greifbar, und ich sehe an seinem mahlenden Kiefer, seinen dunkel aufblitzenden Augen, dass er sich zurückhält. Mir zuliebe hat er Torben gehen lassen, auch wenn mir seine Körpersprache zeigt, dass er ihm am liebsten an die Gurgel gegangen wäre.

»Hey, Thorne. Alles ist gut. Mir geht es gut«, flüstere ich und unterdrücke den Drang, meine Hand auf seinen Oberarm zu legen. Alles an ihm ist angespannt, und sein Blick trüb und dunkel. Es wirkt, als würde er sich Horrorszenarien ausdenken, die hätten passieren können, wenn er nicht eingegriffen hätte. Schließlich werfe ich meine Bedenken über Bord und lege meine Handfläche sanft auf seinen Oberarm. Als würde die Berührung alles weichen lassen, was zwischen uns pulsiert hat, klärt sich sein Blick. Wimperschlag um Wimpernschlag verschwindet der von seinen Emotionen geleitete Bodyguard, und Grumpy-Thorne kehrt zurück.

Beinahe bin ich traurig darüber, dass er mir nur einen Herzschlag lang einen Blick in sein wahres Ich gewährt hat. Nicht der Bodyguard, der wie mechanisch darauf ausgerichtet ist, eine andere Person vor Gefahren zu schützen, sondern ein Mann, der sehr wohl zu starken Emotionen fähig ist. Thorne blinzelt, als würde er mich erst jetzt wahrnehmen und aus seinen Gedanken erwachen. Als hätte Thorne gemerkt, dass dieser Moment so anders ist, als die, die wir bis jetzt geteilt haben, weicht er einen Schritt zurück.

»Hat er Sie bedrängt oder angefasst? Wir müssen das wissen, falls Sie rechtliche Schritte einleiten möchten.«

»Er hat mich nicht berührt. Vielleicht wollte er mich gar nicht küssen, denn er hat nur meinen Namen gesagt und innegehalten, bis du aufgetaucht bist.«

»Okay. Das ist gut«, meint er, doch ich habe eher das Gefühl, als wollte er sagen: *Dann hat er Glück gehabt, dass er noch alle Zähne behalten darf und ich ihn nicht in den Boden gestampft habe.* Der kühle, unnahbare Bodyguard ist zurück, als hätte es diesen Moment, in dem ich glaubte, einen Blick auf den wahren Thorne erhaschen zu können, nie gegeben.

»Möchten Sie noch bleiben?«, fragt er mich, doch ich bin am Ende meiner Kräfte, also schüttle ich den Kopf. Thorne lässt mir den Vortritt, und in seinen Augen blitzt etwas auf. Etwas, was ich nicht benennen kann, aber es ist, als wolle er mir sagen: *Geh du vor, ich bin immer hinter dir und werde nicht zulassen, dass dir etwas passiert.* Und auch wenn mir bewusst ist, dass dies sein Job ist, fühlt es sich beinahe an, als würde ihm tatsächlich etwas an mir liegen. *Als wäre er mein Freund.*

Nachdem ich geduscht und mich abgeschminkt habe, falle ich sofort ins Bett und schlafe augenblicklich ein. Doch ein Piepen meines Smartphones weckt mich aus einem unruhigen Schlaf. Blind greife ich danach und öffne meine schweren Lider. Ich werde jedoch blitzschnell wach, als ich sehe, von wem die Nachrichten kommen. Eine ist von Libby und eine von Thorne. Ich habe mich vorhin per Nachricht bei Libby für den Tee bedankt, doch ihre Antwort lässt mich die Stirn runzeln.

Libby: Tee? Ich habe dir keinen geschickt, aber du kannst dich jederzeit melden, wenn du Getränkewünsche hast. Dafür bin ich doch da 😊

Kopfschüttelnd denke ich an den Moment von vorhin. Thorne meinte, dass man ein Kratzen in meiner Stimme hört, weswegen er mir überhaupt das warme Getränk gereicht hat. *Wenn Libby ihn nicht geordert hat, wer war es dann?*

Nova: Danke für die Info, vielleicht habe ich im Trubel einfach etwas verwechselt. Gute Nacht. x N

Schließlich öffne ich die nächste Nachricht.

Grumpy-Thorne: Ich entschuldige mich für die Störung, aber ich wollte Ihnen mitteilen, dass Ihre Buchbestellung vor ein paar Stunden angekommen ist. Gerade habe ich das Paket entgegengenommen und es Ihnen vor die Tür gestellt. Sie haben heute einen großartigen Job gemacht und die Neuerscheinungen verdient. Sehen Sie es auch als Entschuldigung dafür, dass ich nicht da war, als Torben Ihnen zu nahe getreten ist.
T.

Ich krabble aus dem Bett, stehe auf und laufe energiegeladen zur Tür. Tatsächlich steht dort ein großer Karton am Boden. Harris, der Bodyguard, der im Gang Stellung bezogen hat, dreht gerade eine Runde, also greife ich nach dem Karton. Auch wenn er etwas schwer ist, trage ich ihn ins Zimmer, doch bevor ich ihn öffne und meine Neuheiten ansehen kann, schaue ich zur Wand, hinter der ich meinen Bodyguard vermute. Der Schreck von vorhin ist mittlerweile verflogen, denn es ist nichts passiert. Ich stemple es als unangenehme Begegnung mit jemandem, der mir auf die Pelle gerückt ist, ab. Situationen wie diese gab es in meiner Karriere schon einige.

Was mir im Kopf geblieben ist, ist Thornes emotionaler Gesichtsausdruck, den ich so an ihm noch nie wahrgenommen habe. Ich weiß, dass er sich Vorwürfe macht, weil er nicht schnell genug eingegriffen hat, aber ich gebe ihm nicht die Schuld dafür. Ich bin ja selbst aus dem Saal gegangen, weil ich allein sein wollte.

Thorne sorgt nicht nur für meine Sicherheit. Er ist auch ein aufmerksamer Mensch, der sich darum gekümmert hat, dass ich meine Bücher möglichst schnell erhalte. Er weiß, wie viel sie mir bedeuten. Etwas, was all die Bodyguards, die mich bisher beschützen sollten, gemeinsam hatten, war die Distanziertheit und der maskenhafte Gesichtsausdruck. Ihr Job war es, meine Sicherheit zu gewährleisten. Thorne ist der Erste, der mich nicht nur beschützt, sondern auch zu wollen scheint, dass es mir *wirklich* gut geht.

KAPITEL 4

Thorne

»Guten Morgen«, begrüße ich das sechsköpfige Team, das sich heute um Miss Wells Sicherheit kümmern wird. Izabella, die heutige Fahrerin, reicht mir eine Tasse Kaffee, die ich dankend annehme. Direkt nehme ich einen Schluck. Der Kaffee ist schön heiß, wie ich es mag. Sobald ich die Tasse abstelle, starte ich den Recorder an meinem Smartphone, um das Meeting aufzuzeichnen, und warte, bis ich die Aufmerksamkeit des Teams habe.

»Nach dem Frühstück stehen zwei große Interviews an, die hier im Hotel stattfinden werden. Ich habe schon dafür gesorgt, dass wir einen Raum bekommen, bei dem man die Fenster weit öffnen kann und der nur einen Ein- sowie Ausgang hat.« Jeder, der mit Miss Wells zusammenarbeitet, weiß, dass sie lichtdurchflutete Räume und offene Fenster als Arbeitsorte bevorzugt, und unter Berücksichtigung der Sicherheitsmaßnahmen möchten wir als Team ihr diese Wünsche erfüllen.

Für mich ist nicht nur ihre Sicherheit, sondern auch ihr seelisches Wohl wichtig. Diese junge Frau hat in den letzten Jahrzehnten mehr erlebt als manche kunstschaffenden Menschen in ihrer ganzen Karriere. Und dabei handelt es sich nicht nur um positive Erlebnisse. Dass ich gestern beinahe zu spät gekommen wäre, als dieses Arschloch Torben sie bedrängt hat, nagt an mir. Ich habe nur wenig Schlaf gefunden und bin schließlich noch mal aufgestanden, um ihr ihre Bücherbestellung vor die Tür zu stellen. Etwas anderes wusste ich ohnehin nicht mit mir anzufangen.

Was mich an dem gestrigen Vorfall beschäftigt, ist, dass es mehr war als die übliche Sorge um eine Klientin, die ich in der Situation empfand. Vielmehr wurde ich von blanker Furcht heimgesucht, die bei mir das Gefühl hinterließ, das alles wäre mehr als nur ein Job. Als wären wir befreundet. Dabei hat Nova Wells keine Freundinnen und Freunde, zumindest keine engen. In einem Jahr als ihr erster Bodyguard finde ich es erschreckend zu wissen, dass ihr Team sie zwar schätzt und für sie da ist, sie ansonsten aber kaum enge Beziehungen zu pflegen scheint.

Hat nicht jede junge Frau eine beste Freundin, der sie all ihre Geheimnisse anvertrauen kann?

Dass dies bei Miss Wells nicht der Fall ist, verwundert mich. Ich arbeite eng an ihrer Seite, kenne sie aber nicht wirklich. Zum einen, weil ich stets professionelle Distanz wahre, zum anderen, weil sie mir nicht oft Einblicke in ihr Inneres gewährt. Zumindest nicht im typischen Alltag. Wenn sie allerdings im Studio ist, sieht das anders aus. In diesem Raum trägt sie ihre Verletzlichkeit und Seele auf der Zunge. Während Studiosessions mit ihr zusammenzuarbeiten ist eine meiner liebsten Aufgaben. In diesen Stunden wirkt sie auf mich freier. *Glücklicher.*

»Nach den Interviews steht ein Fotoshooting an, bei dem wir die Sicherheitsmaßnahmen erhöhen müssen. Ihre Hardcorefans scheinen immer zu wissen, wo wir uns befinden, sodass wir Miss Wells so gut wie möglich vom Trubel abschirmen müssen. Nach dem Mittagessen hat Miss Wells ein paar Stunden Pause, jedoch weiß ich noch nicht, wie sie diese verbringen möchte. Die Sicherheitsvorkehrung werden wir übers Headset koordinieren.« Ich tippe mir mit dem Finger auf das Headset, das ich täglich trage, ehe ich fortfahre.

»Heute Abend geht es zu den Billboard Music Awards, wo Miss Wells in sechs Kategorien nominiert ist.«

»Wird Miss Wells zur Afterparty gehen?«, fragt Ismail, der mir am nächsten sitzt und nun zu mir aufsieht. »Diese Information habe ich noch nicht erhalten. Im Laufe des Tages werden wir uns noch mal updaten, aber so sieht der vorläufige Tagesplan aus.« Ich sehe in die Runde und trinke noch einen Schluck. Es werden Notizen gemacht und Informationen über die Fahrrouten ausgetauscht.

»Gibt es noch Fragen?«, will ich wissen, doch alle im Raum schütteln den Kopf, sodass ich zufrieden nicke. Nach dem Sicherheitsmeeting sehe ich auf meine Armbanduhr, die mir anzeigt, dass es bereits sieben Uhr morgens ist und Ismail und ich unsere Schicht antreten und Stellung vor der Tür beziehen müssen.

Mein Kollege und ich machen uns auf den Weg zu den Fahrstühlen und prüfen unsere Headsets. Nachdem der Aufzug auf der richtigen Etage zum Stehen gekommen ist, entdecken wir Harris und Mia, die vor Miss Wells Tür stehen. Da ich das Meeting aufgenommen habe, habe ich die Aufnahme an die beiden geschickt, damit sie über den Tagesablauf informiert sind.

»Belle hat sich noch nicht angemeldet«, informiert mich Harris, als wir zu ihnen aufschließen. Er hat sich sein halblanges Haar zu einem Knoten gebunden, sein Dreitagebart ist verschwunden.

»Noch nicht?« Wieder ein Blick auf die Uhr, doch es dauert noch eine Weile, bis der erste Termin ansteht. Es ist nur untypisch für Miss Wells, dass sie sich noch nicht gemeldet hat.

»Gut, dann übernehmen Ismail und ich ab jetzt.«

»Okay Sir.« Harris und Mia betreten den Aufzug, aus dem wir vorher gekommen sind, und diesmal sind es Ismail und ich, die vor der Tür Stellung beziehen.

»Wie lange willst du mich noch auf die Folter spannen? Oder wirst du mich diesmal mit Verachtung strafen?«, fragt mein Partner neben mir, ohne mich anzusehen. Seine angespannten Schultern zeigen mir, dass er nervös ist.

»Was meinst du?«

»Ich habe gestern nicht gemeldet, dass Miss Wells' Mutter aufgetaucht ist. Und dein wütender Blick sagt mir, dass du nur auf einen ruhigen Moment wartest, um mich zurechtzuweisen.«

»Ich bin auch sauer.« War ich. *Bin ich?* Nach dem Vorfall mit Torben habe ich Ismails Versäumnis vergessen.

»Es tut mir leid. Es kommt nicht mehr vor.« Er wendet sich mir zu, und ich drehe meinen Kopf in seine Richtung. Ismail ist länger Teil des Teams als ich und ein fähiger Kollege. Ich sollte ihn nicht wegen einem Fehler festnageln, zumal er eher persönlicher Natur war und nicht die Sicherheit der Zielperson gefährdet hat. Miss Wells wünscht immer informiert zu werden, sobald ihre Mutter anwesend ist, und es ist unsere Pflicht, ihren Wünschen nachzukommen.

»Das weiß ich.«

»Sie stand einfach da und hat sich, ohne ein Wort an uns zu richten, in den Wagen gesetzt.« Das ist ein typisches Verhalten für Mrs Wells, die gerne zeigt, dass es unter ihrer Würde ist, mit einfachem Personal zu reden. Ich persönlich frage mich, wie Miss Wells zu solch einer liebevollen Person heranwachsen konnte, denn ihre Mutter wirkt kalt wie ein Fisch.

»Bist du immer so ernst?« Überrascht hebe ich die Brauen und neige leicht den Kopf. Mein Partner ist einen Kopf größer als ich und hat kurz geschorenen Haare, die an einen Army-Haarschnitt erinnern. Ich zucke mit den Schultern und verschränke die Arme vor der Brust.

»Wir sind für die Sicherheit von Miss Wells zuständig.«

»Ja, aber es ist nicht verboten, dass wir während unserer Arbeit lächeln.« Er grinst mich demonstrativ an. Als müsste er mir vorzeigen, wie so etwas überhaupt geht. Ich schüttle schnaubend den Kopf.

»Es gibt Grenzen, und diese möchte ich einhalten. Ein Moment, in dem wir scherzen, könnte Miss Wells das Leben kosten.« Ich weiß, dass sie der Liebling der Nation ist, doch auch sie bekommt Hassbriefe und Morddrohungen.

Wir schützen sie nicht nur vor aufdringlichen Fans, sondern vor Hatern, die ihr nach dem Leben trachten. Und diese Tatsache behalte ich immer im Hinterkopf.

»Du könntest trotzdem ein wenig lockerer werden. Es würde auch unserer Klientin guttun, wenn sie mal was anderes sieht als deine stoische Miene.«

»Ich denke, meine Miene ist Miss Wells geringste Sorge.«

Mein Job lässt mir nicht viel Zeit für gute Laune, denn das kann gefährlich werden, wenn es um die Sicherheit eines Weltstars geht. In jeder Person, die meinen Weg kreuzt, sehe ich eine potenzielle Bedrohung. Während Ismail die Umgebung unmittelbar um uns im Auge behält, kümmere ich mich um die Menschen, die in die Komfortzone von Miss Wells eindringen wollen.

»Vielleicht hast du recht, und ich rede mal wieder zu viel.«

»Vielleicht«, erwidere ich und hebe einen Mundwinkel an, was wohl einem Lächeln am nächsten kommt.

Beim Verlassen des Hotels erwarten uns ein Dutzend Paparazzi, die ihr Blitzlichtgewitter auf Miss Wells loslassen. Ihr Lächeln wirkt heute müde, trotzdem sieht sie hübsch aus in ihrem weißen Kleid mit dünnen Trägern, das ihr bis zum Knie reicht. Da wir heute ein größeres Sicherheitsaufgebot haben, sitze ich mit Miss Wells auf der Rückbank, während Harris und Ismail vorne sitzen. Sobald der Wagen losfährt, entweicht der jungen Frau neben mir ein erleichtertes Seufzen. Sie streicht sich eine perfekt gestylte blonde Strähne aus dem Gesicht, wendet sich mir zu und ertappt mich dabei, wie ich sie mustere. Normalerweise ist mein Blick aus dem Fenster gerichtet, sobald wir losfahren. Doch heute verweilt mein Blick länger auf meiner Klientin als sonst.

»Danke für die Bücher gestern Nacht. Oder besser gesagt heute Morgen.« Sie schenkt mir ein ehrliches, wenn auch träges Lächeln. Ihre Finger spielen mit dem Riemen ihrer Handtasche, der von ihrer Schulter geglitten ist.

»Gern geschehen. Ich weiß, wie viel Ihnen Bücher bedeuten. Sie haben meist mehr Bücher als Kleidung im Gepäck.« *Warte mal? Wieso habe ich das gesagt?* Der Schlafmangel meinerseits muss mir eine lockere Zunge beschert haben. Die ersten Worte hätten völlig ausgereicht. *Wieso musste ich in Smalltalk verfallen?*

»Das stimmt, und du bist der Einzige neben meiner Mutter, der das nicht als Schwachsinn abtut. Manche halten es für verrückt.«

»Wir haben alle etwas, das uns viel bedeutet. Niemand sollte das ins negative Licht rücken.«

»Sag das mal den unzähligen Menschen, die bei jedem Schritt meinerseits auf einen Skandal hoffen.« Ich zucke mit den Schultern, als Miss Wells' Smartphone zu läuten beginnt.

»Hey, Libby. Was gibt's?« Ihre Hand legt sie auf ihren Schoß, während sie ihrer Assistentin lauscht.

»Ja wir sind bereits losgefahren.« Miss Wells lehnt sich in ihrem Sitz zurück und schließt die Augen. *Hat sie wieder die ganze Nacht gelesen?* Es wäre nicht das erste Mal, und selbst wenn sie Augenringe hat, steht ihr ein talentiertes Team aus Make-up-Artists zur Seite, die darauf spezialisiert sind, die Erschöpfung und Müdigkeit aus ihrem Gesicht verschwinden zu lassen. Ich blende ihr Telefonat aus und sehe wieder nach draußen.

»Ein Kinderkrankenhaus? Heute noch?«, fragt Miss Wells plötzlich und lässt mich meinen Blick vom Fenster abwenden. Sie knabbert an ihrer Unterlippe und scheint nachzudenken.

»Doch, doch. Ich möchte das unbedingt tun, aber müssen wir es öffentlich machen? Ich meine, ich könnte die Kinder doch einfach ohne Medienrummel besuchen.« Wieder Stille, und als sie die Schultern sinken lässt, weiß ich, dass ihr die Antwort nicht gefällt.

»Publicity. Verstehe.« Während Miss Wells telefoniert, greife ich nach meinem Smartphone und öffne den Gruppenchat des heutigen Sicherheitsteams, den ich täglich anpasse, sodass nur das Team des Tages diese geheimen Informationen erhält. Mein Blick wandert zu ihren Lippen, an denen sie immer noch knabbert. Gestern haben sie vor Schock und Angst gezittert.

Es war einer der schlimmsten Momente seit meiner Anstellung und mein fahrlässigster. Wer weiß, was passiert wäre, wenn ich zu spät gekommen wäre. *Hätte Torben sie geküsst?* Der Gedanke lässt mich die Hand zur Faust ballen, die andere klammert sich fester ums Handy. Dieser Arsch hätte eine Abreibung verdient, aber es ist wichtig, dass ich die Professionalität wahre und nicht persönlich werde. Als sie das Gespräch beendet, wendet sie sich mir zu.

»Planänderung. Eine Pause wird mir nicht vergönnt sein, wie du gehört hast.« Mein Handy vibriert, und als ich einen Blick darauf werfe, stelle ich fest, dass wir vom Management bereits die wichtigsten Informationen erhalten haben. Nun ist sie diejenige, die aus dem Fenster sieht, und etwas in mir sträubt sich dagegen, Mitleid für sie zu empfinden. Sie hat sich bewusst für diesen Beruf entschieden und geht ihm bereits seit Jahren nach. Trotzdem hoffe ich, dass Miss Wells bald die wohlverdiente Pause bekommt, die sie so dringend benötigt.

Heute sind die Fanmassen stärker vertreten als sonst. Miss Wells macht ein paar Selfies und gibt Autogramme, während wir als Sicherheitsteam alle Hände voll zu tun haben, um dafür zu sorgen, dass niemand sie unerlaubt berührt oder ihr zu nahe kommt. Es sind Momente wie diese, in denen ich trotz des Trubels die Ruhe bewahre. Ich scanne die Umgebung, präge mir auffällige Personen in meinem Umfeld ein und achte darauf, meine Klientin mit dem Körper abzuschirmen, sodass sie nach ihrem Besuch im Krankenhaus wieder sicher in den SUV steigen kann.

»Nova! Hierher!«, schreit ein Reporter und will ihr seine große Kamera ins Gesicht halten, doch ich blocke ihn ab. Fragen der Presse werden willkürlich herumgeschrien, manche unverschämt, andere berechtigt, doch sie antwortet auf keine einzige, zeigt allen ihr professionelles Lächeln und begibt sich in den Wagen.

»Was für ein Tag«, murmelt sie, ehe sie ihren Kopf zurücklehnt und schwer atmet. Die Erschöpfung ist ihr deutlich anzusehen, und da sie im Kinderkrankenhaus mehrmals das Gesicht verzogen und sich an die Stirn gegriffen hat, weiß ich, dass ihre Kopfschmerzen schlimmer geworden sind.

»Ich habe hier Schmerztabletten und eine Flasche Wasser für Sie.« Ihre Augen öffnen sich, und sie strahlt mich dankbar an.

»Hat Libby endlich eine Tablette organisiert?«, fragt sie.

»Nein, ich habe immer welche dabei.«

»Oh. Danke.« Sobald sie diese eingenommen hat, atmet sie tief durch. Ich drehe ihr den Rücken zu und versuche, ihr so viel Ruhe und Privatsphäre zu lassen wie nur möglich. Während ich im Kopf bereits die Sicherheitsmaßnahmen für die Award Show durchgehe, spüre ich nach einer Rechtskurve einen Druck auf meiner Schulter. Miss Wells ist eingeschlafen und gegen meinen Körper gesunken.

Ich versteife mich, kann aber meine Augen nicht von ihrem blonden Haarschopf abwenden. Meine Pflicht als Bodyguard sieht vor, dass ich sie in die andere Richtung drehe. Aus professioneller Sicht sollte ich uns aus dieser verfänglichen Situation lösen, aber sie sah den ganzen Tag so müde aus, dass ich es nicht übers Herz bringe, sie aufzuwecken.

Einige Stunden später kann Miss Wells fünf Awards ihr Eigen nennen. Award-Shows sind zum Glück gut abgeschirmt, und es ist ausreichend Sicherheitspersonal zugegen, sodass ich mich nur auf Miss Wells konzentrieren muss. Es ist ein anstrengender Job, für die Sicherheit einer Pop-Prinzessin zu sorgen, wie sie gern genannt wird. Ich bleibe auch dann in ihrer Nähe, als sie nach der Show ihre Rede hält. Obwohl sie in ihrer Karriere schon unzählige Preise gewonnen hat, glaube ich die gerührten Worte, die ihre Lippen verlassen.

Sie spricht von Träumen und Demut sowie davon, weiterhin besser werden zu wollen. Und während ich sie beobachte, wie sie in einem ausladenden pinken Kleid dasteht und in die Kamera lächelt, kann ich nicht anders.

Ich lächele ebenfalls, weil ich stolz auf meine Klientin bin und es mir eine Ehre ist, für den Schutz einer solch talentierten Künstlerin zu sorgen. Als sie zufällig in meine Richtung schaut, stockt sie. Unsere Blicke begegnen sich, und wie vorhin, als ich sie nach der Fahrt schließlich doch aufwecken musste, sehe ich Verwunderung und Überraschung in ihrem Gesicht. Eine Sekunde später redet sie weiter, und es wirkt so, als habe sie nur kurz nach Worten gesucht. Erst einen Augenblick später wird mir klar, was der Grund für ihren überraschten Gesichtsausdruck gewesen sein muss. Es war das erste Mal, dass ich sie angelächelt habe.

KAPITEL 5

Novalee

Am Gate werfe ich einen schnellen Blick durch die Glaswand, hinter der der Privatjet steht, der meine Mutter, Thorne und mich nach New York bringen wird. Er ist kleiner als eine Linienmaschine und wird täglich gewartet, doch meine Flugangst macht es mir trotz aller rationalen Argumente schwer, mich zu entspannen. Denn in mir festigen sich nur die Angst und die ansteigende Panik. Meine Hände fangen an zu schwitzen, und bereits der Gedanke an den Flug lässt meinen Puls ansteigen. Ich fingere an meiner Handtasche herum und möchte am liebsten hier am Gate hin und her gehen, um diese Nervosität in mir loszuwerden.

Ich versuche mich auf meine Umgebung zu konzentrieren, doch ich nehme nur Thorne wahr, der sich in meiner unmittelbaren Nähe befindet. Er trägt eine Anzughose und ein weißes Poloshirt, das sich um seinen muskulösen Oberkörper spannt. Er behält die Menschen im Blick, auch wenn diese nicht zahlreich zugegen sind.

Er sieht aus wie ein Schauspieler aus einem koreanischen Drama, das ich letzte Woche angefangen habe, jedoch aufgrund meines vollen Terminkalenders nicht beenden konnte. Bei meinem Konzert in Südkorea wurde er oft von Menschen auf Koreanisch angesprochen, doch er musste immer antworten, dass seine Mutter zwar Koreanerin war, er aber die Sprache nicht spricht. Das sind Dinge, die ich im Laufe der Zeit herausgefunden habe, doch es war nicht Thorne selbst, der sie mir erzählt hat. Als ich zufällig ein Gespräch zwischen ihm und Ismail mitgehört habe, habe ich erfahren, dass Thorne drei Geschwister hat. Es fühlt sich manchmal unfair an, denn während er fast alles über mein Leben weiß, habe ich keine Ahnung, wer der Mann an meiner Seite ist. Wer er *wirklich* ist.

Meine Mutter sieht abwechselnd auf ihr Smartphone oder in ihren Handspiegel und ist durchgehend mit sich selbst beschäftigt. Abgesehen von einer kurzen Begrüßung haben wir seit unserem Streit im Auto kaum ein Wort miteinander gewechselt. Sie zeigt mir die kalte Schulter und schürt somit mein schlechtes Gewissen.

Ich habe ein Vermögen von siebenhundert Millionen Dollar, und laut dem Forbes-Ranking bin ich auf Platz vierzehn der reichsten weiblichen Selfmade-Millionärinnen – ein weiterer Titel, den ich niemals wollte. Die Summen, die meine Mutter ausgibt, werden mich nicht ärmer machen. Vielleicht habe ich überreagiert, weil ich müde und ausgelaugt war. Mir ist klar, dass ich mich entschuldigen sollte, aber gerade habe ich nicht die Kraft dafür. Mein Fokus liegt auf meiner Flugangst, die mir das Leben schwermacht. Mittlerweile kann ich sie verbergen, doch in mir tobt ein Sturm, dem ich nicht entfliehen kann.

»Jetzt setz dich doch mal hin, und reiß dich zusammen!«, zischt meine Mutter leise, als ich tatsächlich hin und her gehe, weil ich nicht mehr stillhalten kann. Ich blicke sie entgeistert an, tue aber, was sie sagt.

»Ist alles in Ordnung?«, will Thorne wissen und ist sofort an meiner Seite. Er weiß nichts von meiner Flugangst, und das ist auch gut so. Es ist auch so schon schwer genug für mich, sie zu akzeptieren, da reicht es, wenn nur meine Mom Bescheid weiß.

Ich lächle ihn an und nicke, habe Angst, dass meine Stimme zittert, wenn ich jetzt spreche. Er wirft meiner Mutter einen kurzen Seitenblick zu, als würde es ihm gar nicht gefallen, dass sie die Stimme gegen mich erhoben hat, nickt dann aber.

»Langsam solltest du diese Angst überwunden haben. Du fliegst beinahe täglich durch die Gegend«, flüstert meine Mutter, als wir zehn Minuten später die Treppen zum Jet hinaufgehen. Thorne ist bereits drin und sichert das Flugzeug, wie er es immer tut. Erst nach seinem Okay dürfen wir eintreten.

»Ich gebe mir Mühe, aber das ist kein Schalter, den man einfach so umlegen kann«, erwidere ich müde.

»Dann versuche es nicht zu zeigen. Was wird die Presse davon halten, wenn deine Ängste an die Öffentlichkeit kommen?«

Vielleicht, dass ich menschlich bin? Womöglich würden meine Fans sehen, dass auch ich eine von ihnen bin, mit Unsicherheiten und Ängsten, und nicht das perfekte Popsternchen, für das mich alle halten! Dieser Makel würde ihren Blick auf meine Musik und mich nicht verändern. Oder?

Meine innere Novalee ist mal wieder in Fahrt. Wie immer schlucke ich meine Wut runter, werde aber sofort mit heftigen Kopfschmerzen dafür bestraft. Schließlich nicke ich einfach, denn egal was ich sagen würde, meine Mutter würde doch ein Gegenargument finden. Sie hat immer viel auf die Meinung der Presse und meiner Fans gegeben, weil sie mich an die Spitze bringen wollte, doch mittlerweile ist ihr Wunsch für mich eher Belastung als Segen, auch wenn ich weiß, dass sie es nur gut meint.

Meine Schlaftropfen haben dafür gesorgt, dass ich während des gesamten Flugs nach New York geschlafen habe. Auch wenn meine Ankunft nicht öffentlich angekündigt wurde, erwarten mich eine Handvoll Fans am JFK-Flughafen. Meine

Miene wird weicher, und trotz meiner Müdigkeit gehe ich auf die Traube zu, um einigen Signierwünschen nachzugehen. Sofort ist Thorne an meiner Seite und wehrt ein paar Arme ab, die mich berühren wollen.

»Ich höre deine Musik seit der Grundschule. Du bist mein Vorbild, und ich möchte eines Tages so berühmt werden wie du«, sagt ein Mädchen und lächelt mich mit glänzenden Augen an. Ich halte beim Signieren inne und mustere sie. Das Mädchen wirkt jung auf mich, wie eine Highschool-Schülerin mit langen brünetten Locken, die meinen von damals ähnlichsehen. Ich war ein brünetter Wirbelwind, bis meine Mutter mir den Weg zum Ruhm geebnet hat.

Das junge Mädchen heißt Sara, und plötzlich sehe ich ein Leuchten in ihren Augen, das mich direkt in die Vergangenheit katapultiert. In eine Zeit, als ich in Cowboystiefeln und Hut vor dem Spiegel gestanden und aus vollem Halse Countrysongs gesungen habe. Mein Strahlen von damals war Saras so ähnlich. Heute sind meine eisblauen Augen matt und glanzlos.

Am liebsten würde ich ihr sagen, dass sie mir nicht nacheifern sollte, dass sie einen anderen Weg einschlagen muss, um ihr Glück zu finden. Eine weltbekannte Popsängerin zu sein hat auch seine Schattenseiten, von der diese Menschen hier keine Ahnung haben. Doch ich sollte ihnen nicht ihre Illusion zerstören, sondern dankbar sein, dass mein Beruf als Sängerin sie inspiriert.

»Ich wünsche dir alles Glück der Welt«, sage ich mit belegter Stimme und meine es auch so. Thorne tippt mir einmal auf die rechte Schulter, unser Zeichen dafür, dass wir weitergehen müssen, und holt mich so zurück aus der Erinnerung, die sich schwer um mein Herz gelegt hat. Ich verabschiede mich, winke meinen Fans noch einmal zu und gehe zu meiner Mutter, die etwas abseits steht.

»Wohin fahren wir jetzt?«, will sie gut gelaunt wissen, so als wäre sie bereit für einen Tag voller Aktivitäten und Abenteuer.

»Ich weiß nicht, was du vorhast, aber ich fahre nach Hause. Ich bin völlig erledigt.«

»Wie kannst du noch müde sein, wenn du den ganzen Flug über geschlafen hast?«, fragt sie ungläubig.

»Die letzten Monate zerren wohl noch an mir.«

»Aber solltest du das Tourende nicht gebührend feiern?«

»Mir ist nicht nach Feiern zumute, sondern nach Ruhe.« Sie versteht den Wink mit dem Zaunpfahl, denn was ich eigentlich sagen will, ist, dass sie und ich räumlichen Abstand brauchen. Vor allem nach dem Streit in L.A.

»Ich verstehe schon«, meint sie und rümpft die Nase, als hätte ich sie beleidigt. Dabei war das nicht meine Absicht. *Sieht sie nicht, wie ausgelaugt ich bin? Als Mutter muss sie solche Dinge doch spüren, oder?*

»Fährst du mit uns zum Wohnhaus?«, will ich wissen und setze mich in Bewegung, weil sich immer mehr Schaulustige um uns herum versammeln. Es sind fast so viele Handykameras auf mich gerichtet wie Augenpaare. Es ist ein gewohntes Szenario, und trotzdem erstickt es mich innerlich.

»Nein, ich werde zu Abend essen und eine Shoppingtour machen.«

»Mom …« Ich will sie zu mir in die Wohnung einladen, eventuell etwas zu Essen bestellen und mit ihr reden. Das haben wir in meiner Kindheit öfter getan, bis sie immer mehr die Rolle der Managerin eingenommen hat. Ich ringe mir ein Lächeln ab, doch das bekommt sie nicht mehr mit, denn sie dreht sich um und geht in die entgegengesetzte Richtung.

»Mach's gut«, sage ich leise und lasse mich von Thorne zum VIP-Parkplatz führen. Ich merke, dass er mir Seitenblicke zuwirft, doch ich gehe nicht darauf ein. Mein Bodyguard ist nicht gerade der größte Fan meiner Mutter. Man muss kein Genie sein, um das festzustellen. Schon häufiger hat es auf mich so gewirkt, als würde er meiner Mutter gerne die Meinung sagen, doch er hält sich stets zurück.

Sein Pokerface entgleitet ihm nicht oft, doch in Gegenwart von Audrey Wells ist er häufig kurz davor.

Ein schwarz glänzender SUV parkt auf einem der VIP-Parkplätze. Die Vorstellung, wieder sitzen zu müssen, widerstrebt mir, denn eigentlich möchte ich mich nur hinlegen und schlafen. Doch auch wenn es mir ab und zu gelang im Sitzen einzuschlafen, sehnte ich mich nach einem Bett.

Thorne entriegelt das Auto, öffnet mir die Rücksitztür und wartet, bis ich eingestiegen bin. Dann schließt er sie sanft, ehe er selbst auf dem Beifahrersitz Platz nimmt.

»Wohin soll es jetzt gehen?«, fragt er, als ich mich anschnalle. Zwar weiß Thorne, dass es der ursprüngliche Plan war, in mein Penthouse an der Upper West Side zu fahren, doch er fragt mich trotzdem nach meinem Wunsch, als hätte ich die Macht, die Tagesordnung zu ändern. An freien Tagen wie heute wäre das auch im Bereich des Möglichen, doch normalerweise sind meine Arbeitstage von morgens bis abends fest durchgetaktet. Manchmal komme ich nicht mal zu alltäglichen Dingen wie einer vernünftigen Mahlzeit oder einem entspannten Gespräch, weil ich immerzu von einem Termin zum nächsten hetze. Aber kein Tag gleicht dem anderen, denn in meinem Arbeitsumfeld kann sich alles schlagartig ändern.

Morgens gebe ich manchmal ein Radiointerview oder bin bei einem Shooting, dann muss ich plötzlich zehn TikToks vordrehen, mich mehrfach umziehen, um Social-Media-Fotos zu schießen oder spontan an meinen Songs feilen, weil die Produktionsfirma noch nicht ganz zufrieden ist. In meinem Beruf kommt selten Langeweile auf, dafür ist er umso kräftezehrender.

Manchmal schaffe ich es nicht mal, mich abzuschminken, weil ich einfach auf der Couch einschlafe. Und wenn ich ganz lebensmüde bin, lese ich Berichte, Kommentare und Videos zu meiner Person. Es ist das Schlechteste, was ich für meine mentale Gesundheit tun kann, doch in manchen Momenten bin ich einfach schwach.

Als würde Thorne merken, dass ich mit den Gedanken abgedriftet bin, sucht er meinen Blick im Rückspiegel und räuspert sich. Und erst da fällt mir ein, dass ich ihm noch eine Antwort schulde.

»Nach Hause.«

»Geht klar.« Während der Fahrt herrscht völlige Stille, die mich umfängt wie eine Umarmung. Es ist einer der seltenen Momente, in denen niemand etwas von mir will und keine fremden Augen auf mich gerichtet sind. Es ist beinahe befreiend, doch der Augenblick hält nicht lange an, denn als wir vor meinem Gebäude vorfahren, werden wir von einer kleinen Ansammlung von Fans in Empfang genommen. Hier und da sind auch Leute von der Presse zu sehen, doch es hält sich in Grenzen. Würde ein unsinniges Gerücht die Runde machen, würden sie sich wie Aasgeier auf mich stürzen.

Ich seufze auf, denn ich wollte gerne noch eine Weile einfach Novalee sein und nicht gezwungen lächeln müssen, doch jetzt tue ich genau das und winke aus dem Fenster, als wir endlich in die Tiefgarage fahren, die zum Glück nur von Bewohnenden und deren Besuch betreten werden darf. Ich bedanke mich bei meinem Bodyguard, der mir aus dem Wagen hilft, und auf dem Weg nach oben frage ich mich, ob ich diese kostbaren Momente der Ruhe in nächster Zeit wieder erleben darf. Ab morgen muss ich wieder der Weltstar Nova sein.

»Verdammte Scheiße«, höre ich Thorne fluchen, als ich aus dem Badezimmer trete und ihn in meinem Wohnzimmer vorfinde. Er mahlt mit dem Kiefer und macht den Anschein, als wolle er jemanden packen und gegen eine Wand schleudern. Heute trägt er einen Anzug mit Krawatte und seinen typisch grimmigen Blick, an den ich mich bereits gewöhnt habe.

»Stimmt etwas nicht?«, frage ich, doch ehe er zu einer Antwort ansetzen kann, klingelt mein Handy. Da es mein Manager ist, hebe ich augenblicklich ab.

»Hey, Tate. Ich wollte mich gerade auf den Weg zu *Start Entertainment* machen.«

»Nova. Hallo. Ähm, ich denke, du solltest besser vorerst zu Hause bleiben.«

»Aber wir haben doch einen Termin«, sage ich und runzle die Stirn, als mein Bodyguard ans Fenster tritt und die Zähne fletscht. Langsam nähere auch ich mich den deckenhohen Fenstern, kann draußen aber aus dieser Entfernung nur eine Menschentraube erkennen.

»Hast du meine Nachrichten nicht gelesen?«

»Nein, ich war im Badezimmer und wollte mich der Nachrichtenflut erst nach meinem ersten Kaffee widmen.«

»Du stehst auf den Titelblättern sämtlicher Klatschmagazine. Torben Kliff und du wurdet küssend abgelichtet, und jetzt brodelt es in der Gerüchteküche. Leider bist du aufgrund seines negativen Rufs auch im Schussfeuer.«

»Was? Wir haben uns nie ge…« Plötzlich erscheint der Vorfall aus Los Angeles vor meinem inneren Auge. Seine Annäherung, wie er sich neben mir an der Wand abgestützt hat, und dieses berechnende Grinsen auf seinem Gesicht. Ein kalter Schauer überkommt mich, legt sich wie eine Eisschicht über meine Haut.

»Tate, ich rufe dich zurück«, sage ich hastig, lege auf, bevor er mir antworten kann, und gehe in meinen Chatverlauf, wo mir Tate, Callen sowie Libby geschrieben haben. Ich öffne einen Link, den Tate angehängt hat, und starre auf das Foto, auf dem ich unweigerlich zu erkennen bin, direkt neben seinem Gesicht, das meinem so nah ist. Es sieht tatsächlich so aus, als würden wir uns küssen.

»Er hat das geplant«, flüstere ich, und kann aus dem Augenwinkel erkennen, dass Thorne sich mir nähert.

»Der Vorfall in L.A.« Es ist keine Frage, sondern eine Feststellung, die aus seinem Mund kommt.

»Aber ich habe niemanden gesehen, der ein Foto gemacht hätte«, sage ich und spüre, wie sich mein Puls beschleunigt. Nach einem Jahrzehnt im Showbusiness habe ich schon einige Dinge erlebt. Gute wie schlechte, aber nur weil ich vieles ertragen habe, heißt das nicht, dass es leicht ist. Niemand möchte benutzt werden. Und genau das hat dieser Torben eben getan.

»Ich habe jemanden gesehen, der mir entgegengekommen ist, doch ich habe nicht weiter auf ihn geachtet. Mein Fokus lag darauf, Sie zu finden.«

»Derjenige muss wohl das Bild gemacht haben.« Seufzend überfliege ich den Artikel und finde auch das, wonach ich gesucht habe. Torben bringt ein neues Album raus. Genau deswegen hat er es auf mich abgesehen. Er brauchte Publicity.

»Er wollte sich wieder ins Gespräch bringen.«

»Dachte ich mir schon. Gott, wieso habe ich ihm in L.A. nicht eine verpasst«, meint Thorne und fährt sich mit der Hand übers Gesicht. Seine schwarzen, dichten Haare sind nicht wie sonst adrett frisiert, sondern stehen in alle Richtungen ab, als wäre er sich mit der Hand öfter hindurchgefahren.

»Weil das alles nur verschlimmert hätte.« Thorne ist ein Profi und weiß, dass er nie unnötig Gewalt anwenden darf. Er muss mich beschützen, darf dabei aber nicht andere verletzen.

Und das weiß er auch, also nickt er und lockert seine Schultern, ehe er sich voll und ganz mir zuwendet.

»Wie wollen Sie weiter vorgehen?«, fragt er mich, doch ich zucke nur mit den Schultern. Meine Entscheidung wird mir abgenommen, als mein Smartphone erneut zu läuten beginnt und ich nach dem Abheben wieder Tates Stimme höre.

Als wir mit dem Auto aus der Parkgarage fahren, werde ich vom Blitzlichtgewitter beinahe geblendet. Das Licht verschlimmert meine Kopfschmerzen, die im Laufe des Morgens immer stärker geworden sind. Thorne entfährt ein Knurren, doch ansonsten bleibt er ruhig und fährt gemächlich weiter. Bei der Menge an Reporterinnen und Reportern frage ich mich, ob dieses unsinnige Gerücht vielleicht doch einen großen Einfluss auf meine Karriere haben könnte. Ich lese zwei Artikel, bevor ich wütend das Handy neben mich auf den leeren Sitz werfe. Torbens Ruf legt sich wie ein Schatten um meine perfekt weiße Weste, wie eine Zeitung meint. Es wird gefragt, ob ich nicht tief in meinem Inneren ein böses Mädchen bin, wenn ich mich an einen Typen wie ihn ranschmeiße. Ich versuche nicht mehr daran zu denken und blicke aus dem Fenster, ohne wirklich etwas wahrzunehmen.

Wir fahren zu *Start Entertainment*, der Agentur, die mich schon seit über zehn Jahren vertritt. Damals haben sie Potenzial in dem kleinen Mädchen mit der kräftigen Stimme gesehen und mich direkt unter Vertrag genommen. Durch meinen Erfolg und ihr Management-Geschick haben wir zusammen die Marke Novalee Wells und *Start Entertainment* ganz nach oben gebracht. Es waren harte und kräftezehrende Jahre, aber die Arbeit hat sich ausgezahlt.

Nun bin ich eine gefeierte Künstlerin und die Agentur eine der erfolgreichsten der Vereinigten Staaten. Ich treffe mich heute mit Callen Mahoney, dem CEO, und meinem Manager Tate Quinlan. Die beiden begrüßen uns mit einem sorgenvollen Lächeln. Wir befinden uns in Callens Büro, dem hellsten Raum auf der Etage. Hinter seinem Schreibtisch, der sich im hinteren Bereich des Zimmers befindet, steht ein aus hellem Holz gezimmertes Regal, in dem abwechselnd Ordner, Urkunden und Deko platziert wurden.

Jedes Fach leuchtet in einer anderen Farbe und bringt bunte Tupfer in das eher minimalistisch eingerichtete Büro. In der Mitte des Raumes befindet sich eine gepolsterte Sitzgruppe, bestehend aus zwei Dreisitzer-Sofas und zwei Ohrensesseln, und dort nehmen wir Platz. Thorne stellt sich schweigend an die Wand gegenüber von mir, wobei er den Blickkontakt stets aufrechterhält, während Callen und Tate sich mir zuwenden.

»Wie geht es dir nach der langen Tour?«

»Ich bin müde und habe Kopfschmerzen, aber sonst bin ich okay.«

»Hast du schon einen Arzt wegen der Schmerzen aufgesucht?«, will Callen wissen, doch ich schüttle den Kopf. Seit ich wieder zu Hause bin, war ich ständig auf Achse, sodass mir nicht einmal der Gedanke gekommen ist, mir Hilfe zu holen.

»Nein, die bekomme ich mit Schmerztabletten und viel Wasser gut in den Griff.«

»Mir wäre es trotzdem lieber, wenn du dich bei unserer Firmenärztin durchchecken lassen würdest. Für die Tour warst du viel unterwegs, und da sollten wir auf Nummer sicher gehen, dass der Stress dir nicht körperlich zugesetzt hat.« Etwas in mir will sagen, dass es dafür längst zu spät ist, doch ich schiebe diese Gedanken weit von mir. Mir geht es gut, und diese Schmerzen sagen nichts über meinen Zustand aus.

»Sobald der Schmerz sich verschlimmert, werde ich sie aufsuchen, aber im Moment musst du dir keine Sorgen machen.«

Es ist schon traurig, dass der CEO meiner Agentur sich mehr um mich sorgt als meine eigene Mutter, die sich seit unserer Verabschiedung am Flughafen kein einziges Mal bei mir gemeldet hat.

»Ich vertraue darauf.« Callen ist nur zwölf Jahre älter als ich und geht auf die Vierzig zu, doch ich sehe ihn immer noch als jungen Mann vor mir, der so viel Potenzial in mir gesehen hat, bevor mir der Durchbruch gelang. Callen war so etwas wie ein Freund, und ich bin froh, dass wir im Laufe der Jahre zu einem guten Team geworden sind.

»Kommen wir zum Anlass unseres Treffens«, meint Tate und greift nach seinem iPad. Ich verkrampfe mich innerlich und spüre den leider zu bekannten Druck in meinem Kopf. Der Startschuss für meine kommenden Schmerzen.

»Es geht um die aktuellen Gerüchte. Einige sind lächerlich und völlig an den Haaren herbeigezogen. Einige involvieren deine Mutter, die allgemein als geldgeil bezeichnet wird, und es gibt Spekulationen zu deiner Gesundheit. All diese Artikel finden wir fast täglich in den Onlineforen, doch dieses Dating-Gerücht mit Torben Kliff hält sich hartnäckig und könnte zum Problem werden.«

»Können wir es in den Griff bekommen?«, frage ich, weil ich keine Ahnung von Social-Media-Einschätzungen habe und für mich nur die Lösung wichtig ist. Normalerweise wäre auch jemand vom Presseteam bei unserem Meeting anwesend, doch ich wollte nicht zu viele Menschen um mich herum haben.

»Wir werden ein Statement abgeben, dass ihr in keiner Beziehung zueinander steht, und hoffen, dass sich die Lage beruhigt. Die Klatschzeitungen werden schnell still, wenn man mit einer Klage wegen Rufschädigung droht.«

»Müssen wir denn drohen?«

»Na ja, sein Ruf ist nicht der beste, und die Paparazzi warten nur darauf, an deiner perfekten Fassade zu kratzen, sodass deine Fans dich in einem anderen Licht sehen. Wenn wir ihnen nicht Einhalt gebieten, kann es nur schlimmer werden. Die Menschen lassen sich leider leicht manipulieren.«

»Du denkst, dass mein Privatleben meinen Ruf so negativ beeinflussen könnte?« Es fällt mir schwer zu glauben, dass der Status des Mannes an meiner Seite mir schaden könnte. Doch dann muss ich wieder an die Meute denken, die mich vor meinem Zuhause und auch hier vor *Start Entertainment* erwartet hat.

»Nova, das klingt vielleicht kalt, aber im Business zählt nicht immer die Wahrheit. Sie sehen die problematischen Dinge in Torbens Vergangenheit und versuchen, sie dir anzuhängen. Die Menschen gieren nach etwas Verruchtem und Skandalösem.«

»Das ist doch Schwachsinn«, murmle ich und fahre mir durchs Haar, das ich heute offen trage. Kurz schaue ich zu Thorne. Bilde ich es mir ein, oder ist sein Blick weicher als sonst?

»Es ist in dieser Branche leider so. Wir werden die Gerüchte dementieren und versuchen, alles richtigzustellen.«

»Wird es die Leute, die mir vor meinem Wohnhaus und der Firma auflauern, auch in Schach halten? Es sind mehr als je zuvor.« Ich bin es gewohnt, von Paparazzi verfolgt zu werden, aber diese Menge ist neu für mich und macht mir auch ein wenig Angst.

»Du solltest dich vielleicht zwei Wochen ausruhen, bis Gras über die Sache gewachsen ist.«

»Zwei Wochen? Mein Kalender ist voll mit Auftritten und Terminen.«

»Libby wird sich darum kümmern. So kannst du dich auf deine Gesundheit konzentrieren.«

»Und was ist, wenn ich die Termine trotzdem wahrnehme?« Etwas in mir möchte sich nicht verstecken, sondern der Meute die Stirn bieten. Ihnen zeigen, dass Gerüchte mich nicht unterkriegen können.

»Das könnten wir versuchen, doch wie du schon sagtest, das Presseaufgebot hat sich verdoppelt, und sie werden nicht ruhen, bis sie dich aus der Reserve gelockt haben. Und du weißt selbst, wie penetrant sie es versuchen werden.« Das tue ich tatsächlich. Sie schreien mir die unverschämtesten Fragen zu, um eine Reaktion von mir zu bekommen. Ich habe gelernt, dass es am besten ist, nicht darauf einzugehen, doch ich bin auch nur ein Mensch, und manche Fragen und Ausrufe tun unheimlich weh.

»Ich möchte nicht vor ihnen kuschen. Wenn ich mich zurückziehe, ist es wie ein Eingeständnis, oder etwa nicht?«

»Nein ist es nicht. Es ist einfach eine normale Reaktion einer Sängerin, die eine monatelange Tour hinter sich hat. Schöpfe ein wenig Kraft, damit du dann all deine Energie in dein neues Album stecken kannst.«

»Hmm«, murmle ich und nicke, auch wenn mein neues Album mir noch nicht greifbar erscheint. Meine Kopfschmerzen machen es mir schwer, überhaupt einen klaren Gedanken zu fassen. Und da sind diese negative Aufmerksamkeitswelle und die Leute von der Presse nicht gerade hilfreich. Schließlich blicke ich aus dem bodentiefen Fenster rechts von mir. Mir war bewusst, dass es nach der Tour mit Sicherheit wieder etwas geben würde, das mich dazu zwingen würde, wieder mehr Öffentlichkeitsarbeit zu betreiben, aber dass ich mich nun verstecken soll, hätte ich nicht ahnen können. Was wird passieren, wenn ich tatsächlich einmal eine Beziehung haben sollte und der Mann an meiner Seite meinen Fans nicht gefällt? *Darf ihre Meinung denn wichtiger sein als meine eigenen Gefühle?*

Start Entertainment schickt mich für zwei Wochen ins Exil, um meinen Ruf zu schützen, und mir bleibt nichts anderes übrig, als es zu akzeptieren. Dass dieser Gedanke mir eine Welle der Übelkeit beschert, überspiele ich, und niemand außer Thorne scheint mitzubekommen, dass mich diese Umstände belasten. Als ich kurz Thornes Blick erwidere, dreht er den Kopf zur Seite, also wende ich mich wieder meinem Team zu. Wir unterhalten uns über Termine und Social-Media-Kampagnen, die nach meiner Pause anstehen. Das Meeting zieht sich ewig hin, und ich atme fast erleichtert aus, als wir uns verabschieden. Thorne lässt mir den Vortritt, als ich aus dem Büro trete, und wir machen uns auf den Weg zu den Aufzügen.

Als ich jedoch den Kopf hebe und die Person erkenne, die mir entgegenkommt, bleibe ich kurz vor Überraschung stehen. Thorne tritt an meine Seite und folgt meinem Blick. Ich setze mich wieder in Bewegung und gehe auf Dexter zu. Den einzigen Mann, für den ich je tiefe Gefühle hatte. Derjenige, der mich abgewiesen hat.

KAPITEL 6

Novalee

Vor drei Jahren bat mich Aspen, auf seiner Filmpremiere zu erscheinen. Sein Spitzname lautet *THV: the hot villain,* und dieser passt perfekt zu den Charakteren, die er damals gespielt hat. Er gilt als der neue Stern am Schauspielhimmel und ist ein guter Kerl. Dann stellte er mir Dexter Wining, seinen Manager, vor, der mein Herz mit seinen atemberaubenden Augen und dem umwerfenden Lächeln im Sturm eroberte.

Er ist groß, überaus gutaussehend und hat warme grüne Augen, die die Kälte in meinem Inneren vertrieben. Wir lernten einander kennen und begannen eine Affäre. Wir einigten uns auf etwas Lockeres, doch meine Gefühle waren von Anfang an tiefer. Ich war so naiv zu glauben, dass Dexter sich mit der Zeit in mich verlieben würde. Wir verstanden uns blendend, und er wurde zu meinem Felsen in der Brandung, der Beständigkeit, die ich so dringend in meinem Leben wollte und brauchte.

Doch ich lag falsch, denn als ich all meinen Mut zusammennahm und ihm meine Gefühle gestand, wurde ich sanft, aber bestimmt abgewiesen. Dexter hat sich mehrmals entschuldigt, dass er mir nicht das geben kann, was ich verdient habe, doch es wäre leichter gewesen, wenn er ein Arsch gewesen wäre. Dann hätte ich ihn hassen können, doch so ist Dexter nicht.

Das Merkwürdige daran ist, dass seine Zurückweisung mich

dazu veranlasst hat, meine besten Songs zu schreiben. Die Sehnsucht nach ihm, der Trennungsschmerz und das, was wir hätten haben können, hat mich zu einigen der Songs auf meinen letzten Alben inspiriert. In diesen Songs habe ich meine verletzliche Seite gezeigt. *Und wie verletzt ich war!*

Das Stechen in meiner Brust wird stärker, je näher ich ihm komme, doch ich überspiele es und setze mein Pokerface auf. Niemand würde bei meinem Anblick meinen, dass mein ganzer Körper rebelliert, weil mir alles zu viel wird. Oder dass sich mein Herz bei seinem Anblick immer noch schmerzhaft zusammenzieht. Nicht mehr so stark wie direkt nach der Trennung, doch es tut immer noch weh. Dieses Brennen, dieser Riss in meinem Herzen, der sich nie ganz schließen ließ. Wir begrüßen uns mit einem Nicken und gehen aneinander vorbei, denn da ist nichts mehr, was gesagt werden könnte. Für Dexter bin ich eine vergangene Affäre, doch er war und ist für mich mehr als das.

Ich beschleunige meine Schritte, als ich merke, dass mir das Atmen schwerfällt. Etwas in mir möchte nicht, dass Thorne mich so sieht, so schwach und verletzlich. *Aber was soll ich tun?* Es ist sein Job, mir auf Schritt und Tritt zu folgen, also wird er ohnehin mitbekommen, wenn ich emotional werde. Ich muss mich zusammenreißen und diese Begegnung an mir abprallen lassen. Doch die Erinnerungen nehmen meinen ganzen Körper ein und ziehen mich in einen Strudel aus Emotionen.

Ich erinnere mich an seine Haut auf meiner, an stundenlange Gespräche bei Kerzenschein, an gemeinsames Lachen … damals habe ich so viel gelacht. Ich dachte, dass Dexter und mich mehr verbindet, doch ich habe mich getäuscht. So bitterlich getäuscht. Meine Kehle ist wie zugeschnürt, und als mir drei junge Frauen entgegenkommen und große Augen bei meinem Anblick bekommen, kann ich nicht Nova sein. Sobald ich einen Schritt nach draußen mache, werde ich wieder von Fans und der Presse belagert werden, doch in meinem jetzigen Zustand kann ich meine professionelle Miene nicht aufrechterhalten. Ich fühle mich nicht stark genug. Ich schließe die Augen und versuche zu Atem zu kommen, doch alles in mir verkrampft sich. Trotz meines Zustands gehe ich zum VIP-Fahrstuhl, der jedoch voll ist, und plötzlich packt mich die Panik mit eiskalten Klauen. Als ich zögere, greift Thorne sanft nach meinem Handgelenk und öffnet die Tür zum Treppenhaus. Wir betreten dieses, und die Tür fällt mit einem lauten Knall hinter uns zu.

Stille umhüllt uns, als ich ein paar Schritte gehe und meine Finger um das kalte Treppengeländer klammere. Die Kühle fühlt sich angenehm auf meiner erhitzten Haut an. *Wie kann an einem Vormittag so viel passieren?* Zuerst die Artikel in den Klatschblättern, die sich negativ auf meine Karriere auswirken könnten, dann das Zusammentreffen mit Dexter. Dann sind da noch die anderen Gerüchte, die mir angedichtet werden, und auch wenn mir klar ist, dass sie nicht wahr sind, tut es unterschwellig weh.

Die Menschen denken, dass sie das Recht haben, ihre Meinung zu meiner Person zu äußern, dass die Meinungsfreiheit ihnen das Recht gibt, über mich herzuziehen. Aber sie übersehen den Fakt, dass ich ein Mensch bin, der ein Herz hat. Und das tut gerade weh. Wegen Dexters kühlem Blick, der meinem wohl geähnelt hat, doch im Gegensatz zu ihm habe ich die Abgebrühtheit nur vorgespielt. Zu der Übelkeit von vorhin gesellen sich meine allgegenwärtigen Kopfschmerzen. Ich verstärke den Griff um das Geländer, als mich ein starker Schmerz erfasst. Mein Zischen hallt im leeren Treppenhaus wider, und plötzlich spüre ich Thornes Hand an meinem Rücken. Es ist das erste Mal, dass er das Wort ergreift, seitdem wir Callens Büro verlassen haben.

»Wie kann ich Ihnen helfen?«, flüstert er leise, und wenn ich es nicht besser wüsste, würde ich denken, dass eine Verzweiflung in seiner Stimme mitschwingt, die ich noch nie wahrgenommen habe.

»Es sind nur die Kopfschmerzen.« Seine Miene ist ausdruckslos, doch in seinen braunen Augen erkenne ich, dass er mir nicht glaubt. Als wäre er ein lebendiger Lügendetektor.

»Sind Sie sicher?« Ich sehe ihm in die Augen, wirklich tief in das warme Braun. Diesen Mann vor mir kenne ich nur als Bodyguard, sehe nicht den Menschen dahinter. Dabei erkenne ich Parallelen zu mir. Denn die Menschen kennen nur Nova, das Popsternchen. Novalee ist eine Unbekannte für viele, und langsam frage ich mich, ob ich selbst sie überhaupt noch kenne oder ob mein wahres Ich mir für immer entgleitet.

Der Schmerz hämmert gegen meine Schädeldecke, doch ich halte seinem fragenden Blick stand. Ich schulde ihm eine Antwort, da es um meine Sicherheit geht. Darum sorgt er sich.

»Mir geht es schon wieder besser.« Er sieht mich eine gefühlte Ewigkeit an, wobei er mein Gesicht mustert, als würde er es nach Narben absuchen, die sich jedoch nur in meinem Inneren befinden.

»Das heißt, wir können nun zu Ihrer Wohnung fahren?« Ich nicke, als Thorne auch schon auf sein Headset tippt.

»Ismail, mach das Auto startklar, wir sind in fünf Minuten da.« Als ich meine Augen von ihm nehme, überkommt mich erneut eine Welle. Der Schmerz ist so heftig, dass meine Knie nachgeben. Als hätte Thorne es kommen sehen, legt er einen Arm um meine Taille und hält mich, sodass ich nicht zu Boden gehe. Erschrocken klammere ich mich an seinem Anzugjackett fest und presse die Augen zusammen.

»Brauchen Sie Schmerzmittel?« Seine Worte, die Aussicht, dass er mich loslässt und ich falle, lassen Panik in mir aufflammen.

»Nein. Da helfen keine Tabletten mehr.«

Tränen sammeln sich hinter meinen Lidern, und ich kann sie nicht zurückhalten. Sie fallen, auch wenn ich nicht benennen könnte, was der Auslöser ist. *Was zum Teufel ist nur aus mir geworden?*

»Wollen Sie sich setzen?«, fragt er und will mich von sich ziehen, doch ich schüttle heftig den Kopf.

»Kannst du mich halten?«

»Miss Wells. Das ist keine gute Idee.«

»Bitte«, wispere ich, und es ist mir egal, dass ich verzweifelt wirke. Gerade brauche ich den Halt, den mir dieser Mann gibt. Ein langer Seufzer entweicht seiner Kehle, und seine angespannte Haltung löst sich.

»Ich werde Sie jetzt halten und einen Arm um Sie legen. Ist das in Ordnung?« Ich nicke schnell, denn seine freundschaftliche Nähe mildert meinen seelischen Schmerz. Als er mich umarmt, bricht der Damm in mir. Ich weine, weil ich die Kopfschmerzen nicht mehr aushalte, weil Dexter meine Liebe nie erwidert hat, weil mein Job mir die Energie entzieht und wegen weiteren Dingen, die mich belasten.

»Lassen Sie los«, wispert Thorne dicht an meinem Ohr und erzeugt mit seinen Worten ein Beben in meiner Brust. Einen Schluchzer, den ich nicht entweichen lassen möchte. Meine verkrampften Finger zittern, und meine Tränen durchnässen seinen Anzug, doch mein Bodyguard bleibt standhaft, weicht nicht zurück.

»Ich kann nicht«, flüstere ich dumpf an seine Brust. Ich klammere mich an ihn, als würde ich untergehen und er wäre die Rettungsleine. Unsere Blicke treffen sich, und in diesem

Moment wirkt er nicht wie mein Bodyguard, sondern wie ein Freund, der sich um mich sorgt.

»Darf ich offen sprechen?« Ich nicke und möchte ihn verfluchen, weil er immer um Erlaubnis bittet, sobald etwas in seinem Verhalten vom Protokoll abweicht.

»Wieso nicht? Warum zerbrechen Sie und machen es mir unmöglich, Ihnen zu helfen?« Das sind keine Worte, die er als Bodyguard an mich richtet, sondern als Vertrauter, der mir helfen will, und ich klammere mich an die Vorstellung, dass er nicht nur bei mir ist, weil ich ihn dafür bezahle, sondern weil er mich mag. Ich weiche ein wenig zurück, um ihm in die Augen sehen zu können. Sie haben die Farbe von Whiskey und strahlen Wärme aus. Die Tränen fallen weiter, und nichts in meiner Macht Stehende kann sie aufhalten. Nicht, wenn dieser Mann der einzige Freund ist, den ich gerade in meinem Leben habe.

»Weil ich beim Blick in den Spiegel nicht mich selbst sehe.« Meine Antwort ist vage, aber nichts hat sich jemals wahrer angefühlt. Ich laufe an vielen Fronten Gefahr, den Kampf gegen mich selbst zu verlieren, je mehr diese Welt an mir zerrt. Thorne nickt. Er versteht mich. Und weil er dies tut, lasse ich mich von ihm halten.

»Alles in Ordnung bei euch?« Das Knacken und die gesprochenen Worte von Ismail erschrecken uns beide, und mit einem Seufzen lasse ich zu, dass Thorne seine tröstenden Arme von mir nimmt, um seinen Finger ans Headset zu legen. Ich schaue ihn an, doch er weicht meinem Blick aus. Peinlich berührt wische ich mir imaginäre Fussel von meinem Kleid, und Scham gesellt sich zu meinem Schmerz.

»Wir wurden aufgehalten und sind in ein paar Minuten da.«

Nachdem wir das Gebäude verlassen haben, öffnet Thorne mir die Autotür, sodass ich einsteigen kann, doch zu meiner Überraschung setzt er sich neben mich und nicht wie sonst auf den Beifahrersitz. In der Regel sitzt er nur dann hinten bei mir, wenn mehr Sicherheitsleute anwesend sind, was heute jedoch nicht der Fall ist. Er greift ins Kühlfach, das stets mit Obst und Getränken gefüllt ist, und reicht mir eine Wasserflasche.

»Hier, trinken Sie einen Schluck. Außer dem Kaffee vorhin haben Sie kaum Flüssigkeit zu sich genommen.« Ich greife danach und trinke einen gierigen Schluck, aber es ist nur ein Tropfen auf den heißen Stein. Es wird einfach nicht besser. Mein Bodyguard beobachtet mich, als ich die halbvolle Flasche von den Lippen nehme und sie in die Halterung stelle.

»Thorne?«, frage ich, weil er sich noch immer nicht gerührt hat, doch zu meiner Überraschung fährt er die Trennwand hoch und schließt die Tür.

»Belle und ich müssen etwas besprechen. Wir fahren in Kürze los.« Sein Finger verharrt an seinem Headset, als er sich mir zuwendet.

»Was ist denn los?« Er seufzt auf und fährt sich durch das dichte schwarze Haar, ehe er das Wort ergreift.

»Im letzten Jahr habe ich mich nie in Ihre persönlichen Angelegenheiten eingemischt. Sie sind eine erwachsene Frau, die ihre Entscheidungen selbst treffen kann, aber ich würde Ihnen empfehlen, einen Arzt aufzusuchen. Ihre Schmerzen häufen sich. Auf der Tour waren sie bereits besorgniserregend, doch spätestens jetzt würde ich Ihnen dringend raten, sich durchchecken zu lassen.«

Mir entweicht ein erleichtertes Seufzen, weil er meinen peinlichen Ausbruch von vorhin nicht direkt anspricht.

»Es ist nicht so schlimm, wie du denkst. Ich bekomme das in den Griff, es ist nur …« Fast hätte ich ihm von meinem Ex erzählt, doch ich kann mich noch rechtzeitig stoppen. Thornes verwirrte Miene wird eine Spur weicher, als er ausatmet und seine angespannte Haltung sich lockert.

»Dieser Schmerz kommt erschreckend oft, und das war nicht nur heute so.«

»Was schlägst du vor?«, frage ich. Ich habe keine Kraft, mit ihm zu diskutieren, denn er hat recht. Ich muss auf meinen Körper hören.

»Hier in der Nähe befindet sich die beste Neurologin der Stadt. Mr Mahoney hat mir vorhin ihre Nummer übermittelt, die ich an Sie weiterleiten soll. Wenn Sie es wünschen, können wir gleich zu ihr fahren.« Ich spüre immer noch den dumpfen Schmerz in mir, der abgeflaut ist, nachdem Thorne mich gehalten hat. Aber er ist da und wird wohl nicht so schnell vorbeigehen. Wenn ich eine Verbesserung möchte, muss ich etwas dagegen tun.

»Ich kann nicht einfach so reingehen, schließlich habe ich keinen Termin.«

»Machen Sie sich keine Sorgen. Sie sind Nova Wells. Sie brauchen keinen Termin.« *Ach ja.* Ich bin ja der Weltstar, der sich nicht um banale Dinge wie eine Terminvereinbarung kümmern muss. Mein Ruhm wird alles regeln, aber wieso habe ich dann das Gefühl, als wäre ebendieser die Ursache für meinen Schmerz? Ich erwidere seinen Blick und lächle, aber es ist ein trauriges, denn gerade stelle ich mir die Frage, ob es nicht besser wäre, gar nicht Nova zu sein.

Nach meinem Termin bei der Ärztin fühle ich mich etwas besser und bin meinem Bodyguard dankbar, dass er mich hierhergebracht hat. Die Ärztin hat ein paar Tests durchgeführt, deren Ergebnisse sie beim nächsten Termin mit mir besprechen möchte, aber sie hat mir gesagt, dass ich auf jeden Fall Stress reduzieren muss. Sie vermutet, dass meine mentale Verfassung und meine Kopfschmerzen miteinander zusammenhängen. Thorne und ich betreten meine Wohnung, wobei er noch einen

Blick in den Flur wirft, ehe er die Tür schließt. Er ist täglich an meiner Seite, und wie schon sein Vorgänger wohnt er bei mir.

Meine Sicherheit muss rund um die Uhr gewährleistet werden, da ich im Laufe der Jahre öfter bedrängt und belästigt wurde. Ich habe sogar schon Mordandrohungen erhalten, die mir anfangs sehr zugesetzt haben, aber mit der Zeit hat diese Angst nachgelassen. Das liegt unter anderem an dem geschulten Personal an meiner Seite. Vor Thorne war Hendrik neun Jahre mein Leibwächter und Freund, bis er sich vor einem Jahr zur Ruhe gesetzt hat.

Start Entertainment hat mir eine Handvoll mögliche Nachfolgende vorgeschlagen, und ich hatte mir ihre Arbeitsprofile durchgelesen, doch ich musste die Menschen auch persönlich treffen. Wenn ich schon mit jemandem zusammenwohnen muss, sollte ich der Person auch voll und ganz vertrauen können, und das lässt sich nicht durch ein Blatt Papier in Erfahrung bringen.

Andere in der Branche mögen solche Entscheidungen schnell treffen, aber ich tue mich schwer damit, mich auf jemanden einzulassen, weshalb ich mehr Aufwand betrieben habe, um eine gewissenhafte Entscheidung treffen zu können. Nach einer Probezeit mit allen, die in Frage kamen, habe ich mich schließlich für Thorne entschieden.

Seit einem Jahr arbeiten und leben wir zusammen. Er hat einen persönlichen Bereich in jeder meiner Immobilien, mit dazugehörigem Badezimmer. Für mich ist er wie ein stiller Mitbewohner, da er sich sofort zurückzieht, sobald wir ankommen. Ich bin seine Anwesenheit schon gewohnt und genieße es, nicht allein in diesem großen Penthouse zu sein.

Thorne kommt ursprünglich aus Washington Depot, ist einunddreißig Jahre alt, war vier Jahre bei der US Army, wo er ehrenhaft entlassen wurde, und besitzt einen schwarzen Gürtel im Taekwondo. Er mag zuckerfreie Müsliriegel, trinkt seinen Kaffee schwarz und putzt seinen Teil der Wohnung selbst. Das ist jedoch fast schon alles, was ich über ihn weiß. Ich vertraue ihm mein Leben an, kenne ihn aber im privaten Rahmen kaum. Er trennt das Private vom Beruflichen, ohne dass ich es als Arroganz oder Unfreundlichkeit werte. Wir alle ziehen unsere Grenzen, und das ist auch gut so.

In den nächsten Tagen konzentriere ich mich gemeinsam mit Libby und Moira Swan auf das Charity-Projekt, das ich in den nächsten Wochen bekanntgeben möchte. Moira leitet das Projekt, das eigentlich auf einer gemeinsamen Idee von meiner Mutter und mir basiert, doch sie war bis jetzt bei keinem der Treffen anwesend. Wir planen die Gründung einer Stiftung, die Krankenhausrechnungen von einkommensschwachen Familien übernehmen soll, um diese zu entlasten. Bis jetzt habe ich immer an andere Vereine gespendet, doch diesmal möchte ich selbst etwas ins Leben rufen.

Bis es so weit ist, dauert es noch eine Weile, weil wir rechtlich und organisatorisch noch einiges klären müssen, aber es tut unheimlich gut, an diesem Projekt zu arbeiten. Thorne hat heute frei und trifft sich mit einem Freund in der Stadt, sodass Ismail für meine Sicherheit zuständig ist. Die Schlagzeilen zu Torben und mir sind leider schlimmer geworden, denn als die Pressesprechenden die Gerüchte dementierten, hat man ihnen einfach nicht glauben wollen. Zudem hat Torben noch Öl ins Feuer gegossen und weitere Fotos in Umlauf gebracht, die ihn mit einer Frau zeigen, die mir unheimlich ähnlich sieht.

Es ist so lächerlich, dass ich fast schon schmunzeln muss. Was allerdings nicht witzig ist, ist der Fakt, dass sich die Reporterinnen und Reporter zu Dutzenden vor meinem Apartmentkomplex tummeln. Also habe ich mich drinnen verschanzt und arbeite. Meine Kopfschmerzen sind zwar immer noch präsent, jedoch nicht mehr so stark wie bei meinem Besuch bei *Start Entertainment.*

Öfter, als es gut für mich ist, denke ich daran, wie Thorne mich gehalten hat, und stelle erschrocken fest, dass es viel zu lange her ist, dass mich jemand freundschaftlich in den Arm genommen hat. Doch bis zu diesem Vorfall war mir nicht bewusst, wie sehr ich es gebraucht habe. Zwar ist mir mein mentaler Zusammenbruch vor Thorne immer noch peinlich, doch er hat es nie wieder angesprochen, und ich frage mich, ob sich der Moment nur für mich so intim angefühlt hat.

KAPITEL 7

Novalee

Ich umklammere Lord Cody fest, als die Männer an der Tür klopfen und so laut brüllen, dass ich mir die Ohren zuhalten muss. Mama schreit böse Worte und lehnt sich gegen die Eingangstür zu unserem Haus, um sie am Eindringen zu hindern. Unter dem Tisch fühle ich mich sicher und presse meinen Teddy fester an mich.

Alles wird gut.

Einfach atmen.

Das ist es, was Mama immer sagt, wenn ich traurig bin. Gerade weine ich laut und voller Angst. Als die Tür aufgestoßen wird, entweicht mir ein spitzer Schrei, doch Mama hilf mir nicht, sondern bekommt große Augen, als die Männer reinkommen. Sie hat Angst.

»Gerichtsvollzieher«, ruft einer der Männer und schiebt sie zur Seite. Sie beginnen unsere Sachen rauszutragen.

»Mama!«, rufe ich unter Tränen, als zwei Männer den Esstisch anheben und ihn mitnehmen.

»Novalee!« Sie läuft zu mir, hebt mich hoch und drückt mich fest an sich.

»Das können Sie nicht tun!«

»Es tut mir leid, aber ich mache nur meinen Job. Sie sind Ihren Zahlungen nicht nachgekommen, also hat das Gericht sich zu diesem Schritt entschieden.«

»Aber das ist alles, was wir haben.« Der böse Mann sieht gar nicht mehr so finster aus, aber ich kann nicht aufhören zu weinen. Lord Cody zittert in meiner Hand, oder bin das ich? Ich weiß es nicht mehr. Mama streicht über mein Haar und flüstert mir ins Ohr, dass alles gut werden wird, wenn ich atme. Einfach atmen. *Wir sehen den Männern dabei zu, wie sie unsere Sachen mitnehmen.*

»Nie wieder werden wir arm sein, Novalee«, sagt Mama, und ich merke, dass mein Haar nass geworden ist. Sie weint auch, also streiche ich ihr tröstend über die Wange und gebe ihr einen Kuss auf die Nase, wie sie es immer getan hat, wenn ich mir wehgetan habe.

»Wir werden nie wieder arm sein, Schatz«, wiederholt sie und hält mich fest. »Das verspreche ich dir.«

Nach Luft japsend wache ich auf und blinzle. Das schwache Licht der Lampe auf meinem Nachttisch lässt mich realisieren, dass ich mich in meinem Bett befinde. Ich hatte einen Albtraum. Es ist lange her, dass ich von den Gerichtsvollziehern geträumt habe, doch der Traum hat mich die Finger in die Laken krallen lassen. Als Kind waren sie die Bösen, doch jetzt bin ich älter und verstehe, wie das Leben läuft. Mein Vater hatte uns einen Haufen Schulden hinterlassen, als er uns verlassen hat. Meine Mutter musste die Scherben aufsammeln, und als er kurz danach bei einem Autounfall ums Leben kam, hat sie ihm keine Träne nachgeweint.

Ich habe kaum Erinnerungen an meinen Vater, und auch wenn mir manchmal eine Vaterfigur in meinem Leben gefehlt hat, habe ich mir immer wieder ins Gedächtnis gerufen, dass er uns bewusst im Stich gelassen hat. Meine Mom war immer an meiner Seite, und nach diesem prägenden Vorfall hat sie ihr Versprechen gehalten. Wir haben seitdem nie wieder Hunger gelitten, und mit der Zeit wurden wir finanziell unabhängig. Meine Teilnahme an Schönheitswettbewerben, Werbeaufträge und mein Gesang haben uns ein finanzielles Polster verschafft. Vielleicht war ich zu hart zu meiner Mutter und sollte den Rahmen auf der Kreditkarte aufheben.

Finanzielle Sicherheit war ihr nach den Schulden ein stetiges Ziel im Leben. Morgen werde ich mit meiner Bankberaterin reden und Mom aufsuchen, die ich seit der Landung am JFK nicht mehr gesehen habe. Ich ziehe die seidenen Bettlaken von meinem Körper und merke, dass ich völlig verschwitzt bin. Meine Schlafshorts und das Tanktop sind durchnässt und kleben an meiner Haut. Und ich habe Durst. Schrecklichen Durst.

Ich greife nach meinem Morgenmantel und ziehe ihn über. Thorne ist zwar meist nur morgens in meinen Wohnräumen und zieht sich stets respektvoll zurück, doch ich möchte ihm nicht halbnackt begegnen. Er hat schon genug Peinlichkeiten meinerseits erlebt. Ich trete in den Flur und gehe in den Küchenbereich, um mir eine Flasche Wasser aus dem Kühlschrank zu nehmen. Die Stehlampen sind die ganze Nacht eingeschaltet, sodass ich kein Licht anmachen muss.

Nach einem Schluck fühle ich mich besser und vor allem wacher. Die Spuren des Albtraums sind von mir abgefallen, und ich habe das Gefühl, wieder durchatmen zu können. Als ich die Flasche auf der Kücheninsel abstelle, erkenne ich eine Bewegung auf dem weitläufigen Balkon, den ich eher als Terrasse bezeichnen würde.

Thorne befindet sich draußen. Er steht in Anzughose und weißem Hemd auf dem Balkon und telefoniert. Mein Blick wandert zur Wanduhr. Es ist zwei Uhr morgens. *Mit wem telefoniert er um diese Uhrzeit?* Ich schüttle den Kopf. Es geht mich nichts an. Ich sollte mich zurückziehen, aber meine Füße gehorchen mir nicht, denn anstatt in mein Zimmer zu gehen, stehe ich plötzlich vor der Terrassentür. Sobald ich die Schiebetür öffne, höre ich seine vertraute Stimme und dann ein Lachen. Es klingt so losgelöst und tief, dass ich abrupt innehalte und seinen breiten Rücken betrachte.

Thornes Lächeln bei meiner Rede hat mich überrumpelt, weil es frei von der Höflichkeit war, die er mir sonst immer entgegenbringt. In diesem Moment schien Thorne ganz er selbst zu sein, und das hat mich überrascht. Jetzt habe ich hingegen das Gefühl, einen völlig Fremden zu belauschen.

»Du verarschst mich doch, oder?«, fragt Thorne die Person am anderen Ende der Leitung und lacht erneut. Der Klang seiner losgelösten Stimme verschafft mir eine Gänsehaut. Meine Augen verweilen auf seinen breiten Schultern, die ausnahmsweise mal nicht angespannt sind.

»Gott, ich wusste ja, dass Joy temperamentvoll ist, aber da hat sie den Vogel abgeschossen.« Er lehnt seine Ellbogen auf dem Balkongeländer ab, und eine frische Brise fährt durch sein schwarzes Haar, das ihm mittlerweile bis zu den Ohren reicht. Es ist nicht gestylt wie sonst, sondern hängt ihm in die Stirn, was ich erkenne, je näher ich ihm komme. Er hat mich nicht entdeckt, und das erleichtert mich, weil ich mehr von dieser Seite seines Ichs sehen möchte.

»Gott, wie gerne wäre ich dabei gewesen, als meine Schwester diesem Typen die Meinung gegeigt hat.« Er grinst breit, und ich habe ihn noch nie so entspannt gesehen wie in diesem Moment. Die autoritäre Aura, die ihn sonst umgibt, ist gewichen, und er wirkt wie eine völlig andere Person.

»Diese Taekwondo-Technik hat sie von mir.«

»Sie muss sich ja gegen Typen wie diesen verteidigen können, wenn ich schon nicht da bin.« Für einen Moment lauscht er der Stimme am anderen Ende, dann lächelt er breit.

»Dann würde ich an deiner Stelle aufpassen, dass du sie nicht verärgerst, mein Freund, sonst könntest du durchaus ein paar blaue Flecken davontragen.« Wieder ein Lachen, das mir aus unerfindlichen Gründen unter die Haut geht.

»Warst du bei mir zu Hause? Wie geht's Mom?« Seine Stimme ist nun liebevoll und sanft. Man hört heraus, wie viel ihm seine Mutter bedeutet. Gerührt muss ich lächeln, denn seine Stimmlage erinnert mich an vergangene Tage mit meiner Mom. Augenblicke, in denen unsere Liebe füreinander noch greifbar war. Ein langer Seufzer hindert mich daran, einen Schritt in Thornes Sichtfeld zu machen.

»Nein, das ist es nicht. Ich würde gerne nach Hause kommen. Mein Boss hat mich sogar dazu verdonnert, mir Urlaub zu nehmen. Aber … ich kann hier nicht weg. Nicht jetzt.«

Wegen mir.

Ich weiß es, ohne dass er es aussprechen muss. Obwohl ich das nie gewollt habe, beeinflusst mein Zustand auch Thornes Leben. Anstatt auf ihn zuzugehen, weiche ich einige Schritte zurück. Plötzlich werde ich von Schuldgefühlen heimgesucht, die mir den Atem rauben.

Etwas in mir zieht sich in dem Moment schmerzhaft zusammen. Ich bin schuld daran, dass er seine Familie nicht sehen kann, und das reißt mir den Boden unter den Füßen weg. Ich drehe mich um und will wieder in mein Zimmer gehen, doch in meiner Aufgewühltheit entgleitet mir der Griff der Terrassentür, und ein knarrendes Geräusch ist zu hören.

»Ryder, ich muss Schluss machen.« Er legt auf, ohne auf eine Antwort zu warten. Er wendet sich mir zu, und ich schaue ihn erschrocken an. Die Knöpfe an seinem Hemd sind offen, und ein Windstoß entblößt noch mehr von seiner Haut, sodass ich einen besseren Blick auf seinen Oberkörper bekomme. Er wirkt nicht wie der fein gestriegelte Bodyguard, sondern leger, und die Strenge ist aus seinen Augen gewichen. Und er ist verflucht sexy. *Warte. Was?*

»Miss Wells? Ist alles in Ordnung?« Er steckt sein Smartphone in seine Hosentasche und kommt auf mich zu. Die Sorge in seinem Blick ist echt, und vielleicht knüpft er sich deshalb sein Hemd nicht zu, denn das würde der Mann, den ich kenne, sofort tun.

»Ja.« *Nein, denn ich möchte nicht der Grund dafür sein, dass du deine Familie und deine Freundinnen und Freunde nicht besuchen kannst. Du bist nicht dafür verantwortlich, dafür zu sorgen, dass ich nicht zusammenbreche. Meine innere Novalee möchte ihm diese Worte ins Gesicht sagen, doch ich nicke nur.*

»Ich bin aufgewacht und wollte etwas trinken, und da habe ich dich hier gesehen.«

»Kann ich Ihnen bei irgendetwas behilflich sein? Wollten Sie deswegen zu mir?« Als er vor mir zum Stehen kommt, blinzelt er und mustert kurz meinen Bademantel, ehe er mir hastig wieder in die Augen sieht. Mein Blick gleitet von seinem Hals über die feste Brust zu seinem Sixpack. Es ist eine verbotene Wanderung, aber ich kann mich selbst nicht stoppen. Ich beiße mir auf die Lippe und löse viel zu spät meinen Blick von seinem Körper. Thornes Miene ist immer noch dieselbe.

»Nein.«

Er hebt fragend eine Braue, schweigt aber. Um dieser peinlichen Situation zu entfliehen, räuspere ich mich und kämpfe gegen den Drang an, meinen Blick wieder in verbotene Zonen zu senken.

»Ich gehe wieder schlafen.« Mit heißen Wangen wende ich mich ab und hoffe, dass er im gedämpften Licht der Solarlampen auf der Terrasse meine Röte nicht sehen konnte.

»Gute Nacht, Miss Wells«, höre ich ihn flüstern, doch ich erwidere nichts. Zum einen, weil sein Anblick mich durcheinandergebracht hat, und zum anderen, weil meine Traurigkeit der Scham gewichen ist. Ich möchte ihn anschreien, ihn dazu auffordern, gefälligst Urlaub zu nehmen, aber wenn ich das tue, müsste ich zugeben, dass ich sein Gespräch belauscht habe, und das kommt nicht infrage. Sein Lachen war frei von Sorge und Autorität, und es klingt immer noch in meinen Ohren nach. Selbst dann noch, als ich wenig später in den Schlaf wegdrifte.

Callen ist erleichtert, dass ich mich von einer Ärztin habe durchchecken lassen. Außerdem hat er mir versprochen, alles in seiner Macht Stehende zu tun, damit die Gerüchte kein schlechtes Licht auf mich werfen. Mit dieser Rückendeckung kann ich mich wieder auf mein Charity-Projekt stürzen. Libby und Moira sind wieder an meiner Seite, und wir arbeiten uns gerade durch die Kalkulation.

»Wie viel Geld haben wir bereits auf dem Spendenkonto?«, will ich von Moira wissen, als wir den Papierkram erledigt haben und eine Teepause einlegen. Libby telefoniert im Nebenzimmer, sodass wir nur dumpf ihre Stimme vernehmen.

»Einen Moment – da es unberührt geblieben ist, sollte sich der Betrag nicht geändert haben.« Moira rückt ihre schwarz umrandete Brille zurecht und scrollt auf ihrem iPad, doch je mehr sie scrollt, desto verwirrter wirkt sie auf mich.

»Stimmt etwas nicht?«, frage ich.

Sie legt das Gerät unsicher auf ihrem Schoß ab und wendet sich mir wieder zu. »Hast du Geld vom Spendenkonto abgehoben?«

»Nein, wieso fragst du?«

»Nun …«

»Was ist denn los?«, frage ich mit sorgenvoller Stimme und verkrampfe mich augenblicklich.

»Jemand hat in den letzten zwei Wochen mehrere hunderttausend Dollar abgehoben.«

»Was? Das kann doch nicht sein. Niemand außer mir und …«

Nein.

Bitte lass das nicht wahr sein.

»Darf ich mir das mal anschauen?«

»Selbstverständlich. Hier.« Sie reicht mir das Tablet, das mir plötzlich sehr viel schwerer vorkommt, als es sein sollte. Doch meine Befürchtungen bewahrheiten sich, sobald ich einen Blick auf die Kontoübersicht werfe. Mein Herz wird schwer, als sich die Erkenntnis wie ein Eisenmantel über mich legt. Ich kann der Wahrheit nicht entfliehen, kann kaum Luft holen, da ich das Gefühl habe zu ersticken.

Ich rechne im Kopf zusammen und stelle schockiert fest, dass insgesamt neunhunderttausend Dollar vom Konto abgebucht wurden. Die erste Buchung wurde genau an dem Tag getätigt, an dem ich mich geweigert hatte, den Kreditrahmen zu erhöhen. Der Schock sitzt tief, verwandelt sich aber schnell in Wut. Meine Mutter und ich hatten vor, den Menschen etwas zurückzugeben, doch auch wenn ihre Ziele und Absichten anfangs nobel waren, hat sie sich nun dazu entschieden, mir in den Rücken zu fallen. Sie hat das Geld gestohlen und mich bitterlich enttäuscht.

Ich will schreien, will vor Moiras Blicken fliehen, die sich wie Nadelstiche anfühlen. Ich möchte vor Hilflosigkeit und Zorn um mich schlagen, doch ich bleibe starr vor Schock, auch wenn sich in meinem Inneren etwas anderes abspielt. Eine Träne rollt über meine Wange, und ich könnte nicht sagen, ob ich vor Wut oder Trauer weine. Plötzlich wird die Tür geöffnet, und Thorne stößt zu uns.

»Nova?«, fragt Moira besorgt, und auch Libby ist wieder im Wohnzimmer, doch meine Sicht verschwimmt, und dann überkommt mich eine so starke Kopfschmerzwelle, dass ich am liebsten aufgeschrien hätte. Ich habe mir in den letzten Jahren eine dicke Haut antrainiert, habe die Kunst des Pokerface perfektioniert, sodass niemand sehen kann, wie es in meinem Inneren aussieht, doch nun droht mich diese Fähigkeit zum ersten Mal in meinem Leben im Stich zu lassen.

»Kopfschmerzen«, presse ich hervor.

»Kann ich dir irgendwie helfen?«, höre ich jemanden fragen, doch ich kann nicht ausmachen, wer die Frage gestellt hat. Als Antwort schüttle ich heftig den Kopf, doch das macht es nur noch schlimmer. Alles ist verschwommen. Alles ist in Dunkelheit und Schmerz getaucht. Ich bekomme vage mit, wie meine Assistentinnen den Raum verlassen, bis nur noch Thorne und ich im Zimmer sind. Noch bevor ich ihn ansehen kann, reicht er mir eine Flasche Wasser, die ich dankbar entgegennehme. Doch mein Griff ist kraftlos, genauso wie meine Stimme.

Ich nehme einen großen Schluck, denn es fühlt sich immer noch so an, als würde jemand tausende von Nadeln in meinen Schädel rammen. Aber da ist auch noch mein Herz, das mich in die Knie zu zwingen droht.

»Soll ich Ihnen eine Schmerztablette holen?«, fragt er und setzt sich überraschenderweise neben mich. Die Wärme, die von seinem Körper ausgeht, hat beinahe etwas Tröstendes. Der Schmerz, die Wut auf meine Mutter, diese Gerüchte, die mir nicht zu nahe gehen sollten, all das beschäftigt mich. Und da ist noch etwas. Etwas tief in meinem Inneren, was sich wie eine offene Wunde anfühlt, die niemals verheilt ist. Niemals heilen wird. All das gebündelt ist für mich kaum zu ertragen.

Ein Schluchzen entringt sich meiner Kehle, und wie eine Flutwelle überrollt es mich, und die sorgfältig aufgebaute Fassade, die ich sonst immer aufrechterhalte, fällt in sich zusammen. Ich bedecke mein Gesicht mit den Händen und lasse den Tränen freien Lauf.

»Miss Wells?«, flüstert Thorne, sodass ich meine Hände sinken lasse und ihn mit Tränen in den Augen ansehe. Die Sorge um mich steht ihm ins Gesicht geschrieben, aber ich kann nicht sprechen, kann nichts anderes tun, als alles rauszulassen.

»Darf ich?«, fragt er etwas unsicher und breitet die Arme aus. Ich werfe mich erneut an seine Brust und weine so heftig wie noch nie in meinem Leben.

KAPITEL 8

Thorne

Miss Wells weint an meiner Brust, und jeder Schluchzer, der ihr entweicht, lässt auch mich mitfühlend die Augen schließen. Ich wünschte, ich könnte ihr versichern, dass alles gut wird, auch wenn ich nicht weiß, was genau ihr fehlt. Noch nie ist mir eine Frau begegnet, die ihre Gefühle so unter Kontrolle hatte wie sie.

Mir war bewusst, dass sie ein Profi ist, weil sie seit einem Jahrzehnt im Business ist, und doch bin ich überrascht, wie gut es ihr gelingt, ihre wahren Emotionen vor der Welt zu verbergen. Doch seit einigen Tagen scheint sie mir einen Teil ihres wahren Wesens zu zeigen. Eigentlich sollte es mich freuen, dass sie ihre Empfindungen nicht mehr unterdrückt, sondern rauslässt.

Sie ist auf so vielen Ebenen faszinierend. Es ist nicht nur ihr außergewöhnlicher Beruf und die kräftige Stimme, sondern auch die Art, wie sie ihr Leben bestreitet, die ihr meine Anerkennung gesichert haben. Wenn sie auf der Bühne steht, sieht man ihr an, dass sie eins mit der Musik ist und es liebt, die Songs zu singen, die ihr mit Sicherheit viel bedeuten. Popmusik war nie mein Ding, doch seitdem ich Teil ihres Teams bin, erkenne ich die Schönheit dieses Genres.

Dann ist da noch diese andere Seite, die fast niemand zu

Gesicht bekommt. Die Momente, in denen sie zu ihren geliebten Büchern greift und in die Geschichten eintaucht. Sie errötet bei erotischen Stellen, seufzt und weint bei traurigen Absätzen und lacht aus vollem Halse. Es ist ein echtes Lächeln und nicht das Profi-Lächeln, das sie sich für ihre Fans antrainiert hat. Für mich ist es beinahe, als würde sie in zwei Welten leben. Das sind alles nur kleine Beobachtungen und Vermutungen, aber eines ist mir klar geworden.

Sie ist … gefährlich. In den letzten Tagen hat sie sich mir geöffnet. Vertraut mir und lässt mich sie trösten. Und das hat etwas verändert. Eigentlich hat es alles verändert. Als ich sie gestern Nacht auf der Terrasse gesehen habe, wie sie dort in ihrem engen Bademantel stand und meinen Körper gemustert hat, musste ich schwer schlucken.

Ich bin es gewohnt, dass Novas Fans mich mit den Augen ausziehen, mir ihre Nummern zustecken und mir offen zeigen, dass sie mich attraktiv finden. Auch wenn ich sie ignoriere, hindert es sie nicht daran, mich anzuzwinkern.

Doch diese schüchterne Musterung hat mich mehr erregt als all die Blicke der Frauen zusammen. Miss Wells ist die Personifizierung von Unschuld und Perfektion. Zumindest in meinen Augen. Ein Jahr lang hatte sie keine Dates, keine Flirts oder dergleichen, sondern hat durchgehend gearbeitet.

Zu meinem Glück, denn der Anblick von Torben und ihr, wie er sie beinahe geküsst hat, hat gereicht, um mich zur Weißglut zu treiben. Natürlich war ich hauptsächlich deshalb wütend, weil er sich ihr aufgedrängt hat, aber gerade frage ich mich, ob da nicht auch ein kleiner Funken Eifersucht war. Seit Jahren hat mich keine Frau mehr so angezogen, wie Miss Wells es tut. Und weil es falsch ist, meine Klientin zu begehren, halte ich Abstand. Und doch scheint sie in den letzten Tagen immer wieder die Barriere, die ich geschaffen habe, zu durchbrechen.

Bei meinen bisherigen Klientinnen war ich immerzu ein Profi, habe mit der Zeit aber auch ein freundschaftliches Verhältnis zu ihnen entwickelt. Wir lernten uns mit der Zeit kennen und schätzen, was die Zusammenarbeit angenehmer gemacht hat. Damals lief ich nicht Gefahr, romantische Gefühle zu entwickeln, doch bei Miss Wells ist das anders.

Wann genau es angefangen hat, dass ihr Anblick meinen Puls zum Rasen bringt, weiß ich nicht. War es im Auto, als sie an meiner Schulter eingeschlafen ist, oder in diesem Moment auf der Award Show? Der Auslöser scheint nicht greifbar, aber das ändert auch nichts an der Tatsache, dass mir meine Klientin den Kopf verdreht. Und je mehr meine Gefühle verrücktspielen, desto mehr Abstand möchte ich zwischen uns bringen. Deswegen nenne ich sie bis heute nicht beim Vornamen. Es zu tun, wäre ein Schritt in die falsche Richtung, denn dann würde ich ihren wunderschönen Namen immer wieder sagen wollen.

Doch sich in seine Klientin zu verlieben ist nicht nur verboten, sondern auch fahrlässig. Gefühle würden es mir erschweren, meiner Funktion als Bodyguard professionell nachzukommen. Gefühle lassen einen unvorsichtig werden. *Das wäre unser Todesurteil, also sollte ich sie nun von mir stoßen, oder?*

Und was tue ich? Ich halte sie fest an mich gedrückt und unterdrücke den Drang, ihr übers Haar zu streicheln. Ich habe das Gefühl, irgendetwas tun zu müssen, um ihrem Schmerz ein Ende zu bereiten. Ein Schmerz, von dem ich nicht mal weiß, wie tief er geht, weil sie sich ja niemandem anvertraut.

Als sich Miss Wells schniefend von mir löst und ich in ihre verquollenen Augen sehe, möchte ich nichts lieber, als sie erneut zu halten und ihr den Schmerz zu nehmen, auf welche Weise auch immer. Ich möchte sie vor all dem Unheil auf der Welt beschützen, denn sie hat es verdient, glücklich zu sein.

»Tut mir so leid, Thorne.«

»Es bedarf keiner Entschuldigung. Wir alle erreichen irgendwann den Punkt, an dem alles rausmuss.« Ich rutsche ein wenig von ihr weg, was sie einige Male blinzeln lässt.

»Was ist passiert?«, frage ich, als sie den Blick von mir abwendet und tief Luft holt. Ein harter Zug erscheint um ihren Mund.

»Es geht um meine Mutter. Sie hat ohne mein Wissen hohe Beträge vom Spendenkonto abgehoben.« Ich wünschte, ich könnte sagen, dass ich überrascht wäre, aber das bin ich nicht.

»Soll ich ein privates Treffen organisieren, damit Sie sie konfrontieren können?«, frage ich, ohne meine Wut zu zeigen. Sie hat all das nicht verdient, vor allem nicht von der Person, der sie so nahesteht.

»Ich weiß es ehrlich gesagt noch nicht. Diese Information hat mich zu sehr aufgewühlt, als dass ich jetzt eine Entscheidung treffen könnte.« Sie greift sich erneut an die Schläfe, als hätte sie immer noch Schmerzen. Es wundert mich keinesfalls, dass der Stress ihr zu Kopf steigt, denn in letzter Zeit war dieser allumfassend.

»Es tut mir schrecklich leid, Miss Wells.« Das tut es wirklich, denn es bringt mich um, dass ich ihr nicht helfen kann.

»Niemand außer meiner Mutter trägt die Schuld an diesem Schlamassel.« Sie senkt den Blick und sieht auf mein weißes T-Shirt, ehe sich ihre Augen weiten.

»Ich habe einen Mascara-Fleck auf deinem Shirt hinterlassen«, meint sie erschrocken und sieht dabei so süß und unschuldig aus, dass ich schlucken muss. Ich darf sie nicht anziehend oder attraktiv finden. Es ist das eiserne Gesetz, sich niemals in seine Klientin zu verlieben.

»Das ist nicht schlimm. Wichtig ist, dass wir gemeinsam Ihre Schmerzen in den Griff bekommen.«

»Ich werde gleich eine Tablette nehmen, dann geht es wieder.«

»Okay. Ich sollte mich nun zurückziehen, wenn Sie nichts mehr von mir brauchen.« Ich stehe auf und will wie immer in meinen Wohnbereich gehen, als Nova nach meinem Shirt greift. Ihre Finger streifen kurz meine Seite, und die Berührung lässt mich erschaudern. Verwundert sehe ich in ihre eisblauen Augen, deren heller Farbton nicht zu der Dunkelheit zu passen scheint, die sie gerade noch umgeben hat.

»Möchtest du nicht noch ein wenig bleiben? Wir könnten uns einen Film ansehen.« Eine Falte bildet sich auf ihrer Stirn, und sie zieht ihre Hand zurück. Ich meine, einen Anflug von Überraschung in ihren Gesichtszügen zu erkennen.

Mein Blick wandert zu den Tischen neben der Couch, auf denen sich die Bücher befinden, die sie aktuell liest. Kurz schaut sie in dieselbe Richtung, ihre Mundwinkel zucken, doch ihr Lächeln erreicht nicht ihre Augen. Alles in mir möchte bleiben, will diesen einen Schritt gehen, doch die Gefahr, dass sich alles verändert, je besser wir uns kennenlernen, ist zu groß.

»Es tut mir leid, ich denke, ich sollte wirklich gehen.«

»Oh. Okay«, sagt sie, und die Enttäuschung in ihrer Stimme setzt Schuldgefühle frei, die ich nicht gebrauchen kann. Ich weiß, dass sie wegen der Gerüchte nicht rausgehen wird, also werde ich mich in den Fitnessraum des Penthouse begeben, um wieder einen klaren Kopf zu bekommen. Denn sie zu halten hat sich zu gut angefühlt. Für sie da zu sein war mir unheimlich wichtig, und genau da liegt das Problem. Wenn ich ihr näherkommen würde, würden die Dinge kompliziert werden, und das ist das Letzte, was ich gebrauchen kann.

Am nächsten Tag ist alles wie immer, als hätte es die Zusammenbrüche der letzten Tage nie gegeben. Das ist nichts Ungewöhnliches, denn Miss Wells ist gut darin, ihre Emotionen zu verstecken und eine Maske für die Öffentlichkeit zu tragen. Sie ist *der Liebling der Nation* – junge Mädchen sowie Frauen wollen so sein wie sie, die Männer wollen ihr Herz erobern und die älteren Fans mögen ihre herzliche Art. Sie gibt sich Mühe, ihre Gefühle zu verbergen, doch ich sehe in ihren Augen, dass die Enttäuschung in ihr schlummert.

Leider ist Ismail krank, und Clara, meine Kollegin von der FPA, der Force Protection Agency, bei der ich meine Ausbildung als Security abgeschlossen habe, übernimmt seine Schicht. Sie und ich haben die gleiche Ausbildung genossen und sind gut in unserem Job, sodass es kein Problem darstellen wird, für eine Weile mit ihr zusammenzuarbeiten. Bei uns befindet sich noch ein weiterer Kollege, der von *Start Entertainment* angestellt wurde, dem ich jedoch noch nie zuvor begegnet bin.

Für mich ist es schwierig, mich auf Menschen zu verlassen, wenn ich nichts über ihre Ausbildung oder Arbeitsweise weiß. Aber das Presseaufgebot ist immer noch so stark, dass ich diesmal drüber hinwegsehe und ihm einfach nur sage, dass ich mich freue und hoffe, dass er einen guten Job macht.

Denn wenn es um Miss Wells geht, verlange ich, dass alle ihr Bestes geben. Dieser unbedingte Drang, die Sicherheit meiner Klientin zu garantieren, hat nichts mit meinen unerwünschten Gefühlen zu tun. Das rede ich mir zumindest ein.

Heute gibt Miss Wells ein Interview, auch wenn sie eigentlich keine offiziellen Termine wahrnehmen sollte, und gefühlt jeder Reporter New Yorks hat entweder vor dem Gebäude Stellung bezogen oder im großen Konferenzsaal Platz genommen. Als würden diese Aasgeier nur auf den nächsten Skandal warten. Es sind zu viele Menschen ins Gebäude gelassen worden, was ich als großes Problem sehe. Sollte ein Tumult ausbrechen, werden wir es kaum schaffen, Miss Wells sicher rauszubringen, also fordere ich bei *Start Entertainment* Verstärkung an.

Auch wenn die Sicherheitsabteilung manchmal langsam ist, erreichen uns drei weitere Mitarbeitende innerhalb von zehn Minuten. Ich bin wie immer an Miss Wells' Seite, die in Kameras lächelt und auf Fragen antwortet. Wieder hat sie außer einem Glas Milch nichts zu sich genommen. Während einer kurzen Pause, in der ihr Make-up aufgefrischt wird, reiche ich ihr eine Wasserflasche, die sie dankbar annimmt. Ihr Blick verharrt kurz auf meiner Brust. Dort, wo gestern noch der Mascara-Fleck gewesen ist.

Denkt sie wieder an ihre Mom? Oder daran, dass ich ihre Bitte ausgeschlagen habe, obwohl sie mich gebraucht hätte?

Sie wirkt so traurig und verloren auf mich, denn seit gestern habe ich das Gefühl, hinter ihre Fassade blicken zu können. Als wäre durch ihren Zusammenbruch auch ein Schleier abgefallen, der mir ihre wahren Gefühle nun offenbart. Doch sie macht einfach weiter, auch wenn sie müde wirkt. Für ihre Fans tut sie so, als wäre alles in Ordnung.

Eine gebrochene Pop-Prinzessin.

Gerade weil mir ihr Zustand Sorgen bereitet, weiche ich ihr nicht von der Seite und hoffe, damit meine Ablehnung von gestern wiedergutzumachen. Das Interview verläuft ohne Zwischenfälle, was mich unheimlich erleichtert. Seit Miss Wells' Zusammenbruch habe ich die Befürchtung, dass schon eine Kleinigkeit ausreichen würde, um sie wieder an ihre emotionalen Grenzen zu bringen. Ich kann es nicht ertragen, sie in diesem Zustand zu sehen, denn als ich angefangen habe für sie zu arbeiten, war sie eine Frau mit Zielen, die immer künstlerisch über sich hinauswachsen wollte. Aber in den letzten Monaten ist nur ein kleiner Funken von dieser Frau von damals zu sehen.

Nun igelt sie sich ein, wann immer es geht, und sucht kaum noch Kontakt zu ihren Mitmenschen. Selbst die enge Beziehung zu ihrer Mutter hat sich gewandelt, schon lange vor dem Vorfall mit dem Spendenkonto, und all das scheint ihr zuzusetzen. Heute ist einer der guten Tage, bei denen Miss Wells gelöst und entspannt wirkt, trotz der Kopfschmerzen, die sie täglich plagen. Ich bin kein Arzt, aber ich denke, dass es nun wichtig für sie wäre, zu sich selbst zu finden und eine kreative Pause einzulegen. Sonst wird sie mental zu Grunde gehen.

Auch wenn ich die Menschen im Auge behalte und meiner Arbeit nachgehe, wandert mein Blick immer wieder zu Miss Wells. Gerade lacht sie herzlich über einen Witz. Mein Herz sollte bei diesem Anblick nicht so wild gegen meine Rippen hämmern, und doch tut es das, sodass ich schließlich widerwillig den Blick von ihr abwende. Seitdem ich sie gestern im Arm gehalten habe, scheint sie eine noch intensivere Wirkung auf mich zu haben als vorher.

Da ich die ganze Nacht wachgelegen habe, überkommt mich eine Welle der Müdigkeit. Das Sicherheitsteam hat alles im Griff, und nach einer kurzen Absprache mit ihnen beschließe ich, mir in der Cafeteria einen Kaffee zu holen. Miss Wells sage ich nicht Bescheid, da sie arbeitet, doch sie kennt Clara bereits und nickt ihr kurz zu, als wir die Plätze tauschen. Da die Kaffeemaschine in der Kantine streikt, suche ich spontan die Starbucks-Filiale auf der anderen Straßenseite auf. Ich hole mir einen dreifachen Espresso und will schon das Lokal verlassen, als mir die Zimtschnecken ins Auge fallen.

Miss Wells liebt Zimt, das weiß ich durch meine Beobachtungen der letzten Monate, also nehme ich eines der Gebäckstücke mit und mache mich auf den Rückweg. Ich stehe auf dem Gehweg gegenüber vom *Start-Entertainment*-Gebäude, als plötzlich das Chaos losbricht.

Ich entdecke Miss Wells, die unter Tränen das Gebäude verlässt, umringt von einer Horde Paparazzi. Mich überkommt eine Panik, wie ich sie noch nie empfunden habe, und ich erstarre zu Eis. Ich lasse alles in meiner Hand fallen und setze mich dann in Bewegung, laufe auf sie zu. Ich brülle ihren Namen, doch sie hört mich nicht. Trotz des Gedränges schafft sie es, in ein Taxi einzusteigen, was auch augenblicklich losfährt. *Verdammt!* Die Paparazzi sind verdammt schnell und folgen dem Wagen mit ihren Vans und Autos.

Plötzlich hält unser Firmen-SUV neben mir. Ich steige auf der Beifahrerseite ein, als Clara auch schon aufs Gas tritt und die Verfolgung aufnimmt.

»Was ist passiert, zum Teufel noch mal?«, brülle ich so laut, dass Clara und der Sicherheitsmann von *Start Entertainment*, der sich auf dem Rücksitz befindet, zusammenzucken. Ich balle meine Hände zu Fäusten und halte nach dem Taxi Ausschau, das zu weit von uns entfernt ist. Doch ich kann sehr wohl erkennen, dass der Wagen von Autos flankiert wird.

»Raus mit der Sprache!«, knurre ich an Clara gewandt, die sich auf die Straße konzentriert und meinem Blick ausweicht.

»Miss Wells' Mutter ist plötzlich im Foyer des Gebäudes aufgetaucht. Die beiden haben vor der Presse gestritten. Es eskalierte schließlich, als Miss Wells' Mutter ihr eine Ohrfeige verpasste und die Klientin aufgelöst aus dem Gebäude stürmte. Zum Glück stand unser Auto bereits vor dem Gebäude, sodass wir dich einsteigen lassen konnten.« Ich schließe frustriert die Augen, denn jetzt wird mir klar, wieso die Paparazzi ihr folgen. Sie sind im Sensationsrausch und erhoffen sich exklusive Fotos oder weiß der Teufel was. Ich greife nach meinem Smartphone und wähle Miss Wells' Nummer, doch sie hebt nicht ab.

»Wie konnte sie dir entgleiten, Clara? Du hättest an ihrer Seite sein müssen.« Meine vorwurfsvolle Stimme lässt sie aufseufzen, aber sie leugnet nicht, dass sie einen Fehler gemacht hat. Wieder versuche ich es mit einem Anruf.

»Das war ich auch, aber es ist ihre Mutter. Selbstverständlich habe ich sie zu ihrer Tochter durchgelassen. Die Situation eskalierte sehr schnell. Ich sah die Ohrfeige nicht kommen, und dann lief Miss Wells einfach weg. Es tut mir leid, Thorne.«

Ihre Entschuldigung kann mir gestohlen bleiben. Solange ich Miss Wells nicht in Sicherheit weiß, werde ich alle in Grund und Boden stampfen, die sich mir in den Weg stellen.

»Bete zu allen Göttern dieser Welt, dass ihr nichts passiert.« Wieder sehe ich sie vor mir, wie sie sich mit Tränen in den Augen an mich klammert, wie sie mir erlaubt hat, sie zu trösten. Sie hat nie etwas von mir verlangt oder mich um etwas Persönliches gebeten, und als sie sich mir zum ersten Mal öffnete und darum bat, dass ich diese Distanz etwas lockere, habe ich sie abgewiesen.

Ich bereue es, dass ich sie nicht länger gehalten, dass ich nicht eingewilligt habe und ihr nie gesagt habe, wie sehr ich sie bewundere. Dass ich gerne ihr Freund wäre, bei dem sie sich ausweinen kann.

Sie ist Clara entglitten, doch eigentlich ist es meine Schuld, dass Miss Wells jetzt verfolgt wird. All das wäre nicht passiert, wenn ich an ihrer Seite geblieben wäre. Ich hätte niemals meinen Posten verlassen dürfen. Clara ist eine grandiose Fahrerin und schlängelt sich durch den Verkehr, aber es geht nicht schnell genug voran. *Wieso hebt sie nicht ab?*

»Verlier sie nicht«, knurre ich und lasse es zu, dass die Wut mich einnimmt, mich zu einem wilden Tier mutieren lässt. Sollte einer dieser Ärsche sich ihr aufdrängen, kann ich in meinem jetzigen Zustand für nichts garantieren. Professionalität hin oder hier, ich würde alle aus dem Weg räumen, um zu ihr zu gelangen.

Diese Arschlöcher heften sich an ihre Fersen, sodass das Taxi noch stärker beschleunigt. Wir befinden uns in der Nähe einer Brücke, und der Verkehr wird zunehmend dichter. Alles in mir erstarrt zu Eis.

»Er fährt viel zu schnell«, flüstere ich und versteife mich. Ich bin kein gläubiger Mensch, doch jetzt bete ich, damit sich alles zum Guten wendet, flehe alle Götter dieser Erde an, über sie zu wachen.

»Um Himmels willen«, flüstert jemand, als es dann passiert. Einer der Vans überholt das Taxi, fährt aber zu dicht ran, und das unmittelbar vor der Brücke. Das Taxi, in dem sich Miss Wells befindet, gerät ins Schleudern, und mein Herz bleibt stehen. Versagt seinen Dienst, als der Wagen mit voller Wucht gegen eine Steinwand prallt und ein schmerzerfülltes Brüllen sich aus meiner Kehle löst.

KAPITEL 9

Novalee

Ich bin schon seit Stunden wach, doch ich öffne meine Augen nicht. Ich ertrage die Schmerzen, die in Wellen über mich hereinbrechen und mich lähmen. Sobald die anderen wissen, dass ich bei Bewusstsein bin, muss ich mich mit den Konsequenzen meines Handelns auseinandersetzen. Der Streit mit meiner Mutter, meine Kurzschlussreaktion, in der ich keinen anderen Ausweg sah, als zu fliehen. Und vor allem habe ich Angst zu erfahren, wie schlimm der Taxifahrer verletzt ist.

Zwar bin ich nicht direkt schuld an dem Unfall, doch ich war der Ursprung allen Übels. Ich bin nicht stark genug, um mich jetzt mit alldem zu beschäftigen. In meinem Krankenzimmer höre ich das stetige Piepen der Geräte, an die ich angeschlossen bin. Von Zeit zu Zeit nehme ich die leisen Gespräche des Pflegepersonals wahr, das mich versorgt.

Callen, Libby, Moira und Tate haben mich besucht, und Letzterer hat mit dem Arzt über mich gesprochen. So erfuhr ich, dass ich eine Platzwunde am Kopf, Prellungen, Quetschungen, eine Gehirnerschütterung und ein verstauchtes Bein habe. Das erklärt auch den Schmerz in meinem rechten Fuß.

Die Schiebetür öffnet sich, und zum ersten Mal vernehme ich Thornes Stimme, der bis jetzt noch nicht an meinem Bett gewesen ist.

»Mr Mahony. Haben Sie einen Moment?«, fragt er Callen. Seine tiefe und mir so vertraute Stimme zu hören tröstet mich. Wie auf Kommando entspanne ich mich, lockere meine steifen Muskeln. Ich tue aber weiterhin so, als würde ich schlafen. Es ist feige und kindisch, aber es ist notwendig, denn ich habe Angst. Schreckliche Angst.

»Natürlich. Kommen Sie rein. Sie beziehen immer Stellung vor der Tür, dabei können Sie das genauso hier tun.«

»Okay, aber nur kurz.« Ich höre Widerwillen in seiner Stimme. Als wollte er nicht in meiner Nähe sein. Dieser Gedanke verpasst meiner Freude einen Dämpfer.

»Es geht um die geplante Reha für Miss Wells.« *Reha? Diese Information ist neu für mich.*

»Ich bin ganz Ohr. Sind Sie gegen diese Unterbringung?«

»Nein, aber ich sehe einige Sicherheitsprobleme. Die Anlage ist nicht gut gesichert, und die Kameraüberwachung könnte auch ein Update gebrauchen. Die Lücken sind nicht groß, aber sie sind da.«

»Sie legen den Profimodus wohl niemals ab«, meint er, doch Thorne schweigt.

»Nicht, wenn es um die Sicherheit geht. Und gerade in ihrem aktuellen Zustand braucht Miss Wells viel Ruhe.«

»Das verstehe ich, aber die Einrichtung gilt als eine der besten im ganzen Land. Einige Klientinnen und Klienten von *Start Entertainment* waren schon dort, und es ist zu keinem Zwischenfall gekommen.«

»Aber wir sollten vielleicht vorbeugen und die entsprechenden Maßnahmen erhöhen.«

»Entspannen Sie sich. So sehr ich Ihre Vorschläge auch zu schätzen weiß, merke ich, dass jetzt die Sorge aus Ihnen spricht.« Als Antwort seufzt Thorne laut auf.

»Ihr geht es den Umständen entsprechend gut. Sie wird bald wieder aufwachen«, sagt Callen leise.

»Es ist meine Schuld«, flüstert Thorne kraftlos, als würden ihn diese Worte erdrücken. Sie treffen mich wie ein Schlag in die Magengrube. So viele Menschen leiden wegen mir, und ich schaffe es nicht mal, die verdammten Augen zu öffnen.

»Ist es nicht. Die Ereignisse haben sich überschlagen, und vielleicht wäre es genauso gekommen, wenn Sie an ihrer Seite geblieben wären. Sie sind ein Mensch, Thorne. Genauso wie Nova, die einen Fehler gemacht hat, oder ihre Mutter, die ständig für Schlamassel sorgt. Schlussendlich hat sich das meiste zum Guten gewendet.«

»Sie ist nicht gekommen. Diese Schlange hat ihre Tochter nicht mal besucht! Überall im Fernsehen wird über Miss Wells berichtet, aber sie kommt nicht her? Ruft nicht mal an? Meine Eltern würden …« Thorne hält inne, und in seiner Stimme schwingt Enttäuschung mit, für die ich verantwortlich bin. Der Drang, meine Augen zu öffnen, ist stark, aber ich bin noch nicht bereit dazu.

»Auch mir tut sie leid. Wer solch eine Mutter hat, braucht keine Feinde mehr.« *Das sind harte Worte, oder? Sollte ich nicht den Drang verspüren, ihnen zu widersprechen?*

Bis jetzt hatte ich immer das Gefühl, als könnte ich meiner Mutter alles anvertrauen, dass sie zwar kühl in Bezug auf meine Karriere ist, mich aber bedingungslos liebt. Wir hatten einen Streit, der außer Kontrolle geraten ist. Ich bin wütend auf sie, wegen all der Dinge, die sie gesagt und getan hat, aber sie ist immer noch meine Mom. *Wieso ist sie dann nicht hier?*

»Miss Wells hat das nicht verdient«, meint mein Bodyguard enttäuscht. Tränen brennen hinter meinen geschlossenen Lidern. Wie konnte das Leben, das ich kannte, sich innerhalb so kurzer Zeit völlig verändern? Nichts ist mehr, wie es war, und die Ereignisse werden sich auch auf meine Karriere auswirken. Ich erschaudere bei der Vorstellung, mich alldem zu stellen.

»Natürlich nicht.« Ich höre das Kratzen von Bartstoppeln, als würde sich einer der Männer mit den Händen übers Gesicht fahren.

»Der Schock sitzt ihr noch in den Knochen. Sie wacht bald auf«, versichert Callen leise.

»Das hoffe ich. Sollte sie die Augen öffnen, wird es ihr guttun, ein bekanntes Gesicht zu sehen. Ich werde sie kein weiteres Mal enttäuschen.« *Das hast du doch gar nicht*, will ich sagen, besinne mich aber wieder.

»Nova hat Glück, Sie als Bodyguard zu haben.«

»Danke, Sir.«

»Nichts zu danken. Gehen Sie nach Hause. Sie sind seit vierzehn Stunden auf Ihrem Posten. Ismail kann Sie vertreten.«

»Nein. Ich bleibe vor der Tür.« Ich höre die Entschlossenheit aus seiner kraftvollen Stimme heraus. Er würde nicht von meiner Zimmertür weichen.

»Und nicht hier drin?«, fragt Callen, doch Thorne antwortet nicht. Ein paar Herzschläge lang ist es still, und ich merke, dass ich die Luft anhalte.

»Sie können ihren verletzten Anblick nicht ertragen. Ist es das?« All meine Muskeln sind angespannt, weil ich auf Thornes Antwort brenne, doch es kommt keine.

»Gut, dann sollten wir gehen«, meint Callen. Ich höre Schritte, die Schiebetür wird auf- und zugeschoben, und dann umhüllt mich wieder Stille. Auch wenn meine Schmerzen mir zu schaffen machen, hat es etwas Tröstendes, dass mein Bodyguard, den ich so sehr schätze, an meiner Seite ist.

Die Müdigkeit droht mich schon zu überwältigen, als ich spüre, wie jemand sanft über meine Hand streicht. Instinktiv weiß ich, dass es Thorne ist, der mich berührt. Es ist eine federleichte Berührung, doch sie bringt mein Inneres in Aufruhr. Seitdem ich aufgewacht bin, hat niemand meine Hand gehalten. Niemand, außer mein Bodyguard.

Diese Tatsache sickert in mich, denn mir wird schlagartig klar, dass es niemanden gibt, der mich hier besuchen wird. Mein Team war da, und ich weiß, dass ihre Sorge für mich echt ist, aber wir sind nicht befreundet. Sie werden von *Start Entertainment* bezahlt, um an meiner Seite zu sein. Ich war nie sicher, in welcher Beziehung Thorne und ich zueinander stehen, doch er ist da. Im Gegensatz zu den anderen, im Gegensatz zu meiner Mutter, die mich in die Welt gesetzt hat und mich lieben sollte, sich um mich sorgen sollte.

Der Geruch von Thornes Aftershave dringt in meine Nase, und ich halte erneut den Atem an, als er meine Hand in seine nimmt. Es ist nur eine kleine Geste, doch für mich bedeutet sie alles. Sie zeigt mir, dass ich nicht allein bin in diesen Stunden der Angst und Einsamkeit.

»Miss Wells«, flüstert er so leise, dass ich es mir auch eingebildet haben könnte. Augenblicklich beschleunigt sich mein Herzschlag, und ich muss mich dazu zwingen, nicht laut auszuatmen. Die Emotionen überwältigen mich, und ich kann kaum noch den Schein wahren und mich weiterhin schlafend stellen. Doch das muss ich auch nicht mehr, denn Thorne lässt meine Hand los, und eine Kälte breitet sich dort aus, wo seine Haut meine berührt hat. Als er den Raum verlässt, öffne ich die Augen und blicke auf die geschlossene Tür, ehe die Tränen über mein Gesicht rollen.

Ein paar Augenblicke später wird die Tür wieder geöffnet, und ich erschrecke, was durch meine Verletzungen unglaublich wehtut. »Mein Baby«, schluchzt Mom. »Mein Schatz. Es tut mir leid. Schrecklich leid.« Meine Mutter rauscht ins Zimmer, legt ihren Arm um mich und küsst meinen Scheitel, doch meine Augen sind nur auf Thorne fixiert, der neben der Tür steht. Unsere Blicke finden einander, und es schweben so viele unausgesprochene Worte und Schuldgefühle zwischen uns. Seinerseits, weil er glaubt, dass er schuld an dem Unfall ist, und meinerseits, weil ich einfach die Flucht ergriffen habe.

In den nächsten zwei Wochen habe ich das Gefühl, als würde mein Leben völlig aus dem Ruder laufen. Das Taxi ist ein Totalschaden, doch zum Glück kam der Fahrer mit ein paar Prellungen und einem verstauchten Arm davon. Eine Woche lang konnte ich keinen Schritt vor die Tür machen, weil so viel Presse zugegen war, dass die Polizei eingreifen musste, um die Straße freizumachen.

In den Klatschblättern gibt es kein anderes Thema mehr als den Streit zwischen meiner Mutter und mir und den Unfall. Immer wieder werden Schlagzeilen laut, die frei erfunden sind. Man sollte meinen, dass ich mir mittlerweile ein dickes Fell zugelegt hätte, doch das, was ich lese, tut weh. Genauso wie meine Kopfschmerzen, die immer noch präsent sind. Bei einer Krisenbesprechung wurde mir nahegelegt, mir eine Auszeit zu nehmen.

Das Resort, das die Promis nutzen, um wieder zu sich selbst zu finden oder einfach zu entspannen, befindet sich in Hawaii. Es wird zwar als Rehazentrum betitelt, kommt aber einem Luxusresort gleich. Ein Team aus Ärztinnen und Therapeuten soll mich begleiten, und auch wenn ich anfangs ablehnen wollte, sehe ich ein, dass sich etwas ändern muss. Ich kann nicht so weitermachen wie bisher, ständig begleitet von Kopfschmerzen und Ruhelosigkeit. Und meiner Mutter. Seit unserem Streit und dem Unfall ist sie ständig an meiner Seite, entschuldigt sich ununterbrochen und katapultiert mich dadurch immer wieder zu dem schlimmsten Moment meines Lebens. Auch wenn sie meine Nähe sucht, ist sie eher Belastung als Unterstützung. Mom ist rastlos, und es fühlt sich an, als wollte sie überall sonst sein als an meiner Seite. Also habe ich sie gebeten, mir Zeit zu geben, und bin ohne sie nach Honolulu geflogen. Ich musste ihr versprechen, dass ich nicht mehr wütend auf sie bin, ehe sie mich hat ziehen lassen. Ich habe ihr verziehen. *Denke ich.*

Nun sitze ich hier in meinem Zimmer und sehe auf das türkisblaue Meer hinaus, das man vom Fenster aus betrachten kann. Aber der Anblick löst nichts in mir aus, weder weiß ich die Schönheit der Natur zu schätzen, noch fühle ich etwas anderes. Denn da ist nur Kälte, die mich fest in ihren Klauen hält, begleitet von einer Dunkelheit, die mich umhüllt. Die mir keinen Ausweg aus dieser Leere lässt.

Mittlerweile bin ich eine Woche in dem Reha-Zentrum. Ich bin von Luxus, Schönheit und Fremden umgeben, die mich behandeln, als wäre ich aus Glas. Das medizinische und therapeutische Personal ist zwar um mein körperliches und geistiges Wohlbefinden bemüht, doch sie engen mich mit ihrer Aufmerksamkeit ein. Nehmen mir die Luft zum Atmen.

Sobald ich aufwache, möchte ich weinen und mich wieder unter der Decke verkriechen, aber ich habe Termine, die ich wahrnehmen sollte. Callen und mein Team haben mich hierhergeschickt, um die Dinge, die geschehen sind, zu verarbeiten. Sie wollen mein Bestes, also ist es das Mindeste, dass ich mir Mühe gebe, um wieder die alte Nova zu werden. *Oder?*

Eine Auszeit nehmen, um wieder zu sich selbst zu finden – das klingt so einfach. Aber was ist, wenn ich nie gewusst habe, wer ich eigentlich bin? In den letzten zehn Jahren habe ich rund um die Uhr gearbeitet, hatte kaum Zeit zu reflektieren oder mir Gedanken zu machen, was und wer ich eigentlich sein möchte. Doch jetzt habe ich das Gefühl, als würde ich davontreiben, in unbekannte Gewässer, die so schwarz sind wie mein Gemütszustand.

»Nova. Hey!« Ich wende mich der quirligen Krankenschwester Lizzy zu, die seit meiner Ankunft der einzige Farbklecks in der Grauzone meines Daseins geworden ist. Die eine Sache, die an diesem Aufenthalt nicht deprimierend ist. »Ich bin hier, um dich zu deiner Massage zu begleiten. Mit deinem Anhang natürlich.« Sie schaut kurz zu Thorne, der nicht von meiner Seite weicht. Dieser sieht sie nur mit ausdrucksloser Miene an. Mir scheint, als würde er sie nicht mögen, doch er hat nichts diesbezüglich gesagt.

»Ist es schon so weit?«, frage ich und hebe meine Hand an, um auf meine Armbanduhr zu sehen. Es ist schon fast Mittag. *Wie konnte die Zeit so schnell vergehen?*

»Das ist es. Kenneth ist ein wahrer Magier. Mit seinen Händen löst er jede Verspannung.« Sie scheint vor Lebensfreude nur so zu sprühen. Wie schön es wäre, so sorgenfrei zu sein.

»Es klingt, als würdest du aus Erfahrung sprechen.«

»Stimmt. Ich selbst war schon häufig seine Patientin. Danach fühle ich mich immer wie ein neuer Mensch.« Das klingt wie Musik in meinen Ohren, weil ich genau das sein möchte. Jemand anderes. Nicht die gebrochene Sängerin, der die Paparazzi auf den Fersen kleben wie Kaugummi auf den schönsten Sneakers. Ich wünschte, ich könnte jemand anderes sein. Jemand wie die rothaarige Lizzy. Eine junge Frau, frei von Sorgen, die ausspricht, was sie wirklich denkt.

»Gut, dann werde ich deiner Aussage vertrauen.«

Eine Stunde später fühle ich mich tatsächlich besser. Zwar hat Kenneth nicht verbergen können, wie sehr er von meiner Musik angetan ist, und hat sich als Fan geäußert, doch als er gemerkt hat, dass ich nicht mit seiner Euphorie umgehen kann, ist er zur Tat geschritten und hat keine Fragen mehr gestellt, die nichts mit der Massage zu tun hatten.

Auch hier im Resort sind meine Tage streng durchgeplant. Durch den Unfall habe ich Verletzungen davongetragen, die einige medizinische Behandlungen nötig machen. Doch die meiste Zeit verbringe ich bei der Psychotherapie. All die Stunden, in denen meine Therapeutin versucht zu mir durchzudringen, zerren an meinen Kräften. Mit ihr zu reden ist schwer für mich, doch bei Lizzy ist das anders. Mit der Zeit färbt ihre Lebensfreude auf mich ab. Zumindest ein wenig.

Es fing damit an, dass wir gemeinsam zu Mittag aßen und über ihr mieses Date redeten. An einem Abend treffen wir uns im privaten Bereich des rehainternen Restaurants, trinken alkoholfreie Cocktails und gucken einen Film auf dem iPad. Das sterile Rehazentrum wird durch ihre Anwesenheit erträglicher, und sie wächst mir richtig ans Herz. Sie ist das, was einer Freundin am nächsten kommen würde. Wir stehen noch am Anfang, doch bereits diese zarte Verbindung zwischen uns geht tiefer als all die oberflächlichen Freundschaften der letzten Jahre. Thorne begleitet uns zu jedem Treffen, bleibt aber wortkarg wie vor dem Ende der Tour. Diese kleinen Momente, die wir geteilt hatten, scheinen vergessen zu sein. Und das verletzt mich tiefer, als es sollte.

Die eine Woche mit Lizzy lässt mich Hoffnung schöpfen, dass ich nicht ganz zerbrochen bin. In meinem Inneren gibt es noch viele Verletzungen, die mir Moms Verrat und der Unfall zugefügt haben, aber mit ihr an meiner Seite glaube ich heilen zu können. Sie wird nicht dafür bezahlt, Zeit mit mir zu verbringen, sondern tut es aus freien Stücken.

»Miss Wells? Darf ich eintreten?« Ein Klopfen an der Tür lässt mich den Blick vom Spiegel lösen. Seit dem Unfall habe ich

Prellungen und eine Schiene, aber ich habe mich dazu entschlossen, heute mit Lizzy in die Bar des Zentrums zu gehen.

»Ich bin so weit.« Die Tür wird geöffnet, und mein Bodyguard steht im Türrahmen, die Augen auf mich fixiert. Er mustert mein enganliegendes Seidenkleid, das kürzer ist als die Kleider, die ich bei Veranstaltungen tragen würde. Der Bereich ist frei von Paparazzi, außerdem haben alle Menschen hier aufgrund der hohen Promidichte Verschwiegenheitserklärungen unterzeichnet.

Wenn ich hier tanzen gehe, wird die Öffentlichkeit nichts davon mitbekommen, und das ist ein befreiendes Gefühl. »Sie sehen …« Er schluckt sichtlich, blinzelt und löst seinen Blick von meinen Beinen, die in High Heels stecken. Mein langes blondes Haar trage ich offen, sodass es mein Dekolletee verbirgt.

»Gut aus?« Ich helfe ihm auf die Sprünge und lächle fröhlich. Zum ersten Mal seit dem Unfall. Als er nickt, dreht er sich ruckartig um und schließt die Tür leise hinter sich. *Ist Grumpy-Thorne gerade verlegen?* Der Grund seines Klopfens scheint vergessen zu sein, und etwas in mir erfreut sich daran, dass ich ihn sichtlich durcheinandergebracht habe. Ich schnappe mir meine Handtasche, und auch wenn Lizzy und ich uns erst in einer halben Stunde treffen wollen, gehe ich bereits vor. Da ich immer noch starke Schmerzmittel nehme, die meine Kopf- und Gliederschmerzen in Schach halten, werde ich nichts trinken, aber ich sehne mich danach, einfach eine junge Frau zu sein und eine unbekümmerte Zeit zu haben.

Ich setze mich an die Bar und bin froh, dass eine große Palme jedem die Sicht auf mich verwehrt, denn ich bin nervös. Ich war schon öfter aus und auf Partys, aber diesmal fühlt es sich anders an. *Lebendiger.* Thorne hat Stellung an der Seite bezogen und ist vor der Wand kaum zu erkennen.

Ich sehe Lizzy, die in einem sexy schwarzen Outfit die Bar betritt. Sie hat sich das rote Haar zu einem Pferdeschwanz gebunden und trägt knallroten Lippenstift. Sie kommt mir immer näher, entdeckt mich aber nicht. Ich will gerade aus dem Schatten der Palme treten, als eine andere Frau an Lizzys Seite tritt. Da ich sie nicht kenne, halte ich inne. Ich möchte jetzt keinem vermeidlichen Fan begegnen. Die beiden sind mir so nah, dass ich trotz der Hintergrundmusik jedes Wort verstehen kann.

»Hey, Liz! Warte mal!« Die ältere Frau greift nach ihrem Arm und mustert sie bewundernd.

»Tanja. Was machst du denn hier? Hast du nicht Nachtschicht?«

»Ich bin gerade auf dem Weg nach oben und wollte nur eine Kleinigkeit essen. Was machst du hier? Du siehst umwerfend aus.«

»Danke.« Sie dreht sich um ihre eigene Achse.

»Ich bin mit dem Weltstar Nova verabredet.«

»Ach ja, ihr zwei schwirrt ja überall im Zentrum herum«, erwidert Lizzys Gesprächspartnerin. Ihre Worte klingen abfällig. *Hat diese Tanja etwas gegen mich?*

»Ja, sie sucht so verzweifelt nach Freundschaft und Liebe, dass sie sich an mich klammert wie ein Äffchen.«

»Autsch. Ich dachte, du magst es, Zeit mit ihr zu verbringen?«

»Langsam nervt es gewaltig. Mir scheint, als wäre sie besessen davon, wie ich zu sein. Es ist lächerlich.« Lizzy blickt genervt auf ihre knallrot lackierten Nägel, während Tanja überrascht die Brauen hebt.

»Wieso gibst du dich dann mit ihr ab?«

»Es kann ja nicht schaden, mit einem Promi befreundet zu sein. Stell dir vor, vielleicht nimmt sie mich mal mit auf Partys oder Galas. Vielleicht werde ich mit ihr an meiner Seite ja selbst zum C-Promi. Dann wäre ihr Gelaber wenigstens für irgendetwas gut.«

Ihr kaltes Lachen trifft mich mitten ins Herz. Thorne knurrt, will an mir vorbeigehen, doch ich greife nach seinem Arm und halte ihn davon ab. Auch wenn ich seinen Beschützerinstinkt schätze, möchte ich keinen Streit vom Zaun brechen. Mein Selbstbewusstsein oder das, was noch von ihm übrig gewesen ist, fällt in sich zusammen.

Erneut bricht mein Herz, weil ich gewagt habe, mich einer Person zu öffnen. Einem Menschen, der nur so getan hat, als würde er mich mögen, um sich durch mich einen Vorteil zu verschaffen. Diese Frau sollte eine Schauspielkarriere anstreben, denn ich habe ihr geglaubt, als sie gesagt hat, dass sie gerne Zeit mit mir verbringt. Jetzt die Wahrheit zu erfahren lässt mich beinahe zusammenbrechen.

Meine innere Novalee schlägt um sich, schreit vor Wut und Schmerz, doch meine Hülle, das Einzige, was noch von mir übrig ist, bleibt gelassen. Ich könnte Lizzy konfrontieren, aber sie soll nicht sehen, wie sehr ihre Worte mich verletzt haben. Also stehe ich auf und gehe auf die beiden schockiert aussehenden Frauen zu. Doch anstatt mit ihnen zu reden, gehe ich erhobenen Hauptes an den beiden vorbei. Ich ignoriere Lizzys Rufe und bleibe standhaft und stark. Erst als ich in meinem Zimmer bin und die Tür ins Schloss fällt, lasse ich die Tränen zu.

KAPITEL 10

Novalee

Ich blinzle, als Thorne den Raum betritt, und löse kurz den Blick vom Fenster, wo ich dem Brechen der Wellen am Strand zugesehen habe. Er trägt einen schwarzen Anzug zu einem strahlend weißen Hemd und sieht aus wie immer. Attraktiv und unnahbar. Der perfekte Beschützer und der Einzige, der mir die Tage seit dem Lizzy-Desaster erträglich gemacht hat.

Selbst an seinen freien Tagen bleibt er in meiner Nähe. Er setzt sich Kopfhörer auf, blickt auf sein iPad und ist körperlich präsent, ohne jedoch das Wort an mich zu richten. Immer wieder gleitet sein Blick zu mir, und selbst wenn ich ihn nicht erwidere, spüre ich ihn auf mir. Doch ich bleibe still, und Thorne akzeptiert das.

Mein Team versucht mir Zeit und Raum zu geben, doch ich habe das Gefühl, hier zu versauern. Ich nehme die Therapiesitzungen wahr, ohne mich öffnen zu können, und jeden Tag checkt ein Arzt mein Bein. Die Schwellung ist bereits zurückgegangen, ich kann den Fuß wieder belasten, darf es aber nicht übertreiben.

»Wollen Sie nicht einen Happen nehmen, vor dem Termin?«, höre ich Thorne fragen. Ich blinzle, ehe ich den Blick vom Ozean losreiße und in die whiskeybraunen Augen meines Bodyguards sehe, der neben mir steht.

»Wie bitte?«, hake ich nach, weil ich seine Frage nicht ganz verstanden habe.

»Sie haben Ihr Frühstück gar nicht angerührt«, meint er und deutet mit dem Kinn auf das Tablett, das auf dem Tisch neben mir steht. Es ist beinahe überladen mit Obst, Gebäck, Aufstrichen, Erdnussbutter und noch mehr Dingen, die eher Übelkeit als Appetit in mir auslösen.

»Ich habe keinen Hunger«, antworte ich mit kratziger Stimme, und mir wird klar, dass ich seit Stunden kein Wort gesprochen habe. Er geht in die Hocke, sodass wir uns direkt ansehen können. Sein vertrauter Duft nach Beständigkeit und Seife umhüllt mich und lässt mich tief durchatmen. Wenn er in meiner Nähe ist, fühlt sich die Schwere auf meiner Brust nicht mehr ganz so erdrückend an.

»Und wenn Sie … wenn *du* nur einen kleinen Bissen zu dir nimmst?«, fragt er, und ich hebe eine Braue, weil er mich zum ersten Mal mit *du* anspricht. Bereits bei unserer ersten Begegnung habe ich ihm erlaubt mich zu duzen, genau wie es Hendrik getan hat, doch er hat abgelehnt, um die Professionalität zu wahren. Die ganze Zeit über hat er darauf bestanden – bis jetzt. Träge sehe ich zu dem Tablett und dann wieder zu Thorne.

»Vielleicht später«, sage ich, woraufhin er nickt und sich aufrichtet.

»Ich nehme dich beim Wort«, scherzt er und hebt den Mundwinkel an. Wie schon viele Male seit dem Lizzy-Desaster versucht er die Situation mit einem Scherz aufzulockern, doch es prallt an mir ab, sodass ich wieder zum Ozean blicke, doch bevor er geht, rufe ich noch mal nach ihm.

»Wieso möchtest du immer, dass ich esse?«, will ich wissen, da er mich seit Tagen dazu bringen will. Manchmal direkt, manchmal unterschwellig.

»Du hast an Gewicht verloren. Sollte ich dich bedrängt haben, tut es mir leid.«

»Oh«, sage ich und sehe an mir runter. Ich trage einen weißen, weiten Pulli, der meine rechte Schulter entblößt, und schwarze Leggings.

»Du hast mich nicht bedrängt, es ist mir nur aufgefallen.«

»Es ist wie immer ein Vorschlag, ein Angebot. Du kannst immer nein sagen oder mich in die Schranken weisen, wenn ich Grenzen überschreite.«

»Das weiß ich. Ich vertraue dir.« Drei Worte, doch die Bedeutung dahinter ist massiv. Nie habe ich das Gefühl gehabt, mich völlig an jemanden anlehnen zu können. Nicht mal bei meiner Mom. Thorne blinzelt und sieht mich voller Mitgefühl an, als wüsste er, was diese Worte für mich bedeuten. Bei seinem Anblick beschleunigt sich mein Herzschlag, und meine Emotionen drohen mich zu überwältigen. Doch ich kann nicht hier vor ihm zusammenbrechen, das spare ich mir für später auf, wenn ich allein in meinem Bett liege, und den Schmerz rauslassen kann. Ich stehe ruckartig auf, weil ich das Gefühl habe, er kann mir meine Emotionen ansehen.

»Ich denke, ich sollte mich kurz frisch machen, bevor Dr. Paulson kommt.«

»Ich warte wie immer vor der Tür und bin da, wenn du mich brauchst.«

»Danke, Thorne«, sage ich, doch bevor ich gehe, wende ich mich ihm zu.

»Wofür?«, fragt er, weil er mir wohl schwer folgen kann.

»Dafür, dass du mich endlich mit du ansprichst.« Sein Lächeln sorgt dafür, dass ich mich innerlich ruhiger fühle.

»Ich denke, es ist langsam an der Zeit, die Höflichkeitsformen hinter uns zu lassen.«

Thorne sieht mich einen Augenblick an, neigt leicht den

Kopf, ehe er die Lippen zusammenpresst und sich mit einem Nicken verabschiedet. Als ich wieder allein bin, gehe ich ins Badezimmer. Das Licht geht an, und beim Blick in den Spiegel erschrecke ich. Ich kann nicht glauben, dass ich in den letzten Wochen keinen genaueren Blick auf mich selbst geworfen habe.

Meine Wangen sind eingefallen und lassen meine Gesichtszüge schärfer wirken. Die dunklen Ringe unter meinen Augen spiegeln meinen Gefühlszustand wider. Matte Augen blicken mir entgegen, und die knochigen Schultern zeichnen sich deutlich unter meinem weiten Pullover ab. *Was ist nur mit mir passiert? Wie konnte mir alles, was ich kannte und liebte, entgleiten?*

Kopfschüttelnd wasche ich mein Gesicht, kämme mein hüftlanges Haar und binde es mir zu einem Pferdeschwanz zusammen, doch egal wie viel Mühe ich mir gebe, mein Äußeres scheint mein Inneres widerzuspiegeln, und das sieht alles andere als gut aus. Lizzy habe ich seit der Begegnung in der Bar nicht mehr wiedergesehen, und ich bin unheimlich froh darüber.

Als mein Smartphone in meiner hinteren Jeanstasche klingelt, greife ich danach und stelle fest, dass es sich bei der Anruferin um meine Mutter handelt. »Hey, Mom.«

»Schätzchen. Wie geht es dir?« Ich höre geschäftiges Treiben und eine Kasse im Hintergrund. Wahrscheinlich ist sie wieder auf Shopping-Tour. Vielleicht sollte ich ihr den Rahmen doch erhöhen, wenn ihr das Einkaufen so viel bedeutet. Aber das hebe ich mir für später auf.

»Ganz gut. Ich gehe zu meinen Terminen und verbringe die restliche Zeit im Bett.«

»Du solltest nicht nur in deinem Zimmer versauern. Geh etwas aus oder spazieren. Vielleicht findest du ja Freundinnen.«

»Ähm, vielleicht tue ich das.« Ich werde ihr mit Sicherheit nicht sagen, was mit Lizzy vorgefallen ist. Das würde sie nur dazu animieren, hierherzukommen und sich an meine Fersen zu heften. Und das ist das Letzte, was ich will.

Seufzend beende ich das Telefonat, trete aus dem Badezimmer und will mich wieder setzen, als ich den Auslöser einer Kamera höre. Ich hebe den Blick und sehe mich einem mir fremden Mann gegenüber, der mich ablichtet. Alles in mir erstarrt zu Eis. Ich sollte schreien, sollte weglaufen oder diesen Mann konfrontieren, doch ich kann nichts tun, als weiterhin auf die Kamera zu starren. Die Kleidung des Eindringlings ähnelt der Arbeitsbekleidung der Mitarbeitenden, sein Gesicht kann ich nicht erkennen, da es von der großen Kamera verdeckt wird.

Das Klicken nimmt kein Ende, während ich mich weiterhin nicht bewegen kann. Als der Mann meinen Namen sagt, entweicht mir endlich ein spitzer und lauter Schrei. Einen Augenblick später ist Thorne im Zimmer, und während ich mich ängstlich an der Badezimmertür festkralle, entreißt mein Bodyguard dem Typen die Kamera, verdreht ihm den Arm und drängt ihn hart gegen die Wand.

Der Schreck sitzt mir tief in den Gliedern, selbst dann noch, als Thorne ihn aus meinem Zimmer zerrt. Ein Zittern erfasst meinen Körper und geht schon bald in ein Beben über. Es übernimmt die Kontrolle über meinen Körper, sodass ich meine Hand an der Wand hinter mir abstützen muss, um nicht zu Boden zu gehen. Sobald das Sicherheitspersonal den Mann weggebracht hat, eilt Thorne zu mir.

»Bitte Nova. Sag etwas«, flüstert er und schafft es, dass sich mein Blick klärt, doch das Zittern bleibt.

»Ist er weg?«

»Ja. Er kann dir nichts tun.« Ich nicke, und der Schock lässt langsam, aber sicher nach.

»Ruf Tate an. Callen oder sonst jemanden. Ich muss weg von hier«, flüstere ich mit letzter Kraft, ehe ich meine Hand aus Thornes löse. Mir war nicht klar, dass er diese gehalten hatte. Das Zittern hält an, als ich ins Badezimmer gehe, um mir kaltes Wasser ins Gesicht zu spritzen. Selbst dann, als ich endlich per Videocall mit meinem Team spreche. Thorne sitzt neben mir und schildert, was vorgefallen ist. Seine Stimme bebt vor unterdrücktem Zorn, doch er wirkt äußerlich ruhig und gelassen. Aber ich spüre, dass er außer sich ist. Ein Reporter hat sich als Reha-Mitarbeiter ausgegeben, um an Bildmaterial zu kommen. Thorne hielt ihn für Personal, weshalb er ihn durchgelassen hat. Die Fotos wurden sofort gelöscht, aber das macht es nicht besser. Ich fühle mich in die Enge gedrängt und kann nur schwer atmen. Es sind zu viele Dinge passiert, und ich habe Angst, mich völlig zu verlieren.

»Ich habe Ihnen gesagt, dass es Sicherheitslücken gibt, und doch haben Sie Miss Wells hierhergeschickt!« Thornes Worte an Callen sind vorwurfsvoll, und ein Blick auf den Bildschirm verrät mir, dass der CEO seinen Fehler einsieht.

»Sie haben recht, und es tut mir schrecklich leid, Nova. Wir könnten dich in ein anderes Zentrum schicken, wo weniger Menschen sind, aber mehr Personal, das dich …«

»Nein!«, sage ich so bestimmt, dass Thorne neben mir zusammenzuckt. Meine Hände zittern, und bei dem Gedanken, wieder in irgendeiner Luxuseinrichtung festzustecken, legt sich eine Eiseskälte um mich. Ich würde zugrunde gehen.

»Bitte. Ich ertrage das nicht mehr«, sage ich kraftlos und kann meine Tränen nicht verbergen. Ich spüre, wie sich Thorne neben mir versteift, doch er schweigt. Callen, Tate und Libby sehen mich besorgt an, doch das macht die Situation nur noch schlimmer. Ich will ihr Mitleid nicht.

»Ich muss hier raus. Diese Blicke! Ich ertrage ihr Mitleid,

ihre falsche Art und die Lobgesänge an mich nicht. Hier kennt jeder meinen Namen und schmiert mir Honig ums Maul. Sie glauben mich zu kennen, aber das tun sie nicht. Niemand tut das!«, sage ich und werde mit jedem Wort lauter. Ich atme abgehackt, und Thorne kommt mir unweigerlich näher. Er scheint einen Arm um meine Schulter legen zu wollen, überlegt es sich dann aber anders.

Nach Lizzy und der schweren Verletzung meiner Privatsphäre seitens eines Paparazzos brauche ich einen Ausweg. Eine Lösung.

»Möchtest du wieder nach Hause?«, fragt Callen mitfühlend.

»Nein. Ich möchte einfach weg. Irgendwohin, wo ich atmen kann und wo sich niemand darum schert, wer ich bin«, sage ich verzweifelt und raufe mir die Haare. Danach ist es still, doch in mir brüllt die Hilflosigkeit, das Verlangen nach Ruhe und Beständigkeit. Meine innere Novalee ist verstummt.

»Bitte, ihr müsst mir helfen. Ich habe keine Kraft mehr«, flüstere ich und fahre mir müde übers Gesicht. Spüre die herausstehenden Wangenknochen, fühle, dass ich langsam aber sicher nicht mehr kann und in ein tiefes Loch stürze. Und gerade, als mir ein Ruf der Verzweiflung entgleiten will, erhebt Thorne das Wort.

»Ich glaube, ich kenne da einen Ort.«

KAPITEL 11

Novalee

Die Sonne scheint hell über mir und wärmt mein Gesicht. Keine einzige Wolke ist am strahlend blauen Himmel zu sehen, als ich vor dem Danbury Municipal Airport auf den geparkten SUV zusteuere. Thorne öffnet mir die Tür, doch mein Blick klebt an dem satten Blau über mir. Es erinnert mich an den Himmel über Hawaii, meine Hoffnungen auf einen Neuanfang und Heilung. *Diesmal wird es anders sein. Ich werde anders sein.*

Thorne wartet neben dem Auto, bis ich bereit bin einzusteigen, und ich war noch nie in meinem Leben so dankbar, einen geduldigen Menschen wie ihn an meiner Seite zu haben. Ich schaue auf die offene Tür, die zum Rücksitz führt, lasse meinen Blick von seiner Hand über den muskulösen Arm bis zu seinem attraktiven Gesicht gleiten. Heute trägt er keinen Anzug, sondern eine dunkle Jeans zu einem schwarzen Shirt, das sich um seinen festen Oberkörper spannt. Sein dichtes schwarzes Haar wird durch eine Baseballcap verdeckt. Wenn ich ihn so betrachte, sieht er aus wie ein junger Mann von nebenan und nicht wie ein Bodyguard.

»Ich möchte, dass wir von nun an alles anders machen«, sage ich entschlossen, was ihn überrascht eine Braue heben lässt.

»In Bezug auf was?«, fragt er.

»Auf alles. Ich möchte von nun an neben dir sitzen und auch selbst fahren, sobald ich die Wege kenne.«

»Solange ich auf dem Beifahrersitz sitzen darf, habe ich kein Problem damit.«

»Gut.«

»In Ordnung.« Er öffnet mir die Beifahrertür, was mich den Kopf schütteln lässt.

»Du musst mir auch nicht die Tür öffnen. Ich möchte nicht die Sängerin Nova sein, sondern eine ganz normale Frau.« Thorne macht einen Schritt auf mich zu und sieht mich mit einem amüsierten Funkeln in den Augen an.

»Ich öffne jeder Frau die Tür, bevor sie in meinen Wagen steigt. Das hat nichts mit deinem Beruf zu tun, sondern mit meiner Erziehung.«

»Oh. Okay«, sage ich und komme mir plötzlich albern vor, auch wenn dafür kein Grund besteht.

»Danke«, murmle ich schließlich und steige ins Auto. Während der Fahrt schweigen wir, aber es ist eine angehnehme Stille. Eine, die es mir erlaubt, mich innerlich für diesen Schritt zu wappnen. Nach meiner Panikattacke und der Weigerung, in ein Reha-Zentrum zu fahren, hat Thorne den Vorschlag gemacht, dass ich auf der Farm seiner Eltern bleiben könnte. Die Rinder- und Gemüsefarm der McKinleys befindet sich im Herzen von Washington Depot.

Mein Team und ich haben zunächst mit Skepsis reagiert, außerdem war ich verwundert, dass dieser Vorschlag ausgerechnet von Thorne kam, dem es sonst immer so wichtig ist, Privates und Berufliches zu trennen. Aber seine Absichten waren ehrlich, und die Tatsache, dass er über seinen Schatten gesprungen ist, um mir zu helfen, erwärmt mein Inneres, auch wenn ich das Gefühl habe, emotional erkaltet zu sein. Also habe ich zugestimmt und das Okay von Callen und Tate bekommen.

Thorne hat dafür gesorgt, dass die Bewohnerinnen und Bewohner der Kleinstadt eine Verschwiegenheitserklärung unterzeichnen und nicht nach außen tragen, dass ich mich dort aufhalte. Auch der Sheriff der Stadt hat zugestimmt, sodass alles innerhalb von Tagen geklärt war. Nur eine Handvoll Menschen von *Start Entertainment* weiß, wo ich mich befinde, wodurch verhindert werden soll, dass die Information nach außen sickert.

Wie es mit der Umsetzung aussieht, wird die Zeit zeigen. Die Kleinstadt hat mir einen sicheren Rückzugsort angeboten, und ich habe nicht lange gezögert und meine Sachen gepackt. Der Paparazzo hat natürlich ausgeplaudert, wo ich mich befinde, sodass es noch wichtiger war, möglichst unbemerkt zu verschwinden. Denn die ganze Welt scheint sich für den Aufenthaltsort der gebrochenen Pop-Prinzessin Nova zu interessieren.

Thorne hat mir erklärt, dass es sich bei der Farm um ein vierzehn Hektar großes umzäuntes Privatgrundstück handelt, das vor fremden Augen geschützt ist. Ich kann mich dort verkriechen, kann ausgiebige Spaziergänge machen, seine Familie kennenlernen oder eben nicht, aber egal was ich tun möchte, die Entscheidung obliegt mir.

Wenn ich aus dem Fenster sehe, erwartet mich das satte Grün der Wiesen. Überall blühen die Blumen, und wir fahren an mehreren entzückenden Kleinstädten vorbei. Ich bin seit Jahren von Wolkenkratzern, Autos und belebten Straßen umgeben, und der Anblick, der sich mir jetzt bietet, ist das komplette Gegenteil. Wälder, bestellte Felder und hübsche Häuser säumen unseren Weg. Es ist beinahe zu viel Schönheit auf einmal, denn mein seelischer Zustand würde eher zu Regen und einem endlos grauen Himmel passen.

Wir fahren an Läden, öffentlichen Gebäuden und Parks

vorbei. Es ist bereits Mittag, als wir das Straßenschild zu Washington Depot erreichen, das 1779 gegründet wurde. Ich habe nach dem Ort gegoogelt, und als eine der ersten Infos wurde mir angezeigt, dass die Produzentin der Serie *Gilmore Girls* diese Kleinstadt als Vorlage für die fiktive Kleinstadt *Stars Hollow* gewählt hat. Da ich die Serie und das heimelige Flair, das sie auslöst, sehr mag, habe ich nicht das Gefühl, einen Fehler begangen zu haben.

Wir kommen vor einem großen schiefergrauen Farmhaus zum Stehen, das von Bäumen und Blumenbeeten umsäumt ist. Ein mit Steinen gepflasterter Weg führt vom Briefkasten, der sich an der Grundstücksgrenze befindet, zum Holzhaus. Eine weitläufige Veranda mit Sitzbänken und hängenden Blumentöpfen umrahmt das große Gebäude. Die Wandfarbe an der Veranda ist an manchen Stellen abgeblättert, doch das trägt nur zum Charme des Hauses bei. Es wirkt nicht perfekt, sondern echt.

Neben dem Haus befinden sich zwei große Nebengebäude die rot gestrichen sind, während die Fenster- und Türrahmen weiß sind. Auf den ersten Blick ist nicht zu erkennen, was sich in ihnen befindet. Der Ort vermittelt mir das Gefühl von Sicherheit und Ruhe. Genau die zwei Dinge, die ich gerade so dringend brauche. Es gibt einige Schilder, doch eines sticht mir besonders ins Auge.

Die Farm ist für Besucherinnen und Besucher auf unbestimmte Zeit geschlossen.

Kaum habe ich diesen Satz gelesen, überkommt mich das schlechte Gewissen. *Gehen Thornes Familie dadurch Einnahmen verloren?* Ich wende mich meinem Bodyguard zu, der mich einfach nur abwartend ansieht. Er fasst mich nicht mit Samthandschuhen an und überlässt mir das Reden, sodass immer ich es bin, die die Entscheidungen trifft. Er ist wie immer im Bodyguard-Modus, lässt mich den Ton angeben und folgt stumm meinen Wünschen.

»Habt ihr die Farm wegen mir geschlossen?«, frage ich mit dünner Stimme, doch Thorne schüttelt den Kopf, wobei ihm einige Strähnen seiner schwarzen Haare aus der Baseballcap in die Stirn fallen.

»Meine Eltern sind dabei, Teile der Farm zu renovieren. Die Arbeiten werden bald starten, und da diese länger andauern, hat meine Familie sich dazu entschlossen, die Farm in dieser Zeit zu schließen.«

»Gut. Das ist gut«, murmle ich erleichtert. Thorne hat eine Hand auf seinem Schoß abgelegt und blickt zwischen dem Haus und mir hin und her. Offensichtlich beschäftigt ihn etwas, denn zum ersten Mal macht er einen unsicheren, ja nervösen Eindruck auf mich.

»Hör zu, Nova.« Gott, wie gut es tut, dass er dieses nervige Sie hinter sich gelassen hat. Zwar ist er immer noch der kühle Sicherheitsmann, doch dadurch, dass er mich nun beim Vornamen nennt, fühlt es sich trotzdem etwas vertrauter zwischen uns an.

»Meine Familie weiß, was du durchgemacht hast. Sie freuen sich, dir eine sichere Zuflucht zu bieten. Ich kann jedoch nicht versprechen, dass sie sich immer zurückhalten werden.«

»Wie meinst du das?« Mir fehlen noch ein paar Informationen, um seine Worte zu verstehen. Er spielt mit dem Schlüsselbund, der noch im Zündschloss steckt.

»Sie mischen sich gern mal in die Angelegenheiten der anderen ein, und das bezieht sich nicht nur auf die Familienmitglieder. Gefühlt die ganze Stadt weiß über alles und jeden Bescheid. Manche würden es Kleinstadt-Charme nennen. Ich nenne es nervenaufreibend.«

Ah, daher weht der Wind. Es ist das erste Mal, dass Thorne so viel hintereinander von sich gibt. Es ist ungewohnt, aber erfrischend und lässt mich ihn in einem anderen Licht sehen. Fernab vom Grumpy-Thorne-Dasein.

»Sollte ich eine Pause von allem brauchen, weiß ich, dass ich mich jederzeit zurückziehen kann. Ich bin überaus dankbar, dass ich hier sein darf.«

»Du kannst so lange bleiben, wie du willst«, sagt er und lächelt mich an. In diesem Moment wird mir klar, dass er nur ein paar Jahre älter ist als ich. Wenn er in den Bodyguard-Modus wechselt und todernst ist, kommt er mir manchmal so viel älter vor. So distanziert.

Wir steigen gemeinsam aus, und ich kralle mich vor Nervosität an meine Handtasche, als Thorne vorausgeht, die Haustür öffnet und wir einen breiten Eingangsbereich betreten. Der Boden ist mit rostbraunen Fliesen verlegt, die ein paar Meter weiter mit bunten Teppichläufern verdeckt werden. Die Wände sind mit Holzdielen gesäumt, die weiß gestrichen sind, sodass die Farbe der Fliesen noch kräftiger wirkt. An der einen Wand wurde eine Garderobe im Do-it-yourself-Stil gezimmert. Sie besteht aus einer breiten Holzbank, unter der sich viele Schuhe befinden, und einigen Hängehaken, die Platz für Dutzende von Jacken bieten. Neben der Bank befindet sich ein geflochtener Korb, in dem drei Regenschirme stecken.

Über den Haken sind zwei Hängeregale, auf denen Bilderrahmen mit Sprüchen, echt aussehende Plastikblumen und ein Landschaftsgemälde zu sehen sind. Es handelt sich um liebevolle und dezente Dekorationen, die ich in dieser Form selten zu Gesicht bekommen habe. Kaum habe ich einen Schritt in dieses Haus gesetzt, fühle ich mich augenblicklich wohl, und dabei habe ich bisher nur den Vorraum gesehen.

Wir kommen an einer breiten Holztreppe vorbei, die jeweils nach oben und unten führt. Eine Schiebetür trennt den

Eingangsbereich vom Rest des Hauses, und als ich fremde Stimmen vernehme, verkrampfe ich mich innerlich. Ich wollte einen neuen Weg einschlagen, aber plötzlich schnürt sich meine Kehle zu, und ich bleibe augenblicklich stehen.

Ich bin noch nicht bereit, den Menschen zu begegnen, die mich aufgenommen haben. Zwar bin ich ihnen überaus dankbar, dass sie mir eine Zuflucht gewähren, doch das erste Kennenlernen muss auf später verschoben werden.

»Möchtest du direkt in dein Zimmer?«, fragt Thorne dicht hinter mir, und ich spüre die Wärme, die von seinem Körper ausgeht. Ich löse meine Augen von der hellen Schiebetür und drehe mich zu ihm um. Mein Bodyguard steht so dicht vor mir, dass ich den Kopf in den Nacken legen muss, um seinem verständnisvollen Blick zu begegnen. Es liegt keine Verurteilung darin, dafür Wärme und Sicherheit. Es ist alles in Ordnung, solange er an meiner Seite ist.

»Ja bitte«, hauche ich und fühle mich wie ein elendiger Feigling. Ich bin mein ganzes Leben von Menschen umgeben, also sollte diese Begegnung hier kein Öl ins Feuer gießen, trotzdem fühlt es sich für mich so an. Ich bin nicht mehr die Nova, die ich mal war. Nicht nach den Ereignissen der letzten Wochen, die mein Leben zerstört und mich dazu gedrängt haben, aus meinem Alltag auszubrechen.

»Dann folge mir«, flüstert er, bewegt sich jedoch nicht. Wir sehen einander an, ohne dass ein Wort fällt, ohne dass es unangenehm wird. Seit der desaströsen Reha ist es vor allem seine Nähe, die mir Geborgenheit vermittelt. Bei ihm fühle ich mich nicht, als würde ich ersticken. In seiner Anwesenheit kann ich endlich wieder freier atmen. Thorne räuspert sich, schüttelt heftig den Kopf, dreht sich energisch um und eilt nach draußen. Ich versuche nicht mehr so abgehakt zu atmen, klammere meine Finger um meine Big-Size-Tasche und folge ihm. Wir gehen über eine Rasenfläche zu einem der kleineren Häuser neben dem Farmhaus, dessen Holzdielen in einem hellen Rot gestrichen sind. Je näher wir dem Gebäude kommen, desto besser erkenne ich das Schild über der Glastür:

Maddies Bioladen.

Hier befindet sich offensichtlich der Verkaufsraum für die selbst hergestellten Produkten.

Der Duft von Seife, gemischt mit Kräutern, erfüllt meine Nase, doch mir bleibt keine Zeit, mich im Laden umzusehen, denn Thorne steuert auf die Tür neben der Kasse zu.

»Der Laden bleibt trotz der Renovierung weiterhin geöffnet. Es gibt auch eine Hintertür, aber die wurde heute Morgen gestrichen, sodass wir heute diesen Eingang nutzen müssen.«

»Okay«, sage ich, auch wenn ich nicht das Bedürfnis habe, heute noch das Zimmer zu verlassen. Wir gehen in den ersten Stock, wo wir zu einer großen Galerie kommen. Das Dachfenster spendet viel Licht. Der Raum ist mit einigen Bücherregalen und einem großen XXL-Ohrensessel ausgestattet, der auf einem flauschigen weißen Teppich platziert wurde. Normalerweise würde ich sofort zu den vollen Bücherregalen gehen und nachsehen, welche sich in der Sammlung befinden und ob ich einige davon gelesen habe, aber plötzlich muss ich gähnen, und mir wird klar, wie müde ich bin. Ich sehe mich um und entdecke drei Türen, wobei Thorne auf die mittige zusteuert.

»Hier ist das Badezimmer«, erklärt er. Die Tür führt zu einem Raum, dessen Möbel aus hellem Buchenholz gezimmert sind, das sich von den weißen Fliesen abhebt. »Frische Handtücher sind im Schrank, und auf das warme Wasser musst du ein wenig warten. Der Boiler hier ist nicht gerade der schnellste.«

Ich bedanke mich für die Information und folge ihm zu der Tür, die sich rechts von uns befindet.

»Das hier ist dein Zimmer«, sagt er und öffnet die Tür für

mich, sodass ich an ihm vorbeigehen muss, um den Raum zu betreten. Der Holzboden macht einen neuen Eindruck, genauso wie die graue Farbe an den Wänden, und es wirkt auf mich, als wäre auch hier kürzlich renoviert worden.

Das Himmelbett an der gegenüberliegenden Wand hat weiße Vorhänge, die den Blick auf das Bett abschirmen. Die Fenster sind mit den gleichen Vorhängen ausgestattet. In der Ecke des Raums befindet sich ein Schreibtisch sowie ein Drehstuhl. Außerdem gibt es einen weißen Schrank, der älter als die anderen Möbel wirkt.

»Es sieht gemütlich aus«, sage ich und meine es auch so. An den Wänden befinden sich gerahmte Sprüche, genauso wie auf den Nachtkästchen. Eine große Lampe steht neben einem leeren Regal, das sich hervorragend für meine mitgebrachten Bücher eignen würde.

»Ich bringe deine Koffer später vorbei, aber jetzt kannst du erstmal ankommen. Wenn du mich brauchst, schreib mir einfach. Ich habe mein Smartphone immer bei mir, und du kannst mich jederzeit erreichen.« Ich sehe meinen Bodyguard an, ehe mein Blick zur gegenüberliegenden Tür wandert.

»Ist das dein Zimmer?«, frage ich leise, was ihn nicken lässt.

»Ja. Wie immer bin und bleibe ich in deiner Nähe.« *Und genau das ist der Grund, wieso ich noch nicht völlig zusammengebrochen bin*, will ich sagen. Doch ich nicke lediglich und sehe mich erneut in dem Zimmer um, das für die nächsten Wochen mein Zuhause sein wird.

»Danke, Thorne«, flüstere ich und versuche mich an einem Lächeln.

»Gern geschehen«, antwortet er, ehe er mir Freiraum lässt und geht. Als ich die Tür hinter mir schließe, fühle ich mich keinen Deut besser als vorhin im Farmhaus. Ja, ich will diesmal alles anders machen und nicht zusammenbrechen, aber das ist nichts, was von heute auf morgen zu schaffen ist. Hier und jetzt fühle ich mich am Ende meiner Kräfte, und wieder plagen mich die Kopfschmerzen. Ich habe immer noch das Gefühl, als würde mich eine unsichtbare Hand unter Wasser drücken, ohne dass ich je die Gelegenheit bekomme, nach Luft zu schnappen. Und weil mein Leben gerade einem Scherbenhaufen gleicht, lasse ich den Schmerz zu – mit der Aussicht, irgendetwas anderes als diese Leere in mir zu fühlen.

KAPITEL 12

Novalee

Ich wache aus einem unruhigen und viel zu kurzen Schlaf auf. Langsam richte ich mich auf und sehe mich blinzelnd und schwer atmend um.

Ich bin sicher.

Hier ist niemand.

Thorne ist direkt im Zimmer gegenüber.

Ich bin sicher.

Dieses Mantra ist zu meinem ständigen Begleiter geworden. Ich wiederhole es immer, wenn die Angst nach mir greift und ich mich verloren fühle. Diese Worte helfen mir dabei, mich daran zu erinnern, wer ich bin und wo ich mich befinde. Der Unfall hat tiefe Kerben in meine Seele geschnitten, und auch wenn mein Körper heilt, sitzt der Schock immer noch tief, und seitdem habe ich keine Nacht mehr durchgeschlafen.

Wenn überhaupt, schlafe ich für wenige Stunden, weil mein Körper mich dazu zwingt, doch meist wache ich desorientiert und ängstlich auf, ohne einen Albtraum gehabt zu haben. Den brauche ich nicht, denn mein Leben ist schon beängstigend genug. Ich wäre beinahe gestorben, und fast hätte ich eine unschuldige Seele auf dem Gewissen gehabt. Das ist nichts, was man so einfach vergisst. Zwar tue ich so, als würde mich die

Sache nicht mehr beschäftigen, aber tief in mir sitzt die Angst, dass so etwas wieder passieren könnte.

Ich lege die Hände in den Schoß und blicke mich in dem dunklen Zimmer um. Mondlicht fällt durch die hohen Fenster rechts von mir und erhellt den Schreibtisch. Nichts deutet auf Gefahr hin. *Ich bin hier sicher.*

Vorerst, flüstert eine leise Stimme in mir, die ich zu ignorieren versuche. Sie hat schon zu viel Raum in meinem Kopf eingenommen. Ich werde nicht zulassen, dass sie sich dauerhaft darin einnistet. Erst als ich das Gefühl habe, dass kein Gewicht mehr auf meiner Brust liegt und ich befreiter atmen kann, greife ich nach meinem Smartphone, das ich neben mein Kissen gelegt habe. Mit einem langen Seufzen stelle ich fest, dass ich den Tag verschlafen habe und es mittlerweile fast Mitternacht ist. Schließlich sehe ich mir die Benachrichtigungen an und entdecke einige ungelesene Nachrichten.

Die meisten sind von meinem Team, das sich erkundigt, ob ich gut angekommen bin, doch es gibt nur eine Nachricht, die mich näher interessiert. Sie ist von Thorne.

> Grumpy-Thorne: Da du auf mein Klopfen nicht reagiert hast, schätze ich, dass du schläfst. Meine Mom hat Abendessen für dich aufgehoben, ehe die anderen es sich unter den Nagel reißen konnten. Es steht vor deiner Tür, falls du hungrig bist. Deine Koffer stehen ebenfalls neben deiner Zimmertür, falls du nach etwas suchst. Ich werde sie dir morgen reintragen. Solltest du noch etwas brauchen, melde dich einfach. Und wenn nicht, dann ist das auch in Ordnung. Hier wird es keinen Druck für dich geben. T.

Ich lege das Smartphone aufs Bett und streiche mir über den nackten Oberarm. Mein pinkes Top und der Jeansrock, die ich heute Morgen angezogen habe, kleben nun an meiner Haut. Ich stehe auf, öffne die Tür und nehme das Tablett an mich, auf dem sich eine Tupperdose befindet. Der Duft von Reis und würzigen Kräutern umschmeichelt meine Nase, und augenblicklich beginnt mein Magen zu knurren. Das Pilzrisotto ist noch lauwarm, und auch Besteck wurde beigelegt. Ich setze mich an den Schreibtisch und nehme einen kleinen Bissen.

Der Reis ist weich, und das Hühnerfleisch, das daruntergemischt wurde, schmeckt zart und würzig. Auch wenn ich einen Bärenhunger habe, esse ich bewusst langsam. Plötzlich wird mir klar, dass ich allein im Dunkeln gegessen habe. Was für eine traurige Szene das doch ist. Es waren zwar nur vier Gabeln, aber es ist ein Anfang.

Es war die erste deftige Mahlzeit, bei der ich nicht das Gefühl hatte, sie würde wie Asche in meinem Mund zerfallen. Augenblicklich meldet sich mein schlechtes Gewissen, weil das Essen nicht meinem Diätplan entsprochen hat. In Hawaii war das kein Problem, da dem Koch eine Liste ausgehändigt wurde, aber wenn ich ehrlich zu mir selbst bin, hat dieser Reis besser geschmeckt als all die Gerichte, die ich in den letzten Monaten zu mir genommen habe.

Ich stehe auf, ziehe die Vorhänge zur Seite und stelle erstaunt fest, dass das Zimmer Zugang zu einem kleinen Balkon hat. Ein Teil von mir möchte in die kühle Nacht hinaustreten, möchte sich umsehen, doch ich entscheide mich dagegen. Seufzend schalte ich eine Nachttischlampe ein und ziehe meine vom Schweiß feuchten Klamotten aus. Ich wechsle zu Shorts und streife mir ein Top über, ehe ich mich wieder im Bett verkrieche. Doch an Schlaf ist nicht zu denken, und so starre ich für eine Weile einfach nur an die Decke. Endlose Minuten vergehen, ohne dass ich Müdigkeit verspüre.

Schließlich greife ich nach meinem Smartphone und bedanke mich bei Thorne für das Essen und meine Koffer. Die Schwere in meiner Brust lässt mich kaum atmen, also wechsle ich vom Chat in die Galerie und öffne meinen Happiness-Ordner. Darin befinden sich Fotos von Fans und mir, die mich seit meinen Anfängen begleiten. Von abfotografierten Fanbriefen und Geschenken, die mir die Welt bedeuten, bis hin zu Fotos, auf denen ich als Achtzehnjährige den Bilderrahmen halte, der den dreifachen Platinstatus meines Debütalbums präsentiert. Mein Lächeln auf all diesen Bildern ist echt. Ich kann mit Sicherheit sagen, dass es Jahre her ist, dass ich frei von Sorgen war und so unbeschwert gelacht habe.

In den letzten Jahren war dieses Fotoalbum in meiner Galerie mein Rettungsanker, mein persönlicher Beweis dafür, dass die harte Arbeit und das Leid all das wert sind, doch jetzt verschlimmert der Anblick dieser Bilder meinen Zustand. Ich möchte wieder die fröhliche Frau von damals sein, möchte in die Vergangenheit reisen und herausfinden, wo genau alles angefangen hat schiefzulaufen, denn ich bin todunglücklich, und nichts scheint mir den Schmerz nehmen zu können.

Die Ereignisse der letzten Zeit haben mich gebrochen. Wenn es eine Grenze für die Qualen gibt, die ein Mensch ertragen kann, stehe ich kurz davor, diese zu erreichen. Bis jetzt konnten mich die Musik und die Liebe meiner Fans immer aufbauen, aber ich bin an einen Punkt angelangt, an dem es keinen Ausweg gibt. Keine Hoffnung für meine zerrüttete Seele.

Der erste Schluchzer ist leise, fast ein Flüstern, doch nach ihm folgen viele weitere. Aber zu weinen ist etwas Gutes, denn es zeigt, dass ich noch zu Gefühlen und Emotionen fähig bin.

KAPITEL 13

Thorne

Es ist praktisch, dass Madeleine auf der Galerie im Treppenhaus Sitzgelegenheiten geschaffen hat. Mich trennen nur drei Schritte von Novas Tür, die ich schnell überbrücken könnte, und am liebsten würde ich das auch tun. Denn jeder Schluchzer, der aus ihrer Kehle dringt, lässt mich mitleidig das Gesicht verziehen. Eigentlich wollte ich mir nur die Zähne putzen, aber dann habe ich erneut vernehmen müssen, wie Nova zusammenbricht. Sie leidet, und ich kann nichts tun, um ihr zu helfen.

Im letzten Jahr hat sich Nova mir als kühler Superstar mit eiskalter Fassade präsentiert. Nur selten hat sie mir einen Blick in ihr Innerstes gewährt, und auch wenn ich weiß, dass sie kein Roboter ist und Gefühle hat, war sie eine Meisterin darin, diese zu überspielen oder gar zu verbergen. Dass ich nun erneut Zeuge ihres Zusammenbruchs bin, bringt mich in eine schwierige Situation. Denn einerseits würde ich ihr gerne helfen, ihr eine Stütze sein, andererseits muss ich die Distanz wahren. Wie ich meine Rollen als Bodyguard und Sohn sowie Bruder unter einen Hut bringen soll, ist mir schleierhaft. Es ist, als würden zwei Welten aufeinandertreffen.

»Armes Ding«, flüstert meine Schwester Joy und erschreckt mich zu Tode. Ich war so abgelenkt, dass ich nicht auf meine

Umgebung geachtet habe. Einer der Gründe, wieso man Privates nicht mit Beruflichem vermischen sollte.

»Hey. Was machst du denn hier?«, frage ich die Jüngste der McKinley-Töchter. Meine Worte kommen mir warm über die Lippen, denn ich freue mich, sie nach Monaten endlich wiederzusehen. Sie hat ihr dunkelblondes Haar zu einem wirren Knoten gebunden und trägt eine ärmellose Seidenbluse zu halblangen Shorts im selben Material. Sie sieht starr auf die Tür, hinter der Nova immer noch hemmungslos weint.

»Ich wollte nur mein Ladegerät holen, weil ich es heute Morgen im Laden vergessen habe. Dann habe ich gehört, wie jemand weint, und bin hochgegangen.« Joy mischt sich zwar gern in die Angelegenheiten anderer ein und hat uns als Teenie immer nachspioniert, doch ich glaube ihr, dass sie nur zufällig hierhergekommen ist und nicht, um nach dem Superstar Ausschau zu halten.

»Schön, dich zu sehen«, sage ich und stehe vom Ohrensessel auf. Sie war so auf die Geräusche aus Novas Zimmer fixiert, dass sie mich jetzt erst ansieht. Ein strahlendes, liebevolles Lächeln breitet sich auf ihrem Gesicht aus. Da Joy leider arbeiten musste, war sie beim Abendessen nicht dabei. Es ist das erste Mal seit Weihnachten, dass ich sie sehe. Ich ziehe sie in eine brüderliche Umarmung, woraufhin sie mich mustert.

»Es tut auch gut, dich zu sehen.«

»Komm, wir gehen nach unten. Lassen wir Nova ihre Privatsphäre.«

»Natürlich.« Wir setzen uns in Bewegung und steigen die Treppe hinab. »Tust du auch noch etwas anderes als zu trainieren?«, fragt sie plötzlich und greift nach meinem Bizeps. Ich löse ihre Hand von mir und schüttle den Kopf.

»Nein, nicht mehr als sonst.«

»Nun, du siehst aus, als hättest du dich nur von Proteinshakes ernährt. Wie ein Hüne aus den Wikingerfilmen. Nur nicht so attraktiv.«

»Lass den Quatsch«, sage ich und werfe einen Blick über meine Schulter, als das Weinen lauter wird. Ich kann ihr nur helfen, wenn ich ihr Freiraum gebe.

»Komm, lass uns in die Küche gehen und einen Tee trinken«, schlage ich vor.

»Okay.«

Ich öffne die Tür hinter der Kasse, von wo aus man in einen Lagerraum kommt, der an die Kundentoilette grenzt und auch eine Küche beinhaltet. Sie ist mit einer weißen Küchenzeile und einer gepolsterten Sitzecke ausgestattet, und auch hier hat meine Schwester Madeleine für Gemütlichkeit und eine geschmackvolle Deko gesorgt.

Neben dem Gemüseanbau, ihren Kindern und dem Laden gilt ihre Leidenschaft dem Dekorieren und Gestalten. Sie liebt es, mit ihren Söhnen zu basteln, und hat jeden Winkel des Farmhauses und auch ihr eigenes Heim, in dem ihr Mann Stephen und meine Neffen wohnen, aufgehübscht. Sie hat sogar ein Pinterest-Profil, auf dem sie Bilder der Wohnräume und des Ladens hochlädt. Außerdem betreibt sie einen Blog, in dem sie über das Farmleben im Herzen von Connecticut erzählt.

»Welche Sorte möchtest du?«, frage ich, nachdem Joy es sich auf dem gepolsterten Stuhl gemütlich gemacht hat. Ich öffne die Schublade mit dem selbstgemachten Tee, den meine Schwester Maddie getrocknet und zusammengestellt hat.

»Einen Lullaby, bitte.« Ich greife nach dem Säckchen, das eine Teemischung aus Zitronenmelisse, Kamille und Malvenblüten beinhaltet. Er wirkt beruhigend und hilft beim Einschlafen, und da es längst nach Mitternacht ist, ist er die perfekte Wahl. Mit jeweils einer dampfenden Tasse vor uns sitzen wir uns gegenüber. Es ist zwar Sommer, doch durch Moms britische Wurzeln haben wir gelernt, zu jeder Jahreszeit eine gute Tasse Tee zu würdigen. Als meine Großmutter noch am Leben war, kam sie uns oft aus England besuchen und hatte die verschiedensten Mischungen im Gepäck. Viele haben meinem Geschmack entsprochen, doch mit Milch in meinem Tee konnte ich mich noch nie anfreunden.

»Nun erzähl schon! Wie war es, Teil einer Welttournee zu sein? Du hast ja in der Familienchatgruppe nicht gerade mit Fotos geglänzt.« Meine Familie hat eine Chatgruppe, über die wir täglich miteinander in Kontakt bleiben. Mom, Joy, Eric und Madeleine schreiben täglich etwas, wünschen uns einen guten Morgen und schicken Bilder von ihrem Alltag. Mein Schwager Stephen, Dad und ich sind eher stille Mitleser. Außer Eric und mir wohnen alle Familienmitglieder in Washington. Während ich nach der Army direkt zur FPA gewechselt bin, hatte mein Bruder andere Ziele. Er arbeitet auf den Master of Business Administration hin. An der University of Pennsylvania legt er sich ins Zeug, um in drei Jahren hoffentlich seinen Abschluss in der Tasche zu haben.

Die Studiengebühren für die beste Business School in den Staaten betragen mehr als sechzigtausend Dollar pro Jahr, etwas, was sich meine Eltern niemals leisten könnten. Durch einen Wettbewerb hat er sich auf ein Vollstipendium beworben und durch seine überragenden Noten sowie überzeugenden Präsentationen bei Workshops das Stipendium ergattert, was meine Eltern immer noch mit Stolz erfüllt.

»Um ehrlich zu sein, habe ich von der Welt nicht so viel mitbekommen. Wenn ich frei hatte, war ich trotzdem in Novas Nähe und habe ausgeschlafen, trainiert oder einfach Filme oder Erics YouTube-Videos geguckt.« Mein Bruder betreibt einen sehr bekannten Channel, auf dem er sein Fachwissen über Management und seine Studienerfahrungen mit den Zuschauenden teilt.

»Was auch erklärt, wieso du so blass bist.« Ich sehe auf meine helle Haut und zucke mit den Schultern. Im Gegensatz zu ihrer satten und schönen Bräune sehe ich tatsächlich blass aus. Vielleicht liegt es auch an meinen koreanischen Wurzeln, dass ich für die jetzige leichte Bräune Jahre gebraucht habe. Meine Haut reagiert empfindlich auf direkte Sonneneinstrahlung, weswegen ich täglich Sonnenschutz auftrage.

»Da ich sozusagen zwangsweise Heimaturlaub habe, werde ich nun mehr Zeit draußen verbringen.«

»Bereust du es? Dass du diesen Vorschlag gemacht hast?« Joy kennt mich am besten und weiß, wie ich ticke. Es ist sehr untypisch für mich, *Start Entertainment* oder Nova einen Vorschlag zu unterbreiten, der meine Familie miteinbezieht.

»Nein. Wie du ja gehört hast, braucht Nova jetzt eine Pause und Ruhe. Als Weltstar ist sie nirgends vor der Presse sicher.«

»Und du denkst, hier wird es anders sein?«

»Ja. Ich hoffe, dass die Bewohnerinnen und Bewohner unserer Kleinstadt erkennen, wie wichtig es ist, dass nichts über Novas Aufenthalt auf der Farm nach außen dringt.«

»Du hast ganz schön viel Vertrauen in unsere Stadt«, meint sie mit einem Hauch Sarkasmus in der Stimme. Joy ist eine Wildblume, die sogar im Chaos zur Höchstform aufblüht. Nichts bringt sie aus der Ruhe, und sie packt an, wo auch immer Hilfe benötigt wird. Doch ihre temperamentvolle Art kommt nicht bei allen gut an, weswegen es schon häufiger zu Spannungen zwischen ihr und vereinzelten Bewohnerinnen und Bewohnern gekommen ist.

»Es sind gute Menschen, und sie waren einstimmig bereit, eine Verschwiegenheitserklärung zu unterzeichnen.«

»Und was ist mit den Touris, die täglich ankommen?«

»Das werden wir sehen, wenn es so weit ist. Vorerst wird Nova auf der Farm bleiben. Wir sollten ihr eine Stütze sein und ihr helfen, wenn sie uns lässt.«

»Mach dir keine Sorgen. Wir werden für sie da sein. Nach all den Negativschlagzeilen braucht sie Normalität mehr als alles andere.«

Ich seufze tief, als mir klar wird, dass sie einen der vielen Artikel gelesen haben muss. Und wer könnte es ihr verübeln? Laut Tate ist der Hashtag #MomHitsNova seit zwei Wochen die unangefochtene Nummer eins in den Trends. Man müsste schon auf dem Mond leben, um von diesem Skandal noch nichts gehört zu haben.

»Geht es dir denn gut?«

»Mir? Gut. Wieso fragst du?«

»Dir ist anzusehen, dass ihr Zustand dich nicht kalt lässt.« Ich schüttle den Kopf, ziehe mir meine Baseballcap vom Kopf und werfe sie auf den Tisch.

»Ihr Zustand lässt niemanden kalt, der ein Herz hat.«

»Wohl wahr. Die Fotos von ihrem Unfall kursieren immer noch überall. Als wäre es gestern passiert und nicht vor ein paar Wochen.«

»Lies keine Artikel über sie. Die Klatschpresse verbreitet nur Müll.«

»Das tue ich auch nicht.« Sie greift über den Tisch hinweg nach meiner Hand und drückt sie kurz, doch ich ziehe sie zurück.

»Beruhige dich, Thorne. Sie ist hier. Es gibt keinen Grund mehr für dich, auf der Hut zu sein.«

»Das ist leichter gesagt als getan, Joy.« All die Male, als sie weinend Halt in meinen Armen gesucht hat, flackern vor meinen Augen auf. Es waren so viele Male. Zu viele Male. Nicht dass ich ein Problem damit hätte, für sie da zu sein. Mich stört es, weil es scheint, als hätte sich die ganze Welt gegen Nova verschworen. »Ich hasse es, dass meine Ausbildung mich lediglich darauf vorbereitet hat, sie vor körperlichen Verletzungen zu bewahren. Hier ist die Gefahr, dass sie attackiert wird, gering, aber ihr seelischer Schaden …« Ich atme tief ein und aus, weil mir die richtigen Worte fehlen. »Die Angst, dass er sie zerstört, ist allumfassend.«

»Sie ist tougher, als du denkst. Viele wären schon längst zusammengebrochen, aber sie ist hier. Das zeigt, dass sie bereit ist, neue Wege einzuschlagen. Wie dem auch sei, ich werde sie schon aus ihrem Schneckenhaus locken«, meint Joy entschlossen, was meine Alarmglocken zum Schrillen bringt.

»Ich bitte dich inständig, ihr Zeit zu geben. Sollte sie auf dich zukommen, kannst du sie ja mit deinem sprühenden Temperament bekanntmachen, aber bitte überfordere sie nicht. Nova wünscht sich Normalität, und genau die möchte ich ihr bieten.«

»Ernst wie immer, was? Aber keine Sorge. Nachdem ich sie weinen gehört habe, möchte auch ich ihr helfen.«

»Gut.«

Sie blinzelt und trinkt einen Schluck, ehe sie eine Braue hebt und mich mit einem merkwürdigen Gesichtsausdruck ansieht.

»Es hat dich völlig fertiggemacht, oder? Ihre Hand in diesem verbeulten Wrack zu halten und auf Hilfe zu warten.« Ich schließe für einen kurzen Moment die Augen und denke an den schlimmsten Augenblick meines Lebens zurück. Rauch, der aus der Motorhaube aufsteigt, das Knirschen unter meinen Schuhsohlen, als ich auf das zerborstene Glas zu meinen Füßen trete. Und dann Novas Gesicht, ihr hübsches Gesicht mit der blutenden Platzwunde.

Ich schrie ihren Namen, griff nach ihrer Hand und hielt sie fest. Zu ängstlich, sie zu bewegen und eventuell ihre Wunden zu verschlimmern, also hielt ich ihre klamme Hand in meiner, bis die Sanitätskräfte kamen und mich schließlich baten, zur Seite zu treten. Ich habe schon viele Stresssituationen bewältigt, habe in meiner Ausbildung Ruhe im Chaos bewahrt, doch bei Novas Unfall war ich völlig außer mir. Wenn Clara mich nicht zurückgehalten hätte, wäre ich mit Sicherheit auf die Leute von der Presse losgegangen, die keinen Anstand kannten und unaufhörlich Fotos schossen.

Es war ihre Schuld, dass es so weit gekommen ist. Ich konnte mich erst entspannen, als der Notarzt meinte, dass der Taxifahrer und Nova nicht schwer verletzt wurden, doch allein, dass es zu diesem Unfall gekommen ist, muss sie hart getroffen haben. Sie gibt sich selbst die Schuld, und es ist an mir, sie vom Gegenteil zu überzeugen.

»Ich habe deinen verzweifelten Gesichtsausdruck auf den Bildern gesehen, und ich war sehr besorgt um dich.« Deswegen hat sie sich in letzter Zeit fast täglich bei mir gemeldet. Sonst halten wir uns eher sporadisch gegenseitig auf dem Laufenden.

»Es war schrecklich. Ich hatte solche Angst, dass …« Es allein auszusprechen, macht mich fertig. Nova darf noch nicht so früh gehen. Eine Welt ohne sie wäre für mich unvorstellbar.

»Sie lebt, und sie ist hier, Thorne. Wir werden alles tun, um sie so in die Familie aufzunehmen, wie auch wir aufgenommen wurden.« Wir sind nicht die leiblichen Kinder von Rose und Joseph McKinley, doch sie haben uns niemals spüren lassen, dass wir nicht ihr Fleisch und Blut sind, sondern haben uns bedingungslos geliebt. Und diese Liebe meiner Familie wird hoffentlich auch Nova aus diesem Schmerz raushelfen.

Mein Wecker klingelt um sechs Uhr morgens, und ich schalte ihn murrend aus. Ich habe mein weiches Bett, das so vertraut riecht und ein Gefühl von zu Hause vermittelt, vermisst, und würde gern ausschlafen, doch ich stehe auf, ziehe mir eine graue Jogginghose zu einem T-Shirt an, hinterlasse eine Nachricht an Nova, damit sie weiß, wo sie mich finden kann, und gehe in mein Elternhaus.

»Guten Morgen, mein Junge«, höre ich meinen Vater sagen, noch ehe ich ihn sehe. Er sitzt am Frühstückstisch und liest in der Zeitung, meine Mutter lehnt an seiner Schulter und liest in ihrem Buch. Das sind die Momente, früh am Morgen, die meine Eltern zu schätzen wissen. Sie genießen gemeinsam die Ruhe, ehe das lebhafte und arbeitsreiche Farmleben sie einholen kann. Ich greife nach der Kaffeekanne und gieße mir großzügig ein, ehe ich mich neben die beiden setze.

»Madeleine ist noch nicht da?«, frage ich mit erhobener Braue. Meine ältere Schwester begleitet meine Eltern meist in den Stall und verspätet sich nur selten.

»Sie dreht wie immer eine Runde durch die Gewächshäuser und stößt dann dazu. Harry und Juliette sind schon im Stall und bereiten alles fürs Melken vor.« Die beiden sind die einzigen Angestellten, die meine Eltern beschäftigen. Sie wohnen in zwei Wohneinheiten, die Mom und Dad über der Scheune haben anbauen lassen. Harry ist zu Dads Freund und rechter Hand geworden.

Madeleine tritt in die Küche und begrüßt uns mit einem freundlichen Nicken. Sie ist die Ruhigere von uns Kindern, und wählt ihre Worte mit Bedacht, anstatt wie Joy ständig zu plappern. Sie sind wie Feuer und Wasser. Joy mit ihrem impulsiven Verhalten und Temperament und Maddie, die beständig und loyal ist, komme was wolle.

Als sie sich neben mich setzt, bemerke ich die feinen Fältchen um ihre Augen. Sie wird dieses Jahr vierzig und hat schon einen grauen Haaransatz bekommen, der sich deutlich von ihrem schwarzen Haar abhebt, doch sie denkt nicht daran, ihn zu färben. Sie mag ihren ergrauten Haarschopf.

»Wie geht's ihr?«, fragt meine Mutter, als sie ihr Buch, dem Cover nach zu urteilen eine Liebesromanze, auf dem Tisch ablegt. Natürlich meint sie Nova, und selbst mein Vater hat nun die Zeitung zusammengefaltet und abgelegt.

»Nicht so besonders.«

»Was verständlich ist«, meint Maddie mitfühlend.

»Sag ihr, dass sie jederzeit willkommen ist, sich zu uns zu gesellen. Ohne jeglichen Druck«, meint Dad und streicht mit der Hand über die zusammengefaltete Zeitung.

»Das habe ich schon, und ich werde ihr das Angebot weiterhin unterbreiten, aber es wird wohl eine Weile dauern, bis sie die Kraft aufbringt, zu uns zu stoßen.«

»Das ist kein Problem. Ich werde ihr das Essen vor die Tür stellen.«

»Und ich werde ihre Wäsche übernehmen, sag ihr, dass sie sie einfach vor ihre Tür legen soll«, meint Madeleine, als wäre es selbstverständlich, sich aufopfernd um eine Fremde zu kümmern.

»Und wenn sie möchte, kann ich …« Meine Mutter verstummt, als die Schiebetür aufgeht und Nova etwas unsicher die Küche betritt.

KAPITEL 14

Novalee

Sie reden über mich, das höre ich, als ich mich der Schiebetür nähere, deren milchiges Glas mir die Sicht verwehrt. Innerlich verkrampfe ich mich, weil ich wohl erwarte, dass sie über mich urteilen oder lästern, wie es Lizzy getan hat, aber sie tun nichts dergleichen. Sie teilen Thorne Dinge mit, die er an mich weiterleiten soll, sodass sie mich nicht damit behelligen müssen. Sie wollen mich weiterhin mit Essen versorgen, und eine Person verkündet, sich um meine Wäsche kümmern zu wollen.

Mein Herz, das nur noch aus Fetzen zu bestehen scheint, erwärmt sich aufgrund ihrer Worte. Diese Menschen kennen mich nicht, und doch ziehen sie an einem Strang und wollen mir einen angenehmen Aufenthalt ermöglichen. *Und was habe ich getan?* Ich habe mich verkrochen und nicht einmal Hallo gesagt, habe mich nicht dafür bedankt, dass ich hierbleiben darf. Ich hole tief Luft, umfasse das Tablett in meiner Hand fester, setze ein Lächeln auf und trete in die Küche.

Augenblicklich verstummen alle und sehen gebannt in meine Richtung. Es ist mir etwas unangenehm, von allen angestarrt zu werden, und die Frau, bei der es sich dem Alter nach zu urteilen um Thornes Mutter handeln könnte, scheint das zu bemerken. Sie erhebt sich und nimmt mir das Tablett ab, um es auf die Küchentheke zu stellen.

»Guten Morgen, Nova. Ich bin Rose«, sie reicht mir ihre zarte Hand, die ich ergreife und schüttle.

»Morgen. Schön, dich kennenzulernen«, sage ich und spüre, dass meine trockene Kehle meine Stimme kratzig gemacht hat.

»Die Freude ist meinerseits. Das sind meine Tochter Madeleine und mein Mann Joseph«, sie deutet mit der Handfläche auf die weiteren Personen am Tisch. Sie stehen nicht auf, was mich innerlich vor Dankbarkeit seufzen lässt. Ich werde nicht belagert, sondern sie geben mir Zeit, mich mit der Situation anzufreunden. Das rechne ich ihnen hoch an.

»Und diesen Grummelpeter kennst du ja«, meint seine Mom schmunzelnd und deutet mit dem Kinn auf ihren Sohn, der mich mit ausdrucksloser Miene mustert. Grumpy-Thorne trägt auch heute wieder einfache Kleidung, und ich weiß nicht wieso, aber ich finde, dass diese ihm besser steht als die unzähligen Anzüge, in denen ich ihn bisher gesehen habe.

»Hmm, das tue ich«, lüge ich, denn im Grunde weiß ich nichts über diesen Mann. Ich wusste nichts über seine Familie. Ich wusste nicht, dass sie einen Bioladen besitzen und so herrlich normal wirken, wie ich es in meinem familiären Umfeld noch nie erlebt habe. Doch auch wenn mir alle mit Freundlichkeit begegnen, herrscht eine Beklommenheit in mir, die es mir schwer macht, mich zu entspannen.

»Lasst uns gehen. Die Arbeit macht sich nicht von allein«, sagt Thornes Vater und wendet sich seinen Kindern zu. Er trägt einen gepflegten Vollbart, und auf seinem Kopf sitzt eine Baseballcap der *UConn Huskies,* einem mir unbekannten Team.

Innerhalb weniger Augenblicke verlassen sie den Raum, und Rose und ich befinden uns plötzlich allein in der Küche. »Bitte nimm doch Platz.« Sie deutet mit der Hand auf den Essbereich, und ich wäge das Für und Wider ab. Ich könnte mich wieder im Zimmer verkriechen, doch die Morgensonne scheint durch die zahlreichen Fenster, und es duftet herrlich nach Essen, sodass ich mich zaghaft setze.

Ich entscheide mich zu bleiben, auch wenn ich mich vorhin ein wenig wie ein Reh im Scheinwerferlicht gefühlt habe. Ich schaue zu Rose, die gerade die Backofentür öffnet, kurz reinspäht und dann die Tür wieder schließt. Sie geht zum Wasserkocher und schaltet ihn ein, während sie Eier aus dem Kühlschrank nimmt.

»Kann ich dir bei etwas behilflich sein?«, frage ich aus Anstand, denn eigentlich fehlt mir die Kraft, ihr zur Hand zu gehen. Rose schüttelt den Kopf und schlägt die Eier über einer Schüssel auf.

»Bleib ruhig sitzen. Ich mache das jeden Tag. Für mich ist es einfach schön, dass du da bist, Darling«, meint sie freundlich, was mich leicht lächeln lässt. Ihr britischer Akzent lässt den Kosenamen, den sie mir gegeben hat, wunderschön klingen.

»Danke schön, dass ich hier sein darf.« Danach verfallen wir in angenehmes Schweigen. Rose in der Küche zu beobachten hat eine beruhigende Wirkung auf mich. Hier wird nichts von mir erwartet. Ich muss keine Rolle spielen oder Dinge tun, für die ich noch nicht bereit bin. Wir genießen die Gesellschaft der anderen, und ohne dass Rose es weiß, verschafft sie mir dadurch den ersten erträglichen Morgen seit Wochen.

Sie brät Speck an, macht Rührei und bereitet innerhalb kürzester Zeit ein reichhaltiges Frühstück vor und deckt parallel den ovalen Esstisch.

Zuerst war ich mir unsicher, ob ich in die Küche treten sollte, weil wir uns nicht kannten und ich befürchtete, dass das Aufeinandertreffen sich steif anfühlen könnte, doch die fürsorglichen Worte der Familie McKinley haben mich dazu verleitet, den ersten Schritt zu machen. Das erste Aufeinandertreffen ist gut verlaufen, und ich spüre, wie sich die Beklommenheit in mir ein wenig löst. Als das Geklapper verstummt, blicke ich von der Tischplatte auf.

»Die anderen werden in wenigen Augenblicken da sein. Es wird voll werden, da meine Neffen und unsere Angestellten ebenfalls mit uns frühstücken. Wenn dir das zu viel ist, kannst du gerne einen Spaziergang machen oder dich in dein Zimmer zurückziehen. Selbstverständlich kannst du auch bei uns bleiben. Die Entscheidung obliegt dir.«

»Oh. Danke für die Info. Ich denke, für mehr Smalltalk als vorhin bin ich heute nicht zu gebrauchen. Entschuldige.« Sie schüttelt heftig den Kopf und legt das Geschirrtuch weg.

»Du musst dich für gar nichts entschuldigen. Hier.« Sie reicht mir erneut das Tablett, auf dem sich eine neue Tupperdose und ein Thermobecher befinden.

»Ich habe dir etwas Frühstück eingepackt und Kaffee eingeschenkt.«

»Das ist lieb von dir. Danke.«

»Gern geschehen.« Sie wendet sich wieder von mir ab, und ich kann sie ein paar Herzschläge lang nur anstarren. Nie ist mir ein verständnisvollerer Mensch begegnet. Es scheint, als wüsste sie instinktiv, was ich gerade brauche und wozu ich bereit bin oder nicht. Sie drängt mir ihre Gesellschaft nicht auf.

Mit einem Kloß im Hals verlasse ich das Farmhaus, gehe über den gekiesten Gehweg zum Nebengebäude und schließlich in mein neues Zimmer. Ich stelle das Tablett auf dem Tisch ab, öffne die zweiflügelige Tür und trete auf den kleinen Holzbalkon hinaus. Von hier aus habe ich einen perfekten Blick auf die Hintertür, durch die ein Haufen Menschen und zwei Kinder ins Haus treten. Das Schlusslicht bildet Thorne. Zwar bin ich zu weit weg, um seine Miene zu erkennen, aber mir fällt seine entspannte Haltung auf. Er ist wieder zu Hause, und auch wenn in meinem Leben Chaos herrscht, bin ich doch froh, dass wenigstens einer von uns einen glücklichen Eindruck macht.

Wieder schaffe ich es nicht, eine ganze Portion zu essen, aber selbst ein einfaches Frühstück scheint hier in Washington Depot besser zu schmecken als in jedem Luxushotel. Nachdem mich dieser Morgen durch die fremde Umgebung ziemlich gefordert hat, trage ich die Koffer in mein Zimmer, ziehe die Vorhänge zu und lege mich in das weiche Bett. Der Geruch von Speck und Holz hängt in der Luft, als meine Lider schwer werden und ich einschlafe.

In den nächsten drei Tagen entwickle ich eine Art Routine. Ich stehe früh auf, warte am Balkon, bis alle bis auf Rose in den Stall gehen und betrete dann das Farmhaus. Dort trinke ich einen Kaffee und sehe Mrs McKinley bei ihrer allmorgendlichen Arbeit zu. Das Schweigen zwischen uns ist zu keiner Sekunde unangenehm. Diese Stunden der geschäftigen Ruhe erden mich.

»Hmm, das riecht himmlisch«, sage ich am vierten Tag nach meiner Ankunft, als ich an den Backofen trete, der größer ist, als alle Öfen, die ich bis jetzt zu Gesicht bekommen habe. Er bietet Platz für mehrere Gerichte gleichzeitig, und als ich durch das Glas blicke, erkenne ich tatsächlich drei gusseiserne Töpfe darin.

»Das sind Brote, die ich heute Morgen in den Ofen geschoben habe. Sie sind schon fast fertig.« Roses Worte lassen mich überrascht die Brauen heben.

»Aber es ist erst halb sieben Uhr morgens.«

»Für mich beginnt der Tag um fünf Uhr. Dann stehe ich auf, sehe nach den Tieren und schiebe das aufgegangene Brot in den Ofen. Dann bereite ich das Frühstück für zehn Personen vor.«

»Zehn? Wow.«

»Ich schätze, Thorne hat dir noch nichts über unsere Familie erzählt.« Es ist keine Frage, sondern eine Feststellung.

»Nein. Er hält sich meist bedeckt.« In so vielen Dingen, will ich sagen, doch dazu habe ich kein Recht, denn auch ich lasse mir nicht in die Karten schauen. *Wer bin ich, dass ich ihn deswegen verurteile?* Tatsächlich habe ich ihn kaum zu Gesicht bekommen, weil ich mich meist in meinem Zimmer verkrochen habe. Seit meiner Ankunft habe ich nur mit Rose Zeit verbracht. Nachdem sie mich bis jetzt nur hat zusehen lassen, helfe ich heute zum ersten Mal mit.

»Das dachte ich mir schon. Also, mein Mann und ich sind für die Kühe, das Essen und den Haushalt zuständig. Meine Tochter Maddie hat die Farm offiziell übernommen, kümmert sich um den Gemüseanbau, die Kinder, die Wäsche, den Bioladen sowie die Produktion der Bio-Produkte.«

»Und was ist mit der Tierarztpraxis?«, frage ich, weil ich ein Schild gesehen habe, das zum zweiten Nebengebäude führt.

»Die betreibt ihr Mann Stephen. Im unteren Teil ihres Hauses befindet sich die Praxis, der obere Stock ist ihr Wohnbereich. Ich bringe meine Enkelkinder in die Schule und Krippe, während Maddie sie abholt und dann Zeit mit ihnen verbringt, ehe wir alle abends in den Stall gehen.«

»Es scheint, als hättet ihr das gut aufgeteilt«, sage ich und ignoriere mein Magenknurren – eine Reaktion auf den herrlichen Duft, der sich ausbreitet.

»Manchmal ist es ein chaotisches Hin und Her, wenn jemand ausfällt oder krank wird, aber irgendwie bekommen wir es immer hin.« Sie reicht mir verschiedene Behälter aus Glas, in denen sich Müsli, Cornflakes und weitere Frühstücksflocken befinden. Rose erzählt ein wenig über sich, während ich den Tisch decke. Innerhalb kürzester Zeit habe ich Gläser, Teller und Holzbretter auf dem sehr langen Tisch abgestellt, während Rose Speck anbrät, Eier kocht und drei Omeletts zaubert.

Nachdem der Tisch fertig gedeckt ist, nimmt Rose die Brote aus dem Ofen, stürzt sie aus dem Topf und lässt sie abkühlen, während ich die Anweisung bekomme, den Pfannkuchenteig anzurühren.

Da ich keine Ahnung vom Kochen habe, fühlt sich selbst das Verrühren an, als würde ich ein Fünf-Sterne-Menü zusammenstellen. Rose summt eine Melodie, die mir vage bekannt vorkommt. Sie vertraut mir sogar so sehr, dass sie mir erlaubt, die ersten Pfannkuchen in die erhitzte Pfanne zu gießen, doch nachdem die ersten Versuche unförmige Batzen hervorbringen, übernimmt sie mit einem warmen Lächeln und macht perfekte Pancakes, deren Geruch mir das Wasser im Mund zusammenlaufen lässt.

»Das Essen ist fast fertig, und die anderen werden gleich hier sein. Glaubst du, dass du es heute schaffst, ihnen zu begegnen, oder willst du dich zurückziehen?« Meine Finger gleiten gemächlich über die Tischplatte, während ich über ihre Worte nachdenke. Seit vier Tagen vermeide ich jede Konfrontation, und mittlerweile konnte ich über einige der Dinge nachdenken, die passiert sind. Jetzt wird es Zeit, endlich all den Menschen zu begegnen, die mir eine Zuflucht gegeben haben.

»Nein, ich möchte bleiben.«

»Gut, denn da kommen sie auch schon.«

Mr McKinley, Madeleine und Thorne betreten die Küche, gefolgt von zwei mir unbekannten Personen. Thorne scheint meine Anwesenheit zu überraschen, und ich könnte mich täuschen, aber es sieht beinahe so aus, als würde er zu jemand anderem werden. Als würde er eine Rolle wechseln. *Oder bilde ich mir das nur ein?*

»Das sind Harry und Juliette. Unsere Mitarbeitenden, die

uns auf der Farm unter die Arme greifen«, sagt Thorne und deutet mit der Hand auf die mir unbekannten Personen. Der Mann nickt mir zu und brummt einen leisen Gruß, ehe er sich setzt.

»Freut mich. Ich bin Nova Wells.«

»Ich weiß«, quiekt die junge Frau, die ich auf mein Alter schätze. Sie streicht sich nervös übers Haar, als sie auf mich zukommt. Ein Stallgeruch breitet sich aus, der zunächst ungewohnt für mich ist.

»Ich bin Juliette. Ich höre deine Musik seit Jahren und liebe sie abgöttisch.«

»Julie!«, meint Thorne mit einem warnenden Ton in der Stimme. Er sitzt auf demselben Platz wie beim ersten Mal und hat einen Arm um die Stuhllehne links von ihm gelegt.

»Was denn? Stimmt doch. Sie hat mich durch eine harte Zeit gebracht.« Juliettes Haar ist hellrosa und erinnert an cremiges Erdbeereis. Sie trägt es zu einem schiefen Bob geschnitten, und es wirkt so frech, wie ihre Persönlichkeit zu sein scheint. Sie sprüht vor lauter Leben und Farben und ist beinahe etwas zu viel für mich.

»Danke, dass du meiner Musik so viel Liebe schenkst«, ist alles, was ich dazu sagen kann. Für Smalltalk mit einer Fremden fühle ich mich im Moment zu müde.

»Ich werde natürlich für mich behalten, dass du hier auf der Farm bist. Das ist selbstverständlich. Immerhin hast du mir durch schwierige Zeiten geholfen, also möchte ich diesen Gefallen erwidern.«

»Ähm. Ist gut«, antworte ich und bewege mich langsam auf Thorne zu. Neben ihm ist ein Platz frei, und ich lasse mich dort nieder, versuche, mit dieser neuen Situation und Umgebung zurechtzukommen. Thorne wendet sich leicht von mir ab, schnuppert an seinen Klamotten und verzieht dabei das Gesicht. Mein Bodyguard sieht in meine Richtung und erwischt mich dabei, wie ich ihn neugierig mustere. Unsicherheit flackert in seinem Gesicht auf, ehe er wieder in den Grumpy-Thorne-Modus verfällt. *Glaubt er, dass es mir etwas ausmacht, dass er streng riecht?*

Maddie sitzt zu meiner Rechten, und sobald sich Rose ein Stück Brot genommen hat, stürzen sich alle Anwesenden auf das Essen.

Mir kommt der Ausdruck »harte Arbeit macht hungrig« in den Sinn, als sich Joseph eine große Portion Omelette und Speck auf den Teller lädt. Madeleine isst ein Müsli mit Orangensaft und blickt kauend in ihre Schüssel. Harry, Juliette und Rose nehmen von allem ein wenig, und Thorne entscheidet sich, genau wie sein Dad, für Omelette und Speck. Doch bevor er einen Bissen nimmt, steht er plötzlich auf und verlässt den Raum. Als er ein paar Minuten später wieder zurückkommt, trägt er Shorts und einen Hoodie. *Er hat sich umgezogen.*

Sobald er wieder neben mir sitzt, schnappt er sich seine Gabel und beginnt zu essen. Auch ich greife nach meinem Besteck, kann mich aber nicht dazu überwinden zu essen. Vielmehr frage ich mich, ob er sich meinetwegen umgezogen hat.

»Keinen Hunger?«, fragt er mich mit leiser Stimme. Ich sehe von meinem Teller auf und öffne den Mund, um zu antworten, doch die Worte bleiben mir im Hals stecken. Der Tisch ist lang, und die Anzahl der Stühle hoch, und ich habe gar nicht gemerkt, wie nah ich neben ihm sitze. *Was wollte ich noch mal sagen?* Ach ja, das Essen.

»Doch«, flüstere ich und blinzle, weil sich mein Herzschlag aus einem mir unerfindlichen Grund beschleunigt hat. Das ist mein Bodyguard. Mein Freund. Und wir sind von seiner Familie umgeben, also soll dieses Flattern in meiner Brust gefälligst die Klappe halten.

»Das vielseitige Angebot überfordert mich nur ein wenig.« Ich löse mich von seinem intensiven Blick und schaue auf meinen Teller.

»Fang einfach leicht an. Müsli, Maddies selbstgemachte Butter und Moms Brot.«

»Die Butter ist selbstgemacht?«, frage ich erstaunt und sehe in die zwei kleinen Behälter, in denen sich jeweils ein Stück Butter befindet.

»Der Käse, die Milch, die Sahne und der Sauerrahm. Das sind alles Dinge, die meine Mutter oder Maddie selbst produzieren. Die werden auch im Laden verkauft.«

»Wow«, sage ich anerkennend, und mein Blick huscht zu Rose, die sich mit Madeleine unterhält. Vielleicht hat mir das Essen in den letzten Tagen deswegen so gut geschmeckt. Schließlich esse ich eine Scheibe Brot mit einem Frischkäseaufstrich, nehme mir einige Trauben und trinke eine Tasse Tee. Dabei gehen mir Thornes Verhalten und meine Reaktion auf ihn nicht aus dem Kopf.

Sein Verhalten in Manhattan unterscheidet sich von den Momenten, in denen ich ihn mit seiner Familie beobachtet habe. Für mich ist es schwer zu erkennen, welche Version wirklich ihn darstellt. Denn es scheint, als würde er zwischen den Rollen switchen, je nachdem, wer sich gerade bei ihm befindet. Ich würde ihn gerne darauf ansprechen, aber das ist jetzt unmöglich. Sobald mein Bodyguard aufgegessen hat, bedankt er sich, stellt seinen Teller in die Spülmaschine und wendet sich mir zu.

»Ich sehe nach den Tieren. Solltest du mich brauchen, bin ich jederzeit telefonisch erreichbar. Okay?« Ich nicke als Antwort, denn da ist wieder die Distanz zwischen uns, die er als Bodyguard verströmt. Ich sehe ihm nach, als er den Raum verlässt, und frage mich, was nur los mit mir ist. War das Frühstück mit der Familie zu viel? Interpretiere ich zu viel in sein Verhalten hinein?

Nachdem ich beim Aufräumen geholfen haben, verabschiede ich mich und trete auf die Veranda des Farmhauses. Da die Wände in meinem Zimmer mich langsam zu erdrücken drohen, beschließe ich, mich ein wenig umzusehen. Strahlender Sonnenschein erwärmt meine Haut, als ich auf den Gehweg trete. Der Geruch von Blumen und frisch gemähtem Gras dringt in meine Nase, als ich die wenigen Stufen nehme und losgehe.

Meine Turnschuhe hinterlassen ein knirschendes Geräusch, als ich den Weg hinter dem Laden ansteuere, der entlang der Gewächshäuser führt. Ich zähle vier Stück und kann das satte Grün der Gemüsepflanzen darin erkennen. Ich greife kurz nach meinem Smartphone und teile Thorne mit, dass ich spazieren gehe, warte aber keine Antwort ab, sondern verstaue das Handy in meiner Hosentasche.

Ich setze meinen Weg fort und komme schließlich zu weiteren bepflanzten Feldern. Da ich noch nie Gemüse geerntet oder gepflanzt habe, habe ich keine Ahnung, was hier wächst, aber die Menge ist erstaunlich. In den nächsten Minuten komme ich an immer mehr Feldern vorbei, und der Gedanke daran, wie viel Arbeit dahintersteckt, diese Flächen zu bewirtschaften, lässt mich noch mehr Respekt für die McKinleys und ihre Mitarbeitenden empfinden.

Mein Weg führt mich immer am Zaun entlang, und als dieser schließlich nach rechts führt, erkenne ich, dass ich zur ersten Biegung gekommen bin. Die Gemüsefelder weichen, und ich trete in einen kleinen Wald. Hohe Bäume säumen meinen Weg, und ich muss darauf achten, nicht über Wurzeln zu stolpern. Vogelgezwitscher und das leise Rascheln der Blätter, die sich auf den Baumkronen im leichten Wind neigen, sind die einzigen Geräusche in diesem charmanten Wald.

Einzelne Sonnenstrahlen kämpfen sich durch die dichten Baumkronen und erhellen mir den Weg. Eine knappe halbe Stunde gehe ich den markierten Waldweg entlang, bis ich wieder an einem Bereich mit Kiesboden ankomme, der wohl das gesamte Grundstück umschließt. Ich erreiche einen Holzzaun, hinter dem dutzende Rinder grasen. Die umzäunte Fläche ist beinahe so groß wie die Gemüsefelder und bietet den Tieren viel Platz. Schon bald entdecke ich den Stall, der an die Wiese grenzt. Er befindet sich hinter dem Farmhaus, sodass man keinen großen Weg zurücklegen muss, um nach den Tieren zu sehen. Auch ein kleiner Hühnerstall ist zu erkennen.

Je näher ich dem Stall komme, desto lauter werden die Stimmen darin. Dann ertönt lautes Gebell, und zwei Hunde kommen auf mich zugerannt. Sie haben ein schnelles Tempo drauf, und in dieser Geschwindigkeit könnten sie mich mühelos über den Haufen rennen. Ich erstarre und bekomme es augenblicklich mit der Angst zu tun.

»Cujo! Chucky! Sitz!«, donnert eine tiefe Stimme, die mir durch Mark und Bein geht. Sie ist so herrisch, dass ich kurz den Drang verspüre, mich selbst zu setzen. Ich sehe, wie die Hunde augenblicklich dem Befehl nachkommen und sich setzen, während sie weiter mit dem Schwanz wedeln. Ich schaue auf und sehe einen verschwitzen Thorne, der auf mich zukommt. Sein Haar hängt ihm feucht in die Stirn, und als er vor mir zum Stehen kommt, perlt ein Tropfen davon auf den Boden. Zum ersten Mal sehe ich ihn nicht im T-Shirt, Hoodie oder Anzug, sondern in einem weißen Achselshirt, das schweißnass ist, sodass sich die Wölbung seines Sixpacks abzeichnet.

Mein Mund wird trocken, als ich mit meiner Musterung fertig bin und schließlich in sein leicht amüsiertes Gesicht blicke. Ein schelmisches Glitzern ist in seinen Augen zu sehen. Es bringt mein Herz dazu, immer schneller zu schlagen. Thorne ist mein Beschützer, mein Fels, und nie war da Raum für mehr. Sein gutes Aussehen war mir immer bewusst, doch jetzt …

Auch wenn es nur ein kleines Aufblitzen in meinen Gedanken ist, frage ich mich, wie es sich wohl anfühlen würde, von seinen kräftigen Armen umschlossen zu werden. Das Gesicht an seiner Brust zu vergraben und von seinem männlichen Duft umhüllt zu werden. Diese Bilder brennen sich in meine innere Netzhaut, lassen mich erschrocken nach Luft schnappen und einen Schritt nach hinten treten.

»Hast du dich erschreckt?«, fragt er besorgt und meint natürlich die Hunde, die auf mich zugerannt sind. Er kann nicht wissen, dass meine erschrockene Miene daher rührt, dass ich beginne, ihn in einem anderen Licht zu sehen. Ja, das Auftauchen der Hunde hat mich kurz aus der Fassung gebracht, jedoch nicht mal im Ansatz so sehr wie meine intimen Fantasien und die daraus resultierenden Gefühle, die mein Bodyguard in mir ausgelöst hat.

KAPITEL 15

Novalee

Atemlos wende ich mich von Thorne ab und sehe zu den zwei Hunden, die sich immer noch nicht vom Fleck gerührt haben. Meinen heftigen Herzschlag ignorierend konzentriere ich mich auf die wunderschönen Tiere. Einer der Hunde hat schwarzes Fell mit weißen und kupferfarbenen Farbabweichungen. Der andere ist hellbraun mit weißen Farbabzeichen.

Thorne geht auf die zwei Australian Shepherds zu.

»Cujo und Chucky sind die schlechtesten Leibwächter der Welt, denn anders als man bei ihren Namen vermuten würde, sind sie Fremden gegenüber überhaupt nicht misstrauisch und würden sogar einen Einbrecher freudig anspringen, solange er zugänglich wirkt.«

Thorne geht vor den Hunden in die Hocke und streichelt beiden über den Kopf. Ihre Schwänze wedeln vor Begeisterung, und der schwarz-weiße Hund bellt leise.

»Na, kommt«, sagt mein Bodyguard schließlich, woraufhin die Hunde sich wieder aufrichten. Sie umkreisen ihn und springen zu ihm auf, was ihm ein breites Lächeln entlockt und mir unnötigerweise ein Flattern in der Magengegend beschert. *Waren Männer, die gut mit Tieren umgehen können, immer schon so anziehend? Und warum zum Teufel reagiert mein Körper neuerdings auf meinen Bodyguard?*

»Sie folgen dir aufs Wort, oder?«, sage ich und gehe selbst einen Schritt auf die Hunde zu. Krampfhaft versuche ich, meine wirren Gedanken und Gefühle abzuschütteln.

»Da sie so anhänglich sind und unsere Farm an den Wochenenden für Besuchende geöffnet ist, mussten wir sie trainieren.«

»Hören sie auf alle Familienmitglieder?«, frage ich und strecke meine Hand aus. Der weißbraune Hund beschnuppert mich interessiert.

»Ausnahmslos. Zwar habe ich mich damals ihrem Training angenommen, doch egal, wer die Befehle ausspricht, sie werden sofort befolgt.« Es überrascht mich nicht, dass Thorne mit seiner autoritären Art ihr Training übernommen hat. Manchmal, aber wirklich nur manchmal, erinnert mich mein Bodyguard an einen Alpha-Male, der in ein paar meiner Fantasy-Bücher thematisiert wird. Breite Schultern, dunkles, dichtes Haar, schmale Taille und kräftige Arme. All das spiegelt Thorne wider.

Das ist eine Feststellung und kein Schmachten oder Angaffen, das versuche ich mir zumindest einzureden. Aber ich denke, ich muss es öfter tun, denn ich drohe erneut rot zu werden. Also konzentriere ich mich wieder auf die Hunde, die sich nun beide von mir streicheln lassen. Sie haben unglaublich weiches Fell und eine interessante Zeichnung am Rücken. Nie habe ich schönere Tiere gesehen. Sobald ich meine Hände von ihnen nehme, sind sie wieder aktiv, euphorisch und voller Leben.

»Sie waren ursprünglich Hirtenhunde, sind clever, aber auch energiegeladen. Seit Jahrzehnten kümmern sich immer schon Australian Shepherds um unsere Rinder und sorgen für Sicherheit. Denn auch wenn sie anfangs freundlich gesinnt sind, können sie schnell in den Verteidigungsmodus wechseln, sollte jemand von uns attackiert werden.«

»Und wessen Idee war es, die zwei nach Horrorfiguren zu benennen?«

»Dafür sind meine Neffen verantwortlich, oder besser gesagt Maddie und Stephen.«

»Ach, und wieso das?«

»Wenn sie miteinander streiten, wollen sie Schimpfwörter vermeiden und nennen sich gegenseitig Cujo und Chucky.«

Seine Erklärung bringt mich zum Schmunzeln, und die Anspannung fällt endlich von mir ab.

»Und weil die Jungs diese Namen öfter gehört haben, haben sie die Hunde so genannt?«

»Richtig. Die Eltern waren nicht begeistert darüber, aber schlussendlich haben sie die Namenswahl akzeptiert.«

»Es sind schließlich auch nur Namen. Was wir damit assoziieren, ist uns überlassen.« Thorne setzt sich in Bewegung, und ich tue es ihm gleich. Wir steuern den Laden an, gefolgt von den Hunden.

»Da hast du recht«, meint er und streicht sich die feuchten Haare aus dem Gesicht.

»Wie geht's dir heute?«, fragt mich Thorne, als wir gemeinsam am Stall entlanggehen und schließlich den Weg zum Bioladen einschlagen.

»Gut«, sage ich und bemerke sofort, dass es sich wie eine Lüge auf meiner Zunge anfühlt.

»Etwas besser«, korrigiere ich mich und senke den Blick auf meine weißen Sneaker.

»Ich weiß, dass es etwas überwältigend sein kann, so vielen Fremden auf einmal zu begegnen.«

»Es sind zumindest viele Eindrücke, aber ich finde die Bewohnenden dieser Farm sympathisch.«

»Da bin ich erleichtert.« Die Spannung in seinen Schultern löst sich ein wenig. Sie war mir vorher gar nicht aufgefallen.

»Für mich waren die letzten Wochen hart. Die Kopfschmerzen sind immer noch präsent, und mir ist bewusst, dass dieser Aufenthalt hier nicht alles zu heilen vermag, aber ich fühle mich hier tausendmal wohler als in dem Rehazentrum in Hawaii.«

»Wirklich?«, fragt er sichtlich erstaunt, als er mir die Tür öffnet und wir durch den Hintereingang des Bioladens ins Haus treten. Die Hunde machen kehrt und laufen wieder zu den Ställen.

»Ja. Von Luxus und einem Team umgeben zu sein war mein Lebensalltag. Seit ich als Kinderstar berühmt wurde, waren da immer Menschen um mich herum. Manche mochte ich, andere ertrug ich eher, aber niemand von ihnen hat mir das Gefühl gegeben, mir ein wahrer Freund zu sein. Nur bei meiner Mutter konnte ich mich darauf verlassen, dass sie mir mit Rat und Tat zur Seite stand.« Thorne bleibt vor der Holztreppe stehen und sieht mich eindringlich an.

»Hast du schon mit ihr gesprochen?«

»Ja. Sie wollte wissen, wo ich mich befinde, aber ich habe es ihr nicht verraten. Nur Callen, Tate und Libby wissen Bescheid, und nur so kann ein Medienrummel vermieden werden.«

»Und das ist okay für dich? Es deiner Mutter zu verschweigen?«

»Ja. Das ist es.« Ja, wir haben uns versöhnt, aber auch wenn ich ihr verziehen habe, kann ich nicht vergessen, und das weiß sie auch. Diese Unterhaltung mit Thorne ist auf so vielen Ebenen ungewohnt. Mit meinem Bodyguard rede ich sonst nicht über mich oder meinen seelischen Zustand, doch hier und jetzt habe ich das Gefühl, als wäre Thorne nicht mehr ganz in seiner Rolle des Grumpy Bodyguards.

»Ist es hart für dich, hier mein Bodyguard zu sein? Ich sehe, dass sich deine Haltung verändert hat, als du mich in der Küche entdeckt hast.«

Er kratzt sich mit dem Daumen über die Stirn und überlegt.

»Ein wenig«, gesteht er dann. »Ich bin es gewohnt, dich vor Bedrohungen zu schützen. Hier ist das kaum nötig, weil dieser Ort sicher ist. Trotzdem kann ich antrainierte Angewohnheiten nur schwer ablegen.«

»Ich weiß es aber zu schätzen, dass du es versuchst.« Allein dass er mir über die Farm und die Tiere erzählt und mir einen tieferen Einblick in sein Zuhause verschafft, zeigt mir, dass er mehr ist als nur der Mann, der mich beschützen soll.

»Also, ich springe jetzt unter die Dusche und werde dann Maddie bei den Vorbereitungen für den Farmers Market helfen, auf dem wir unsere heimischen Produkte anbieten. Möchtest du mich später zum Gewächshaus begleiten?«, fragt er etwas zögerlich, doch ich schüttele den Kopf und umklammere das Treppengeländer.

»Nein danke. Ich denke, ich ruhe mich noch etwas aus.« Es waren zu viele Eindrücke, die auf mich eingeprasselt sind, und die Kopfschmerzen melden sich zurück. Das deute ich als Zeichen dafür, dass ich mir etwas zu viel zugemutet habe.

»In Ordnung. Solltest du jedoch das Grundstück verlassen wollen, warte bitte auf mich.«

»Geht klar.« Nicht dass ich besondere Lust hätte auszugehen. Ich bin bereits stolz auf mich, weil ich zum Frühstück geblieben bin. Zwar habe ich noch nicht alle kennengelernt, aber ein Anfang ist gemacht. Es ist mir gelungen, den grauen Schleier der letzten Wochen zu durchbrechen.

Den nächsten Tag verbringe ich in meinem Zimmer, weil ich mit Migräneattacken zu kämpfen habe. Die Tabletten helfen zwar, trotzdem ziehe ich die Vorhänge zu und lese, wenn es die

Schmerzen zulassen. Zwar ist es ungewohnt für mich, keinen vollen Terminkalender zu haben, aber es hat auch etwas Gutes, einfach in den Tag hineinzuleben. Vielleicht ist der fehlende Alltagsstress der Grund, wieso es mir bereits einen Tag später wieder besser geht.

Nach einer morgendlichen Dusche stehe ich vor meinem Schrank, denn trotz der Schmerzen habe ich es geschafft, meine Klamotten in den Kleiderschrank und meine Bücher in das Regal zu räumen. Und da ich ein wahrer Booknerd bin, war die Menge an Büchern größer als die an Bekleidung. Zwar wird Libby mir noch ein Paket mit weiteren Dingen nachschicken, doch nichts erfüllt mich mit mehr Freude als ein volles Bücherregal mit Schätzen, die ich noch nicht gelesen habe.

Ich fahre mit den Fingern über die bunten und wunderschön gestalteten Buchrücken. Jetzt habe ich Zeit zu lesen, und ich gedenke, sie zu nutzen. Nicht nur in diesem gemütlichen und ruhigen Zimmer, sondern draußen im Freien, wo sich der Sommer von seiner schönsten Seite zeigt. Ich drehe mich zum Fenster um, öffne die Türen und trete auf den Balkon. Von hier aus kann ich das Haus, den Stall sowie die Felder und einen Teil der Gewächshäuser sehen. Das Grundstück ist riesig, und vermutlich würde ich Wochen brauchen, um jeden Winkel zu erkunden. Heute trage ich einen Jeansrock und ein weißes T-Shirt, dazu meine schwarzen Laufschuhe. Ich will mich gerade wieder nach drinnen begeben, als ich eine junge Frau entdecke, die aus dem Haus tritt und mir euphorisch zuwinkt.

Verwundert erwidere ich die Geste, als sie auch schon auf das Gebäude zuläuft, in dem ich mich befinde. Mit einem strahlenden Lächeln bleibt sie unter dem Balkon stehen, sodass ich sie besser erkennen kann.

»Hey, ich bin Joy«, sagt sie fröhlich, und ihr blonder Pferdeschwanz wippt mit jeder ihrer flinken Bewegungen mit. Die mir fremde Frau schenkt mir das strahlendste Lächeln, das mir in den letzten Tagen begegnet ist. Ihr ganzes Wesen scheint zu leuchten und lässt mich nach vierundzwanzig Stunden das erste Mal lächeln.

»Hallo, ich bin Nova.«

»Ich weiß. Es wird schwer für dich sein, zu verbergen, dass du ein Weltstar bist.«

»Das stimmt wohl.«

»Mein Bruder meinte, dass ich dich zu einem späteren Zeitpunkt aufsuchen sollte, aber ich konnte mich nicht mehr zurückhalten und musste zu dir.«

»Ach, ja?« Ich weiß nicht, wie ich auf ihre überschwängliche Art reagieren soll, aber da sie Thornes Schwester ist, gebe ich mir Mühe.

»Ja. Hier in dieser Kleinstadt passiert nie etwas Aufregendes, deswegen wollte ich dich treffen. Du bringst Leben in die Bude. Wäre es in Ordnung, wenn ich zu dir hochkomme?« Erst möchte ich verneinen, doch dann siegt meine Neugierde.

»Klar. Komm rauf«, höre ich mich sagen und trete wieder in mein Zimmer. Da ich es gewohnt war, dass man hinter mir herräumt, muss ich mich erst daran gewöhnen, für alles selbst zu sorgen, so liegen Klamotten auf dem Bett oder über dem Stuhl. Meine Koffer liegen leer und offen in der Ecke.

Nur mein Bücherregal ist aufgeräumt. Wie ein fröhlicher Wirbelwind kommt Joy auf mich zu. Ich strecke ihr meine Hand entgegen, doch sie weicht ihr aus und streckt die Arme aus. Plötzlich hält sie in dieser Position inne. »Darf ich dich umarmen?«, fragt sie.

»Ähm. Klar«, antworte ich und lasse zu, dass sie mich fest umarmt. Mein erster Impuls ist es, sie direkt wieder von mir zu drücken, doch dann bildet sich ein Kloß in meinem Hals. Die

Wärme, die mir diese Familie entgegenbringt, ist beinahe zu viel. Und doch fühlt sie sich wunderbar an.

Thorne hat mir Trost gespendet, als ich weinend zusammengebrochen bin, doch es geschah mit Sicherheit nur aus reinem Mitgefühl, doch seine Schwester wollte von sich aus unsere erste Begegnung mit einer Umarmung besiegeln. Und je länger sie mich hält, desto leichter fällt mir das Atmen. Als sie sich von mir löst, sehe ich sie erstaunt an. Ihr Gesicht ist mit Sommersprossen übersät, und ihre Grübchen lassen ihr Strahlen noch natürlicher wirken.

Graublaue Augen sehen mich mit einer Wärme an, die ich mir nicht erklären kann. Ich bin eine völlig Fremde, und doch hat sie keine Berührungsangst und öffnet sich mir sofort.

»Hallo noch mal. Schön, die Frau kennenzulernen, die sich täglich mit meinem Bruder herumschlagen muss. Mich wundert ja, wie du es so viele Monde aushalten konntest mit seinem Gegrummel.«

»Gegrummel?«

»Na ja, er ist meist so ernst, wenn er im Bodyguard-Modus ist. Er denkt vielleicht, dass er wie James Bond wirkt, aber ich halte ihn eher für Dr. Evil, auch wenn der besser aussieht als Thorne.«

Ihre Aussage bringt mich zum Lachen. Ich grinse nicht nur, sondern beginne herzlich und laut zu lachen. Allein der Vergleich zu dem glatzköpfigen Bösewicht aus dem Film *Austin Powers* ist einfach zum Schießen. Ihr Sarkasmus gefällt mir auf Anhieb.

»Er hat mich bis jetzt immer beschützt, also bin ich zufrieden mit seinem Bodyguard-Modus.« Auch wenn mir diese neue Seite an ihm gefällt, die ich in letzter Zeit kennenlernen durfte.

»Aber du stimmst mir doch zu, dass er wie ein Bösewicht aussieht, oder?«

Wieder muss ich völlig unerwartet lachen.

»Nein, ich finde er sieht gut aus. Teuflisch gut? Da hätten wir eine Parallele zum Bösewicht.« Ja, er ist mein Bodyguard, aber ich habe Augen im Kopf, also kann ich auch zugeben, dass er attraktiv ist.

»Gut, das lasse ich mal so gelten, auch wenn du durch diese Aussage meinen Würgereiz anregst.« Sie deutet mit dem Zeigefinger auf ihren offenen Mund.

»Schon gut. Schon gut. Ich bleibe still.« Wieder lache ich laut auf. Diese Frau ist eine Wucht, und ich liebe es.

»Das ist gut, denn ich rede gerne für drei Personen gleichzeitig.«

»Ist mir gar nicht aufgefallen«, sage ich amüsiert. Sie sieht sich im Zimmer um, und ihr Blick fällt unweigerlich auf das Chaos.

»Du hältst mein Kinderzimmer ordentlicher, als ich es je getan habe. Das muss man dir lassen.« Mit einem frechen Grinsen dreht sie sich einmal um die eigene Achse.

»Ich finde deinen Sarkasmus charmant«, sage ich, doch sie schüttelt nur den Kopf und geht auf das Bücherregal zu. Den schönsten Bereich in diesem Zimmer.

»Das war ausnahmsweise nicht zweideutig gemeint, sondern mein voller Ernst. Mein Zimmer sah aus wie ein Schlachtfeld. Man musste Kisten mit CDs ausweichen, Berge von Klamotten bezwingen, sich mit leeren Tassen und Puddingbechern prügeln, um zum Bett zu kommen, doch darauf stapelten sich weitere CDs und DVDs, die man zunächst wegräumen musste, um sich zuzudecken.«

»Ich sehe es wahrlich vor mir. Ersetze nur die CDs mit Büchern, und dann hast du's«, sage ich, denn wenn wir keine Haushälterin gehabt hätten, hätte mein Jugendzimmer mit Sicherheit genauso ausgesehen.

»Deine Büchersammlung ist ja interessant. Romantasy-Fan, richtig?«, stellt sie fest und blickt mich über die Schulter an. Sie trägt Jeansshorts zu einem gecroppten Oberteil, dessen Ärmel sie hochgekrempelt hat.

»Ja, ich habe schon früh meine Liebe zum geschriebenen Wort entwickelt. Mir gefällt die Flucht aus der Realität.«

»Tun wir das nicht alle? Diese Flucht suchen?«

»Hmm«, murmle ich zustimmend und blicke auf ihre rosafarbenen Chucks, die dieselbe Farbe wie der Hoodie haben.

»Liest du auch Fantasy-Bücher?«, erkundige ich mich und sehe zu ihr auf.

»Beruflich bedingt, ja.«

»Oh, in welchem Bereich arbeitest du denn?«, frage ich neugierig. Mit stolzer Miene wendet sie sich mir zu, sodass ihr blonder Pferdeschwanz ihr über die Schulter gleitet.

»Ich bin Schmiedin. Kunstschmiedin, genauer gesagt.«

»Wow. Schmiedest du etwa Schwerter?«, frage ich, was ihre Augen zum Strahlen bringt.

»Du bist die erste Person, die Schwerter nennt, wenn es um die Frage geht, was ich anfertige. Aber ja. Aufträge für Kriegsschwerter nehme ich besonders gern an.«

»Unglaublich.«

»Möchtest du mich in die Schmiede begleiten? Ich gehe den Tag entspannt an, weil ich heute keine Kurse habe. Wenn du magst, kannst du dich ein wenig umsehen.«

»Klar. Sehr gerne«, sage ich und vergesse kurzzeitig meine Furcht, mich wieder unter Menschen zu begeben.

KAPITEL 16

Novalee

Nach einer vierminütigen Fahrt erreichen wir das Stadtzentrum von Washington Depot. Wir fahren an einem Lokal mit dem Namen *Zorro Pocci Café* vorbei. Sowohl der Innen- als auch der Außenbereich des roten Backsteingebäudes ist überfüllt. Beim Anblick der vielen Menschen wird mir mulmig zumute.

Schnell löse ich meinen Blick vom Café und sehe mich weiter um. Wir kommen an einer Highschool vorbei, passieren einen Supermarkt sowie einen wunderschönen Park. Nach einigen Privathäusern befindet sich am Ende einer Straße die Feuerwehrwache und daneben die Schmiede. Es handelt sich um ein eher klein aussehendes Holzhaus mit blauem Anstrich und zwei weißen Türen. Eine davon ist vielmehr ein zweiflügeliges Tor, während es sich bei der zweiten um eine normale Eingangstür handelt, durch die wir ins Innere gelangen.

Wir kommen zu einem kleinen, aber schicken Eingangsbereich, in dem sich ein Bürotisch befindet, außerdem zwei gepolsterte Sessel aus Samt. Auch hier wurde liebevoll dekoriert, und alles erinnert mich ein wenig an die Räumlichkeiten der McKinleys. Geschmiedete Kerzenleuchter in Tiefschwarz wurden mit hellen Kerzen und schicken Vasen auf einem Wandregal hinter dem Tisch arrangiert. Daneben hängt ein

Diplom von Joy, außerdem Bilder von ihr und anderen Menschen, die in der Nähe eines offenen Feuers stehen und in die Kamera lächeln.

»Bist du diejenige, die die Räume hier und in der Farm dekoriert?«

»Gott nein! Dafür habe ich nun wirklich kein Händchen, aber meine Schwester Madeleine. Sie schafft es, jedem Raum eine gemütliche Note zu verpassen. Sie hat auch hier Hand angelegt, damit es nicht so chaotisch aussieht wie in meiner Wohnung.«

»Verstehe. Die liebevolle Dekoration ist mir gleich aufgefallen, als ich zu euch gekommen bin.«

»Wenn Madeleine sich nicht darum kümmern würde, hätte Mom vielleicht hier und da eine Figur hingestellt, und das wars. Aber seitdem Maddie die Farm übernommen hat, hat sie sich nicht nur optisch verändert.« Joy dirigiert mich zu einer anderen Tür, durch die wir in eine große Werkstatt gelangen. Der Geruch von Rauch und verbrannter Kohle bildet einen starken Kontrast zu dem blumigen Duft des anderen Zimmers.

Der Raum ist größer, als es von außen scheint, da er länglich verläuft. An den Wänden befinden sich Arbeitstische, auf denen sich Werkzeuge und Kartons stapeln. Es ist ein chaotischer erster Eindruck.

Am Ende des Raumes befindet sich eine große, offene Feuerstelle. Ruß verdeckt die einst roten Backsteine, mit denen sie erbaut wurde. Das Feuer ist erloschen, doch es sind immer noch halbverbrannte Kohlestücke zu erkennen. Ein paar Schritte vor dem Kamin befinden sich große Holzscheite, auf denen je ein Amboss befestigt ist. Insgesamt gibt es acht davon, die im ganzen Raum verteilt sind.

Neben jedem von ihnen befindet sich ein Eimer mit Wasser

und ein Hammer. Der Boden wurde gefegt, und in einer Ecke entdecke ich einige fertige und halbfertige Gegenstände. Kleiderhaken, Hängeleuchten, die Klinge eines Schwerts, Kerzenständer oder Buchstützen. Ich greife nach einer der schwarzen Buchstützen, auf der Blumenranken zu sehen sind, und fahre mit den Fingerspitzen darüber. Es fühlt sich rau, aber angenehm an.

»Gefällt sie dir?«, fragt Joy, und zum ersten Mal seit unserer Begegnung wirkt sie etwas unsicher auf mich.

»Ja sehr. Ich dachte, in einer Schmiede werden Zäune, Hufeisen oder Schwerter hergestellt, aber diese Nutzgegenstände sehen auch sehr schick aus.«

»Der Beruf ist vielseitig, und ich liebe es, aus einem völlig unscheinbaren Stück Metall etwas Schönes zu formen.« Ich lege den Gegenstand wieder zurück und wende mich Joy zu.

»Wann hast du dich für diesen Berufsweg entschieden?«

Sie lächelt wieder und greift nach einem Türklopfer in Form eines Löwen.

»Als ich als Teenager in einem Sommercamp war. Dort gab es eine Schmiede, und als ich den Menschen bei der Arbeit zugesehen habe, wusste ich, dass ich das auch will. Ich habe zu Hause geübt, bevor ich die Ausbildung gemacht habe. Diese Schmiede, wie sie hier steht, ist ein Neubau. Im ersten Stock befindet sich meine Wohnung, und hier im Erdgeschoss habe ich meinen Betrieb.«

»Hast du auch Angestellte?«, frage ich und deute auf die vielen Arbeitsstellen.

»Nein, ich mache alles allein, aber ich biete Workshops an. In Gruppen oder im Einzelunterricht. Online gebe ich auch viele Kurse, die sogar noch beliebter sind.«

»Okay, dass klingt nach einem Haufen Arbeit.«

»Ist es auch, weswegen ich dich erst jetzt begrüßt habe. Es

hat übrigens ziemlich hohe Wellen geschlagen, dass du zu uns gekommen bist.«

»So schlimm?«, frage ich und weiche ihrem Blick kurz aus.

»Nein, ich meinte das nicht negativ. Sondern im guten Sinne. Mrs Lawson hat endlich ihre Weihnachtsdekoration weggeräumt, die seit fünf Jahren auf ihrer Veranda zu sehen war. Viele Zäune haben einen neuen Anstrich bekommen, und unsere Bürgermeisterin hat dafür gesorgt, dass die ganze Stadt erblüht und sauber ist.«

»Klingt nach viel Arbeitsaufwand.«

»Aber aus einem schönen Grund. So wollten die Bewohnenden von Washington dich willkommen heißen. Sie wollen, dass du dich hier wohlfühlst.« Daran habe ich gar nicht gedacht, weil ich davon ausgegangen bin, dass ich und mein emotionales Chaos eine Belastung für diese Kleinstadt sind.

»Das ist wirklich lieb von ihnen, doch ich verstehe nicht, warum sie das tun.«

»Weil du ein guter Mensch bist. Ganz Amerika hat dich aufwachsen gesehen. Wir haben deine Bob-Frisur-Phase begleitet, die by the way schrecklich war, und haben erlebt, wie du zu einer wunderschönen Frau geworden bist.«

»Gott, der Bob war wirklich grauenhaft«, stimme ich zu und muss unweigerlich lächeln.

»Hier kannst du atmen, Nova. Niemand wird dich belästigen oder dir auf die Pelle rücken. Abgesehen von mir.«

»Da bin ich aber beruhigt«, gebe ich scherzhaft zurück und versuche die Rührung in meiner Stimme mit Sarkasmus zu kaschieren.

»Ich kann ein wenig anstrengend sein, und das weiß ich auch, aber ich bin auch jemand, mit dem du reden kannst, wenn dich etwas beschäftigt. Das wollte ich nur kurz erwähnt haben.«

»Danke«, sage ich, während sie mir zuzwinkert, sich umdreht und die Kartons absucht. Es ist mir schleierhaft, wie sie sich mir innerhalb von einer paar Stunden völlig öffnen konnte und mir ihr Vertrauen schenkt. Sie bietet mir ihre Freundschaft an, obwohl sie mich gar nicht kennt. Das wäre für mich undenkbar, wie mir der Zwischenfall mit Lizzy noch mal vor Augen geführt hat. Ich muss einen Menschen kennenlernen, abschätzen, ob eine Person an mir oder nur an meinem Ruhm interessiert ist. Denn in fast allen Fällen war Letzteres der Fall.

Also habe ich mir in den letzten Jahren gar keine Mühe mehr gegeben, mich mit anderen anzufreunden, und habe mich bedeckt gehalten. Das ist mein Leben. Plötzlich komme ich mir erbärmlich vor. Ich habe mich bewusst vor Menschen abgeschottet, die zu Vertrauten hätten werden können. Doch so habe ich auch Verbindungen vermieden, die mich vielleicht aus meinem seelischen Schneckenhaus rausgelockt hätten.

Als Joy und ich nach draußen treten, hänge ich immer noch meinen Gedanken nach. Sie schließt die Tür ab, geht die drei Stufen hinab und entriegelt ihr Auto, ehe sie den Kofferraum öffnet und den Karton hineinstellt. Plötzlich ruft jemand ihren Namen.

Ich drehe mich um und sehe, wie ein Mann sich vom Feuerwehrgebäude entfernt und auf uns zukommt. Er trägt seine beigefarbene Feuerwehrmontur, wobei er sich die Jacke um die Hüften zusammengebunden hat. Sein weißes T-Shirt wird teilweise durch die breiten Hosenträger verdeckt. Mit einem charmanten Lächeln winkt er uns zu, ehe er schließlich zu uns stößt. Er sieht aus wie der Hauptdarsteller aus der Serie *Outlander*, nur dass seine Haarfarbe von einem dunkleren Kupfer ist.

»Hallo, ihr zwei.«

»Ryder, hey«, sagt Joy, ehe sie in meine Richtung blickt. »Das ist unser begehrtester Junggeselle Ryder Nolan.«

»Oder besser gesagt ihr bester Freund, der ihr gleich die Freundschaft kündigt. Freut mich«, sagt er, ehe er Joy einen bösen Blick zuwirft. Sie richtet jedoch nur ihren Zopf und ist völlig ungerührt von seinen Worten.

»Komm, sei nicht so. Nova will das wahre Leben in dieser Kleinstadt erleben, und es ist nun mal so, dass dir die Frauen zu Füßen liegen.«

»Du hättest mich auch einfach neutral vorstellen können.« Ryder verdreht die Augen, was Joy zum Grinsen bringt.

»Oh entschuldige, dann starten wir noch mal. Liebe Nova, das ist unser adretter Feuerwehrmann-Schrägstrich-Rettungsschwimmer-Schrägstrich-bester-Freund Ryder.«

»Geht doch.« Er nickt zustimmend und lehnt sich gegen Joys Auto.

»Ihr seid wohl wirklich gut befreundet«, sage ich belustigt, da sie sich genauso verhalten, wie ich es aus meinen Büchern kenne. Nicht dass ich jemals eine beste Freundin oder einen besten Freund hatte. Eine traurige Feststellung, die einen bitteren Beigeschmack auf meiner Zunge hinterlässt.

»Na ja, wenn sie weiterhin so frech ist, werde ich mir das mit der Freundschaft noch überlegen«, meint Ryder lachend und sieht seine beste Freundin voller Wärme an.

»Ach was. Du musst dir nur ein dickeres Fell zulegen.«

»In deiner Gegenwart immer. Aber der eigentliche Grund, wieso ich euch hier überfalle, ist, dass wir unbedingt noch Freiwillige für das Spendenevent brauchen.«

»Ich dachte, bei der Stadtversammlung hatten sich mehr als genug gemeldet?«, fragt Joy und schließt den Kofferraum.

»Leider haben wir falsch kalkuliert, erst jetzt bei der Einteilung ist uns der Engpass aufgefallen.«

»Oh, okay. Soll ich mal meine Geschwister fragen?«

»Was willst du uns fragen?«, höre ich eine vertraute Stimme hinter mir.

Ich drehe mich um und entdecke meinen Bodyguard, der sich uns unbemerkt genähert hat. Seine Füße stecken in weißen Sneakern, dazu trägt er eine ausgewaschene Jeans zu marineblauem T-Shirt. Meine Miene hellt sich auf, als er zu uns stößt. Auch wenn ich Joy sympathisch finde, fühle ich mich in Thornes Gegenwart am wohlsten.

»Ob ihr als Freiwillige beim Spendenevent aushelfen wollt«, ergänzt Ryder, nachdem sie sich mit einem freundschaftlichen Handschlag begrüßt haben.

»Das kann ich leider noch nicht sagen, aber ich denke darüber nach und gebe dir Bescheid.«

»Gut, dann lasse ich euch mal wieder allein. Wir sehen uns heute Abend, oder?«, fragt er an Thorne und Joy gewandt.

»Klar, wir sind gegen zwanzig Uhr da«, antwortet Joy und winkt ihm zum Abschied. Als Ryder außer Sichtweite ist, sucht Thorne meinen Blick.

»Da bist du ja. Hätte ich gewusst, dass dich meine Schwester entführt, hätte ich den Sheriff angerufen«, sagt er als späte Begrüßung, woraufhin Joy die Augen verdreht.

»Ich entführe niemanden. Sie ist freiwillig mit mir in die Stadt gefahren.«

»Wirklich?«, fragt er überrascht und rückt seine Baseballcap zurecht. Sein Blick ist neugierig, als könnte er nicht glauben, dass ich freiwillig aus dem Zimmer gegangen bin. Aber ich kann es ihm auch nicht verübeln, denn schließlich habe ich mich die letzten Tage kaum blicken lassen und mich eingeigelt.

»Ja, als sie die Schmiede erwähnt hat, hat mich die Neugier gepackt, also bin ich mit ihr hierhergekommen.«

»Trotzdem hättet ihr mir eine Nachricht schreiben müssen.

Auch wenn wir uns in einer Kleinstadt befinden, bin ich für deine Sicherheit verantwortlich.« Sofort meldet sich mein schlechtes Gewissen, denn diese Unterweisung hat er mir schon mehrmals gegeben. Ich kann hingehen, wohin ich will, aber Thorne muss darüber Bescheid wissen. Meine trüben Gedanken haben mich das gar nicht bedenken lassen.

»Es tut mir leid. Ich verspreche, das kommt nicht wieder vor«, meint Joy nun reumütig.

Zwar bin ich nur aus dem Auto und in die Schmiede gegangen, aber ich weiß, dass sich eine Menschenmasse innerhalb von Minuten bilden kann. Allein die Vorstellung lässt meinen Puls in die Höhe schießen.

»Gut, dann haben wir das ja geklärt. Und wie hat dir der Besuch in der Schmiede gefallen?«, fragt mich Thorne, und die Rüge, die in seiner Stimme zu hören war, ist nun völlig verschwunden.

»Sehr gut. Die Schwertklingen waren so faszinierend.«

»Ist da dein Kopfkino wieder losgegangen?«, fragt er mich mit einem Lächeln. Vor Monaten habe ich ihm erzählt, dass ich beim Anblick von Schwert-Requisiten immer an meine Fantasy-Geschichten denken muss. Damals meinte ich, dass die Vorstellungen in meinem Kopf dann sehr bildhaft sind.

»Das hast du dir gemerkt?«

»Na ja, viel Persönliches wussten wir nie voneinander, aber deine Liebe zu Büchern und zur Musik sind dir einfach anzusehen.«

»Wenn ich schon bei meinen Welttourneen nur die Stadien und nicht die schönen Länder erkunden konnte, habe ich mich wenigstens in die Buchwelt verkrochen. Jedes Buch ist wie ein Ticket in eine andere Welt.«

»Gott, bei dir klingt es so cool. Vielleicht sollte ich auch mehr lesen«, meint Joy und verschränkt die Arme vor der Brust.

»Du hast in deiner Schulzeit nur eine Handvoll Bücher beendet, die anderen hast du frühzeitig abgebrochen.«

»Ich gebe es ja zu. Eine Leseratte war ich wirklich nicht, aber jetzt muss ich dies berufsbedingt tun. Wenn ein Kunde ein Schwert nach einer Romanvorlage angefertigt haben möchte, muss ich notgedrungen das Buch lesen. Zählt das nicht?«

»Nein«, gibt ihr Bruder nüchtern zurück, was sie schnauben lässt.

»Typisch Thorne. Immer so ernst und brummbärig.«

»Himmel, das ist nicht mal ein richtiges Wort.«

»Aber es passt zu dir, du großer, breiter Bär. Und brummig bist du auch die meiste Zeit.« Während die beiden sich zanken, kann ich nicht aufhören, Thorne anzusehen. Aus dem Mann, der für meine Sicherheit sorgt, ist ein anderer Mensch geworden. Er zeigt mir eine völlig neue Seite von sich, die ich bis jetzt noch nicht kannte.

Er ist witzig, locker und nie um einen passenden Spruch verlegen, um seiner Schwester Konter zu geben. Sie sind ein dynamisches Duo, und man sieht, dass sie sich trotz der Streitereien lieben. Thorne redet gerade so viel, wie ich es noch nie erlebt habe. Ich wusste ja, dass Grumpy-Thorne sein Arbeits-Ich ist, aber diese Version von ihm gefällt mir. Sie gefällt mir sogar sehr. Er gestikuliert wild, während sie energisch ihre Meinung kundtut. Als Thorne kurz den Arm anhebt, erhasche ich einen Blick auf sein Sixpack. Es ist nur ein kurzer Moment, doch ich bekomme sofort heiße Wangen. Mein Bodyguard wirft mir einen Seitenblick zu und erwischt mich beim Starren, sodass ich schnell wegsehe.

»Was habt ihr jetzt vor? Dad ist mit Stephen auf dem Viehmarkt, und Mom hat mich einkaufen geschickt. Wollt ihr mich begleiten?«, fragt er und sieht zwischen Joy und mir hin und her.

»Ich muss leider schon wieder los. Ein Kunde hat mich darum gebeten, einen Zaun abzumessen. Tut mir leid, dass ich unsere Tour so früh abbrechen muss«, meint sie und sieht mich traurig an. Sie sieht niedlich aus, wie sie ihre Unterlippe vorschiebt. Wie ein kleiner Welpe, den ich am liebsten in den Arm nehmen würde.

»Kein Ding. Ich kann mit Thorne mitgehen und ihm helfen«, sage ich, auch wenn es mir immer noch peinlich ist, dass er mich beim Starren erwischt hat.

»Ich mache es wieder gut, versprochen«, versichert mir Joy und steigt in ihr Auto.

Eine halbe Stunde später befinden wir uns im Supermarkt von Washington Depot. Zwei große Schaufenster bieten einen kleinen Einblick in den Vorderbereich, wo eine junge Frau kassiert und ein Teenager die Einkäufe eintütet. Thorne nimmt sich einen Einkaufswagen, wartet aber, bis ich an seine Seite trete. Gemeinsam steuern wir den ersten Gang an. Ich sehe mich neugierig um, versuche die bunten Verpackungen und die vielen Eindrücke zu verarbeiten.

»Wann warst du das letzte Mal im Supermarkt?«, fragt mich Thorne, bevor er zwei große Behälter mit Öl in den Wagen legt. Auch wenn sie schwer aussehen, wirkt es bei Thorne, als wären sie federleicht. Die Adern an seinen Unterarmen treten hervor, und es kostet mich sehr viel Kraft, sie nicht anzustarren.

»Mir ist anzusehen, dass es lange her ist, oder?«, stelle ich eine Gegenfrage, weil er durch seine Beobachtungsgabe mehr sieht, als ich zeigen wollte.

»Ja, schon. Wenn jemand ein Kaufhaus bestaunt, als wäre es eine Kunstgalerie, dann reimt man sich schon was zusammen.«

»Du hast recht. Ich war bei unzähligen Vernissagen oder

Ausstellungen, aber in einem Supermarkt war ich seit über zehn Jahren nicht mehr.«

»Weil du keine Zeit hattest?«

»Nein, weil ein früherer Besuch in einer Katastrophe geendet hat. An dem Tag habe ich mir geschworen, nie wieder allein einkaufen zu gehen.«

»Wieso das denn?«

»Ich habe als Kind an Schönheitswettbewerben teilgenommen, war das Gesicht einer großen Spielzeugmarke und habe schließlich im Kinofilm einer superbeliebten TV-Show mitgespielt. Eines Tages habe ich mich vom Set losgerissen, ohne dass meine Mutter es merkte, und ging in einen Supermarkt. Ich wollte mir nur Schokolade kaufen, da ich seit Monaten keinen Zucker zu mir genommen hatte, doch innerhalb von Minuten bildete sich eine Schar von Menschen um mich. Heute könnte ich besser mit der Situation umgehen, doch damals war ich so jung und verängstigt. Der Ansturm war so stark, dass mich der Ladenbesitzer in seinem Lagerraum verstecken musste, bis ich von meiner wütenden Mutter abgeholt wurde.«

»Hattest du wenigstens noch Zeit, den Schokoriegel zu essen?«

»Nein, dafür war ich zu aufgewühlt. Und nach dem Fiasko ließ mich meine Mutter monatelang nicht aus den Augen.« Thorne wirft mir einen mitleidigen Blick zu, unter dem ich mich winde, denn ich möchte nicht bemitleidet werden. Es war hart, unter so vielen wachenden Augen aufzuwachsen, aber ich hatte die Musik und meine Fans, die mir alle negativen Dinge erträglich gemacht haben.

»Welche war es?«, fragt er. In dem Moment wird mein Song *Hold on Me* im Radio des Kaufhauses gespielt. Ich sehe ihn fragend an, als wir stehen bleiben und uns einander zuwenden. Der Abstand zwischen uns hat sich verringert. Neben uns macht die Kühlung ein sirrendes Geräusch, während zu meiner Rechten Stimmen zu hören sind. Der Song, der gerade abgespielt wird, erschien auf meinem Debütalbum, das lange nach dem Supermarktfiasko veröffentlicht wurde, doch als mein Bodyguard mir näher kommt, wird es still um mich herum.

Mein Herz dürfte nicht so schnell gegen meinen Brustkorb hämmern, wenn ich auf Thornes volle Unterlippe sehe, meinen Blick über seine Kinnpartie zu seinen Augen schweifen lasse, deren Farbe einen preisgekrönten Whiskey in den Schatten stellen würde. Der Duft von Seife mischt sich unter seinen mir vertrauten Eigengeruch, und meine Finger kribbeln verdächtig.

Möchten ihm durchs Haar fahren oder seine glatt rasierte Wange berühren. Doch ich balle sie zu Fäusten, als er einen Mundwinkel hebt. Was passiert hier mit mir?

In diesem Moment, mitten in einem unscheinbaren Supermarkt, merke ich, mal wieder, dass mein Bodyguard mir langsam, aber sicher den Kopf verdreht.

»Welche Schokolade wolltest du damals haben?«, fragt er mit kehliger Stimme, als würde auch ihm diese Situation den Atem rauben. *Aber das kann nicht sein, oder?* Mein Bodyguard hat kein romantisches Interesse an mir. Ich tue ihm leid, und er ist freundlich. Das ist es. Es sind nur meine Gefühle, die sich verändern.

»Reese's Peanut Butter Cup«, antworte ich etwas atemlos und bringe Abstand zwischen uns, was Thorne mit einem schnellen Blinzeln quittiert. »Das war meine liebste Süßigkeit, bis ich sie nicht mehr essen durfte.«

»Okay, dann sollten wir ein paar davon mitnehmen, damit du sie dir hier während deiner Auszeit gönnen kannst.«

Auszeit.

Ein zeitlich begrenzter Aufenthalt auf der McKinley-Farm

und die Möglichkeit, Kraft zu sammeln und Klarheit darüber zu gewinnen, was ich mit meinem Leben anstellen soll. Sobald es mir besser geht, werde ich wieder Nova sein. Ich werde an meinen alten Alltag anknüpfen, und alles wird so sein wie früher. Und in dieser Version ist und bleibt Thorne nur der Mann, der mich vor Unheil schützt. Auch vor dem, das ich selbst hervorrufe.

KAPITEL 17

Novalee

Die Begegnung mit Joy hat Neid in mir hervorgekitzelt. Sie steht mit beiden Beinen mitten im Leben und weiß, wer sie ist und wohin sie will. So hat es zumindest auf mich gewirkt. Innerhalb der paar Stunden, die wir miteinander verbracht haben, hat sie den Wunsch nach Veränderung in mir ausgelöst. Und das kommt mir vor wie der erste Schritt in die richtige Richtung.

Zum ersten Mal seit Wochen ist nicht alles grau und farblos, sondern es blitzen Farben durch den dichten Nebel, der mein Leben darstellt. Ich helfe Thorne und Rose beim Verladen der Einkäufe, ehe wir drei uns mit einem Glas selbstgemachtem Eistee auf die Terrasse setzen. Das lange Haar klebt mir an der verschwitzen Haut, als ich mich setze.

Leise Countrymusik dringt von der Küche zu uns hinaus, und neben mir knarzt der Holzstuhl, als Thorne sich setzt. Rose sitzt zu meiner Rechten und macht einen tiefenentspannten Eindruck.

»Es ist so herrlich hier«, sage ich und genieße den Anblick des Gartens, der an die Terrasse grenzt. Auf der frisch gemähten Fläche befinden sich ein Sandkasten, ein Schaukelgestell mit einer Reifenschaukel und eine Kinderrutsche. Der süße Geruch des Eistees vermischt sich mit dem nach gemähtem Gras. *Es duftet nach Freiheit.*

»Es war nicht immer so gepflegt. Auf der Terrasse haben wir erst vor ein paar Jahren neue Dielen verlegt und die Überdachung erneuert«, antwortet Thorne.

»Aber die Arbeit hat sich gelohnt.«

»Das hat sie.« Wir trinken schweigend und genießen die leichte Sommerbrise. Ich schaue zu Thorne, der sich entspannt auf dem Stuhl zurückgelehnt hat. Er hat einen Fuß von sich gestreckt, die freie Hand liegt locker in seinem Schoß. Sobald er das Glas an seine Lippen hebt, spannt sich sein Bizeps an, und ich ertappe mich erneut dabei, die Adern an seinem Unterarm anzustarren.

War er immer so attraktiv? Oder fällt mir das erst jetzt auf, weil er mir mehr von seiner anderen Seite gezeigt hat? Was es auch ist, ich kann nur schwer damit umgehen. Das Eis in meinem Glas klirrt, als ich das Getränk in einem Zug austrinke. Ich fühle mich erfrischt, und vielleicht liegt es an Joys fröhlicher Art, aber ich möchte etwas tun. Ich habe genug Zeit damit verbracht herumzusitzen.

»Was steht bei dir auf dem Plan?«, frage ich Rose, die den Blick von ihrem Sohn löst und nun zu mir schaut.

»Ich wollte Unkraut jäten und ein paar Blumen umpflanzen.«

»Darf ich dir dabei helfen?«, frage ich, auch wenn ich keine Ahnung habe, was ich tun muss.

»Natürlich. Aber du solltest dich auf jeden Fall eincremen, wenn du es noch nicht getan hast. Eine Kopfbedeckung brauchst du auch, denn die Arbeit in der prallen Sonne ist nicht zu unterschätzen.«

»Okay.« Ich erhebe mich rasch, genau wie Thorne. Uns trennen ein paar Schritte, dennoch nehme ich seinen Duft deutlich wahr.

»Ich sollte mich umziehen, da ich noch im Gewächshaus zu

tun habe«, teilt er uns mit und stellt das Glas auf dem Gartentisch ab. Also gehen wir Seite an Seite zurück zum Haus. Er ist erneut mein Schatten, ganz der Bodyguard, und ich frage mich, ob er es nicht satthat, mich andauernd zu beschützen. Immer über mich zu wachen. »Sag mal, sehnst du dich nicht selbst nach einer Auszeit?«, frage ich ihn, als wir die Treppe hochgehen und vor meinem Zimmer zum Stehen kommen.

»Was meinst du?«

»Seitdem wir hergekommen sind, hilfst du deiner Familie, wo du kannst. Aber du scheinst nie auszuschlafen oder dir mal etwas Zeit für dich zu nehmen.« Er legt seine Baseballcap ab und fährt sich durchs Haar. Sein Shirt rutscht etwas hoch und offenbart mir ein Stück seines Bauches, aber ich bin stark und sehe nicht nach unten.

»Ich kenne es nicht anders. Seit ich denken kann, packt jede und jeder auf der Farm mit an. Sollte ich keine Lust darauf haben, kann ich es sagen und es würde akzeptiert werden, aber ich arbeite gerne hier. So fühle ich mich meiner Familie näher.«

»Verstehe.«

»Und du? Fühlst du dich wohl hier bei uns? Es sind erst ein paar Tage, aber du hast wieder Farbe im Gesicht bekommen, und aus unerfindlichen Gründen scheint Joy dich nicht zur Flucht animiert zu haben.« Bei der Erwähnung seiner Schwester muss ich lächeln. Ich schüttele den Kopf, und eine Strähne fällt mir ins Gesicht.

»Die Zeit mit Joy zählt zu meinen schönsten Momenten der letzten Tage.«

»Sag ihr das aber nicht. Sonst wirst du sie nie wieder los«, meint er und hebt einen Mundwinkel an. Es ist ein sexy Lächeln, wie man es sich auf der Highschool von seinem Schwarm erhofft. Eines, das mir eine Gänsehaut verschafft.

»Ich hätte nichts dagegen, mehr Zeit mit ihr zu verbringen.«

Meine Stimme ist leise, und obwohl ich keine Erklärung dafür habe, kann ich nicht aufhören, seine Lippen anzusehen.

»Hmm. Interessant«, meint er plötzlich mit kehliger Stimme, als wüsste er ganz genau, was in meinem Kopf vorgeht.

»Was?«, flüstere ich und sehe mit flatternden Lidern zu ihm auf.

»Dass gerade das anstrengendste meiner Familienmitglieder dir so guttut. Ich hätte eher darauf getippt, dass du dich mit Maddie am besten verstehen würdest.«

»Hast du dir etwa im Vorfeld Gedanken gemacht, mit wem ich am besten harmonieren würde?«

»Natürlich. Mir war es wichtig, dass es dir hier gut geht.«

»Das tut es, und ich freue mich darauf, deiner Mom im Garten zu helfen.« Wieder dieses Lächeln, das mein Herz zum Stolpern bringt. Dann stellt er sich dicht vor mich und legt mir sanft seine Kappe auf den Kopf.

»Und weil ich um dein Wohlbefinden besorgt bin, stelle ich hiermit sicher, dass du keinen Sonnenstich bekommst.« Er neigt den Kopf und blickt mich unter dem Sonnenschutz der Kappe hinweg an. Das Kribbeln in meinem Bauch nimmt schlagartig zu.

»Danke«, sage ich leise, denn bei Gott, ich wüsste nicht, was ich sonst sagen sollte. Grumpy-Thorne habe ich mit der Zeit liebgewonnen, aber Thorne McKinley, der attraktive Farmersohn, scheint sich langsam, aber sicher in mein Herz zu schleichen und alle Bedenken in den Wind zu schießen.

Meine Knie schmerzen bei jeder Treppenstufe, die ich erklimme. Rose im Garten zu helfen war eine lehrreiche Erfahrung, da ich mehr über die verschiedensten Blumenarten und ihre Besonderheiten erfahren habe. Doch mein Körper war nach den Wochen des Herumsitzens nicht darauf vorbereitet, auf

Knien herumzurutschen. Löcher zu graben, Säcke mit Dünger herumzuschleppen. Nicht dass es mir etwas ausgemacht hätte, denn die körperliche Betätigung hat mir sehr gutgetan. Der Muskelkater macht mir jedoch schon jetzt zu schaffen, auch wenn ich weiß, dass es morgen noch viel schlimmer werden wird.

Im Badezimmer angekommen schäle ich mir die verschwitzten Klamotten vom Körper und steige unter die Dusche. Wenn meine Muskeln ächzen könnten, würden sie das lauthals tun, denn das warme Wasser ist eine wahre Wohltat für meinen Körper. Mein langes Haar reicht mir bis zur Hüfte, und je heißer das Wetter wird, desto mehr stört mich die Länge. Während ich mich wasche, fühle ich jeden Muskel in meinem Körper, und das ist ein berauschendes Gefühl. Zwar lassen langsam die Schmerzmittel nach und die Kopfschmerzen melden sich erneut, aber sie sind nicht so stark wie noch vor ein paar Tagen.

Ich will nach meinem Haarwaschmittel greifen, doch meine Hand schwebt über dem Stück Seife von Thorne. Ich nehme es in die Hand und schnuppere daran. Ein sinnlich-markanter Duft dringt in meine Nase. Bei meinem Besuch im Hofladen habe ich genau dieselbe Seife entdeckt, die Maddie selbst herstellt. Bisher habe ich nur eine leichte Note davon wahrgenommen, aber nun ist der Geruch intensiver und versprüht eine maskuline Würze.

Warte mal? Was tue ich denn da? Mit großen Augen lege ich die Seife wieder zurück und schüttle mich. Ich verliere wohl langsam den Verstand. Ich seife mich energischer ein als sonst und versuche Klarheit in meine verwirrenden Gefühle zu bringen. Trotzdem sehe ich immer wieder meinen Bodyguard vor mir. Dicht vor mir. *Ach verdammt!*

Sehr sauber und mit einem kühleren Kopf bin ich zum ersten Mal beim Abendessen mit der ganzen Familie dabei, und nun wird mir auch klar, wieso es so viele Stühle im Essbereich gibt.

Rose, Joseph, Joy, Thorne, Maddie sowie die zwei Mitarbeitenden der Farm kenne ich schon. Doch nun werde ich auch Madeleines Mann Stephen und ihren Söhnen Jackson und Mark vorgestellt. Die beiden haben das dunkle Haar ihrer Mutter geerbt und die tiefgrünen Augen von ihrem Vater.

»Und du singst.«

»Genau. Das ist mein Beruf«, erkläre ich Mark, der mich fragend ansieht.

»Und man verdient damit viel Geld.«

»Na ja, manche schon.«

»Aber wieso muss ich in die Schule und Mathe lernen? Ich werde einfach singen.« Der Junge strahlt seine Eltern an, die sich ein Lachen sichtlich verkneifen müssen.

»Nun, es braucht eine Ausbildung, jede Menge Talent und vielleicht auch ein bisschen Glück, um mit dem Singen Geld zu verdienen. Es ist nicht so einfach, wie man es sich vorstellt«, meint Stephen zu seinem siebenjährigen Sohn, bevor er einen Bissen von seinem Steak nimmt.

»Sing uns doch mal was vor. Ich kann das sicher auch so gut.« Das Selbstbewusstsein dieses Jungen ist einfach zuckersüß. Ich werfe einen Blick in die Runde und schüttle den Kopf.

»Ein anderes Mal gerne, aber jetzt wird gegessen.«

»Genau, junger Mann. Wer seinen Brokkoli nicht aufisst, bekommt kein Dessert.«

»Ach Mama.« Beide Jungs schmollen, essen aber widerwillig ihr Gemüse. Ich presse die Lippen zusammen, um nicht zu lachen, und esse selbst weiter. Das Gespräch des Abends dreht sich um den Arbeitsalltag von Stephen, der in seiner Praxis alle Hände voll zu tun hatte.

Schließlich wird das Thema wieder auf mich gelenkt. Nun, da die Familie vollständig ist, wollen mich alle kennenlernen.

Mir werden Fragen zu meinen Lieblingsgerichten, liebsten Urlaubsmomenten und andere persönliche Fragen gestellt, und erschrocken stelle ich fest, dass ich diese nur schwer beantworten kann. Als das Gespräch ins Stocken gerät, wechselt Rose das Thema. Offensichtlich sieht sie, dass ich beginne mich unwohl zu fühlen. *Wieso habe ich keine Antwort auf diese Fragen?*

Wer bin ich eigentlich?

Ich kann stundenlang von meinem Beruf erzählen, was er mir bedeutet und wie wichtig mir die Musik ist, aber wenn es um mich persönlich geht, fällt mir nichts ein. Ich liebe Bücher, vergöttere meine Mutter, mag Musik und … mehr weiß ich nicht. Durch meinen strengen Diätplan kann ich nicht sagen, was mein Lieblingseis ist, weil ich keines essen darf.

Das gilt auch für andere deftige Speisen, die ich vielleicht als Lieblingsessen aufzählen könnte. Dinge wie Reisen, Partys oder Mädelsabende hat es für mich nie gegeben, weil ich keinen Freundeskreis habe. Aber was ist eine Jugend, wenn man keine Sünden zu verbuchen oder unvergessliche Momente mit Freundinnen und Freunden erlebt hat? Ich habe viele Preise gewonnen, habe Millionen verdient, aber ich bin nicht glücklich. *Dankbar, ja, aber nicht glücklich.*

Das einzige Mal, als ich dachte, dass dieses Gefühl greifbar wäre, war, als Dexter und ich zusammen waren. Ich habe mich so sehr nach einem Happy End für uns gesehnt, doch nur ein Ende erfahren.

Ich schiebe ein Tomatenstück auf meinem Teller hin und her und hänge meinen trüben Gedanken nach, als mich Joy mit der Schulter anstupst. Ich erschrecke so sehr, dass ich beinahe die Gabel auf den Teller fallen lasse. Die Familie unterhält sich über alle möglichen Dinge, doch ich schweige und bekomme das meiste gar nicht mit.

»Was ist los?«, fragt Joy, die sich heute Abend neben mich gesetzt hat. Thorne hat sich ans Tischende neben seine Eltern gesetzt, als würde er spüren, dass ich Abstand brauche.

»Ich möchte etwas Verrücktes tun«, sage ich in einem Anflug von Kühnheit, was Joy ein breites Lächeln entlockt.

»Verrückt ist genau mein Ding.« Dass sie Begeisterung dafür zeigt, macht mich unheimlich glücklich und auch mutig. Die Angst, dass sie meine Worte als lächerlich abtut, war groß.

»Was schwebt dir denn so vor?«, fragt sie mich, als ich auch schon anfange zu erzählen. Mein ganzes Leben ist auf den Kopf gestellt, und langsam, aber sicher wird es Zeit, es wieder in gewohnte Bahnen zu lenken – aber nicht, ohne vorher ein paar neue Zwischenstopps einzulegen, die mich näher an mein wahres Ich bringen sollen.

KAPITEL 18

Thorne

Nach dem Abendessen schnappe ich mir meine Autoschlüssel und fahre ins *Sherlock Homes,* der einzigen Bar in unserer Kleinstadt. Am Tag hängen gefühlt alle bei Mariella in ihrem *Zorro Pocci Café* ab, und sobald sie ihre Pforten schließt, geht es in die Nachtschicht zu Joel, dem Besitzer des *Homes.* Er liebt die Bücher, Serien und Filme rund um den Meisterdetektiv, also hat er seine Bar nach der Figur benannt, auch wenn er den Nachnamen geändert hat.

Miles und Ryder warten schon mit einem Bier auf mich, als ich mich durch die volle Bar schlängle, am Billardtisch vorbeigehe und meine Freunde ansteuere. Bei unserem Stammplatz handelt es sich um eine Sitznische, die sich direkt an der Wand gegenüber vom Eingang befindet und etwas erhöht ist, sodass man die ganze Bar überblicken kann. Unzählige Male habe ich die Besuchenden hier beobachtet und analysiert, ehe ich den Berufsweg als Security gewählt habe.

Für mich war schon früh klar, dass ich nicht auf der Farm oder in Washington bleiben wollte. Rose und Joseph haben mich aufgenommen, mir ein Heim gegeben, und doch haben sie nie Druck auf mich ausgeübt oder von mir erwartet, dass ich im Familienbetrieb mithelfen muss. Seit ich einen Fuß auf die McKinley-Farm gesetzt habe, wurden die Erinnerungen an meine harte Kindheit durch glückliche Momente ersetzt. Ich lernte viel über Zusammenhalt, Sicherheit und Liebe, auch wenn ich es nicht immer zeigen konnte.

Ich begrüße die Brüder mit unserem typischen Handschlag, den wir seit der Highschool perfektioniert haben, ehe ich mich setze.

»Seid ihr beide im Dienst, oder können wir auf Thornes Rückkehr anstoßen?«, will Miles wissen und erhebt sich.

»Ich habe frei«, sage ich und lege mein Smartphone auf dem Tisch ab. Nova weiß, dass ich unterwegs bin und sie mich jederzeit erreichen kann. Zuerst wollte ich sie fragen, ob sie mitkommen möchte, doch sie hatte etwas mit Joy geplant. Die beiden haben geheimnisvoll getuschelt und sich noch vor dem Nachtisch verdrückt, um in die Stadt zu fahren. Vielleicht ist es auch besser, dass Nova nicht hier ist. Denn meine Gedanken schweifen immer öfter ab, wenn sie in meiner Nähe ist.

Zu dem Moment, als Cujo und Chucky auf sie zugelaufen sind und Nova mich mit diesem brennenden Blick betrachtet hat. Sie hat mich so angesehen, wie ich auch sie seit Tagen mustere. Nicht mehr auf beruflicher Ebene, sondern auf einer verbotenen. Nie hätte ich gedacht, dass ich zwischen Milchprodukten und Cerealien eine Frau so sehr küssen möchte wie in jenem Moment im Supermarkt.

Eigentlich hatte ich mich nur danach erkundigen wollen, welche Schokolade sie damals kaufen wollte, doch dann hat sich die Stimmung verändert. Plötzlich konnte ich den Blick nicht mehr von ihren vollen Lippen abwenden. Ich habe mir vorgestellt, wie sie schmeckt, wie sich der Seufzer aus ihrem Mund anhören würde, wenn ich sie fest an mich drücke. Mein Kopfkino war zu lebhaft und zeigte mir, wie es sein könnte. Wie unsere Beziehung aussehen könnte, wenn die Dinge anders stehen würden.

Am Ende war sie es, die den Bann gelöst und vor mir zurückgewichen ist, und ich hätte darüber nicht enttäuscht sein sollen, doch ich war es.

»Meine Schicht ist zu Ende, und ich habe auch keine Bereitschaft, also lasset die Biere fließen«, meint Ryder und holt mich so aus meinen Gedanken. Früher musste ich beruflich an Nova denken, musste Sicherheitsanweisungen geben und befolgen, also war sie schon immer in meinen Gedanken, doch jetzt ist es anders.

Nun spüre ich, wie sich etwas in meiner Brust zusammenzieht, wenn ich an den Unfall und das viele Blut auf ihrem Gesicht denke. Dieser Moment hat mich wohl für mein ganzes Leben geprägt.

»Bier, geht klar. Thorne? Was möchtest du?«

»Auch ein Bier. Danke, Mann.«

»Okay.« Miles macht sich auf den Weg zur Bar, während Ryder sich mir zuwendet. Seitdem er bei der Feuerwehr ist, trainiert er wie ich täglich und hat seit Weihnachten ordentlich an Muskelmasse zugelegt. Früher sind wir gemeinsam ins Fitnessstudio gegangen, waren eher schmächtig als muskulös, doch wir haben nicht aufgegeben und sind nun beide mit unserer Körperform zufrieden.

»Nova Wells also«, sagt Ryder und sieht mich mit einem neugierigen Blick an. »Schon merkwürdig, dass du deine Klientin hierher nach Washington gebracht hast.«

»Wieso? Hältst du diesen Ort nicht für geeignet, um zur Ruhe zu kommen?«

»Doch, aber es entspricht nicht deinem üblichen Verhalten.«

Wie recht er doch hat.

»Ich wollte ihr helfen, und du weißt, dass man sich auf unserer Farm einigeln kann, aber auch die Möglichkeit hat rauszukommen, wenn man möchte.« Miles stellt unsere Getränke auf dem Tisch ab, und ich lege meine Hand um den Flaschenhals und genieße die feuchte Kühle.

»Über was redet ihr?«, will Miles wissen und setzt sich wieder neben seinen Bruder. Miles ist Grundschullehrer und ein Adrenalinjunkie. Wenn er mal nicht in der Stadt ist, dann ist er Fallschirmspringen, Bungeejumpen, übernachtet in Zelten, die in Bergen angebracht sind, und schwimmt mit Haien. Er ist ständig auf der Suche nach dem nächsten Kick. Eine Zeit lang habe ich ihn begleitet, doch seitdem ich für Nova arbeite, sehe ich meine Familie und Freunde immer seltener.

»Darüber, wieso Thorne Nova hierhergeholt hat«, sagt Ryder, bevor er den Kopf in den Nacken legt und einen kräftigen Schluck von seinem Craftbier nimmt. Nun ist auch Miles ganz Ohr.

»Ist das nicht die Eine-Million-Dollar-Frage?«, meint er und wackelt mit den Augenbrauen.

»Da gibt es keine unterschwellige Bedeutung. Sie hat Hilfe gebraucht, und ich will sie ihr geben.« Das war der ursprüngliche Plan, und ich sollte nicht von ihm abweichen. Wäre Nova jemand anders, würde ich sie um ein Date bitten. Ich würde kein Geheimnis darum machen, wie attraktiv ich sie finde. Sie wüsste immer, woran sie bei mir ist. Aber unsere Situation ist verzwickt.

»Das heißt, du findest sie nicht heiß?«, will Ryder wissen, was mich mit dem Kiefer mahlen lässt. Sie lassen einfach nicht locker.

»Was tut das zur Sache? Ich bin ihr Bodyguard und sie meine Klientin.«

»Aber was ist, wenn sie mehr wäre als das?«

»Ihr wisst schon, dass ihr zwei Männer in den Dreißigern seid und nicht meine Grandma, oder?«, frage ich. Denn sie fühlen mir genauso auf den Zahn, wie sie es tun würde.

Meine Großmutter befindet sich gerade im Urlaub, denn nachdem Grandpa gestorben ist, hat sie es sich zum Ziel gesetzt, die Welt zu erkunden. Meine Granny ist dafür bekannt, alle Singles verkuppeln zu wollen. Egal, ob du im Teeniealter oder in deinen Sechzigern bist, Mildred McKinley findet den Topf zu deinem Deckel, ob du es willst oder nicht.

»Wissen wir, aber du kannst mir nicht weismachen, dass du Nova nicht attraktiv findest.«

»Können wir vielleicht über etwas anderes reden? Wir haben uns seit Weihnachten nicht gesehen, und da sollten wir nicht über meine Arbeit sprechen.«

»Okay, okay. Ich habe mich nur gefragt, ob da etwas im Busch ist, aber bei deiner defensiven Haltung weiß ich schon, was los ist«, sagt Ryder und grinst mich an. Er will mich aus der Reserve locken, aber da hat er sich geschnitten. Ich werde nicht über Nova reden, als wäre sie eine Trophäe. Für mich ist es wichtiger, dass die Narben auf ihrer Seele heilen, und nur das sollte im Vordergrund stehen. Nicht mein Verlangen danach, sie zu berühren und ihr nah zu sein.

»Aber es hat auch was Gutes, Brüderchen. Denn wenn Thorne nicht an ihr interessiert ist, dann können wir unser Glück versuchen.«

»Wagt es ja nicht«, knurre ich, und auch wenn ich weiß, dass sie es scherzhaft meinen, flammt Wut in mir auf. Allein der Gedanke, dass ein anderer Mann Nova zu nahe kommt, fühlt sich an wie ein Schlag in die Magengrube. Aber ich habe keinen Anspruch auf ihr Herz.

Ein Jahr als Novas Bodyguard sollte reichen, um zu verstehen, dass sie unerreichbar für mich ist. Ihr Tag startet früh und endet spät. Sie hastet von Termin zu Termin. Gibt ein Interview, bevor es ins Studio geht, von den ganzen aufwändigen Social-Media-Aktionen ganz zu schweigen. Nova war und ist eine der beliebtesten Sängerinnen der Welt. Ihr Gesicht prangt auf Gebäuden, Bussen, Zeitschriften, Smartphones und Werbetafeln.

Jedes Mal, wenn sie singt, ist es, als würde sie ihr Herz auf den Lippen tragen und den Menschen einen Einblick in ihre Seele gewähren. Das war auch mein erster Gedanke, als ich damals als Teenager eines ihrer Konzerte besuchte.

»Keine Sorge, wir machen nur Spaß, aber du wirst gleich alle Hände voll zu tun haben«, meint Ryder und sieht zum Eingangsbereich. Miles blickt in dieselbe Richtung, doch ich bin in Gedanken immer noch bei der jungen Nova auf der Bühne, in einem weißen Kleid und mit ihrer Gitarre in der Hand …

»Was meint ihr damit?«, frage ich, als die Worte meines Freundes endlich zu mir durchdringen.

»Dass alle in diesem Raum nur Augen für sie haben«, meint Miles kryptisch. Ich hebe die Bierflasche an meine Lippen, sehe ebenfalls zum Eingang, und da ist sie. Nova trägt ein Tanktop mit so dünnen Trägern, dass sie beinahe unsichtbar wirken, zu Seidenshorts, die denselben Cremeton haben wie ihr Oberteil. Ein Streifen ihrer hellen Haut ist über dem Bund zu sehen und lässt meinen Mund trocken werden.

Zu diesem eleganten Outfit trägt sie Sneaker und ein Goldarmband, das im Deckenlicht funkelt. Normalerweise umschmeicheln ihre hüftlangen Haare ihren Körper, doch als mein Blick weiter nach oben wandert, wird mir klar, wieso das diesmal nicht der Fall ist.

»Wow«, flüstert Miles, und ich kann ihm nur zustimmen, denn Nova trägt die Haare zu meiner Überraschung plötzlich in Schulterlänge. Es ist ein gerader Schnitt, und bei jeder ihrer Bewegungen wippt ihr Haar hin und her. Feine Wellen lassen den Look frech und gleichzeitig süß wirken. Die hellblonde Farbe ist gewichen – stattdessen ist ihr Haar jetzt schokoladenbraun, was ungewohnt aber unfassbar gut aussieht. Seit ich denken kann, hatte sie blonde Haare, aber ich weiß durch die Medien auch, dass Braun ihre Naturhaarfarbe ist.

Joy und Novalee sehen sich in der Menge um, und es ist meine Schwester, die uns zuerst entdeckt und auf uns zukommt. Nova folgt ihr, während sie sich neugierig umsieht. Die Blicke aller Anwesenden kleben an ihr, und ich frage mich, ob es an ihrer Schönheit liegt oder an der Tatsache, dass sie ein Popstar ist. Für mich wird es immer Ersteres sein, denn ihr Beruf oder Status machen sie nicht so interessant wie ihre Liebe zu Büchern, ihre liebevolle Art, wenn sie mit ihren Fans spricht oder ihre Leidenschaft für die Musik.

»Hey, Leute. Das ist Nova, eine Freundin von uns. Ryder kennst du ja schon, und das ist sein hinreißender Bruder Miles.« Ryder mahlt mit dem Kiefer, als Joy seinem Bruder ein verträumtes Lächeln schenkt und ihn kurz umarmt. Nova winkt in die Runde, ehe ihre eisblauen Augen mich mustern.

»Dürfen wir uns zu euch setzen?«, fragt Joy, doch noch bevor ich antworten kann, setzt sich meine Schwester auf den Stuhl. Nun ist nur noch ein Platz frei, und zwar der auf der Eckbank neben mir. Nova schenkt mir ein leichtes Lächeln, ehe sie sich mit geröteten Wangen neben mich setzt. Joy und Ryder reden über irgendetwas und diskutieren mal wieder so laut, dass man es in der ganzen Bar hören kann. Miles blickt nach der Begrüßung auf sein Handy, als ich Novas Körperwärme neben mir spüre.

Ich wende mich ihr zu und bin erneut erstaunt, wie anders sie nun aussieht. Sie nimmt immer wieder eine Haarsträhne in die Hand und zwirbelt sie. Ihre Nervosität ist ihr deutlich anzumerken.

»Du siehst wunderschön aus.« Und damit spreche ich das aus, was ich mir bei ihrem Anblick vorhin gedacht habe.

»Wirklich? Ist es keine zu radikale Veränderung? Meine Fans haben mein Haar geliebt, und das Blond war mein Markenzeichen.«

»Niemand kann von dir verlangen, dass du dich typmäßig nie veränderst.«

»Mein Management teilweise schon. Aber ich wollte schon seit langem eine Veränderung. Ich habe es schon jahrelang vor mir hergeschoben.«

»Wieso?«, frage ich ehrlich interessiert. Für mich macht es keinen Unterschied, ob sie blonde, brünette oder lila Haare hat, solange sie immer noch Nova bleibt.

»Es war an der Zeit, endlich aus meinem Schneckenhaus zu kriechen. Bisher bin ich immer auf Nummer sicher gegangen. Tu nichts Unüberlegtes – das musste ich mir seit Jahren anhören, aber heute habe ich das Gefühl, als würde ich zerbersten, wenn ich keine Veränderung vornehme.«

»Bist du denn zufrieden?«

»Ja«, meint sie und knabbert an ihrer Unterlippe. Diesen vollen, unwiderstehlichen kirschroten Lippen, die mich langsam, aber sicher in den Wahnsinn treiben.

Man sieht ihr die Unsicherheit an, und mir ist klar, dass es an mir liegt, diese zu zerstreuen. Und das schaffe ich am besten, wenn ich völlig ehrlich bin.

»Darf ich offen sprechen?«, frage ich, und sie nickt augenblicklich.

»Diese Typveränderung passt zu der neuen Version von dir, die seit dem Unfall immer mehr zum Vorschein kommt. Eine andere Haarfarbe mildert deine natürliche Schönheit nicht, aber du wirkst jetzt zufriedener denn je.«

»Das bin ich. Nach all dem Mist der letzten Zeit fühle ich mich besser, und das verdanke ich nur dir.«

»Nein. Du warst es selbst, die den ersten Schritt getan hat.«

»Aber ohne dich wäre er niemals möglich gewesen. Ich danke dir, Thorne. Mein Leben vertraue ich dir schon seit einer Weile an, aber dieses Vertrauen hat nun noch eine andere Ebene erreicht.« Ihre Worte legen sich um mein Herz, meine Seele, mein verdammtes Leben. Nie wollte ich etwas mehr, als diese Frau im Arm zu halten, ihr zu zeigen, dass ich Berge versetzen würde, damit sie in Sicherheit ist.

»Solange du glücklich bist, bin ich es auch.« Ein trauriges Lächeln umspielt ihren Mund, und sie senkt den Blick.

»Ich bin noch weit davon entfernt, glücklich zu sein, aber das war ein Schritt in die richtige Richtung.«

»Und das ist mehr, als andere schaffen.« Diesmal versinken wir wieder in den Augen des jeweils anderen, und es fühlt sich an, als würde jetzt und hier etwas passieren. Etwas, das das Band zwischen uns stärker macht als jemals zuvor.

KAPITEL 19

Novalee

Meine Finger zittern, als ich mich neben Thorne setze und ihm offenbare, wie wichtig er für mich geworden ist. Für manche mag es auf der Hand liegen, immerhin sind wir schon lange ein Team, aber diese Worte wiegen so viel mehr. Weil das Wort Vertrauen in meiner Welt eine große Bedeutung hat. Im Showbusiness ist man schnell austauschbar. Ein großer Skandal, und man ist entweder weg vom Fenster oder wird für lange Zeit geächtet. Die Menschen gieren nach dem nächsten Supergau, um die Person, die darin verwickelt ist, verbal zu zerreißen.

Bis jetzt war ich noch nicht in diesem Kreuzfeuer, bis heute. Wie sehr die Gerüchteküche über mich gerade brodelt, möchte ich gar nicht wissen. Ich bin nicht so leichtsinnig, meinen Namen zu googeln. Das würde nur zu einem Nervenzusammenbruch führen. Zu meinem Team habe ich vorübergehend keinen Kontakt, aber das erwarten sie auch nicht von mir. Die Ereignisse in Hawaii haben das Fass zum Überlaufen gebracht, und sie verstehen, dass ich eine Auszeit von meinem Leben als Superstar brauche.

Thorne hält *Start Entertainment* mit Berichten auf dem Laufenden, die für mich einsehbar sind, doch diese sind so sterbenslangweilig, dass ich seit langer Zeit nicht mehr reingelesen habe. Seit wir hier sind, besteht auch nicht viel Bedarf für

Berichterstattung, da ich mich die meiste Zeit eingeigelt habe, aber diese Zeiten sind nun offiziell vorbei. Die Paranoia, dass jeder meiner Schritte beobachtet wird, ist zwar immer noch da, doch nicht so stark wie außerhalb von Washington, obwohl ich hier ebenfalls neugierig beäugt werde. Thorne ist als einziger Leibwächter für meine Sicherheit zuständig, doch auch er kann mich nicht vierundzwanzig Stunden beschützen. An seinen freien Tagen ist Joy an meiner Seite, so wie heute.

Für *Start Entertainment* war es wichtig, dass immer ein Mitglied der McKinleys bei mir ist, sobald Thorne sich eine Auszeit nimmt. Zuerst habe ich es als Unsinn abgetan, doch Vorsicht ist besser als Nachsicht, und wie schnell eine Situation eskalieren kann, habe ich am eigenen Leib erlebt.

Alle Augen in der *Sherlock Homes Bar* sind auf mich gerichtet, doch niemand macht Fotos, Videos oder spricht mich an. Es ist eine stille Neugier, die sich aber nicht unangenehm anfühlt. Thorne ist an meiner Seite, also fühle ich mich sicher, auch wenn ich wegen meines neuen Looks etwas nervös bin.

Seit meinem sechszehnten Lebensjahr färbe ich mir die Haare, und nur dank meines großartigen Kosmetik-Teams sind sie noch nicht völlig kaputt. Als ich Joy meinen Wunsch nach einer Veränderung mitgeteilt hatte, hat sie zugehört und wollte mir helfen, ebendiesen wahr werden zu lassen. Ich habe die Augen zusammengekniffen, als ihre Frisörin Lori meine hüftlangen Haare abgeschnitten hat. Ich hatte erwartet, dass es mir unterschwellig weh tut, mich von etwas zu trennen, das mein optisches Ich für eine so lange Zeit ausgemacht hat, doch als ich meine Augen zögerlich geöffnet hatte, musste ich lächeln.

Es war die richtige Entscheidung, und ich bereue sie auch nicht, denn die Frau, die mir im Spiegel entgegenblickte, war meine innere Novalee. Eigentlich hätte ich mein Team informieren müssen, bevor ich solch einen radikalen Schritt mache, doch ich habe für mich entschlossen, nur Joy einzuweihen und etwas Waghalsiges und Unvorhergesehenes zu tun. Thorne unterstützt mich bei meiner Entscheidung, aus meinem Schneckenhaus zu kriechen und neue Wege einzuschlagen.

Er ist mir jetzt so nah, dass ich die Wärme seines Körpers fühlen kann, ohne dass er mich berührt. Ich atme tief ein, doch das ist ein Fehler, denn der vertraute Seifenduft vermischt sich mit seinem würzigen Shampoo, das so herrlich duftet, dass ein warmer Schauer über meinen Rücken rieselt. Um meine Reaktion auf Thorne zu verschleiern, wende ich mich den Männern zu, die mich neugierig beäugen.

»Und, Nova? Wie gefällt es dir bei uns«, fragt mich Miles mit einem freundlichen Lächeln auf den Lippen.

»Ganz gut, auch wenn ich bisher außer der Schmiede und dieser Bar nicht viel gesehen habe.«

»Du bist ja erst seit ein paar Tagen hier. Ich weiß, es ist nicht New York oder L.A., aber unsere Kleinstadt hat auch viele schöne Ecken zu bieten«, meint Miles, was seinen Bruder dazu veranlasst, die Augen zu verdrehen.

»Das sagt der Mann, der sofort Reißaus nimmt, sobald er ein paar freie Tage hat«, meint Ryder amüsiert und deutet mit dem Flaschenhals auf seinen Bruder.

»Meinem Hobby kann ich hier eben nicht nachgehen.«

»Und welches wäre das?«, frage ich nach.

»Ich mache gerne Extremsport. Fallschirmspringen, Freeclimbing, Basejumping oder Cavediving. Das sind einige der Sportarten, denen ich schon nachgegangen bin.«

»Ich kenne nicht mal die Hälfte davon«, gebe ich zu, doch Miles nickt nur, als hätte er das schon öfter gehört.

»Sie sind allesamt gefährlich und risikoreich, aber ich bereite mich monatelang darauf vor und habe bisher außer ein paar Schrammen keine Verletzungen davongetragen.«

»Und das bleibt hoffentlich weiterhin so. Wir wollen dich alle in einem Stück wiederhaben. Vor allem deine Kinder«, meint Joy zwar scherzhaft, doch ich höre den Ernst in ihrer Stimme raus. Sie hatte wohl oft Angst um ihren Freund.

»Es sind nicht meine Kinder«, sagt er zu Joy und wendet sich wieder mir zu.

»Hier in Washington bin ich Grundschullehrer. Der Adrenalinjunkie bin ich nur außerhalb.«

»Wie ist es, eine weltberühmte Sängerin zu sein?«, fragt Ryder mich neugierig und zuckt dann zusammen, als hätte ihn jemand getreten. Ich sehe zu Joy, die ihn vorwurfsvoll ansieht. Auch Thorne, der seine Hand locker auf den Tisch gelegt hat, ballt sie kurz zur Faust, ehe er sie wieder lockert. Die beiden denken womöglich, dass mich diese Frage nach den Ereignissen der letzten Wochen triggern könnte, aber als Ryder sie mir gestellt hat, sah ich ein Bild vor meinem inneren Auge.

Ich auf der Bühne.

»Für mich gibt es nichts Schöneres, als zu singen oder Songs zu schreiben. Ich liebe es, im Studio im Gammellook stundenlang aufzunehmen, genauso wie ich den Rausch eines Livekonzerts genieße, wenn ich vor einem riesigen Publikum meine Songs zum Besten geben muss. Sobald ich singe, fühle ich mich ganz. Ich weiß nicht, ob das Sinn ergibt.«

»Das tut es«, sagt Miles nickend. Vielleicht gibt ihm sein Sport ein ähnliches Gefühl. Es fällt mir leicht, in Gegenwart von Joys und Thornes Freunden über meinen Beruf zu sprechen, denn vor den Skandalen und Intrigen gegen mich habe ich meinen Traum gelebt.

»Ich kenne viele deiner Songs, aber *Hold on Me* wird immer mein Favorit bleiben«, schwärmt Joy und legt eine Hand auf ihre Brust. Ich unterdrücke den Drang, zu Thorne zu sehen, denn als ich diesen Song das letzte Mal gehört habe, wollte ich nichts lieber, als meinem Bodyguard näherzukommen.

»Danke.« In meiner Karriere habe ich schon unzählige Komplimente zu meinen Songs erhalten, aber sie berühren mich immer wieder. All die Stunden und das Herzblut, das in den Schreib- und Produktionsprozess geflossen ist, machen sich mit diesen Worten bezahlt.

»Ich habe sogar beim Karaoke versucht, deine Songs zu singen«, meint Joy mit Stolz in der Stimme, doch Ryder entweicht ein Stöhnen.

»Gott, du hast furchtbar geklungen.«

»Hey! Ich habe mir Mühe gegeben.«

»Und trotzdem hat es sich angehört, als würde eine Katze vor Schmerz aufheulen.«

»Hey. Sei nicht so gemein zu ihr.« Miles sieht seinen Bruder vorwurfsvoll an, doch dieser zuckt nur mit den Schultern.

»Ich habe Beweisvideos. Wollt ihr sie sehen?«, sagt er plötzlich hellauf begeistert und hebt sein Smartphone an, sodass Miles, ich und Thorne seinen Displayhintergrund sehen können. Es ist ein Foto von Joy. Eine Momentaufnahme, auf der sie an der Kamera vorbeisieht und etwas oder jemanden anlächelt. Sie sieht wunderschön aus. Ich schaue zu Ryder, dessen Augen sich erschrocken weiten, und er lässt sein Smartphone wieder sinken, als hätte er uns etwas gezeigt, das wir nicht sehen durften.

»Vergesst es. Joy würde mich einen Kopf kürzer machen, wenn ich es euch zeige.«

»Da hast du völlig recht, und ich gebe dir genau dreißig Sekunden, um diesen Schandfleck meiner Vergangenheit zu löschen.«

»Sei nicht so dramatisch.«

»Ich? Jeder würde so handeln. So wie ich dich kenne, wirst

du es beim nächsten Streit absichtlich auf Social Media hochladen, um dich an mir zu rächen.«

»Das ist mir noch gar nicht in den Sinn gekommen, aber danke für den Tipp.«

Sie erhebt sich ruckartig vom Stuhl und will ihm das Smartphone aus der Hand reißen, doch als hätte Ryder es geahnt, weicht er ihrem Griff aus und steht auf. Es folgt eine Verfolgungsjagd durch die Bar, während der Joy ihn anschreit und Ryder nur provokativ lacht.

»Die zwei sind schlimmer als meine Kinder in der Schule. Und die sind teilweise reifer als die beiden hier«, meint Miles und schüttelt den Kopf, ehe er sich mir zuwendet.

»Was möchtest du trinken? Ich hole noch eine Runde.«

»Einen Virgin Bloody Mary bitte.«

»Geht klar. Thorne?«

»Ein Soda. Danke.« Miles macht eine salutierende Geste und geht zur vollen Bar, wo er direkt in ein Gespräch mit einer jungen Frau verwickelt wird.

»Trinkst du dein Bier nicht mehr?«, frage ich und deute auf die Flasche, die er vorhin von sich geschoben hat.

»Nein, ich steige auf Wasser um.« *Natürlich.* Dadurch, dass ich auch in die Bar gekommen bin, ist er automatisch im Dienst, und da trinkt er keinen Tropfen Alkohol.

»Was ist das für ein Bier?«, frage ich und nehme die fast volle Flasche in die Hand.

»Man nennt es das Washington's National. Die Brauerei in Preston stellt dieses preisgekrönte Craftbeer her. Es ist außergewöhnlich im Geschmack, die meisten hier mögen es.«

»Darf ich?«, frage ich und deute mit dem Kinn auf das Getränk in meiner Hand.

»Klar«, antwortet er, als ich auch schon einen kleinen Schluck nehme. Während Thorne jede meiner Bewegungen beäugt, lecke ich mir über die Lippen und stelle die Flasche wieder ab. Das Bier hat einen malzigen Geschmack und erinnert mich etwas an Kaffee und Schokolade, und es schmeckt mir.

Thornes Augen fixieren meine Lippen, die wohl noch feucht glänzen, und seine whiskeyfarbenen Augen nehmen einen dunkleren Farbton an. Einen, der eine Gänsehaut auf meinem Körper auslöst. Mein Herz hämmert wild gegen meine Brust, und ich schlucke erneut.

»Schmeckt es?«, fragt er mit seiner tiefen Stimme, die ich sogar über die Musik und die Geräusche der Bar hinweg klar und deutlich höre.

»Sehr«, gebe ich etwas atemlos zurück und versinke in Thornes Augen, die etwas Wildes und Beständiges ausstrahlen, Wärme und Unnahbarkeit zugleich. Mein schneller Atem könnte mich um Kopf und Kragen bringen, denn ich möchte nicht, dass mein Bodyguard weiß, was ein Blick von ihm mit mir anzustellen vermag.

Beug dich zu ihm vor und küsse ihn. Er will dich auch, das sieht doch jeder. Tu endlich das, was du willst, und nicht das, was andere von dir erwarten. Während ich mich in Selbstmitleid gesuhlt habe, war meine innere Novalee verstummt, doch jetzt taucht sie wieder auf, um mich zu Dingen zu animieren, die mich aus meiner Komfortzone locken. Manchmal fühlt sich diese Stimme wie ein Teufelchen auf meiner Schulter an.

Zum Glück wird unser intensiver Blickkontakt unterbrochen, als Joy sich keuchend wieder an ihren Platz setzt und sich scherzhaft über ihren besten Freund beschwert. Doch ich frage mich, ob nicht eigentlich ich die größte Närrin in diesem Raum bin, denn ich laufe Gefahr, mein Herz an meinen Bodyguard zu verlieren.

Eine Stunde später ist der Spendenmarathon für Washingtons Fire Department das Gesprächsthema. Nächste Woche wird das Event stattfinden, und nicht nur Ryder, sondern auch seine Freunde sind Feuer und Flamme für die Vorbereitungen. Der Wortwitz wird sogar öfter verwendet. Auch Thorne bringt sich immer wieder ein, doch meistens behält er die Bar und die Menschen im Auge. Er ist nicht wie Ryder, der seine beste Freundin fast ständig zur Weißglut bringen möchte.

Oder wie Miles, der zuhört und sich einbringt. Und auch wenn Thorne der Stille in der Runde ist, wird er von allen miteinbezogen, und die Fragen betreffen auch ihn. Hinsichtlich der Frage, wie die Stadt mehr Spenden einnehmen könnte, sind einige gute Ideen zustande gekommen, doch der eigentliche Aufhänger ist noch nicht greifbar.

»Was meinst du, Nova? Wie könnten wir die Spenden in die Höhe treiben?«

»Hmm.« Ich überlege kurz, ehe mir eine Szene aus einem Film einfällt, dessen Namen ich vergessen habe.

»Wie wäre es mit einer Single-Auktion?«

»Du willst Menschenhandel betreiben?«, fragt Ryder scherzhaft, woraufhin Joy ihm gegen den Oberarm boxt. Doch der Feuerwehrmann, der einen ähnlich breiten Körperbau wie Thorne hat, zuckt nicht mal mit der Wimper.

»Nein, aber Dates vermitteln. Singles aus der Stadt können sich freiwillig melden, und das Geld, was bei der Aktion reinkommt, kommt der Feuerwehr zugute.«

»Das könnte klappen. Haben wir das nicht vor drei Jahren bei einer Korbversteigerung ähnlich gemacht?«, fragt Miles, und Thorne nickt.

»Stimmt, dabei kam es zu einigen interessanten Situationen, aber es war ein Erfolg.«

»Situationen?«, frage ich leise nach.

»Eifersuchtsdramen und Enttäuschungen, weil nicht der

Schwarm für den Korb geboten hat. Typisches Liebesdrama.« Das erinnert mich an die Folge von Gilmore Girls, in der Jess anstatt Dean Rorys Korb ersteigert hat. Auch das hat zu Drama geführt, doch es war auch ein wichtiger Schritt für den Aufbau von Rorys und Jess' Beziehung. Und ich bin durch und durch Team Jess. Er wäre perfekt für Rory gewesen.

»Und unser stilles Wasser Thorne hat auch das meiste Geld für den Korb von Medina geboten«, sagt Ryder amüsiert. *Medina?* Den Namen habe ich noch nie gehört.

»Ja, als hätte er für seine Verlobte so viel bieten müssen. Niemand wäre ihm in die Quere gekommen«, meint Ryder lachend und zuckt wieder zusammen. Diesmal bin ich mir sicher, dass Joy ihn getreten hat.

Verlobte.

Mir war klar, dass Thorne eine Vergangenheit hat, und bei seinem attraktiven Äußeren hat er mit Sicherheit die Aufmerksamkeit vieler Frauen auf sich gezogen, doch dass er beinahe jemanden geheiratet hätte, wusste ich nicht. Blinzelnd senke ich den Blick, und spüre Thornes Anwesenheit neben mir deutlicher denn je.

»Wie dem auch sei, wir könnten an dem Erfolg von früher anknüpfen«, meint Joy.

»Wir sollten das bei der Stadtversammlung am Donnerstagabend besprechen«, fügt Miles noch hinzu. Ich rühre mit meiner Selleriestange im Cocktail herum, und das Gespräch verblasst, während ich wieder tief in meine Gedanken abtauche.

Zwei Stunden später verabschieden wir uns von der Gruppe. Joy, die nüchtern geblieben ist, und Ryder fahren noch in eine andere Bar, während Miles nach Hause geht. Als Thorne und ich nach draußen treten, begrüßt uns eine angenehme Kühle.

Ich atme tief durch, da es in der Bar stickig war und süßlich gerochen hat. Die Luft in New York ist kein Vergleich zu diesem herrlichen Duft nach Natur und Frische. Thornes Auto parkt hinter der Bar, doch ich verlangsame meine Schritte, was meinem Bodyguard natürlich auffällt.

»Möchtest du vielleicht ein wenig spazieren gehen?«, fragt er mich, woraufhin ich nicke.

»Lass uns hier langgehen, dann kommen wir zum Park.«

Ich blicke kurz auf meine Smartwatch, die mir anzeigt, dass es bereits Mitternacht ist. Obwohl ich nur eine dünne Weste trage, ist mir nicht kalt. Laternen erhellen uns den Weg, der, wie alles in dieser Stadt, sauber und gepflegt ist.

»Wie geht es dir?«, fragt mich Thorne, als der beleuchtete Park in Sichtweite kommt. Ich werfe ihm einen Seitenblick zu, ehe ich antworte.

»Heute war ein aufwühlender Tag. Deine Schwester ist wie eine tosende Welle in mein Leben getreten, hat mich aus dem stickigen Zimmer rausgeholt und einen imposanten Eindruck hinterlassen.«

»Ja, sie ist und bleibt ein Original.«

»Und wie, aber die Begegnung hat gutgetan, denn meine innere Novalee wollte etwas von dem Strahlen wiederhaben, das in ihr schlummert. Ich wollte mich auch so frei fühlen und wenigstens so tun, als wäre ich mit mir selbst im Reinen.«

»Deswegen die radikale Veränderung?«, fragt er, als wir die Rasenfläche des Parks erreichen. Dort befinden sich einige Sitzbänke und Spielgeräte für Kinder, und das Plätschern von Wasser ist zu hören. Thorne steuert eine wellenartige Holzkonstruktion an, die abseits der dichten Bäume steht. Und erst als wir ihr näher kommen, stelle ich fest, dass es sich um eine Liege handelt.

»Ja, ich wollte eine Veränderung, die über das Räumliche hinausgeht. Ich wollte mich wie ich selbst fühlen, auch wenn ich nicht wirklich weiß, wer ich bin.« Die Liege sieht so einladend aus, dass ich mich direkt auf ihr niederlasse, und plötzlich legt sich Thorne dicht neben mich.

»Wieso wolltest du von allen Sitzgelegenheiten ausgerechnet hier lieg…«, sage ich und verstumme, als ich die unzähligen Sterne über mir sehe. Eine sanfte Brise weht über mein Gesicht, als ich nach Luft schnappe und dieses Bild in mich aufnehme. Wie lange ist es her, dass ich einfach auf die Sterne geblickt habe? Ich hätte es in jeder beliebigen Stadt der Welt tun können, und doch hat mein hektisches Leben es unterbunden.

Das Schwarz der Nacht wird durch tausende Sterne erhellt, die so nah wirken und doch Lichtjahre entfernt sind. Der Duft von Wiese und Blumen vermischt sich mit der Frische der Nacht und erfüllt mein Herz. Es ist ein schönes Gefühl der Schwere, die sich um mich legt. Als wäre dies hier der Ort, der mir Sicherheit, Beständigkeit und Ruhe verschafft. Ein Moment, der mir zeigen soll, dass all die negativen Wellen der Vergangenheit mir nichts anhaben können. Weil ich und der Fels an meiner Seite eine Einheit bilden.

»Was für ein wunderschöner Anblick«, hauche ich ergriffen und lege mir die Hand auf die Brust.

»Ich dachte mir, dass es dir hier gefallen könnte.«

Verzaubert neige ich den Kopf zur Seite, und wieder raubt mir ein Anblick den Atem: Thorne, dessen Gesicht ich nur schwach im Laternenlicht erkennen kann, doch seine Augen sehen mich so intensiv an, dass das leichte Flattern in meinem Bauch sich verstärkt. Mit schneller schlagendem Herzen sehe ich wieder zum Sternenhimmel und versuche zu Atem zu kommen.

Für eine Weile ist es still, sodass uns nur die Geräusche der Natur und das Motorengeheule von ein oder zwei vorbeifahrenden Autos erreichen, und im Großen und Ganzen sind wir allein. Thorne und Novalee. Bodyguard und Star. Ein Mann und eine Frau, die gut miteinander harmonieren und ein Team sind. Er war immer da, auch in Zeiten, in denen mein Leben den Bach runterging, und jetzt hat er mich in seinen Familien- und Freundeskreis aufgenommen.

»Ich danke dir, Thorne.«

»Für was?«, flüstert er leise, als wolle er den Moment, in dem wir immer noch gefangen sind, nicht mit seiner kräftigen Stimme durchbrechen. Ich nehme all meinen Mut zusammen und drehe mich zu ihm um.

»Dafür, dass du mich hierhergebracht hast.«

»Gern geschehen. Ich möchte, dass es dir gut geht und du glücklich bist.«

Ein trauriges Lächeln umspielt mein Gesicht.

»Was ist?«, erkundigt er sich.

»Es ist schon ziemlich traurig, dass ich mich nicht mehr erinnern kann, wann ich das letzte Mal wirklich glücklich war.«

»Die Momente werden kommen. Ich werde alles in meiner Macht Stehende tun, damit es dir besser geht.«

»Wieso?«, frage ich in einem Anflug von Mut, auch wenn diese Frage vielleicht zu viel des Guten ist. Er muss sich mir gegenüber nicht erklären.

»Ist es so schwer zu glauben, dass ich dich mag, Novalee?«, fragt er mich, die Art, wie er meinen Namen ausgesprochen hat, lässt mich dahinschmelzen. Als würde er ihn klarer wiedergeben als je ein Mensch zuvor.

»Es tut mir leid. Ich will nicht jedem netten Wort mit Skepsis entgegentreten.«

»Das tust du auch nicht.« Er seufzt auf, greift nach meiner Hand und legt sie in seine.

»Es ist nur schwer für mich, Beziehungen mit Menschen einzugehen. Zwei tiefere Beziehungen haben unschön geendet, also habe ich mich verschlossen. Vor meinem Team, den Menschen um mich herum. Vor dir.«

»Ich verstehe deine Beweggründe. Du hast ein isoliertes und aufregendes Leben geführt, sodass du vielleicht vergessen hast, wie es damals war. Bevor du berühmt wurdest.«

»Seit ich denken kann, bin ich eine Person des öffentlichen Lebens. Meine Mutter hat mich quasi ins Rampenlicht gedrängt, und da stand ich. Ein verängstigtes Mädchen, das seiner Mom gefallen wollte, also habe ich getan, was sie gesagt hat. Habe gesungen, auch wenn mir nach schreien zumute war, habe gelächelt, auch wenn Tränen in meinen Augen brannten, und habe ihr alles gegeben, und wie ist es ausgegangen?« Die Frage ist an niemanden gerichtet, doch ihr Nachhall schwebt über mir. Thornes Miene wird weicher, und der Druck auf meiner Hand verstärkt sich kurz.

»Ich bin nicht deine Mom, aber darf ich dich halten? Darf ich der Fels sein, den du brauchst?«

»Das bist du längst«, sage ich, als sich eine Träne aus meinem Augenwinkel löst und Thorne mich an seine Brust zieht. Seine starken Arme halten mich fest, schirmen mich vom Rest der Welt ab, sodass ich in seiner Umarmung ich selbst sein kann. Schwach und enttäuscht. Hoffnungsvoll und neugierig. Bei Thorne kann ich alles sein, und jetzt bin ich die Frau, die ihr Herz an diesen Mann verliert.

KAPITEL 20

Thorne

»Es ist wie in der Serie Gilmore Girls«, flüstert Novalee aufgeregt, und während sie den Kopf in die Höhe reckt, um nach vorne zum Podest zu sehen, rückt sie näher an mich heran. Ihr Arm streift meine Brust, und der Drang, sie zu berühren, ist übermächtig. Als sie sich wieder im Stuhl zurücklehnt, leuchten ihre Augen auf. Seit der Nacht unter den Sternen sind Nächte unser Ding.

Wir arbeiten vormittags auf der Farm und hängen mit meiner Familie ab, um nach dem Abendessen Zeit miteinander zu verbringen.

Eines Abends habe ich ein Lagerfeuer gemacht, woraufhin meine Freunde dazugestoßen sind und wir gemeinsam Würstchen gegrillt haben. Schließlich hat Novalee sich ihre Gitarre geschnappt, und ihre zarten Finger sind über die Saiten geflogen. Ihr Gesang war weich und doch kraftvoll. Anders als noch vor ein paar Wochen. Von wo diese Veränderung herrührt, kann ich nicht sagen, aber ich spüre sie. Novalee hat uns alle mit ihrer wunderschönen Stimme eingehüllt, sodass niemand den Bann brechen wollte. An anderen Abenden gehen wir spazieren. Manchmal durch den Wald, der sie teilweise gruselt, sodass sie sich bei mir unterhakt und ich ihre Nähe genießen kann. Bei jedem ungewöhnlichen Geräusch schmiegt sie sich enger an mich, und auch wenn mir klar ist, dass dies nichts zu bedeuten hat, genieße ich ihre Annäherung.

Heute Abend verbringen wir keine Zeit zu zweit, sondern sind bei der Stadtversammlung von Washington Depot. Da in meiner Familie und meinem Freundeskreis viel über diese Versammlung gesprochen wurde, wollte sie heute unbedingt dabei sein. Mom, Dad, Maddie, Novalee und ich nehmen die Plätze in der letzten Reihe ein. So sind keine neugierigen Augen auf uns gerichtet und Novalee kann ein wenig entspannen.

»Wir beginnen die Sitzung mit dem Streitpunkt zwischen Mr Harding und Mrs Emerson.«

So fängt es an. Mit leichten Streitfällen, die kein wirkliches Ergebnis zutage führen, aber für umso mehr Geschrei sorgen. Einige Baugenehmigungen werden diskutiert, ehe es um die Hundehaltung in Washington geht. »Immer noch so spannend wie in Gilmore Girls?«, frage ich Novalee, als sie zum zweiten Mal gähnt.

»Leider nicht.« Sie hält sich die Hand vor den Mund. »Müssen wir noch hierbleiben?«

»Nein, wir können gehen, wenn du magst.« Wie immer kann und darf sie entscheiden.

»Ja bitte. Frische Luft wird uns nach diesen trockenen Themen sicher guttun.« Wir verabschieden uns leise von meiner Familie und eilen nach draußen, ohne dass die anderen uns entdecken können. Wir laufen lachend über den Weg, den Rasen entlang und auf meinen Truck zu.

»Ich fühle mich, als hätte ich etwas Verbotenes getan, indem ich geflohen bin«, meint Novalee nach Atem ringend, und erst jetzt wird mir bewusst, dass ich ihre Hand halte. Offensichtlich habe ich instinktiv nach ihr gegriffen. Auch Novalee sieht auf unsere Hände, macht aber keine Anstalten, ihre Hand aus meiner zu lösen. Mein Puls beschleunigt sich.

»Lass uns Sterne beobachten«, sagt sie und zieht mich in Richtung des Parks, den wir von hier aus erkennen können.

»Ist gut«, sage ich und unterdrücke den Drang, mit dem Daumen über ihre Haut zu streicheln. Erst als wir wieder nebeneinander liegen, lässt sie meine Hand los. Auch heute haben wir dank der wolkenlosen Sommernacht einen herrlichen Blick auf die Sterne.

»Hast du dir je etwas von einem Stern gewünscht?«, fragt sie, ohne den Blick von den funkelnden Punkten im Nachthimmel zu nehmen. Ich stütze das Kinn in meiner Handfläche ab und kann meine Augen nicht von dieser wunderschönen Frau an meiner Seite nehmen. Heute trägt sie einen geblümten Rock, ein weißes Tanktop und darüber einen hellrosa Cardigan. Dieser ist nicht zugeknöpft, sodass sich die Wölbung ihres Dekolletees abzeichnet. Sofort löse ich meinen Blick von ihrem Körper. *Verdammt, was mache ich hier?*

»Nein«, antworte ich ehrlich, weil ich ihr immer noch eine Antwort schuldig bin.

»Als Waisenkind wurde mir schnell klar, dass Wünsche nichts für mich sind.«

»Weil sie nicht wahr werden?«, hakt sie vorsichtig nach.

»Richtig. Zwar gibt es Ausnahmen, und einige Kinder werden schnell adoptiert, aber das sind meist Babys. Ältere Kinder wie Maddie, Joy, Eric oder ich wurden manchmal wie Fußabtreter benutzt.«

»Das ist ja furchtbar«, meint Novalee und ahmt meine Haltung nach. Nun sehen wir einander an, und ich weiß nicht, woran es liegt, aber ihr Gesicht scheint heute strahlender, ihre Augen klarer.

»Es ist zum Glück nur ein Schandfleck in unserer Vergangenheit. Hier auf der Farm haben wir erfahren, was es heißt, glücklich zu sein.«

»Und das sieht man auch. Eric kenne ich zwar noch nicht, aber alle anderen vergöttern deine Eltern.«

»Sie waren auch all den Schmerz wert. So konnten wir heilen.« Es ist merkwürdig, mit Novalee über meine Vergangenheit zu sprechen. Eine Zeit, in der ich mich ähnlich gefühlt habe wie sie jetzt. Als wäre ich allein auf dieser Welt.

»Darf ich dich etwas fragen? Etwas persönliches?«, fragt Novalee plötzlich, und ihre Wangen erröten. Nun bin ich aber gespannt.

»Hattest du eine Freundin, während du für mich gearbeitet hast?« Augenblicklich schüttle ich den Kopf, da es keinen nennenswerten Flirt gab.

»Nein, das hatte ich nicht. Dich zu beschützen war mir wichtiger als Dates.«

»Also war ich ein Hindernis?«

»Nein. Ich meinte nur, dass ich es war, der dich beschützen wollte. Kaum eine Frau würde es wohl akzeptieren, dass ihr Partner in der gleichen Wohnung wie seine Klientin lebt.«

»Ah. Dann bin ich kein Hindernis, sondern ein Problem.« Ihre Stimme ist leise, und es wirkt auf mich, als hätte sie augenblicklich ein schlechtes Gewissen.

»Du bist weder das eine noch das andere, Novalee.« Ihr erleichtertes Seufzen erfüllt die kühle Nachtluft. Sie schließt genüsslich die Augen, als würde sie einen leckeren Kuchen probieren.

»Wie sehr ich es liebe, wenn du meinen Namen sagst.« Und ich bin nicht überrascht darüber, dass ich es liebe, diesen auszusprechen. Er ist besonders, genau wie die Person, zu der er gehört.

Am nächsten Tag treffe ich auf meine Großmutter, die erholt aus ihrem Urlaub zurückgekehrt ist.

»Granny, schön dich zu sehen.« Ich ziehe die kleine Frau in eine feste Umarmung.

»Du bist viel zu groß und viel zu gutaussehend.« Sie tätschelt mit der Hand meine Wange.

»Und viel zu single.« Diese Anmerkung hat mir gerade noch gefehlt, denn es gibt nur eine Frau, die ich gern besser kennenlernen würde. Und diese Frau ist meine Klientin. Jedes Mal, wenn mein Herzschlag sich in ihrer Nähe beschleunigt, möchte ich mir selbst eine kalte Dusche verpassen. Es kann nicht normal sein, jeden Tag an sie zu denken. Sich ständig vorzustellen, wie es sich wohl anfühlen würde, sie zu küssen.

»Ach was, ich komme auch gut allein klar.«

»Tja, das wage ich zu bezweifeln. Wo ist denn unser Ehrengast? Ah, da bist du ja.« Sie tritt zu Novalee, deren Rücken sich versteift hat, doch ihr Lächeln, die Freude in ihrem Gesicht ist echt.

»Es freut mich, Sie kennenzulernen, Mrs McKinley.« Sie nimmt Novalees Hände in ihre.

»Erstmal, Schätzchen, hoffe ich, dass dies das letzte Mal gewesen ist, dass du mich förmlich ansprichst. Hier auf der Farm und in dieser Kleinstadt haben wir es nicht so mit Höflichkeitsfloskeln. Und die Freude ist ganz meinerseits, meine Liebe.«

»Okay, dann lassen wir das Sie«, meint Novalee und fährt sich mit dem Daumen über die Stirn, was Grannys Miene zum Strahlen bringt.

»Da bin ich deiner Meinung.«

Eine Stunde später scheine ich in Vergessenheit geraten zu sein, denn Granny und Novalee sind so in ihr Gespräch vertieft, dass sie mich überhaupt nicht beachten.

»Ich hole mir mal ein Bier. Möchte noch jemand etwas?«,

frage ich, stoße aber auf taube Ohren, da Granny gerade von ihrer Reise in den Amazonas berichtet, während Novalees Augen immer größer werden. Lächelnd wende ich mich von ihnen ab und gehe in die Küche, wo Mom in einem Topf herumrührt und mich anstrahlt.

»Die beiden verstehen sich auf Anhieb, oder?«

»Hmm. So gut, dass sie alles um sich herum vergessen.« Sodass Novalee mich vergisst, während ich nicht aufhören kann, an sie zu denken. Ich trete an den Herd und sehe eine hellrote Sauce, die vor sich hinköchelt.

»Du magst Nova, oder?«, fühlt meine Mutter mir auf den Zahn, als ich einen Löffel schnappe. Ertappt nehme ich eine defensive Haltung an, doch meiner Mom kann ich nichts vormachen. Niemand kennt mich besser als sie.

»Ja«, sage ich und werfe einen Blick zur Tür, als würde sie jeden Moment über die Schwelle treten.

»Wie schön. Ich habe die Funken schon vor einer Weile gesehen, aber ich wollte sichergehen, ehe ich dich frage.«

»Und was macht dich so sicher?«

»Der Fakt, dass du jedes Mal strahlst, wenn sie in deiner Nähe ist. Als würde sie den Raum und alles um sich herum erhellen.«

»Das tut sie auch. Diesen Effekt hat sie auf alle Fans.« Ich versuche die Situation runterzuspielen und koste von der Tomatensauce, die wie immer lecker schmeckt.

»Nun, ich bin mir nicht sicher, ob Fans romantische Gefühle für Nova entwickeln sollten.« Mit Sicherheit nicht.

»Sie taut auf, und das zu sehen ist erleichternd und macht mich unglaublich froh. Vor ein paar Wochen hat sie nur in der Ecke gekauert und ins Nichts gestarrt. Nun ist sie ein völlig neuer Mensch.«

»Als Weltstar hat man es aus vielen Gründen nicht immer

leicht. Aber ich verstehe ihren Wunsch nach Normalität. Diese scheint in ihrer Glitzerwelt weit entfernt.«

»Hmm«, pflichte ich ihr bei, sehe allerdings aus dem Fenster, um Novalee in ihrem Jeanskleid zu beobachten, wie sie eine Runde mit Granny dreht. Sie wird ihr wohl auf ihre Weise die Geschichte der Farm näherbringen, doch anders als bei der Stadtversammlung wirkt Nova nicht gelangweilt – ganz im Gegenteil.

»Wohin fahren wir?«, will sie ein paar Stunden später wissen, doch ich lächle und hülle mich in Schweigen.

»Überraschungen sind nicht mein Ding. Ich bin es gewohnt, dass jeder Stopp mit mir besprochen wird.«

»Heute ist es anders. Lass dich vom Moment leiten.«

»Das ist leichter gesagt als getan. Es ist Jahre her, dass ich einfach ausgegangen bin, ohne ein Aufgebot an Sicherheitskräften bei mir zu haben.«

»Dafür hast du ja mich. Und dort, wo wir hingehen, brauchen wir auch keine Security.«

»Jetzt machst du es spannend.«

»Und ich gedenke, den Spannungsbogen beizubehalten.« Am liebsten würde ich mit ihr einen ruhigen Abend zu zweit genießen, doch ihr heutiges Outfit würde sogar Dolly Parton in den Schatten stellen: Sie trägt ein blaues Hemd mit einer braunen Weste mit Fransen aus künstlichem Kuhleder, dazu einen ebenfalls blauen Jeansrock zu Cowboystiefeln. Perfekt für unsere Location.

Lichterketten sowie die Holzkonstruktion hinter dem Rathaus, die zu einer Bühne umfunktioniert wurde, sind von weitem zu erkennen.

»Was ist das?«, fragt sie und stößt beinahe mit der Nase gegen die Fensterscheibe.

»Der allwöchentliche Line-Dance-Abend.«

»Line Dance? Oh, bitte sag, dass du auch dabei bist?«, fragt sie euphorisch, doch ich schüttle den Kopf. Ein guter Tänzer war ich noch nie.

»Schade.«

»Ja, aber du wirst dein Können hier unter Beweis stellen.« Sie sieht sich um, und ich erkenne ihre Sorge.

»Es sind nur Bewohnende anwesend, und die meisten davon kennst du.«

»Oh. Okay.«

»Bereit loszulegen?«, frage ich sie, nachdem sich ihre Schultern gelockert haben.

»Sicher doch.«

Eine Stunde später lachen Nova und Joy um die Wette. Nova ist wie immer ein Naturtalent und lernt einige Tanzschritte im Handumdrehen, während meine Schwester wie ein Hampelmann durch die Gegend watschelt. Auch wenn es nicht ästhetisch ist, scheint Joy Spaß zu haben.

»Nova sieht glücklich aus«, meint Miles zu meiner Rechten. Seine Augen verharren auf meiner Klientin, die in den letzten Wochen zu so viel mehr für mich geworden ist. Seine Augen mustern sie eine Spur zu genau, ehe er meinen fragenden Blick erwidert.

»Ich hoffe, das hält an«, sage ich schließlich.

»Wird es. Mach dir keine Sorgen.« Er nimmt eine Handvoll Nüsse aus der Schüssel vor uns und stopft sie sich in den Mund. Während wir schweigen, wächst in mir der Wunsch, sie häufiger mit in die Stadt zu nehmen, die ihr so guttut. Es ist bereits nach Mitternacht, als ich aus der Toilette trete und Ausschau nach Novalee halte. Auf der Tanzfläche kann ich sie nicht erkennen. Also suche ich die Bar ab, doch da ist sie auch nicht. Ich will schon wieder zurück zu den Toiletten, als ich sie mit Sheriff Jefferson etwas abseits stehen sehe.

Er scheint auf sie einzureden, doch sie umklammert mit den Armen ihren Körper, und man merkt, dass sie sich unwohl fühlt. Ich beschleunige meine Schritte und eile auf Novalee zu, um zu verhindern, dass dieser schöne Abend von etwas Traurigem überschattet wird.

KAPITEL 21

Novalee

»Sie haben hier nichts verloren.«

»Entschuldigung?«, frage ich überrascht, da ich zuerst glaube, mich verhört zu haben.

»Alle gaffen Sie an, als wären Sie eine Attraktion. Sie bringen die Harmonie dieser Stadt durcheinander.« Meines Wissens war der Sheriff mit meinem Aufenthalt hier einverstanden, oder wurde mir etwas verschwiegen?

»Ich finde, dass alle einen äußerst entspannten Eindruck machen.« Meine Haltung ist für den Moment voller Selbstbewusstsein, trotzdem kann ich nicht verhindern, dass mich seine Präsenz ein wenig einschüchtert.

»Ja, aber wie lange noch? Es kann sich doch nur um Tage handeln, bis die Presse etwas von Ihrem Aufenthalt hier mitbekommt, und dann werden sich diese Aasgeier auf unsere geliebte Stadt stürzen.«

»Sir, ich versichere Ihnen, dass dies das Letzte ist, was ich möchte.« Dieses Gespräch lässt mich frösteln, und ein unangenehmer Schauer erfasst mich, als er verächtlich schnaubt.

»Was Sie wollen und was in Ihrer Macht steht, ist hier nicht von Belang. Wenn Sie klug sind, dann gehen Sie wieder nach Hause und kommen nie wieder.«

»Aber das will und werde ich nicht tun«, sage ich mit fester

Stimme und bin unheimlich froh, als plötzlich Thorne an meine Seite tritt.

»Gibt es hier ein Problem, Sheriff?«, fragt er ruhig. Der Sheriff tippt sich mit dem Finger an den Hut und nickt Thorne zur Begrüßung zu. Sein Ärger scheint wie weggewischt, und er würdigt mich keines weiteren Blickes.

»Keineswegs, Thorne, mein Junge. Ich habe mich nur mit Miss Wells unterhalten, oder?«, fragt er und starrt mich durchdringend an. Ich könnte jetzt seine Worte von gerade wiedergeben, doch ich entscheide mich dagegen. Die Sache würde Thorne nur wütend machen, und wenn ich ehrlich bin, kann mir die Meinung des Sheriffs egal sein, denn solange Thorne und seine Freunde in meiner Nähe sind, fühle ich mich unbeschwert und frei.

Ein paar Tage nach dem Line-Dance-Abend befinde ich mich mit Thornes Großmutter in meinem Zimmer. »Sieh dich nur an. Dreh dich mal, Schätzchen.« Ich komme Granny Mildreds Aufforderung nach und drehe mich im Kreis. Wir probieren ein Kleidungsstück nach dem anderen an, um ein Outfit für den Spendenabend zu finden. Eigentlich wollte sich Joy einfach nur ein Kleid von mir ausborgen, doch als ihre Großmutter zu uns gestoßen ist, wurde schnell eine Modenshow aus dem Ganzen.

Wir haben nicht nur für Joy ein Kleid gefunden, sondern auch für Granny und mich selbst. Joy hat sich ein schwarzes Midi-Kleid aus Baumwolle ausgesucht, das sie mit weißen Sneakern kombinieren möchte. Es hat kurze Ärmel und ein züchtiges Dekolletee. Sie war auf der Suche nach etwas Einfachem, aber Schönem, und sie ist fündig geworden.

Nachdem Joy gegangen war, hat Granny sich auf mich konzentriert, und ich musste vier Kleider anprobieren, bis ich sie schließlich zufriedenstellen konnte.

»Dein Hintern kommt in diesem floralen Traum besonders zur Geltung!« Mir wurde gesagt, dass Thornes Großmutter eine feurige und selbstbewusste Person ist. Das Alter hat sie nicht davon abgehalten, die beste Version ihrer selbst zu sein und jeden Tag in vollen Zügen zu genießen. Wenn Joy ein Wirbelwind ist, dann ist Granny ein Tornado. Ich habe sie schnell liebgewonnen, weil sie kein Blatt vor den Mund nimmt. Bei ihr weiß man immer, woran man ist.

»Findest du?«, frage ich, weil ich meinen Hintern nie als wohlproportioniert empfunden habe. Ich bin groß, größer als die meisten Frauen, die ich kenne, und größer als alle McKinley-Frauen. Mein Körperbau ist schlank. Eine Handvoll Oberweite, ein flacher Bauch und schlanke Beine. Zwar halte ich seit Jahren strenge Diät, doch in den vier Wochen, die ich nun in Washington Depot bin, habe ich nicht so übermäßig zugenommen, wie mein es Team befürchtet hätte.

»Du bist ein hübsches, junges Ding. Es ist eine Schande, dass du Single bist.« Ich lächle nur, sage aber nichts dazu. Sobald nämlich das Thema Partnerschaft angedeutet wird, will sie von Thorne, Joy und mir wissen, wieso wir unsere Seelenverwandten noch nicht gefunden haben. Als wäre das so einfach. Denn auch wenn mir der hübscheste Mann unter der Sonne begegnen würde, hätte ich immer noch nur Augen für meinen Bodyguard.

Gerade mäht er den Rasen mit einem Traktor, und ich widerstehe dem Drang, aus dem Fenster zu sehen und Ausschau nach ihm zu halten. Seit der Nacht im Park ist es endgültig um mich geschehen. Ich muss Tag und Nacht an ihn denken, bekomme jedes Mal Schmetterlinge im Bauch, wenn ich ihn sehe, und wenn wir uns zufällig berühren, ist es so, als würde ein Feuer in mir entfachen, das nur er löschen kann.

Oft liege ich im Bett und frage mich bis spät in die Nacht

hinein, wie er wohl reagieren würde, wenn ich einfach in sein Zimmer kommen und ihn fragen würde, ob ich mich neben ihn legen kann. Würde er es zulassen oder mich wegschicken? Manchmal gehen meine Fantasien noch tiefer. Denn in einer davon komme ich herein, mit nichts weiter als einem Schlafshirt am Körper. Er würde meine Hand nehmen, mich auf seinen Schoß ziehen und mich mit seinem Mund erobern. Seine Hände würden auf Wanderschaft gehen, bis ich auf ihm liege und wir uns ineinander verlieren.

»Ähm, danke, Granny«, sage ich schließlich mit heißen Wangen, als mir klar wird, dass ich mich bei ihr für das Kompliment bedanken muss. Mit einem merkwürdigen Lächeln auf den Lippen räuspert sie sich.

»Gut, dann lasse ich dich allein.«

»Bis später.«

Als ich wieder allein bin, atme ich tief durch, bevor ich mich im Spiegel betrachte. Mein schulterlanges brünettes Haar fällt locker in feinen Wellen und streicht über die dünnen Träger meines weißen Kleides, das mit einem pastellfarbenen Blumenmuster bedruckt ist. Der Ausschnitt ist etwas tiefer, aber dafür reicht es bis zum Knie. Drei Stoffschichten lassen es geschmeidig hin und her fließen, sobald ich mich bewege.

Dieses Kleid hat mir meine Stylistin besorgt, und ich hatte es in den Tiefen meines Schrankes nie bemerkt, aber Thornes Großmutter hat recht. Es steht mir gut, und meine leicht gebräunte Haut kommt darin noch besser zur Geltung. Da ich Madeleine und Rose bei der Farm- und Hausarbeit zur Hand gehe, halte ich mich oft im Freien auf.

Mittlerweile weiß ich, dass die McKinleys von *Start Entertainment* für meinen Aufenthalt ein Tagesgeld bekommen, doch ich weiß nicht in welcher Höhe. Eigentlich sollte ich während des Aufenthalts eine ansässige Therapeutin aufsuchen, doch ich schiebe es immer wieder vor mir her. Ich werde mittlerweile nicht mehr von Kopfschmerzen heimgesucht, mein Bein ist wieder völlig gesund und meine mentale Verfassung hat sich deutlich verbessert.

Es macht mir Spaß, frühmorgens bei den Frühstücksvorbereitungen zu helfen, um danach ein wenig mit den Jungs von Maddie zu spielen, bevor es für die beiden in die Schule geht. Manchmal bringe ich sie selbst zur Schule, wobei Thorne wie immer dabei ist. Wie wir es anfangs besprochen haben, kenne ich mittlerweile die Wege und fahre selbst mit dem Leihwagen, den mein Management uns zur Verfügung gestellt hat.

Ich habe nicht gewusst, wie gut es tut, körperlicher Arbeit nachzugehen und dann das Gefühl zu haben, sich das Essen auch verdient zu haben. Nie habe ich erlebt, dass Tiere einem so viel geben können wie das teuflische Duo Chucky und Cujo. Sie sind zwar manchmal stürmischer, als ich es ertragen kann, doch Thorne sorgt immer dafür, dass sie sich wieder beruhigen, wenn ihre Euphorie keine Grenzen zu kennen scheint.

Und ich wusste nicht, wie herzerwärmend es ist, an einem Abend in großer Runde Mac and Cheese zu essen, ein Brettspiel zu spielen und sich darüber zu zanken, wer nun gewonnen hat. Oder wie erholsam es ist, auf einer großen Couch mit der Familie einen Film anzugucken. Ich fühle mich endlich als Teil eines Ganzen.

Zwar sind wir nicht miteinander verwandt, doch die McKinleys haben mir von Anfang an das Gefühl gegeben, dass ich zu ihnen gehöre. Selbst Thorne, der sonst nicht übermäßig viel spricht, scheint einen Wandel zu durchlaufen. Letztens hat er so laut über einen Witz seines Vaters gelacht, dass ich innegehalten habe, um ihn anzusehen. Kein Reha-Aufenthalt der Welt hätte mich so erden können wie mein Aufenthalt auf der McKinley-Farm.

Nachdem ich mir ein wenig Make-up aufgelegt und mein Outfit mit Creolen und grauen Sandalen vervollständigt habe, trete ich aus dem Zimmer, als sich plötzlich die Badezimmertür öffnet und mit dem dichten Dampf ein halbnackter Thorne auf die Galerie tritt. Er trägt nur ein Handtuch um seine Hüften, das aber so tief sitzt, dass es seine Bauchmuskeln prächtig zur Schau stellt.

Auch hier in Washington fährt er nachmittags ins Fitnessstudio, um seinen Körper fit zu halten. Und wie fit er ist! Sein Sixpack zeichnet sich auf seinem Bauch ab, und er sieht zum Anbeißen aus. Feste Brustmuskeln gehen über in breite Schultern und wohlgeformte Bizepse. Ich sollte ihn nicht anstarren, sollte wieder in mein Zimmer gehen, doch ich kann nicht. Mein Starren wird jäh unterbrochen, als sich unsere Blicke treffen und er verwundert die Brauen hebt.

»Hey«, sage ich, weil ich keine Ahnung habe, was ich sonst sagen soll. Meine Stimme ist dünn, und die Hitze, die ich plötzlich im ganzen Körper spüre, verrät mir, dass ich rot angelaufen sein muss.

»Hallo. Ich dachte, du bist bereits im Farmhaus.«

»Nein, ich habe mich noch fertig gemacht.«

»Merkwürdig. Granny meinte, dass du schon weg bist und ich mir eine lange Dusche gönnen soll.«

»Oh.« *Sie hat das Ganze ja wohl nicht inszeniert?* Das würde sie nicht tun, oder? Doch ich kenne sie bereits gut genug, um zu wissen, dass ihr so etwas sehr wohl zuzutrauen wäre. Sie wollte, dass ich Thorne vorzugsweise halbnackt begegne. Ihre Verkupplungsversuche sind nicht gerade subtil.

»Sie hat das geplant, oder?«, will er wissen, doch ich zucke nur mit den Achseln und sehe ihm starr in die Augen. Mein Blick möchte auf Wanderschaft gehen, da der Körper dieses Mannes einem Kunstwerk gleicht. Ich habe noch nie so definierte Muskeln wie bei Thorne gesehen. Da sich der peinliche Moment hinzieht, räuspere ich mich. »Nun, dann gehe ich mal. Wir sehen uns ja gleich.«

Mit schnellen Schritten gehe ich nach unten, könnte aber schwören, Thornes leises Lachen hinter mir zu hören. Als würde er meine Reaktion süß finden. Ich schüttle über mich selbst den Kopf und betrete das Farmhaus, wo ich auf Jackson und Mark stoße, die bereits ihre Pyjamas anhaben. Für die Jungs ist um sieben Uhr abends Schlafenszeit, also haben sie noch ein paar Minuten, bevor sie ins Bett müssen.

»Nova. Guck mal, das bist du«, meint Jackson, der Jüngere der beiden, und deutet auf den Fernseher. Ich gehe unsicher ein paar Schritte in ihre Richtung und befürchte, dass sie die Nachrichten eingeschaltet haben könnten, doch meine Angst bestätigt sich nicht, denn stattdessen läuft der YouTube-Mitschnitt eines meiner Konzerte. Unweigerlich muss ich lächeln, wenn ich an dieses Konzert in Austin, Texas denke. Damals war es unglaublich heiß, und die Ballade, die ich auf dem Bildschirm singe, hatte ich dem jungen Paar gewidmet, das sich auf der Bühne verlobt hat. Ihnen zuzusehen, wie sie den nächsten Schritt in ihrer Beziehung gehen, hat mich bereits damals schwer schlucken lassen.

Wie einsam ich mich in diesem Moment gefühlt habe. In meinem Song *Hold on Me* singe ich über das berauschende Gefühl, das die erste Liebe in einem auslöst – das Gefühl, über den Wolken zu schweben.

»Kannst du es für uns singen? Als Schlaflied?«, fragt Jackson, und Marks Augen leuchten auf.

»Bitte«, meint der Jüngste und setzt seinen Dackelblick auf, sodass ich schwach werde. Dass ich das letzte Mal gesungen habe, ist zu lange her. Normalerweise hilft mir das Singen dabei, einen Umgang mit den Dingen zu finden, die mich beschäftigen. Doch nicht mal das hat nach dem Torben-Fiasko und der Sache mit meiner Mutter geholfen.

»Okay. Kommt mal her.«

Ich setze mich auf die XXL-Couch und lege den Jungs zu meiner Rechten und Linken jeweils einen Arm um die Schulter, ehe ich beginne. Leise singe ich über das berauschende Gefühl, sein Herz in jemandes Hände zu legen. Damals habe ich diesen Song meiner Jugendliebe gewidmet, ohne zu wissen, dass er und ich niemals zusammenkommen würden. Doch die beschriebenen Gefühle waren echt. Vielleicht ist es auch deswegen einer der beliebtesten Songs meiner Fans.

Während ich singe, sehen mich die Jungs mit offenen Mündern an. Zuerst sind sie verblüfft, doch je länger sie mir lauschen, desto breiter wird ihr Lächeln. Als würde ich sie tief im Inneren berühren. Als ich zum Part mit dem Liebesgeständnis im Song komme, spüre ich ein Prickeln auf meiner Haut und hebe den Kopf. Thorne lehnt an der Terrassentür und sieht mich aus warmen Augen heraus an, und bei seinem Anblick setzt mein Herz einen Schlag aus, um daraufhin wieder schneller gegen meine Brust zu schlagen.

Er trägt eine Jeans zu einem weißen T-Shirt, das sich um seinen muskulösen Oberkörper spannt. Die Haare hat er nach oben gestylt, sodass sie ihm nicht in die Stirn fallen, und sein mir vertrauter Seifenduft umschmeichelt wohlig meine Nase. Er trägt eine große Uhr an seinem Handgelenk und sieht so verboten gut aus, dass ich beim Singen fast ins Stottern gekommen wäre. Ich habe diesen wunderschönen Mann vorhin fast nackt gesehen und weiß, was sich unter den Klamotten abzeichnet. Wieder merke ich, wie ich erröte. Seine Anwesenheit und diesen intensiven Blick spüre ich mit jeder Faser meines Körpers. Als ich den Song beendet habe, jubeln Mark und Jackson und klatschen laut in die Hände, sodass der

Bann, der sich um mich und Thorne gelegt hat, in sich zusammenfällt.

»Hast du das gehört, Onkel Thorne?«, meint Jackson aufgeregt und läuft auf meinen Bodyguard zu.

»Und wie ich es gehört habe«, meint er mit rauer Stimme und hebt seinen Neffen hoch. Mark sitzt immer noch neben mir und gähnt.

»Jungs! Zeit für die Gutenachtgeschichte«, höre ich Maddie rufen, woraufhin Thorne Jax wieder absetzt. Innerhalb weniger Augenblicke sind die beiden verschwunden, sodass Thorne und ich allein im Wohnzimmer zurückbleiben. Ich stehe auf und streiche mein Kleid glatt, als sich mein Bodyguard in Bewegung setzt und einen Schritt vor mir zum Stehen kommt.

»Du hast wunderschön gesungen. Es ist lange her, dass du so glücklich beim Singen ausgesehen hast.«

»Ja, nach den letzten Ereignissen hatte ich auch nicht viel Lust zu singen. Aber beim Musizieren am Lagerfeuer habe ich realisiert, wie sehr ich es vermisst habe.«

»Soll ich dir deine Ausrüstung zukommen lassen? Du kannst auch von hier aus an deinem neuen Album arbeiten, wenn es dein Wunsch ist.« Wieder Songs zu schreiben fühlt sich gerade nicht richtig an. Hier in Washington betätige ich mich körperlich, und das hilft mir dabei, nicht zu viel nachzudenken. Wenn ich schreibe, dann fühle ich, und ich bin mir nicht sicher, ob meine Gefühle jetzt nicht zu wirr wären. Ich befinde mich an einem Punkt in meinem Leben, an dem ich zum ersten Mal frei von Terminen und Druck bin.

Das will ich nicht aufgeben.

Noch nicht.

»Nein, derzeit nicht. Ich möchte alles so belassen, wie es ist.«

»Okay, aber sobald du es wünschst, werde ich es in die Wege leiten.«

»Das weiß ich«, sage ich und muss unweigerlich lächeln, denn Thorne ist ein Mensch, der Dinge möglich macht. Er ist ein Macher, und genau das habe ich an der Zusammenarbeit mit ihm genossen. Jetzt fühlt es sich jedoch nicht an, als wären wir der Bodyguard und seine Klientin, es ist eher, als würde ich mich gemeinsam mit einem Freund zum Ausgehen fertigmachen.

»Gut, dann lass uns mal zur Spendennacht des Washington Fire Departments fahren.« Thorne sagt es so theatralisch, als würde mich eine große Show erwarten.

Die McKinley-Farm befindet sich etwas außerhalb des Stadtzentrums von Washington Depot, sodass wir einen dichten Wald, bestellte Felder und ein paar Häuser passieren müssen, bis wir ins Zentrum kommen. Wieder fahren wir am *Zorro Pocci Café* vorbei, das jedoch leerer ist, als ich es bisher erlebt habe.

Eigentlich hätte das Event letzte Woche stattfinden sollen, doch da es Sturmwarnungen gegeben hat, hat man es auf heute verschoben, was sich als großartige Entscheidung herausgestellt hat, denn während es letzte Woche häufiger geregnet hat, ist es heute angenehm warm mit Temperaturen um die dreißig Grad.

Wir parken etwas weiter vom Park entfernt, wo die Spendennacht stattfindet. Neben dem Stadtpavillon wurde eine Bühne aufgebaut, und in den Bäumen sowie an den Stühlen befinden sich rote und orangene Bänder. Es tummeln sich bereits einige Menschen auf der Veranstaltung, was mich etwas nervös macht.

»Sollten wir uns aus den Augen verlieren, treffen wir uns bei unserer Holzliege. Gib mir Bescheid, ehe du den Park verlässt. Ich bin immer in deiner Nähe.«

Unsere Holzliege. Sofort sind die Erinnerungen wieder da: Die Nacht, in der ich mich erneut in seinen Armen ausgeweint habe, der Moment, in dem ich mein Herz unwiderruflich an ihn verlor.

»Können wir nicht einfach zusammen Spaß haben?«

»Das werden wir mit Sicherheit.«

»Nein, ich meine, können wir den Spendenmarathon nicht einfach gemeinsam erkunden?« Ich respektiere seine Arbeitsweise und den Eifer, den er an den Tag legt, aber ich möchte so viel mehr sein als die Frau, die er gegen Bezahlung beschützen muss.

»Natürlich. Einen Bericht werde ich aber trotzdem schreiben müssen. Und entschuldige, falls ich wieder in den Grumpy-Thorne-Modus verfalle, wenn es um deine Sicherheit geht.« Verwirrt schaue ich ihn an.

»Woher ich weiß, dass ich so in deinem Handy eingespeichert bin? Als du es letztens nicht finden konntest, habe ich dich angerufen und den Namen zufällig auf dem Display gesehen.«

»Oh. Okay.« Meine Wangen werden heiß, weil mir diese Sache unangenehm ist. »Ich habe dich so eingespeichert, weil du sehr verschlossen mir gegenüber warst. Du wolltest mich nicht mal mit Vornamen ansprechen.«

»Ja, vielleicht habe ich es mit der professionellen Haltung etwas übertrieben«, schlussfolgert er und kratzt sich verlegen den Nacken.

»Ich werde dich anders einspeichern.« Das hätte ich schon vor einer Weile tun sollen.

»Und wie wirst du mich nennen?« Seine Frage hat einen neckischen, verspielten Unterton, wie ich ihn seit unserer gemeinsamen Nacht unter den Sternen schon ein paar Mal vernommen habe.

»Das ist ein Geheimnis«, sage ich und zwinkere ihm zu, was ihn auflachen lässt. *Ist das wirklich passiert?* Ich habe meinem Bodyguard zugezwinkert, und ihm hat es sichtlich gefallen. Mein Puls rast, als wir Seite an Seite die Parkfläche betreten und uns eine strahlende Joy vom Getränkestand euphorisch zuwinkt. Ablenkung ist gut, so bin ich nicht dazu verleitet, immer wieder zu Thorne zu schauen, der heute einfach unwiderstehlich aussieht.

In den nächsten Stunden werde ich hauptsächlich von Joy herumgeführt. Wir spielen bei den Ständen Spiele, schlemmen Kuchen, schießen einige Bilder in der Fotobox oder unterhalten uns einfach auf einer der Bänke. Immer wieder gleitet mein Blick zu der Holzliege, auf der gerade Kleinkinder herumtollen.

Aber wie schon bei meinen vorherigen Besuchen der Kleinstadt spüre ich auch diesmal viele Blicke auf mir. Manche sind voller Neugier, andere kritisch. Es ist so, als würde die Stadt jeden meiner Schritte verfolgen. Ich weiß, dass Thorne auf mich achtet, doch er hält sich zurück, als würde er Joy und mich nicht stören wollen. Doch eigentlich wäre ich gern an seiner Seite, auch wenn die Schmetterlinge in meinem Buch unkontrollierbar sind, wenn er in meiner Nähe ist.

Sobald die Spendenaktion angekündigt wird, eilt Ryder auf uns zu. Er winkt mir zu, ehe er sich seiner besten Freundin zuwendet.

»Wehe, du ersteigerst nicht das Date mit mir.«

»Ich soll Geld ausgeben, um dich zu ertragen?«

»Tu es nicht, und ich werde Norman dazu anstacheln, bei dir der Meistbietende zu sein.« Meine Freundin erschauert.

»Das würdest du nicht tun!«

»Lass es drauf ankommen. Ich möchte nicht schon wieder Kuppelversuchen ausweichen müssen.«

»Okay, ich ersteigere dich, aber nur wenn du mich auch ersteigerst.«

»Ist gut. Schauen wir mal, wer das meiste Geld für den wohltätigen Zweck einnimmt«, sagt er mit einem breiten Grinsen im Gesicht, und Joy bekommt plötzlich rosige Wangen. Vielleicht ist sie nicht so immun gegen sein attraktives Aussehen, wie sie vorgibt. Die Bürgermeisterin eröffnet die Auktion, bei der in den nächsten eineinhalb Stunden Dates mit Singles aus den verschiedensten Altersgruppen ersteigert werden können. Auch die Tierspazierdates mit den Hunden des örtlichen Tierheims kommen sehr gut an.

Eines der Höchstgebote liegt bei neunhundert Dollar, was das Feuerwehrteam mit einem lauten Jubeln quittiert. Das Spendengeld wird für die Renovierung des Fire-Department-Gebäudes sowie für die Erneuerung der Ausrüstung eingesetzt. Ich bin so auf die Bühne fixiert, dass ich gar nicht mitbekomme, wo sich Thorne befindet, doch mein Herz bleibt plötzlich stehen, als Granny ihn die Treppe zur Bühne hochscheucht.

»Meine Damen und Herren. Das Schlusslicht der Auktion bildet unser guter Thorne McKinley, den sein Job in die Welt hinaustreibt, doch er hat nichts von seinem Washingtoner Charme verloren.« Thorne verzieht das Gesicht und sieht alles andere als begeistert aus. Unsere Blicke treffen sich, und ich lächle ihn mitfühlend an.

»Das Erstgebot liegt bei fünfzig Dollar.«

»Hundert Dollar.«

»Zweihundert.« Ich höre Stimmen, kann aber nicht ausmachen, welche der Frauen für ihn geboten hat. Ein Stich durchfährt meine Brust, wenn ich daran denke, dass eine andere Frau mit ihm zusammen sein könnte. Er ist Single, und ich habe keinerlei Ansprüche auf ihn, aber mein närrisches Herz will das einfach nicht kapieren. Die Gebote schießen unglaublich schnell in die Höhe. Die Menge ist außer Rand und Band.

»Ist das nicht seine Ex-Verlobte, die da mitbietet?«, höre ich eine Stimme hinter mir murmeln. Ich schnappe nach Luft, reiße meinen Blick von der Bühne los und sehe hinter mich, ohne zu wissen, nach wem ich Ausschau halten muss. Dann heftet sich mein Blick wieder auf meinen Bodyguard, der mich mit einem flehenden Blick ansieht. Als würde er darauf hoffen, dass ich mitbiete. Ich lege die Stirn in Falten, weil ich mir nicht sicher bin, was er mir sagen will, aber sein panischer Blick lässt mich schnell handeln. Normalerweise verliert er nicht so schnell die Nerven, doch jetzt sieht er plötzlich so aus, als würde ihn die Aussicht, dass jemand ein Date mit ihm ersteigert, zur Verzweiflung treiben. Als die Gebote die Tausendermarke überschreiten, erhebe ich laut meine Stimme.

»Dreitausend Dollar«, rufe ich und hebe meine Hand, was die Zuschauenden verstummen lässt. Selbst die Bürgermeisterin ist sprachlos und sieht zwischen Thorne und mir hin und her.

»Dreitausend, zum Ersten.« Thorne atmet erleichtert aus, schüttelt direkt danach aber den Kopf, als hätte ich zu viel für ihn geboten.

»Zum Zweiten.« Ich sehe mich um, suche die Menge nach der Frau ab, die einmal mit Thorne zusammen gewesen ist, werde aber selbstverständlich nicht fündig.

»Zum Dritten! Das Date und unser guter Thorne gehen für dreitausend Dollar an unsere neueste Bewohnerin. Herzlichen Glückwunsch.« Applaus erklingt, und ich bin froh und erleichtert darüber, dass die Bürgermeisterin nicht meinen Namen genannt hat. Es sind zwar Touris anwesend, doch seitdem ich mir die Haare gefärbt habe, werde ich nicht mehr so gut erkannt. Offensichtlich kommt niemand auf die Idee, dass es einen Weltstar in eine Kleinstadt verschlagen könnte.

Thorne geht von der Bühne und kommt auf mich zu, während der Applaus abebbt und die Band, die vorher schon alles aufgebaut hatte, zu spielen beginnt.

»Da habe ich noch mal Glück gehabt«, meint er mit einem nervösen Lächeln.

»Ja, ich war heute gnädig und habe mich deiner erbarmt.«

»Wie großherzig von dir. Ich fasse es immer noch nicht, dass Granny mich überredet hat, auf diese Bühne zu steigen.«

»Nur aus Neugier: Wie hat sie es geschafft?«

»Der wohltätige Zweck. Ich würde etwas Gutes tun, wenn ich der Gemeinde etwas zurückgebe. Und als sie dann auch noch angefangen hat, von Liebesnächten und Dating zu sprechen, blieb mir nichts anderes übrig, als zur Bühne zu gehen.«

»Sie ist gut.«

»Ja, sie würde sogar den Teufel dazu bringen, Mitglied im Himmel zu werden.«

»Interessante Metapher«, gebe ich lachend zurück und genieße diesen unbeschwerten Moment zwischen uns.

»Du hättest aber nicht so viel bieten müssen.«

»Es ist ja für den guten Zweck, und ich habe mehr Geld, als ich je ausgeben könnte.«

»Meinem Ego tut es auf jeden Fall gut, dass meine Dates so viel wert sind.« Ich hätte auch mehr geboten, aber das sage ich natürlich nicht. Geld könnte gar nicht aufwiegen, was Thorne mir bedeutet. Nach der Versteigerung bleibt Thorne an meiner Seite. Wir essen einen Hot Dog, spielen Soft-Drink-Pong, eine alkoholfreie Variante des Bier-Pongs, und haben eine unglaublich tolle Zeit zusammen.

Ich weiß, dass ich ein Date mit ihm ersteigert habe, aber ich habe das Gefühl, als wären wir bereits auf einem. Wir lächeln uns an, berühren uns rein zufällig, und da ist dieses Knistern, das uns umgibt, sobald wir uns ansehen. Mein Pokerface habe ich schon längst abgelegt, und ich zeige den Menschen um mich herum, wie es in mir aussieht. Das ist das Mindeste, was ich tun kann, nachdem mich diese Stadt so liebevoll aufgenommen hat.

Die Nacht ist klar und frisch, doch es ist weit nach Mitternacht, als sich der Park leert. Die Buden schließen und sollen morgen abgebaut werden, doch Thorne und ich haben so viel Spaß, dass ich noch nicht nach Hause fahren möchte.

»Gute Nacht, ihr zwei«, meint Joy und winkt uns zum Abschied zu, ehe sie sich mit Ryder auf den Nachhauseweg macht.

»Möchtest du auch gehen?«, fragt Thorne und spielt mit seinem Autoschlüssel in der Hand.

»Nein. Ich hätte Lust auf einen Nachtspaziergang.«

»Okay, dann kenne ich einen Ort.«

Natürlich tut er das.

KAPITEL 22

Novalee

Es dauert nicht lange, bis wir ein Schild mit der Aufschrift *Lake Waramaug* passieren. Ich habe gelesen, dass sich der See in der Nähe befindet, doch wir haben es noch nicht geschafft, am Tag hierherzukommen.

»Nächte sind wohl unser Ding, oder?«, sage ich, als er mir die Autotür aufhält. Der Geruch von Algen vermischt sich mit dem Duft von Thornes Seife.

»Sieht ganz so aus. Vielleicht weil wir den ganzen Tag von meiner Familie umgeben sind und nie eine Minute für uns haben. Womöglich zieht es uns deshalb ins Nachtleben.«

Thorne geht voran zu einem Bootshaus, das nur schwach durch eine Laterne beleuchtet wird. Im Mondlicht erkenne ich einen Steg, an dem Boote befestigt sind, die sich gemächlich auf dem Wasser hin und her wiegen. Sobald wir den Steg erreichen, knarzt das Holz zu unseren Füßen.

Thorne setzt sich an den Steg, streckt die Füße von sich und deutet mit dem Kinn auf den Platz neben sich. Nachdem wir auf dem Event die ganze Zeit herumgegangen sind, klingt am See entspannen einfach herrlich.

Eine Weile sitzen wir still nebeneinander und blicken aufs Wasser. Wir hängen beide unseren Gedanken nach, aber in einer stillen Harmonie, die man nur mit bestimmten Menschen haben kann. Schließlich dreht Thorne den Kopf zu mir und bricht das Schweigen.

»Es tut mir leid wegen vorhin.«

»Was genau?« Mir fällt beim besten Willen nicht ein, für was er sich entschuldigen könnte.

»Dass ich dich quasi mit meiner Verzweiflung gezwungen habe, bei der Auktion mitzumachen und das Date zu ersteigern.«

»Um ehrlich zu sein, wollte ich ohnehin mitbieten.«

»Ach ja? Weil du mit mir ausgehen willst?« Sein Tonfall ist scherzhaft, aber ich sehe die stumme Frage in seinen Worten. Als wollte er mir auf den Zahn fühlen. Mein Puls beschleunigt sich, und ich hadere mit mir selbst. *Sollte ich ihm die Wahrheit sagen und es wagen, ihm mein Herz zu öffnen?*

»Weil ich dich retten wollte. Die Damen haben schon ihre Konten gecheckt um herauszufinden, wie hoch sie gehen können.«

»Gott, ich weiß nicht, wieso ich mich dazu habe breitschlagen lassen. Aber Granny hat es so klingen lassen, als würde ich den Welthunger beenden, wenn ich mich freiwillig melde.«

»Das klingt ganz nach deiner Großmutter. Sie würde eine hervorragende Anwältin abgeben.«

»Gott, ja! Sie hätte die Gegenseite in Grund und Boden gestampft. Grandma hat sogar einen Abschluss in Agrarwissenschaften an einem Ivy League College gemacht, doch als sie sich in meinen Großvater verliebt hat, hat sie ihr Leben umgekrempelt und ist mit ihm hierhergezogen, um Farmerin, Mutter und Bosslady zu sein.«

»Bosslady?«

»Sie ist und bleibt der Kopf der Familie. Mein Großvater war ein friedliebender Mann, während Granny stets alle für sich einnahm.«

»Glaubst du, sie bereut es? Dass sie nach dem Abschluss nicht Karriere gemacht hat?«

»Ich habe ihr diese Frage eines Tages gestellt. Ihre Antwort war schlichtweg, dass ihr die Liebe genug im Leben war. Ihr war bewusst, dass sie beides haben konnte. Eine Ehe voller Glück und Erfolg im Job, doch sie ist ihren eigenen Weg gegangen.«

»Wie schön das klingt.«

»Könntest du es?«, fragt mich Thorne plötzlich leise.

»Alles für die Liebe aufgeben?«

Er nickt, während ich kurz überlege. Ich weiß, wie es ist, weltweit bekannt zu sein und überall gefeiert zu werden. Wie es sich anfühlt, wenn hunderttausend Menschen deinen Song aus vollem Hals singen. Dieser Ruhm, nach dem sehr viele Menschen streben, aber die Liebe habe ich noch nie erfahren. Das Gefühl, dass meine ganze Welt sich erhellt, nur weil eine Person mir ihr Herz geschenkt hat. Das ist wohl das Kostbarste, was ich mir im Moment vorstellen kann.

»Ich denke, dass ich das schwer beantworten kann, denn ich habe noch nie jemanden geliebt.« Ich muss unweigerlich ein sarkastisches Lachen von mir geben.

»Eigentlich betrüge ich meine Fans, denn ich singe von genau den Gefühlen, die ich am eigenen Leib noch nie gespürt habe. Und sie glauben mir, was die Sache noch schlimmer macht.«

»Ich finde nicht, dass du ihnen etwas vormachst. Liebe ist facettenreich und kann nicht nur auf romantische Weise interpretiert werden.«

»Ja?«, frage ich und beuge mich leicht zu ihm.

»Deine Beziehung zur Musik ist auch eine Form der Liebe. Ein Autor oder eine Autorin kann auch ein Buch über das alte Ägypten bildlich und lebhaft schreiben, sodass man das Gefühl hat, dass man sich wahrhaftig dort befindet, auch wenn die schreibende Person logischerweise nie dort gewesen ist. Es kommt immer darauf an, *wie* man etwas schreibt oder singt. Du machst deinen Job mit Leidenschaft, und selbst nach all den Jahren macht dich die Musik glücklich. Die Skandale sind die Schattenseite, aber im Grunde tust du das, was du liebst.«

Mir wird klar, dass er recht hat. Ich fühle mich gerade verloren, weil ich nicht weiß, wer ich bin oder welche Person ich unterschwellig sein möchte, aber ich weiß, dass es noch mehr gibt, das ich erreichen will. Ich weiß, dass die Musik und die richtigen Menschen an meiner Seite mir zur Heilung verhelfen könnten.

»Wie sieht es bei dir aus? Hast du jemals so sehr geliebt, dass du das Gefühl hattest, die Welt aus den Angeln heben zu können?«, stelle ich die Frage, die mich schon seit dem Abend in der Bar beschäftigt.

»Ich dachte, es gefunden zu haben. Wie Ryder ja bereits erwähnt hat, war ich mit meiner Highschool-Liebe verlobt. Wir waren fast zehn Jahre zusammen, aber als ich bei der Army war, hat sie es mit der Treue nicht so ernst genommen.« In seiner Miene sehe ich weder Trauer noch Wut, sondern einfach Gleichgültigkeit, als wäre er schon längst darüber hinweg.

»Das tut mir leid.«

»Mir nicht. Stell dir vor, ich hätte diese Frau geheiratet! Das hätte übel ausgehen können.«

»Sie hat heute auch für ein Date mit dir geboten«, sage ich leise und sehe verlegen auf meinen Schoß. Es fühlt sich nicht richtig an, in seinem Privatleben herumzustochern, aber ich brenne darauf zu erfahren, wie es in seinem Inneren aussieht. Ich öffne mich, seitdem ich hier bin, und auch wenn Thorne eine lockere, liebevolle Seite von sich zeigt, habe ich das Gefühl, als würde noch so viel mehr in ihm schlummern.

»Ich habe sie gesehen, aber ich wäre niemals mit ihr irgendwohin gegangen. Sie war mitunter der Grund, wieso ich zur FPA gegangen bin. Ihre penetranten Versuche, mich zurückzugewinnen, haben mich aus der Stadt verscheucht.«

»Wie war das für dich? Einfach alles hinter dir zu lassen, in einer neuen Stadt mit einem neuen Job neu anzufangen?«

»Es war hart, weil ich meine Familie vermisst habe, die mir in der Trennungsphase eine Stütze war. Besonders zu Joy pflege ich ein besonderes Verhältnis. Mit ihrem Sarkasmus wäscht sie mir den Kopf und hilft mir so, mit bestimmten Sachen fertig zu werden. Aber sobald ich meine Ausbildung bei der Force Protection Agency gestartet habe, war neben dem harten Training keine Zeit für irgendetwas anderes. Es war aber die beste Entscheidung, diesen Berufsweg zu wählen.«

»Es hat dich in meine Welt geführt«, sage ich leise.

»Wofür ich sehr dankbar bin.«

»Ja? Hast du es nicht satt, ein Popsternchen zu beschützen, das ständig von Paparazzi verfolgt wird?« Wegen seinem eher kühlen Verhalten habe ich ihn nie einschätzen können, wusste nie, was er gerade denkt und fühlt.

»Nein, habe ich nicht, und Gedanken, die in diese Richtung gehen, hatte ich noch nie. Ich mag es, dich zu beschützen.«

»Das sagst du jetzt nur so.«

»Es ist mein voller Ernst. Außerdem bist du kein ›Sternchen‹, Novalee. Wenn du singst, bist du ein Feuerwerk an Leidenschaft und Schönheit.«

»Und wenn ich nicht singe?«, frage ich nun etwas mutiger, denn eigentlich will ich mehr sein als die Sängerin. Ich will, dass man mich wegen meiner Persönlichkeit wertschätzt, nicht wegen meiner beruflichen Erfolge.

»Dann …« Thorne fehlen sichtlich die Worte, als er mich betrachtet. Sein intensiver Blick scheint im schwachen Mondlicht zu glühen, und legt sich wie eine warme Decke um mich. Eine leichte Brise kühlt meine erhitzten Wangen ab, während ich nicht aufhören kann, in sein attraktives Gesicht zu blicken.

»Wenn ich dir das sage, dann würde ich meinen Job verlieren«, meint er schließlich, und es soll wohl scherzhaft rüberkommen, aber für mich ist es ernst.

Seinen Job.

Natürlich.

Wie konnte ich das vergessen?

»Das will ich nicht«, flüstere ich, denn ein Tag ohne Thorne wäre für mich undenkbar. Wenn ich aufwache, weiß ich, dass mir nichts geschehen kann, weil ich ihn an meiner Seite haben werde. Wenn ich mich verloren und einsam fühle, reicht nur ein Blick von ihm, und ich fühle mich angekommen. Ich fühle mich frei, und das möchte ich niemals aufgeben. Plötzlich ist mir alles zu viel. Seine Nähe, seine Blicke, in die ich viel zu viel hineindeute. Das muss aufhören. Ich darf nicht verliebt in diesen Mann sein. Es würde mir nur das Herz brechen. Ich rapple mich vom Steg auf und gehe in Richtung Auto.

»Novalee!«, höre ich Thorne rufen. Ich beschleunige meine Schritte, aber er holt mich unmittelbar vor dem Auto ein.

»Was ist denn los?«, fragt er mich atemlos, doch ich weiß gar nicht, wo ich anfangen soll.

»Ich kann das nicht mehr. So zu tun, als wärst du nur ein Angestellter, als würde ich mich nicht zu dir hingezogen fühlen.« Die Verwirrung in seiner Miene weicht einer Klarheit, die mich stärker trifft, als sie sollte. Er weiß genau, was ich meine und wie ich mich fühle.

»Hör zu …«, flüstert er mit rauer Stimme, doch ich möchte nicht mehr zuhören. Ich will mehr. Ich verdiene verdammt noch mal mehr!

»Nein, Thorne. Ich höre immer zu, ohne wirklich zu sagen,

was ich denke. Das tue ich, seit ich ein Kind war. Seit Jahren habe ich eine innere Stimme, die sich so sehr von dieser hier unterscheidet. Ich will das nicht mehr.« Mein aufbrausendes Verhalten würde andere Männer abschrecken, vielleicht sogar aus der Fassung bringen. Aber nicht Thorne, der auf Extremsituationen vorbereitet ist. Nur in seinen Augen und an seiner Atmung ist zu erkennen, dass auch er mehr empfindet, als er zugeben möchte.

»Dann sag es, Novalee! Steh endlich für dich ein. Bei deiner Mutter, *Start Entertainment* und deinen Fans.«

»Was ist mit dir? Soll ich bei dir nicht ehrlich sein?« *Bitte lass das nicht wahr sein!* Noch eine Zurückweisung wie damals könnte mein Selbstwertgefühl nicht ertragen.

»Doch! Scheiße!«, ruft er aus, geht ein paar Schritte und rauft sich die Haare vor lauter Frust. »Ich würde mir wünschen, dass ich der Mann bin, dem du deine dunkelsten Geheimnisse anvertraust, dem du nicht dieses Profi-Lächeln schenkst wie allen anderen. Als ich dich vor Jahren das erste Mal auf der Bühne gesehen habe, war es reinste Magie. Mein Teenie-Ich war sofort hin und weg von dir. Nicht von deinem Gesang, sondern von dir.«

»Was? Als Teenie?«, flüstere ich und bekomme große Augen, als Thorne die Distanz zwischen uns überbrückt und sich direkt vor mich stellt, so nah, dass sich unsere Oberkörper beinahe berühren. So nah wie noch nie. Körperlich und emotional.

»Mein Bruder Eric hat Tickets und ein Meet and Greet für deine Show in Hartford gewonnen. Mom und ich haben ihn begleitet, auch wenn ich keine Lust hatte. Ich war nur an Rockmusik interessiert, doch dann standest du da und hast später meine Hand geschüttelt. Es war ein Moment, wie er in einem deiner Romane stehen könnte, doch du hast mich von den Socken gehauen.«

»Wieso sagst du mir das jetzt? Als du angefangen hast, für mich zu arbeiten, hättest du erwähnen können, dass wir uns schon mal begegnet sind.«

»Ich konnte nicht.«

»Aber wieso? Wieso sagt mir niemand in meinem unmittelbaren Umfeld, was er wirklich denkt? Wieso muss ich Teil dieser verflixten Scheinwelt sein?«, rufe ich frustriert und schlage mit den Fäusten auf Thornes Brust, der sich keinen Millimeter rührt. Er lässt es einfach geschehen.

»Es wäre falsch gewesen zu sagen, was ich wirklich fühle. Scheiße, ich weiß nicht mal, ob ich es jetzt sagen darf.« Ich spüre die Kühle der Beifahrertür in meinem Rücken, als Thorne mich sanft dagegen drückt, sodass nichts mehr zwischen uns ist. Meine Fäuste lockern sich, und ich lege beide Handflächen auf seinen Oberkörper, spüre seinen schnellen Herzschlag. Er nimmt mein Gesicht in beide Hände, umfängt es sanft und zärtlich. Thornes Atem ist abgehakt, während ich mit den Tränen kämpfe. Ich fühle zu viel, und es macht mich ganz verrückt.

»Ich habe mehr verdient als das. Du schuldest mir die Wahrheit.«

»Du musst damit aufhören.« Sein Murmeln vibriert an meinen Lippen.

»Mit was?«

»Dinge zu sagen, die den Drang in mir wecken, dich zu küssen.«

»Tu es doch. Wovor hast du solche Angst?«

»Davor, was sein könnte, wenn wir es zulassen. Weißt du, wie verdammt weh es tat, dich in diesem Autowrack zu sehen? Blutig, bewusstlos, sodass ich nichts anderes tun konnte, als deine leblose Hand zu halten? Noch nie hatte ich so eine Scheißangst wie in diesem verdammten Moment.« Seine Stimme bricht, und er blickt ergriffen zur Seite und holt tief Luft. Als er mich wieder ansieht, raubt mir sein Anblick den Atem. Seine Augen sind voller Trauer und Furcht.

»Ich dachte, dass ich dich nie wiedersehe. Dass ich dir nicht sagen kann, dass ich damals sehr wohl mit dir einen Film gucken wollte. Dass du mehr für mich bist als eine Klientin. Dass ich dich brauche.«

»Thorne«, flüstere ich unter Tränen. Der Unfall war schlimm, hat mich geprägt und ein Trauma verursacht, das ich immer noch verarbeite, aber mir war nicht klar, was das alles in meinem Bodyguard ausgelöst hat. Dem Sturm in seinen Augen folgt eine Erkenntnis, ein Verlangen, das mich zu versengen droht.

»Schick mich weg«, raunt er, und mich überkommt eine Gänsehaut. Aber ich kann seinem Wunsch nicht nachgehen.

Nicht jetzt.

Vielleicht niemals.

»Nein«, hauche ich gegen seine Lippen. Spüre ein Zittern und kann nicht ausmachen, ob es von Thorne kommt oder von mir.

»Drück mich von dir weg.«

»Ich kann nicht.« Ein träges Lächeln, das nicht freudig ist, sondern schmerzerfüllt. Ein unwirklicher Mix.

»Wenn ich von dir koste, kann ich nie wieder aufhören. Also sollten wir das hier und jetzt beenden.« Zur Untermalung seiner Worte streicht er mit beiden Daumen über meine Wangen, eine Berührung, die mich tief ins Mark trifft. »Ein Wort, und ich höre auf.«

»Nein. Es ist genau das, was ich will«, flüstere ich, kralle meine Finger in sein Shirt und ziehe ihn zu mir, um meine Lippen auf seine zu pressen.

KAPITEL 23

Thorne

14 Jahre zuvor

»Oh Boy. Das hier ist mir definitiv zu bunt«, sage ich überfordert, als mein Blick auf drei Teenies mit pinker Gesichtsbemalung in unmittelbarer Nähe trifft. Ihre Brauen sind voll silbernem Glitzer und mit regenbogenartigem Lidschatten umrahmt.

»Sei nicht so dramatisch. Es ist Erics großer Tag. Er hat seit zwei Tagen kaum geschlafen vor Aufregung«, sagt Mom und blickt liebevoll zu meinem Bruder, der die Arme auf der Absperrung abstützt und mit großen Augen auf die Bühne starrt, wo die Vorband gerade ihr Set beendet hat. Man sieht wahrlich, wie Erics Aufregung sich stetig steigert. Er kann nicht stillstehen, sondern hüpft wie ein Flummi auf und ab.

»Aber das ist so gar nicht meine Musik«, murmle ich, bin mir aber nicht sicher, ob Mom das überhaupt hört. Es herrscht eine knisternde und bedeutungsschwangere Stimmung. Als würden die tausenden Leute auf diesem Konzert etwas Episches erleben. Doch es ist nur eines dieser neuen Popsternchen, das im Begriff ist, groß rauszukommen. Klebrig süßlicher Pop, der mich nicht weniger interessieren könnte.

Wieso konnte Eric nicht bei einem Gewinnspiel für die Foo Fighters mitmachen? Nein, es muss Nova Wells sein. Das Mädchen, das er vergöttert. In seinem Zimmer hängen so viele Poster von ihr, dass man gar nicht mehr sagen kann, welche Farbe seine Wände haben.

»Mom! Thorne! Es ist endlich so weit«, jubelt Eric, und seine Augen strahlen gefühlt heller als die Scheinwerfer auf der Bühne. Er ist überglücklich, hier zu sein, also sollte ich keine Miene verziehen. Wir befinden uns im VIP-Bereich des Konzerts, wo man mehr Platz hat als die Menge in der Mitte. Dafür befinden wir uns eher seitlich von der Bühne, was aber völlig okay ist, da wir dennoch eine gute Sicht haben.

Mein Bruder ist ein Glückspilz. Nicht nur, weil er Tickets für eines der beliebtesten Konzerte ergattert hat, sondern allgemein. Er findet ständig Geld auf der Straße, hat schon einige Wettbewerbe gewonnen, wird schneller gesund als alle anderen in unserer Familie, sobald er erkältet ist, und so weiter. Es scheint, als wäre er vom Glück geküsst worden.

Die Scheinwerfer gehen aus, und nur die Notausgänge leuchten schwach, als Klavierklänge ertönen. Eine schöne Melodie, das muss ich zugeben. Man hört ein Summen, das von Nova kommt, bis schließlich die Lichter eingeschaltet werden, die das Mädchen auf der Wendeltreppe zeigen.

Sie trägt ein weißes Kleid, das einer Prinzessin würdig wäre. Ihr langes blondes Haar ist gelockt, und auch wenn es eine klischeehafte Beschreibung ist, sieht sie aus wie ein Engel. Nachdem sie ein wenig den Jubel genossen hat, beginnt sie zu singen. Den Song Hold on Me, *wie ich später erfahren sollte. Sobald ich ihrer Livestimme lausche, bekomme ich eine Gänsehaut. Ich, der noch nie gern Popmusik gehört hat. Ihre Stimme ist stark, klar wie Kristall, und je länger ich ihr zuhöre, desto mehr beginne ich zu verstehen, wieso so viele Menschen hier sind.*

Live klingt sie herausragend. Ein paar ihrer Songs kenne ich, weil sie oft aus Erics Zimmer dröhnen, aber sie jetzt und hier zu sehen, ihr zuzuhören, wie sie jeden Song mit ihrer kraftvollen Stimme wiedergibt, lässt mich blinzeln, als wäre ich gefangen in einem Bann, aus dem es kein Entkommen gibt.

Spätestens bei der Hälfte des Konzerts jubele und schreie ich voller Begeisterung mit der Menge mit. Meine Mutter sieht mich amüsiert an, als könnte sie nicht glauben, dass ich begeistert von einer Popsängerin bin, aber meine Fresse. Dieses Mädchen kann singen.

Nach einigen Zugaben bedankt sich Nova und verlässt die Bühne. Wir werden zu einem Raum geführt, in dem es Snacks, Sitzgelegenheiten und signierte CDs gibt. Eine von Novas Mitarbeiterinnen ist immer an unserer Seite und unterhält sich gerade mit Mom und Eric, doch ich betrachte das Albumcover, auf dem Novalee abgebildet ist.

Novalee.

Ihr bürgerlicher Name klingt einfach wunderschön. Auf dem Cover sieht sie verträumt zur Seite und trägt ein weißes Kleid mit floralem Muster – ganz ähnlich wie das, was sie vorhin auf der Bühne getragen hat. Nicht mal zehn Minuten später wird die Tür des Raums geöffnet, und ein Schrank von einem Bodyguard tritt herein, gefolgt von der lächelnden Novalee.

»Hey, du musst Eric sein. Ich bin Nova«, sagt sie und geht vor meinem achtjährigen Bruder in die Hocke, sodass sie mit ihm auf Augenhöhe ist. Ich weiß nicht wieso, aber diese Geste zeigt mir, dass sie nicht auf Menschen hinabblickt oder arrogant ist. Auch wenn dieses Verhalten vermutlich antrainiert ist. Sie trägt noch das glitzernde lilafarbene Make-up, hat sich allerdings eine Jeans und ein T-Shirt angezogen.

Eric kann sich kaum zurückhalten und erzählt ihr gefühlt seine Lebensgeschichte und wie sehr er ihre Musik liebt. Ich persönlich wäre schon längst gelangweilt gewesen, doch Nova hört ihm aufmerksam zu und unterbricht ihn nicht.

Jetzt wo ich ihr gegenüberstehe, kann ich den Fakt nicht ignorieren, dass sie außergewöhnlich schön ist. Ihre eisblauen Augen, die Haut wie Porzellan und diese Stimme, die mir erneut einen Schauer über den Rücken jagt. Ich weiß gar nicht, wie oft das heute Abend schon passiert ist.

»Das ist mein Bruder Thorne, aber er mag deine Musik nicht.«

»Ach ja?«, fragt sie mich und reicht mir die Hand, die ich zögernd ergreife. Dass mich ein leichter Stromstoß erfasst, sobald ich ihre Haut berühre, ist völlig normal, oder?

»Ich bin eher der Rockmusik-Fan«, sage ich und kann nichts dagegen tun, dass ich rot werde.

Ich. Werde. Rot.

Eric kann später sein blaues Wunder erleben, weil er ihr gesteckt hat, dass ich ihre Musik nicht höre.

»Dann solltest du dir vielleicht mein nächstes Album anhören, da wird es auf jeden Fall rockiger zugehen.«

»Gut, das werde ich machen«, sage ich und kann nicht aufhören, ihre Hand zu halten. Schließlich lasse ich los, sodass sie meine Mutter begrüßen kann. Ich sehe auf meine Hand, spanne sie an und balle sie zu einer Faust. Immer wieder, weil ich das Gefühl habe, dass sie plötzlich erkaltet ist.

Das Treffen hat nicht lange gedauert, aber es hat einen bleibenden Eindruck hinterlassen. Nicht nur bei meinem kleinen Bruder, der dieses Mädchen vergöttert, sondern auch bei mir. Dem Mann, der nicht auf dieses Konzert wollte, der ihre Musik nicht mal mag. Und doch stehe ich hier und wünschte, ich könnte diese schöne Frau noch einmal sehen.

Novalees Lippen pressen sich auf meine, und aus einem zärtlichen Betasten wird schnell brennende Leidenschaft. Sobald ich den Kuss erwidere und meine Hände in ihrem Haar vergrabe, vernehme ich ein wohliges Seufzen, das mir unter die

Haut geht. Schon seit unzähligen Tagen habe ich mich gefragt, wie es wäre, Novalee zu küssen, doch dieses elektrisierende Knistern, dieses Verlangen, immer mehr von ihr zu schmecken, droht mich zu überwältigen.

Ich streichle sanft mit der Zunge über ihre Lippen, und sie öffnet, ohne zu zögern, ihren herrlichen Mund für mich, sodass ich ihre Zunge umspielen kann. Sie schmecken kann. Wir lösen kurz unsere Lippen voneinander, um Luft zu schnappen, doch ich denke nicht daran, mich von ihr zu lösen, sondern hauche Küsse ihren Kiefer entlang, über ihre Wangen, bis ich schließlich an ihrem Hals angekommen bin.

Jeder Kuss entlockt ihr ein Stöhnen, das mich mitten in meine Leistengegend trifft. Nie hätte ich zu träumen gewagt, dass dies hier jemals passieren könnte. Sie ist ein Weltstar, und ich bin ein Niemand. Ich kann ihr nichts bieten, und doch sind wir hier und halten uns gegenseitig, als wären wir die Welt füreinander. Ihre Hände krallen sich in meine Schultern, was mich an ihrer Haut lächeln lässt. Mit aller Kraft löse ich mich von ihr, um sie einfach anzusehen.

Ihr Anblick.

Die geschwollenen Lippen, die kristallklaren eisblauen Augen und ein bezauberndes Lächeln, das nur mir gilt. Mir allein. Ich versuche mir jeden Winkel ihres hübschen Gesichts einzuprägen, das ich durch das Licht der Straßenlaterne gut erkennen kann. Sollte alles den Bach runtergehen, kann ich mich immer wieder an diesen Moment erinnern. Von ihm zehren, wenn mich das Leben in die Knie zwingt.

»Passiert das hier wirklich?«, fragt sie außer Atem und beißt sich auf die Lippe. Sie sieht völlig durch den Wind aus, aber auf eine unglaublich schöne Weise. Auch sie scheint überwältigt von all den Gefühlen zu sein, die uns überkommen. Wäre ich ein Künstler, würde ich sie jetzt und hier malen, und doch wäre es mir unmöglich, ihre Schönheit in Gänze einzufangen.

»Ja. Du hast mich geküsst«, sage ich mit kehliger Stimme und streichle mit einer Hand über ihr Haar, lasse es gemächlich zu ihrer Wange gleiten, ehe ich wieder ihr Gesicht umfasse. Wann genau ich Gefühle für diese Frau entwickelt habe, weiß ich nicht. *War es auf dem Konzert, als ich siebzehn war? Der Moment, als ich ihr nach Jahren wiederbegegnet bin, oder als sie mich zum ersten Mal wirklich angelächelt hat?*

Ihre Augen leuchten auf, als ich meinen Daumen über ihre Lippen gleiten lasse. Langsam, gemächlich, als hätten wir alle Zeit der Welt.

»Bereust du es?«, haucht sie atemlos, und ihre Brust hebt und senkt sich schnell. Nervös sucht sie meinen Blick, doch ich denke nicht daran, ihre Unsicherheit zu schüren.

»Kann ich dir meine Antwort zeigen?«, frage ich leise, und als sie nickt, küsse ich sie erneut. Diesmal tiefer, leidenschaftlicher als vorhin. Auf diese Weise versuche ich ihr zu zeigen, wie sehr ich sie will und dass ich sie nie wieder gehen lassen könnte. Egal ob das, was wir hier tun, richtig oder falsch ist, es gibt kein Zurück mehr. Nie wird mein Leben wieder dasselbe sein.

Vom Feuer in mir geleitet drücke ich Nova gegen meinen Truck, was sie aufkeuchen lässt, als sie an ihrem Bauch spürt, wie sehr ich sie will. Doch das hier ist der erste Schritt in einem neuen Kapitel, das Novalee und ich schreiben, und ich denke nicht daran, etwas zu überstürzen. Ich möchte diesen unvergesslichen Moment und noch viele danach auskosten. Unsere Zungen verschmelzen miteinander, und unsere Hände sind überall, sodass ich das Gefühl habe, sie zu atmen. Eins mit ihr zu sein. Als wir keuchend den Kuss unterbrechen, lehne ich meine Stirn an ihre und lausche ihren schnellen Atemzügen.

Mein Herz hämmert wild gegen meine Rippen, sodass es fast wehtut. *Fühlt sich so das wahre Glück an? Musste ich einunddreißig Jahre warten, um diesen Rausch zu erleben?* Novalee strahlt mehr als der Mond, leuchtet heller als die Sterne über uns.

Als sie den Unfall hatte, habe ich Gott angefleht, sie leben zu lassen, sodass ich sie einmal glücklich sehen kann. Dass genau ich dieses Gefühl in ihr auslösen würde, hätte ich nie gedacht. Denn sie sieht mich vollkommen erfüllt aus blauen Augen an.

»Kneif mich«, murmelt sie, trunken vor Freude.

»Ich habe geschworen, dich zu beschützen, das schließt kneifen nicht mit ein.«

»Aber das passiert hier gerade wirklich, oder? Es ist nicht wieder ein Traum?«, will sie wissen, und ich verkneife mir die Frage, die mir auf der Zunge liegt. *Hat sie schon häufiger von mir geträumt?*

»Es passiert wirklich, und es ist, wie ich es vorhin gesagt habe«, antworte ich, greife nach ihren Händen, hebe sie an, sodass sie sich neben unseren Köpfen befinden, und verhake ihre Finger mit meinen. Damit zeige ich ihr, dass ich ihre Hand halten werde, komme was wolle.

»Jetzt, wo ich deine Lippen auf meinen gespürt habe, gibt es keinen Weg zurück.«

Als wir nach Hause kommen, geht gerade die Sonne auf. Ich muss in ein paar Stunden im Stall sein, aber ich werde den Teufel tun und mich jetzt ins Bett legen. Dafür bin ich zu aufgekratzt, und auch Novalee sieht aus, als würde sie unter Strom stehen. Wir gehen Hand in Hand ins Haus, doch sobald die Tür ins Schloss fällt, küssen wir uns erneut. Nach mehreren Versuchen und einigen Lachern kommen wir im ersten Stock an.

Ich drücke Novalee gegen ihre Zimmertür und stütze meine Arme neben ihrem Kopf ab, um unseren Kuss zu vertiefen. Sie zu küssen versetzt mich in einen Rausch, den ich noch nie zuvor erlebt habe. Die leisen Geräusche, die aus Novas Kehle dringen, lassen mich die Frage stellen, wie viele sie noch von sich geben wird, wenn wir uns einander ausgiebiger widmen.

»Novalee«, flüstere ich an ihren Lippen, die geschwollen und gereizt sind, ebenso wie meine, aber sie nicht weiter zu küssen, ist keine Option.

»Thorne«, haucht sie und lächelt mich an, sodass mein Herz ins Stolpern gerät.

»Ich sollte gehen.«

»Wieso?«

»Meine Familie braucht mich. Auch wenn ich nichts lieber tun würde, als hier bei dir zu bleiben, werden meine starken Arme woanders gebraucht.«

»Kann ich mitkommen?«

»In den Stall?«, frage ich verblüfft.

»Ja. Bis jetzt hat mich niemand gefragt, ob ich mitkommen möchte, weswegen ich nichts gesagt habe.«

»Aber es stinkt nach Kuhmist, die Melkmaschinen machen einen entsetzlichen Lärm, und die Fliegen sind unbarmherzig und nerven in einer Tour.«

»Das gehört genauso zum Farmleben wie die Gemüseernte. Die körperliche Arbeit tut mir gut.«

»Okay. Dann sehen wir uns später.« Ich löse meine Hände von der Tür, lächle sie an und will gerade meine Hand auf das Treppengeländer legen, als Novalee meinen Namen ruft. Ich schaffe es gerade noch mich umzudrehen, als sie schon mit einem Kichern auf mich zuläuft und sich in meine Arme wirft.

KAPITEL 24

Novalee

Nach einer Dusche fühle ich mich immer noch, als würde ich auf Wolken schweben. *Ich habe meinen Bodyguard geküsst!* Es war einer dieser Momente, von denen ich so oft in meinen Romantasy-Büchern gelesen habe. Leidenschaftlich, zärtlich, episch und unvergesslich zugleich. Der perfekte Kuss unter den Sternen, den ich niemals vergessen werde.

Vorhin, als wir mit seiner Familie zusammen waren, haben wir so getan, als würden wir uns nicht nach dem jeweils anderen verzehren. Für uns ist das alles neu, und wir müssen erstmal selbst unsere Gefühle ordnen, bevor wir irgendetwas nach außen tragen können. Ich hatte gehofft, dass Thorne und ich Zeit miteinander verbringen können, doch er musste mit seinem Vater Viehfutter besorgen.

Da ich mich zu hibbelig fühle, um auf der Farm zu bleiben, frage ich Joy, ob sie sich mit mir im *Zorro Pocci* treffen möchte. Da sie noch einen Workshop leiten muss, komme ich als Erste im Café an, das wie immer gut besucht ist. Aufgrund der Sicherheitsvorkehrungen, die Thorne und ich besprochen haben, muss ich ihm per WhatsApp meinen Livestandort schicken, damit er mich im Ernstfall immer finden kann.

»Nova, hey!« Mariella, die Besitzerin des Cafés, der ich vor einer Woche vorgestellt wurde, kommt auf mich zu. Sie ist eine wunderschöne junge Frau mit einer so reinen Haut, dass ich richtig neidisch werde. Ihr langes schwarzes Haar fällt ihr in glänzenden Wellen bis zur Brust und umspielt wie ein Fächer ihren Oberkörper.

»Mariella, schön dich wiederzusehen.«

»Es ist mir eine Ehre, dass du mich zum ersten Mal in meinem Café besuchst. Nimm Platz.« Sie hat mir schon bei unserer ersten Begegnung ausführlich erzählt, wie sehr sie meine Musik liebt und dass diese sie durch ihre besten Jahre begleitet hat. Tatsächlich wecken die Komplimente und mein jetziger Gefühlszustand den Wunsch in mir, zur Gitarre zu greifen und an neuen Songs zu schreiben. Die Kopfschmerzen und meine mentale Verfassung haben es mir unmöglich gemacht zu arbeiten, aber in diesem Moment habe ich das Gefühl, als könnte ich die besten Songs meiner Karriere schreiben.

Jetzt kann ich authentisch wiedergeben, wie sich eine verliebte Frau fühlt, die vor Glück zu platzen scheint. Ich kann eine ehrlichere Songschreiberin sein, und meine Gitarre muss nicht länger in der Ecke verstauben.

Das Instrument wurde mir mit meinen Sachen mitgeschickt – eine Art Mahnmal, das mich daran erinnern sollte, noch in diesem Jahr ein neues Album fertigzustellen. Wenn ich mir bewusst zum Schreiben und Produzieren freinehme, kann ich mit meinem Produktionsteam innerhalb kurzer Zeit ein Album aufnehmen. Meist igeln wir uns ein, leben von Takeaway-Mahlzeiten und gehen kaum vor die Tür, doch genau in dieser Abgeschiedenheit sind meine besten Songs entstanden.

Mariella führt mich zu einem freien Tisch an der Wand, der vom Eingang aus nicht sofort zu erkennen ist. Zwar fühle ich mich in dieser Kleinstadt wohl und kann mich frei bewegen, ohne dass sich eine Menschentraube um mich bildet, aber die neugierigen Blicke sind immer noch da. Manchmal machen

Touris in der Stadt Halt, und auch hier hilft es mir, dass ich meine Haare total verändert habe. Die Leute beobachten mich, erkennen mich aber nicht. Ich setze mich, und zu meiner Überraschung nimmt Mariella gegenüber von mir Platz.

»Gut siehst du aus. Ich finde ja, dass dir deine Naturhaarfarbe am besten steht. Das Blond ist zwar auch nett, aber jetzt strahlst du geradezu.«

Ist das der Thorne-Effekt? Ist es so offensichtlich, dass ich bis über beide Ohren verliebt bin, oder meint sie das allgemein?

»Wie kann es mir nicht gut gehen, wenn diese Stadt mich so gut aufgenommen hat?«

Gestern auf dem Spendenevent habe ich zum ersten Mal dieses Kleinstadtfeeling erlebt. Cider trinken, auf Schießbuden abhängen, Süßkram in mich reinstopfen und Zeit mit Freundinnen und Freunden verbringen. Das ist es, was ich in meiner Jugend hätte tun sollen, und dank Thorne darf ich diese Erfahrung doch noch machen. Eine Welle der Dankbarkeit erfüllt mich, und ich lächle.

»So ging es mir auch, als ich vor vier Jahren hergezogen bin und das Café eröffnet habe.«

»Ach, du bist auch noch nicht so lange hier?« Irgendwie hatte ich angenommen, dass auch sie ihr ganzes Leben in Washington Depot verbracht hat.

»Nein. Die meisten sind hier aufgewachsen, und viele sind geblieben. Es ist ein Ort, wo sich Fuchs und Hase Gute Nacht sagen. Das kann manchmal einschüchternd wirken, weil man das Gefühl hat, sich dazwischenzudrängen.«

»Aber das war nicht so, oder?« Die Leute hier waren allesamt freundlich zu mir, auch wenn viele mich nur gegrüßt haben. Ich kann mir schon vorstellen, dass mein Ruhm auf einige von ihnen einschüchternd wirken kann. Oder dass sie gegen meine Ankunft hier waren.

»Nein. Die meisten hier haben mir unter die Arme gegriffen, als ich mir ausgerechnet in der Eröffnungswoche den Arm gebrochen habe. Ryder war so lieb und hat viele Schichten übernommen, damit ich nicht schließen musste.«

»Wie aufmerksam von ihm.«

»Ja, oder?« Während wir uns unterhalten, hat sich eine weiße Katze mit einer Zeichnung im Gesicht, die aussieht wie eine Zorro-Maske, an meine Seite begeben und beschnuppert mich neugierig, ehe sie sich hinsetzt.

»Oh, wie süß sie ist.«

»Das ist Zorro. Der einzige Mann in meinem Leben.« Ihre Stimme ist weich, ebenso wie ihr Blick.

»Darf ich ihn streicheln?«, erkundige ich mich, da sie ihren Kater am besten kennt und ich ihn nicht überfordern möchte.

»Natürlich. Von uns lässt er sich streicheln.« Mit meinen Fingern fahre ich langsam über sein weiches, weißes Fell, was ihn augenblicklich schnurren lässt.

»Uns?«, frage ich neugierig.

»Frauen. Er faucht aus Prinzip jeden Mann an, der ihm zu nahe kommt. Jeder in der Stadt hat es probiert.«

»Stimmt das, Zorro?«, sage ich zu ihm und streichle dem Kater über den Kopf, was ihm besonders gut zu gefallen scheint.

»Den ersten Mann, den er nicht anfaucht, werde ich heiraten.«

»Das sind aber erschwerte Bedingungen für deinen Zukünftigen«, sage ich scherzhaft und muss unweigerlich kichern.

»Man soll ja interessant bleiben«, meint sie und zwinkert mir zu, bevor sie aufsteht und Kaffee nachschenkt. Nachdem sie gegangen ist, widme ich mich dem hübschen Tier an meiner Seite. Ich habe noch nie ein Haustier besessen, weil meine Mutter und ich so viel gereist sind, um mich an die Spitze zu bringen. Wir sind nie sesshaft geworden, haben uns immer dorthin bewegt, wo mich der Ruhm hingetrieben hat. Eine Zeit lang waren wir in Hollywood, als ich für einen Kinofilm vor der Kamera stand. Die Schauspielerei war jedoch nie mein Ding. Zwar habe ich mich gar nicht so schlecht angestellt, doch es war kein Beruf, dem ich weiter nachgehen wollte. Die Musik ist mein Leben.

»Hey Nova. Wie geht's dir heute?«, höre ich plötzlich eine tiefe Stimme und löse meinen Blick vom Kater. Ryder steht mit Jeans und weißem Hemd neben dem Tresen und lächelt mich an. Doch es ist nicht so neckisch wie sonst. Er hat dunkle Ringe unter den Augen, und auch wenn sein Aussehen makellos ist, sagt mir seine Körperhaltung und Mimik, dass es ihm nicht gut geht.

»Ganz gut. Und dir?«, frage ich und fühle ihm somit unweigerlich auf den Zahn. Sollte er jemanden zum Reden brauchen, möchte ich für ihn da sein. Mittlerweile glaube ich, dass ich eine gute Freundin sein könnte, weil ich durch die McKinleys und vor allem Joy weiß, wie es sich anfühlt, Liebe und Freundschaft durch seine Mitmenschen zu erfahren.

»Ach, es war eine lange Nacht, und ich muss einige Stunden Schlaf nachholen, aber jetzt müssen wir den Park erstmal wieder sauber bekommen.«

»Habt ihr genug Unterstützung?«, frage ich, woraufhin er nickt und sich kurz im Raum umsieht, als würde er jemanden suchen.

»Das ganze Team macht mit, also haben wir genug starke Arme.« Er macht Anstalten, Zorro zu streicheln, doch dieser verspannt sich augenblicklich unter meiner Hand und faucht Ryder an.

»Ach, komm schon, Zorro«, meint er amüsiert, aber auch müde.

»Ich habe schon gehört, dass er Männer nicht mag«, sage ich

und unterdrücke ein Lächeln, weil es etwas anderes ist, davon zu hören, als es tatsächlich zu erleben.

»Leider nicht, dabei ist er so knuffig, dass ich ihn wenigstens einmal streicheln möchte.«

»Und wenn du ganz schnell bist, ohne dass er es merkt?«, frage ich im Scherz, doch er bekommt große Augen.

»Miles hat es einmal versucht, und das hat ihm einige Kratzer eingebracht. Deswegen deute ich nur an und komme ihm nicht zu nahe.«

»Na, du bist mir einer, Zorro«, sage ich amüsiert, doch der Kater hebt nicht mal das Köpfchen, sondern genießt weiterhin die Streicheleinheiten.

»Ja, er ist speziell, aber deswegen lieben wir ihn.«

»Hier, dein Kaffee«, höre ich Mariella zu Ryder sagen. Sie hält einen Pappbecher in die Höhe.

»Danke. Ich wünsche den Ladys noch einen schönen Tag.«

»Gleichfalls. Bis morgen«, sagt Mariella und setzt sich wieder auf den Stuhl mir gegenüber, doch während ich immer noch den Kater streichle, sieht sie zur Tür, durch die der attraktive Feuerwehrmann gerade gegangen ist.

»Ach, Zorro. Manchmal verfluche ich dich dafür, dass du ihn nicht magst«, sagt sie, stützt den Ellbogen auf den Tisch ab und bettet ihr Kinn auf die Hand. Ihr trauriger, verträumter Blick gilt Zorro, der jedoch entspannt daliegt und auf nichts und niemanden achtet.

»Ist Ryder dein Typ?«

»Ryder ist jedermanns und jederfraus Typ. Er, Miles und Thorne sind die begehrtesten Junggesellen in der Stadt. Jede junge Frau und auch die älteren Damen bekommen rote Wangen, wenn einer von ihnen sie anlächelt.« Das habe ich tatsächlich schon gehört und gesehen. Dass mein Bodyguard ein begehrter Mann hier ist, ist ein offenes Geheimnis. Kaum denke ich an ihn, erscheinen wieder die Bilder von gestern in meinem Kopf.

Wie er mich küssend gegen das Auto gedrückt, mir den Atem und das Herz geraubt hat, als er seine Lippen auf meine gelegt hat. Dieser Moment voll seligen Glücks, wie ich es noch nie zuvor gefühlt habe. Die gestrige Nacht hat sich einen Platz in den Top Drei der schönsten Momente in meinem Leben ergattert. Der Moment, als ich einen Grammy für mein Debütalbum gewonnen habe, ist auf Platz drei. Die gestrige Nacht auf dem zweiten Platz, und meine erste ausverkaufte Tour war meine absolute Nummer eins.

»Ja, die Männer haben definitiv etwas an sich«, sage ich zu Mariella, die noch immer verträumt ihren Gedanken nachhängt.

»Ryder ist mein Favorit, aber leider lässt er sich seit Jahren auf keine Flirtversuche ein. Entschuldige, jetzt plappere ich die ganze Zeit, dabei habe ich dich noch gar nicht gefragt, was ich dir bringen kann.«

»Ich nehme einen Earl Grey, wenn du ihn dahast, und einen French Toast.« Aus alter Gewohnheit hätte ich fast nur Obst oder ein Porridge bestellt, doch ich habe meinen Diätplan bei meiner Ankunft über Bord geworfen, also brauche ich mir diesbezüglich keine Gedanken mehr zu machen.

»Kommt sofort.« Sie macht eine salutierende Geste und geht wieder hinter ihren Tresen, während ich und Zorro es uns gemütlich machen.

»Sorry. Sorry. Sorry. Ich bin spät dran«, höre ich Joy sagen, als sie den Platz einnimmt, auf dem Mariella gesessen hat. Sie ist so schnell aufgetaucht, dass ich sie gar nicht gehört oder am Eingang gesehen hätte.

»Alles gut. Ich habe mich gut mit Mariella unterhalten.«

»Ja? Und ich sehe, Zorro hat dich für sich beansprucht«,

meint sie mit einem frechen Grinsen und legt ihre Tasche neben sich ab.

»Gehst du mir etwa fremd, junger Mann?«, sagt sie, und sobald er ihre Stimme vernimmt, stellt er die Ohren auf und wechselt von meiner an Joys Seite.

»Hey!«, beschwere ich mich, weil sie mir den Kuschelpartner gestohlen hat, doch als er sich auf ihren Schoß setzt, schnurrt er so laut, dass ich schon ahne, dass Joy und ihn mehr verbindet.

»Sorry, aber *ich* bin seine Nummer zwei. Er liebt mich.«

»Solange du weiblich bist.«

»Oh ja. Zorro kann Männer nicht ausstehen. Aber er wird nur feindselig, wenn sie sich ihm nähern und ihn streicheln wollen. Von sich aus würde er keine Gäste kratzen. Hast du schon bestellt?«

»Ja, Tee und French Toast.«

»Oh, das klingt gut, das nehme ich auch. Mariella!« Joy ruft ihr die Bestellung zu, die Mariella mit einen Daumen nach oben quittiert. Joy wendet sich mir zu, als Mariella in die Küche geht, und ihre fröhliche Miene schwindet. Sie wird durch Anspannung abgelöst. Joy wirkt tatsächlich durch den Wind, was ich noch nie bei ihr gesehen habe. Es muss um etwas Ernstes gehen, wenn Joy ihre gute Laune verliert.

»Stimmt etwas nicht?«

Sie ringt mit den Händen, wischt sie dann an ihrer Hose hab. Ich kenne sie noch nicht lange, aber mir wird klar, dass etwas vorgefallen sein muss, das sie aus der Bahn geworfen hat.

»Es ist etwas passiert.« Es kostet sie sichtlich Kraft, diese Worte auszusprechen, weswegen sich Sorge in mir breitmacht.

»Okay. Ich bin da, wenn du reden willst, aber fühl dich nicht unter Druck gesetzt.« Ich bin die Klientin und vielleicht bald Freundin ihres Bruders und zu Gast auf der Farm, aber das muss nicht heißen, dass sie mir vertraut. Ich weiß aus eigener

Erfahrung, wie schwer es sein kann, sich auf einen anderen Menschen zu verlassen.

»Gott, wieso ist das so schwer? Ich habe nur mit meinem besten Freund geschlafen, es kann doch nicht so hart sein, das auszusprechen, aber ich stelle mich an wie ein Teenie.« Sie redet sich in Rage und merkt selbst nicht, dass sie die Information bereits ausgesprochen hat.

»Warte. Du hast mit Ryder geschlafen?«, frage ich verblüfft und unterdrücke den Drang, geschockt meinen Mund mit der Hand zu bedecken. Es ist schon schwer genug für Joy, da muss ich es durch meine Reaktion nicht noch schlimmer machen.

»Ich … oh. Da habe ich es direkt ausgeplappert. Das war doch gar nicht so schlimm, aber ja. Ryder und ich. Gott, allein es auszusprechen ist so surreal.«

»Bereust du es?«, hake ich vorsichtig nach und hoffe, sie dadurch nicht noch mehr zu überfordern.

»Ja. Ich denke schon, aber …«

»Aber?«

»Leider war es auch der beste Sex meines Lebens.« Mit einem verzweifelten Laut fährt sie sich übers Gesicht. Nachdem sie die Hände sinken lässt, lehnt sie sich im Stuhl zurück und sieht mich einfach nur an. Als hätte ich die Lösung für ihre Probleme, aber die habe ich natürlich nicht.

»Okay, ich brauche mehr Infos«, gebe ich zu und warte gespannt auf die Einzelheiten.

»Eigentlich hätte ich gestern ein Date haben sollen. Ein Typ, den ich über Tinder kenne, wollte gestern auf die Auktion kommen und für mich bieten. Und ich habe gestern coole Miene zum bösen Spiel gemacht und war froh, dass Ryder bei der Versteigerung eingesprungen ist, denn meine Verabredung war ja nicht mal da. Ich dachte, er wäre anders, weißt du?«

»Hmm«, pflichte ich ihr bei, auch wenn es in meinem bisherigen Datingleben nicht mal eine Handvoll Männer gab.

»Auf jeden Fall hat Ryder mein Date ersteigert, was auch so abgemacht war, da ich seins ersteigert habe, aber ich war gefrustet, und deswegen sind wir früh gegangen. Dann waren wir in Ryders Wohnung. Haben uns ein Bier gegönnt, aber noch bevor wir es zur Hälfte der Flasche geschafft haben, hat Ryder so süße Sachen gesagt.« Sie seufzt laut und schwer, als wäre sie in der Erinnerung gefangen.

»Was für Sachen?«

»Dass ich wunderschön bin und dieser Typ nicht mal meine Wut wert sei. Er hat mich aufgebaut, indem er mir all meine Erfolge der letzten Jahre aufgezählt hat, und dann sagte er, dass, wenn er selbst die Möglichkeit hätte, mich auf ein richtiges Date auszuführen, einen Tag mit mir verbringen würde, den ich niemals vergessen würde.«

»Was hast du dann gesagt?« Gott, ich bin völlig gehyped von ihrer Erzählung und beuge mich weiter vor, da Joy immer leiser spricht.

»Ich habe ihn einfach geküsst. Er hätte mich von sich wegdrücken oder den Kuss unterbrechen sollen, aber er tat es nicht. Und dann sind wir im Bett gelandet.«

»Und was ist danach passiert?«

»Dann haben wir es wieder getan.«

»Oh. Und als ihr dann wirklich fertig wart?«

»Dann bin ich gegangen.«

»Ohne mit ihm zu reden?«, hake ich vorsichtig nach.

»Genau. Ich wüsste nicht, was es da noch zu bereden gäbe. Ryder ist mein bester Freund. Es war ein Fehler – oder besser gesagt, ein paar Stunden Spaß. Es darf nicht *mehr* werden. Denn mit dem *mehr* kommen die Probleme, und ich könnte es nicht ertragen, wenn unsere Freundschaft zu Schaden kommt.«

»Und was ist, wenn es mehr als Sex war? Wenn er etwas für dich empfindet und nur darauf gewartet hat, dass du bereit bist, seine Gefühle zu erwidern?«

»Sei nicht albern. Wir kennen uns seit der Grundschule.«

»Okay, ich wollte es nur mal erwähnt haben.« Es wäre trotzdem möglich, auch wenn sie sich schon so lange kennen, aber das behalte ich für mich. Immerhin hat Ryder ihr Bild als Smartphone-Hintergrund. Das bedeutet doch etwas. *Oder?*

»Auch wenn es so wäre ... es wäre falsch und mit zu viel Risiko behaftet.« Joy zwirbelt sich eine ihrer blonden Haarsträhnen um den Finger und ist sichtlich ratlos. Ich hatte noch nie eine beste Freundin, und bis jetzt hat mich niemand um meine Meinung zu privaten Angelegenheiten gebeten, außer es ging um Musik oder das Business. Deswegen weiß ich nicht, was ich ihr raten soll, aber vielleicht braucht sie auch keinen Rat.

Vielleicht ist es Ehrlichkeit, die Joy gerade am dringendsten benötigt. Eine unvoreingenommene Meinung, die ihr die Schwere und die Angst nimmt. Also tue ich das, was ich mir unterschwellig immer gewünscht habe. Ich lege meine Hände auf ihre und drücke sie sanft.

»Es gibt hierbei nur eine Entscheidung, und zwar deine. Niemand kann sie dir abnehmen, aber ich werde immer da sein, wenn du reden, schweigen oder schreien willst. Okay?«, sage ich und spüre selbst einen Kloß im Hals, als ich diese Worte ausspreche. Joy und ich mögen einander nicht lange kennen, aber ich vertraue ihr und hoffe, dass sie weiß, dass sie auch mir vertrauen kann.

»Danke. Wirklich«, sagt sie ergriffen, atmet tief ein und aus und streicht sich eine Strähne aus dem Gesicht, während ihre Stimmung umschwingt, als wäre sie nie ratlos gewesen. Sie weiß nun, dass sie mit mir reden kann, und das reicht ihr, um weitermachen zu können.

Nach dem leckeren Frühstück muss Joy auch schon wieder zur Arbeit zurück, und auch wenn sie mich nach Hause bringen wollte, versichere ich ihr, dass ich das schon allein hinbekommen werde. Thorne wollte mich ohnehin abholen, aber das sage ich ihr noch nicht. Sie hat genug persönliches Drama, mit dem sie fertigwerden muss, und es ist nicht der richtige Zeitpunkt, um ihr von meinem und Thornes Kuss und dem besten Moment seit Jahren zu berichten.

Ich verabschiede mich ebenfalls von Mariella und trete in die brütende Hitze des Sommers. Vom Eingangsbereich des Cafés sieht man den Supermarkt, das Rathaus sowie die Handwerksläden. Wenn ich mich nach links wende, komme ich zum Park, zu der Grundschule und zur Bäckerei. Rechts befindet sich ein Kosmetikstudio, die Tanzschule sowie der lokal ansässige Anwalt, ehe am Ende der Straße das Fire Department sowie die Schmiede zu finden sind. Es gibt auch einige Spazierwege durch die Wälder, die ich aber aufgrund der vielen Arbeit auf der Farm noch nicht erkundet habe.

Ich will gerade einen Schritt nach rechts gehen, als ich einen mir bekannten Truck entdecke, der vor dem Blumenladen zum Stehen gekommen ist. Thorne kommt gerade mit einem Strauß aus dem Gebäude und will nach dem Türgriff greifen, als er aufsieht und mich entdeckt. Auch wenn ich mir sicher bin, dass das gestern wirklich passiert ist, hatte ich zeitweise das Gefühl, als hätte unser Kuss nur in meinen Träumen stattgefunden, doch dann schenkt er mir dieses eine Lächeln.

Eines, das symbolisiert, dass ich diejenige bin, für die sein Herz schlägt, und dass er es kaum erwarten kann, mir nah zu sein. Das alles sehe ich in seinem Gesicht, auch wenn ich das früher nie für möglich gehalten habe, doch Thorne und ich haben eine besondere Verbindung, und dies ist erst der Anfang von etwas Neuem und Echtem.

KAPITEL 25

Novalee

Es kostet mich sehr viel Willenskraft, nicht die Straße zu überqueren und mich in Thornes Arme zu werfen, wie ich es instinktiv tun will. Er hat sich umgezogen und trägt nun eine Jeans und ein weißes T-Shirt. Sein schwarzes Haar hängt ihm locker in der Stirn und schenkt ihm wieder diesen verwegenen Ausdruck, den ich so mag.

Wir begrüßen uns leise, aber unsere Augen leuchten auf beim Anblick des anderen. Weder er noch ich haben geschlafen, doch man sieht uns den Schlafmangel nicht an.

»Lust auf eine Spritztour?«, fragt er, woraufhin ich nicke.

Ich würde mit ihm sogar zu einer Schildkrötenwanderung gehen, wenn das bedeutet, dass wir endlich allein sein können. Diese Stadt ist wunderbar und versprüht einen reizenden Charme, aber man hat das Gefühl, beobachtet zu werden. Es ist eine andere Art der Beobachtung als sonst.

»Klar. Lass uns fahren.« Er öffnet mir die Beifahrertür, sodass ich mich setzen kann, legt den bunten Sommerblumenstrauß auf dem Rücksitz ab und setzt sich hinters Steuer. Ohne dass wir uns berühren oder ein Wort miteinander wechseln, startet er den Motor und fährt los. Unsicherheit macht sich in mir breit, weil ich den Eindruck habe, als würde ich mich mehr nach Thorne sehnen als umgekehrt.

Da ich jedoch nur wenig Datingerfahrung habe, könnte es auch sein, dass ich zu viel hineininterpretiere. Am liebsten hätte ich ihn vor der ganzen Stadt geküsst, meine Arme um ihn geschlungen und seinen Duft eingeatmet, damit ich mir sicher sein kann, dass ich letzte Nacht nicht geträumt habe. Dass es wahr ist, dass ich zum ersten Mal in jemanden verliebt bin und er diese Gefühle auch erwidert.

Als wir die Stadt hinter uns lassen, biegt Thorne plötzlich scharf links in einen kleinen Waldweg ein, der gerade so breit ist, dass ein Auto dort Platz findet. Der strahlende Sonnenschein weicht einem leichten Schatten, der eine schützende Barriere um uns errichtet. Sobald der Motor abgestellt ist, löst Thorne seinen Sicherheitsgurt, beugt sich über die Mittelkonsole und küsst mich leidenschaftlich. Ich keuche überrascht auf, doch sofort überkommt mich das Verlangen.

Ich schnalle mich selbst ab, wende mich ihm mit meinem Körper zu und schlinge meine Arme um seine Taille. Bereitwillig öffne ich den Mund, sodass seine Zunge erneut meine findet und das vertraute Spiel aufnehmen kann. Wie sehr ich seinen Geschmack vermisst habe – dabei ist es nur wenige Stunden her, dass ich ihn geküsst habe.

»Novalee«, raunt er zwischen unseren Küssen, und keine Liebkosung der Welt könnte mir einen wohligeren Schauer über den Körper jagen als die sehnsüchtige Art, wie er meinen Namen ausspricht. Ich lächele in unseren Kuss hinein und hätte fast protestiert, als er die Lippen von mir löst.

Thorne legt seine Stirn auf meine, und unser Atem vermischt sich, während mein Herzschlag so kräftig pocht, dass ich befürchte, dass er ihn hören könnte. *Sollte ich jemandem zeigen, wie schwach er mich macht?* Bei Dexter habe ich es getan, und ich habe es bitter bereut, aber das hier fühlt sich nicht im Entferntesten an wie das, was ich für ihn empfunden habe.

»Ich habe das so sehr vermisst«, flüstert er und nimmt meine Wangen in seine Hände. Ich öffne die Augen und begegne der Farbe von Whiskey, nur heller, als ich es je gesehen habe. Als wäre auch er von all den Emotionen überwältigt, die sich zwischen uns aufbauen.

»Das habe ich auch«, sage ich, und die Sehnsucht lässt meine Stimme belegter klingen als sonst. Wir sehen einander an, versinken in den Augen des anderen, als würden wir dort die Antwort darauf finden, ob ein Kuss je genug sein wird.

»Gott, bist du schön«, flüstert er an meinen Lippen und fährt mit den Daumen über meine heiße Wange.

»Danke«, sage ich, weil mir sonst die Worte fehlen. Nach einem weiteren kurzen Kuss greift er nach dem Blumenstrauß und reicht ihn mir, sodass mich der herrliche Duft, den er verströmt, umhüllt.

»Der ist für mich?«, frage ich etwas erstaunt.

»Ja, aber ich konnte ihn dir nicht mitten in der Stadt geben. Die Leute sind wie Gossip-Kameras, sie nehmen alles auf.«

»Das habe ich auch schon mitbekommen. In einer Kleinstadt fühlt man sich schnell beobachtet.«

»Genau, deswegen habe ich den perfekten Moment abgewartet.«

»Sie sind wunderschön. Danke, Thorne.«

Sein linker Arm liegt auf dem Lenkrad, sein anderer auf seinem Schoß, doch dann greift er nach meiner Hand.

»Ich habe alle Regeln gebrochen, die ich brechen kann, aber ich bereue nichts, Novalee. Wenn du mich willst, werde ich dein Freund und der Mann an deiner Seite sein. Ob heimlich oder offiziell, ist mir egal. Wenn du es den anderen sagen möchtest, dann werden wir es tun. Du entscheidest.«

»Ich habe es schon immer gemocht, wenn du diese Worte zu mir gesagt hast.«

»Welche? Ich habe gerade einiges gesagt«, meint er amüsiert und verhakt seine Finger mit meinen.

»Dass ich immer die Wahl habe. Seit ich denken kann, wurden mir Entscheidungen von anderen aufgedrängt. Du warst der Erste, der mir immer das Gefühl gegeben hat, dass ich für mich selbst wählen kann.«

»Weil es so ist. Zwar hattest du Zeitpläne einzuhalten oder Dinge zu tun, die andere geplant haben, aber du hättest immer Nein sagen können. Ich hoffe, das war dir bewusst.«

»Nein. Ich war es so gewohnt, immer Ja zu sagen oder Tatsachen zu akzeptieren, dass es normal für mich geworden ist. Dem Management etwas abzuschlagen kam mir einfach nicht in den Sinn. Und seit ich hier bin, sind meine Kopfschmerzen verschwunden, und auch die Verletzung an meinem Bein ist geheilt. Deine Familie und du habt mich vor einem Zusammenbruch bewahrt.« Ich besiegle meine Dankbarkeit mit einem Kuss, als wir auch schon weiterfahren.

»Wohin geht es eigentlich?«, frage ich, als wir wieder zurück in die Stadt fahren. Es scheint, als wäre Thorne nur zu diesem Waldstück gefahren, um mich ungestört küssen zu können.

»Zu einem Ort, den ich dir schon lange zeigen möchte.«

»Willst du unser Spendendate einlösen?«

»Nicht jetzt, aber ich hoffe trotzdem, dass es dir gefallen wird.«

Es dauert keine fünf Minuten, bis wir vor einem roten Backsteingebäude parken. Das alt wirkende Schild neben der beigen Eingangstür verrät mir, dass wir uns vor dem *Hickory Stick Bookshop* befinden.

»Ein Buchladen?«, frage ich begeistert, denn es ist Monate her, dass ich mich mitten unter Büchern befunden habe. Wenn man berühmt ist, ist man darauf angewiesen, nach den offiziellen Geschäftszeiten in die Läden gelassen zu werden, um in

Ruhe etwas stöbern zu können. Jetzt bin ich im Begriff, tatsächlich an einem Vormittag in einen Buchladen zu gehen.

»Ich dachte, du freust dich.«

»Wohl eher bin ich außer mir vor Freude! Ich würde dich so gerne küssen, doch dort vorne ist Ryder.«

»Heb dir das, was du fühlst, für später auf.«

»Das mache ich.«

Der herrliche und unverkennbare Duft von bedrucktem Papier erfüllt meine Nase, als ich die Tür öffne und die Glocke über uns bimmelt.

»Hallo und willkommen«, begrüßt uns die dunkelhaarige Frau am Tresen, die gerade etwas notiert. Sie sieht uns über den Rahmen ihrer Brille hinweg an und lächelt freundlich.

»Thorne, mein Junge. Schön, dich zu sehen.«

»Alma, hey. Seit wann arbeitest du hier?«

»Seit Tilly in den Ruhestand gegangen ist. Sie brauchten Ersatz, und auch wenn ich anfangs etwas überfordert war, gefällt mir die Arbeit hier sehr.«

»Wie geht's der Familie?«, fragt sie Thorne, während ich mit meinen Fingern über die Buchrücken fahre. Ich habe zwar einige Bücher vorbestellt, aber diese Buchhandlung hat einige Romantasy-Neuerscheinungen vorrätig, sodass es nicht lange dauert, bis Thorne einen großen Stapel hinter mir herträgt.

»Ich kann meine Bücher selbst tragen«, sage ich mit einem Blick über die Schulter. Die Vorbestellungen kann ich zum Glück canceln.

»Das ist mir bewusst, aber ich genieße es, sie für dich zu tragen.«

»Ach ja?« Ich werfe einen Blick in den Gang hinein, in dem wir uns befinden. Der Laden ist bis auf die Mitarbeiterin leer, sodass ich mich auf die Zehenspitzen stelle und Thorne küsse. Ein Kuss reicht ihm nicht, und ich merke, dass er sich an mich drängen möchte, doch die Bücher zwischen uns erschweren dieses Vorhaben.

»Mist. Ich würde jetzt so gerne verbotene Dinge hier mit dir tun.«

»Wenn das der Sheriff hören würde«, sage ich gespielt entrüstet.

»Wen kümmert es. Ich würde am liebsten diese Bücher auf den …«

»Halt«, unterbreche ich ihn und hebe eine Hand.

»Keine Büchermisshandlungen in meinem Beisein.« Meine Worte lassen ihn lächeln. Dieses sexy Lächeln, das nun ganz mir gehört. *Wow. Einfach nur wow.*

»Ich schwöre, dass ich die Bücher lieben und ehren werden, bis der Tod uns scheidet.«

»So und nicht anders«, lobe ich ihn, ehe ich meine Arme um seinen Nacken schlinge und mir erneut einen Kuss stehle.

Nach der gemeinsamen Zeit in der Buchhandlung fahren wir wieder zur Farm, weil Rose uns mitgeteilt hat, dass das Essen in einer halben Stunde fertig sei. Zwar habe ich ein schlechtes Gewissen, weil ich ihr heute nicht bei den Vorbereitungen geholfen habe, aber wenn ich an die schönen Stunden zwischen den Büchern denke, weicht dieses negative Gefühl in mir.

Thorne sitzt neben mir, und während wir mit der ganzen Familie, Juliette und Harry essen, greift er unter dem Tisch nach meiner Hand und streichelt sie. Es sind diese kleinen Gesten, die meinen Puls in die Höhe schießen lassen. Nach dem Essen würde ich mich am liebsten mit Thorne in mein Zimmer zurückziehen, doch vor Tagen habe ich Joseph versprochen, mit ihm in den Wald zu fahren und ihn dort bei Fällarbeiten zu unterstützen. Ich möchte in alle Aspekte des Farmlebens reinschnuppern.

Also steige ich mit ihm in den Traktor und schlinge meine Arme um Cujo, der uns begleiten wird. Die Hunde haben sich schon so an meine Anwesenheit gewöhnt, dass sie nicht mehr so euphorisch reagieren, wenn sie mich sehen, sondern einfach nur ihre Streicheleinheiten einfordern.

Eine Stunde später stehe ich mit Sicherheitsstiefeln, Helm und Handschuhen neben Joseph, als er einen Baum fällt, der einen kränklichen Eindruck auf mich macht. Joseph erklärt mir, dass daraus Brennholz gemacht wird, mit dem sie im Winter den Kamin befeuern wollen.

»Sorgst du jetzt schon für Winterholz?«, frage ich, weil ich davon ausgegangen war, dass man das erst später im Jahr macht.

»Ja, man muss schon im Spätsommer darüber nachdenken, woher man das Holz beschafft, und dann braucht man noch einen trockenen Lagerplatz. Damit es nicht zu eng wird mit der Zeit, machen wir das immer früher.« Während Thornes Vater den Baum gefällt hat, musste ich Abstand halten, aber jetzt darf ich mich ihm und dem Baumstamm nähern, den er mit der Motorsäge von den Ästen befreit hat. Überall liegen Holzspäne und lose Äste.

»Wie kann ich dir helfen?«

»Du kannst das Gestrüpp auf einen Haufen legen, wenn du magst. Aber du kannst auch einfach nur zugucken. Doch wie ich dich kenne, ist das nichts für dich.«

»Nein, ist es auch nicht. Ich bin hier, um zu helfen, so wie ihr mir geholfen und mich durchgefüttert habt.«

»Du bist ein gutes Kind. Ich hoffe, dass deinen Eltern das bewusst ist.«

»Ich habe nur eine Mutter, und unsere Beziehung steht gerade auf wackeligen Beinen.« Wir telefonieren zweimal die

Woche, aber wir sind weit davon entfernt, eine herzliche Beziehung wie damals zu führen. Sie weiß, dass sich die McKinleys gut um mich kümmern, doch wie innig meine Beziehung zu manchen Familienmitgliedern ist, habe ich verschwiegen. Kommunikation ist eine Schwäche von uns. Das ist schon seit einigen Jahren so. Wenn wir uns sehen, schlägt sie meist Shoppingtouren vor, anstatt wirklich mit mir zu reden. Es ist schade, aber ich habe mich schon so an diese Tatsache gewöhnt, dass es mich kaum noch traurig stimmt.

»Und dein Vater?«

»Den habe ich nie kennengelernt.«

»Oh. Das tut mir leid. Ich hätte nicht davon anfangen sollen.« Er blickt verlegen zu Boden, doch ich hebe beschwichtigend die Hände.

»Kein Problem. Es ist gar nicht schwer, darüber zu reden, weil es keine Person gab, die ich hätte vermissen können.«

»Solltest du jemals eine männliche Bezugsperson brauchen, die du um Rat fragen kannst, dann bin ich für dich da. Egal ob jetzt oder in einem Jahr. Du hast unsere Familie bereichert, und selbst wenn du wieder in dein altes Leben zurückkehrst, sind wir immer für dich da.«

»Manchmal stelle ich mir die Frage, was ich wohl Gutes in meinem Leben getan habe, um euch zu verdienen. Wir kennen uns erst seit ein paar Wochen, und doch habe ich das Gefühl, als hätte ich etwas gefunden, das ich immer gesucht habe.«

»Eine Familie kann aus Menschen bestehen, die nicht mit uns blutsverwandt sind. Denn die Gefühle, die wir füreinander hegen, machen uns zu Familienmitgliedern.«

»Ihr seid mir sehr ans Herz gewachsen«, sage ich, die Äste immer noch in der Hand. Joseph ist kein Mann, der Umarmungen austauscht, aber seine Worte legen sich väterlich um meine Schultern, wie es seine großen Hände wohl tun würden.

»Und dass du meinen Thorne so glücklich machst, werde ich dir nie vergessen.«

»Ich?«

»Ihr glaubt, dass ihr es verbergen könnt, aber eure Augen haben es uns verraten.« Mein Lächeln wird breiter, schließlich kann Joseph ruhig sehen, wie glücklich sein Sohn *mich* macht.

»Mach dir keine Sorgen. Wenn ihr es geheim halten wollt, werden wir schweigen, aber ich wollte dir nur danken. Weißt du, Thorne war eines unserer verschlossenen Pflegekinder. Wir waren sein vierter Stopp, und er hat uns nie gesagt, was in den Waisenhäusern oder Pflegeheimen passiert ist, aber es hat Monate gedauert, bis er aus seinem Schneckenhaus gekrochen ist.«

»Das wusste ich nicht.«

Zwar war mir klar, dass Thorne adoptiert ist, weil weder Rose noch Joseph asiatische Züge aufweisen, aber dass er so leiden musste, bis er seine Familie gefunden hat, war mir nicht bewusst.

»Selbst mit Medina hatte ich immer das Gefühl, als würde ihm etwas fehlen. Und dann sehe ich ihn heute Morgen mit einem Lächeln, das ich noch nie an ihm gesehen habe.« Plötzlich bricht seine Stimme, und aus der lockeren Unterhaltung ist so viel mehr geworden. Es ist ein besonderer und zerbrechlicher Moment entstanden, der mir einen Einblick in Josephs Gefühlswelt ermöglicht.

»Danke, dass du unseren Thorne dazu gebracht hast, zum ersten Mal so zu lachen, wie er es heute getan hat.«

»Es ist mir eine Ehre, an seiner Seite zu sein«, sage ich und lege die Äste auf den vorgesehenen Platz ab. Unser Gespräch ist keines, was man mit einer väterlichen Umarmung oder großen Worten beendet. Es ist etwas, was Bestand hat und keiner symbolischen Geste bedarf.

Nachdem wir wieder auf der Farm ankommen, bin ich durchgeschwitzt, aber herrlich erschöpft. Ich habe das Gefühl, gute Arbeit geleistet zu haben, mit dem Gedanken im Hinterkopf, dass es die McKinleys im Winter warm haben werden. Ohne Halt in meinem Zimmer zu machen, springe ich gleich unter die Dusche, wobei ich eine kühlere Wassertemperatur wähle, um die Hitze in mir etwas in Schach zu halten.

Mit gewaschenen Haaren und einem Duschtuch um den Körper gehe ich in mein Zimmer, wo ich überrascht im Türrahmen stehenbleibe und beinahe das Tuch fallenlasse. Thorne liegt in Jogginghose und Achselshirt auf meinem Bett, hat eines meiner Kopfkissen umschlungen und schläft tief und fest. Die Schmetterlinge in meinem Bauch schwirren wild umher, und mein Herz schlägt schneller.

Wir haben die ganze Nacht kein Auge zugetan, und ihn nun so friedlich und entspannt zu sehen, lässt mich träge und schwer vor Müdigkeit werden. Ich ziehe mir Unterwäsche und ein übergroßes T-Shirt an, lege mich zu ihm ins Bett und drücke mich fest an seinen breiten Rücken, ehe ich augenblicklich mit seinem Duft in meiner Nase einschlafe.

KAPITEL 26

Novalee

Ich höre die Vögel zwitschern, als ich aufwache, habe aber keine Lust, meine Augen zu öffnen. Ich fühle mich durch und durch wohl und von einer alles umfassenden Wärme umhüllt. Mein Kissen ist zwar härter als sonst, doch sobald ich wach bin, gilt mein erster Gedanke Thorne, sodass nichts meine Laune trüben kann. Wenn das hier das Gefühl von Verliebtheit ist, bin ich mir sicher, dass ich es zum ersten Mal erlebe.

»Guten Morgen«, murmelt eine von Schlaf noch raue Stimme, die einen wohligen Schauer mein Rückgrat hinabgleiten lässt. Ich öffne die Augen und sehe einen lächelnden Thorne mit vom Schlaf verwuschelten Haaren. Doch mein Schauer rührt daher, dass ich in seinen Armen liege. Sein Arm war mein Kissen, das ich für härter als sonst gehalten habe. Erst jetzt fällt mir wieder ein, dass ich mich zu ihm ins Bett gelegt habe.

»Morgen«, murmle ich und weiß anfangs gar nicht, wie ich reagieren soll. Thorne streicht mir das Haar aus dem Gesicht, ehe seine Hand auf meiner Wange verharrt.

»Hast du gut geschlafen?«, fragt er mich, doch das Streicheln seiner Finger auf meiner Wange lenkt mich zu sehr ab, sodass ich nicht sofort antworten kann.

»Hmm«, murmle ich, was ihn den Mundwinkel heben lässt.

Er weiß ganz genau, welche Wirkung er auf mich hat, und es ist mir völlig egal. Ich genieße seine Nähe und jede Berührung, die ich bekommen kann.

»Und du?«, frage ich atemlos. Seine Präsenz löst Emotionen in mir aus, wie ich sie noch bei keinem Mann vor ihm empfunden habe.

»Ich war sehr überrascht, als ich vor ein paar Stunden aufgewacht bin und dich auf mir gefunden habe.«

»Auf dir?«

»Dein halber Oberkörper war auf meinem. Wir werden uns im Schlaf wohl aneinander gekuschelt haben.«

»Oh. Du hast in meinem Bett gelegen, und da blieb mir nichts anderes übrig, als mich zu dir zu legen«, sage ich etwas schüchtern.

»Und ich bin sehr froh darüber. So konnte ich dir beim Schlafen zusehen.«

»Gar nicht unheimlich, deine Aussage«, sage ich sarkastisch, was ihn noch mehr grinsen lässt.

»Vielleicht, aber es ist besser, als fernzusehen.«

»Ich bin viel unterhaltsamer, wenn ich wach bin.«

»Ich mag alle Versionen von dir.«

»Und ich mag dich«, sage ich und ernte als Antwort einen zärtlichen Kuss. Es ist vielmehr ein Streichen seiner Lippen über meine. Thorne ist sanft, doch sobald er mich küsst, kann ich nicht genug bekommen. Ich vertiefe unseren Kuss, und meine Finger gehen währenddessen auf Wanderung. Finden die Wölbung seines Pos, seinen festen Bizeps und seinen starken Rücken.

Auch Thorne fährt mit seiner Hand über meine nackten Beine, meine Oberschenkel und wandert immer höher. Er stoppt genau am Saum meines Schlafshirts, was mir ein protestierendes Stöhnen entlockt.

»Wieso hörst du auf?«, hauche ich gegen seinen Mund, als er mir sanft in die Unterlippe beißt.

»Möchtest du denn, dass ich weitermache?«, fragt er mit heiserer Stimme. *Ach ja.* Wie immer entscheide ich, und Thorne würde nichts tun, wofür ich nicht bereit bin. Wenn ich einen Schritt weiter gehen möchte, muss ich es ihm sagen. So war es immer, und so wird es auch bleiben.

»Ja«, will ich hauchen, doch es geht in ein Stöhnen über.

»Wir gehen nur so weit, wie du willst. Nur ein Wort, und wir hören auf, okay?«

»Du redest zu viel. Manchmal musst du auf meinen Körper hören. Er sagt dir, was ich will.«

»Das heißt, ich soll auf Erkundungstour gehen?«, fragt er an meinen Lippen, und allein die Verheißung in seiner Stimme lässt mich erschaudern.

»Wenn du möchtest.«

»Oh Novalee, du hast ja keine Ahnung, wie sehr ich das tun möchte.« Sein herrlich weicher Mund erobert meinen, während seine Hand unter mein Shirt gleitet. Gemächlich fährt er mit den Fingern über mein bereits feuchtes Spitzenhöschen. Ich bäume mich schnurrend auf und stöhne wohlig in seinen Mund, als er es zur Seite schiebt. All meine Nervenenden sind vor Vorfreude angespannt, doch er verharrt über meiner empfindlichsten Stelle.

Meine Finger krallen sich in sein Haar, doch Thorne leckt über meinen Hals, reizt meine erhitzte Haut bis aufs Äußerste. Ich bäume mich ihm entgegen, doch nichts passiert. Er lächelt an meinem Hals, und als er sanft in die Haut über meinem Puls beißt, dringt auch sein Finger in mich. Es ist ein überwältigendes Gefühl, das mich die Augen schließen und einfach fühlen lässt.

Meine Lippen teilen sich, als mir ein Laut entweicht, der

eine Mischung aus Seufzen und Stöhnen ist. Ein Beben geht durch meinen Körper, als Thorne in einen gleichmäßigen, quälend langsamen Rhythmus verfällt. Ich öffne langsam die Augen und sehe in Augen aus Whiskey. Weich, dunkel und intensiv blicken sie auf mich herab.

»Küss mich«, flüstere ich, und Thorne kommt meiner Bitte sofort nach. Während er mich leidenschaftlich küsst, verwöhnt er mich mit seinem Finger, bis sich eine Hitze in mir zusammenbraut, die mich zu versengen droht. Mein Atem wird schneller, mein Stöhnen unkontrollierter, als er das Tempo erhöht. Mit seinem Namen auf den Lippen komme ich laut und heftig.

Schwer keuchend sehe ich in Thornes Gesicht, und auch wenn wir gerade einen intimen Moment geteilt haben, überkommt mich eine plötzliche Verlegenheit. Ich schmiege mich an seinen Körper, und ohne Fragen zu stellen, drückt er mich an sich. Thorne streicht beruhigend über mein Haar, während ich versuche, wieder zu Atem zu kommen. So liegen wir einfach da, allein mit unseren Gedanken, voll von Wärme und Geborgenheit, wie sie mir noch nie in meinem Leben zuteilwurde.

»Novalee, Schätzchen, du hast heute noch nichts vor, oder?«, fragt mich Granny, als wir nach dem Abendessen den Abwasch erledigen. Maddie, Stephen und ich machen die Küche und das Esszimmer sauber, und wir befinden uns bereits im Endspurt, als sich Thornes Großmutter an mich wendet.

»Ähm, ich bin mir nicht sicher«, antworte ich ehrlich, da Thorne und ich noch keine Pläne für heute Abend gemacht haben. Nach heute Morgen ist es mir schwergefallen, aus unserer Blase hinauszutreten und das Zimmer zu verlassen, aber Thorne wurde gebraucht, und ich wollte ihn nicht daran hindern, seinen Eltern zu helfen. Auf einer Farm ist immer etwas zu tun. Jede helfende Hand erleichtert seinen Eltern und Geschwistern das Leben.

»Gut, dann nehme ich dich mit.«

»Und wohin?«, will ich wissen, denn Ausgehen mit Granny kann schnell in ein Abenteuer abdriften, wie Joy und Thorne mir bereits erzählt haben.

»Das ist eine Überraschung! Aber es wird dir gefallen, versprochen!«

»Gut, ich bin gespannt.«

Während Granny zum Tisch geht, kommt Maddie auf mich zu und flüstert mir etwas ins Ohr. »Das hättest du nicht sagen sollen, denn Granny war vor ein paar Tagen beim Skydiving, und es würde mich nicht wundern, wenn sie dich zu einer dieser waghalsigen Erkundungen mitnehmen will.«

Ich bekomme große Augen, doch sie lächelt mich nur vielsagend an.

Meine Sorge ist jedoch unbegründet, denn eine Stunde später steuern wir Mariellas Café an, das allerdings schon geschlossen hat. Nur eine Stehlampe erhellt das Innere. Doch zu meiner Überraschung erscheint auf Grannys Klopfen eine strahlende Mariella mit Joy im Schlepptau, und sie öffnen uns die Tür.

Heute trage ich eine beige Anklehose zu waldgrünem T-Shirt aus Kaschmir. Es ist ein edles Outfit, doch wenn mich diese erfrischend abenteuerlustige Frau mitnimmt, möchte ich mich von meiner besten Seite zeigen.

Nach einer kurzen Begrüßung gehen wir auf den Tresen zu und passieren die Küche, die ich mir nicht näher ansehen kann, da wir direkt einen Raum weiter gehen, der sich wie eine Geheimtür öffnet. Es hat etwas Gruseliges und doch Aufregendes, durch eine solche Tür zu treten, doch was mich dahinter erwartet, hätte ich beim besten Willen nicht erwartet.

»Willkommen im WSPC. Dem *Washingtons Secret Poker Club*«, sagt Granny, als ich mich neugierig umsehe. Der Raum ist groß und hat hohe Decken. In ihm befinden sich zwei Pokertische, die Platz für jeweils sechs Personen bieten. Juliette ist Croupier an einem der Tische und Ryder am anderen.

»Ein geheimer Pokerclub«, sage ich, ohne es wirklich verarbeitet zu haben.

»Ja, wobei wir diesen auch nicht geheim halten müssten, aber wir wollen im engeren Kreis bleiben und keine Person dabeihaben, die wir nicht mögen.«

»Und da gibt es einige«, pflichtet Mariella Granny bei, ehe sie zu einer Kommode geht, die provisorisch als Bar umfunktioniert wurde.

»Seit wann gibt es diesen Club?«, frage ich neugierig und sehe mich weiter um. Einige der Personen kenne ich, während mir andere noch unbekannt sind.

»Das müsste fünf Jahre her sein. Mariella hat diesen geheimen Raum entdeckt, und da er kein Fenster hat, wusste sie nicht, wie sie ihn nutzen kann. Also haben wir eine Lüftungsanlage einbauen lassen. Seitdem besteht der Club. Mit dem Mitgliedsbeitrag haben wir die Tische sowie das Equipment gekauft und nutzen ihn einmal im Monat.«

»Wird hier mit Geld gespielt?« Ich sehe Chips auf den Tischen und frage mich, ob diese am Ende eingetauscht werden.

»Nein. Hier in Connecticut ist das Glücksspielgesetz streng, und da wir weder Lizenzen noch sonst etwas anstreben, gibt es hier einfach einen Essensgutschein für denjenigen zu gewinnen, der nach dem Turnier als Sieger hervorgeht.«

»Das klingt nach Spaß.«

»Ist es auch. Vor allem wenn der Strip-Poker-Teil drankommt.«

»Strip-was?«, sage ich, doch da ist Granny bereits an einen

Tisch getreten, um sich mit jemandem zu unterhalten. In der nächsten Stunde schaue ich zu, wie sie mit ihrem Können eine Runde nach der anderen gewinnt. Auch ich spiele ein paar Runden mit, bin jedoch im Vergleich zu Granny nicht so gut.

Wenn ich in der Maske gesessen habe oder wieder mal auf meinen Auftritt oder Musikdreh warten musste, habe ich manchmal Texas Hold'em Poker gespielt, sodass ich die Regeln bereits kannte, aber es online zu spielen ist eine andere Sache. Irgendwann kommt auch Thorne in den Raum. Ich spüre seinen brennenden Blick bereits auf mir, bevor ich ihn überhaupt sehe. Es ist, als würde mein Körper instinktiv wissen, dass er eingetreten ist.

Das Prickeln auf meiner Haut verstärkt sich, je näher er mir kommt, und als ich seine Stimme höre, überzieht eine Gänsehaut meinen Körper. Der Raum ist mittlerweile leerer geworden, und als Mariella die nächste Runde ansagt, wird mir auch klar, wieso.

»Jetzt beginnt der Spaß.« Granny klatscht erfreut in die Hände, als die erste Partie Strip-Poker angekündigt wird.

»Ähm, ich denke, ich passe«, sage ich, doch Thornes Grandma legt eine Hand auf meine.

»Mach doch eine Runde mit. Du kannst jederzeit aufhören, wenn es dir nicht gefällt.« Mein Zögern wird von allen wahrgenommen, doch niemand zwingt mich zu etwas, sondern wie immer ist es an mir, ob ich diesen neuen Schritt wagen möchte, oder nicht.

»Na schön. Eine Runde kann nicht schaden.« Und das tut sie tatsächlich nicht. Denn es ist ein ständiger Wechsel. Es fallen Hüte, Cardigans, Ketten, Ringe, und es macht auch ungeheuren Spaß. Die Regeln sind nicht mehr so streng, und man merkt, dass im Vordergrund steht, dass sich alle wohlfühlen.

Als ich nur mehr mit Shirt und Hose und ohne Socken

dasitze und verliere, ist der Moment gekommen. Ich muss ein Kleidungsstück ablegen. Außer Granny, Mariella, Miles, Ryder, Joy, der Bürgermeisterin und Ryders Feuerwehrkollegen Mitch ist niemand mehr anwesend. Es ist eine kleine Runde mit Menschen, denen ich schon begegnet bin. Doch bevor ich eine Bewegung machen kann, setzt sich Thorne neben mich.

»Ich übernehme ihre Schuld«, sagt er wie ein Ritter, der für mich in die Schlacht zieht, und zieht sein T-Shirt aus. Gebräunte Haut, feste Muskeln, Adern an den Armen und auch in der Sixpackregion, die zu einem herrlichen V führt, von dem ich kaum den Blick lösen kann. Mein Mund klappt auf, weil das wohl der erotischste Moment meines Lebens ist.

»Normalerweise zählt das nicht, aber da du sozusagen für Nova arbeitest, machen wir eine Ausnahme«, meint Mariella mit einem wissenden Grinsen im Gesicht. Eine Runde, in der Thorne eher glimpflich davonkommt, mache ich noch mit, erhebe mich dann aber schnell wieder. Nicht nur um Thorne davor zu bewahren, die Hüllen fallen zu lassen, sondern weil seine bloße Nähe mir Hitzewallungen beschert.

Heute Morgen hat er mir einen Orgasmus beschert, war aber vollständig angezogen. Ihn mit freiem Oberkörper zu sehen, löst etwas in mir aus. Wir fahren schweigend nach Hause und treten schweigend und mit gebührendem Abstand ins Haus, doch sobald wir Thornes Zimmertür hinter uns schließen, küssen wir uns. Während er seine Lippen auf meine presst, drängt mich Thorne gegen die Wand neben der Tür und keilt mich ein. Augenblicklich hebe ich ein Bein, und er legt eine Hand an meine Kniekehle.

Ich spüre, wie sehr er mich will, als er meinen Mund im Sturm erobert und die andere Hand sich in meinem Nacken vergräbt. Nichts daran ist vorsichtig und sanft wie heute Morgen, stattdessen ist es reine Begierde, die uns umhüllt. Lange genug haben wir umeinander herumscharwenzelt. Heute möchte ich aufs Ganze gehen, ihn spüren und mich ihm völlig hingeben, so wie ich ihm mein Herz voll und ganz geschenkt habe.

»Du schmeckst wie Honig. Weich und süß«, murmelt er an meinen Lippen, als wir uns kurz atemlos ansehen. Ich antworte mit einem schnaubenden Lächeln.

»Novalee. Ich …«, flüstert er, und etwas in mir vergeht bei dem quälenden Unterton in seiner Stimme.

»Ich bin so verliebt in dich, dass ich kaum einen klaren Gedanken fassen kann, wenn du in meiner Nähe bist.«

»Mir geht es genauso«, murmle ich, ergriffen von den wohl schönsten Worten, die je jemand an mich gerichtet hat.

»Das hier ist mehr für mich als ein Flirt oder Sex. Ich möchte mit dir zusammen sein. Möchte an deiner Seite sein, ob nun heimlich oder öffentlich. Für mich hat immer nur dein Wohl gezählt, und das hat sich nicht geändert. Aber meine Gefühle haben es. Mein Herz gehört dir, wenn du es willst.«

»Thorne«, sage ich, als eine Träne über meine Wange perlt. Aber ich will nicht weinen, sondern ehrlich sein. Die Worte haben ihn mit Sicherheit viel Überwindung gekostet, und ich möchte ihm ebenfalls mein Herz öffnen.

»Ja. Ja, zu allem. Das hier ist mehr, als ich es je in einem Song wiedergeben könnte. In einer Beziehung zu sein ist neu für mich, aber ich werde alles in meiner Macht Stehende tun, um für uns zu kämpfen.«

»Und ich werde uns immer beschützen.«

»Versprichst du es?«, wage ich zu fragen und weiß, dass ich mich damit auf dünnem Eis bewege. Niemand kann garantieren, dass unsere Beziehung halten wird, aber Thorne nickt und schluckt schwer. Nichts hat je schöner ausgesehen als dieser

Mann in diesem Moment, als er sich völlig für mich, für uns entscheidet.

»Ich verspreche es.«

Danach gibt es kein Halten mehr, keine Unsicherheiten oder Ängste, denn wir haben den Weg gewählt, für den sich unsere Herzen entschieden haben.

KAPITEL 27

Novalee

Thorne dirigiert mich küssend zum Bett, bis ich es in meinen Kniekehlen spüre. Langsam und sanft lässt er mich darauf sinken, ohne den Mund auch nur einmal von meinem zu lösen. Ich ziehe ihm sein Shirt über den Kopf, und auch er greift zum Saum meines Tops und zieht es mir aus. Meine Handflächen gleiten zu seiner Brust, und ich spüre die Wärme, die von seinem Körper ausgeht.

Sobald sich meine Hand zum Knopf seiner Hose begibt, tritt ein hungriger Ausdruck in seine Augen, einer, den ich noch nie an ihm gesehen habe. Bis jetzt haben wir einander erkundet, doch nun sind wir im Begriff, alles voneinander zu sehen. Nicht nur unsere Körper, denn mein Gefühl sagt mir, dass wir uns heute auch unsere Seelen offenbaren, die bereits tief ineinander verschlungen sind.

Seine Hose gleitet zu Boden, genauso wie meine. Seine Lippen finden meine, als wir uns in Unterwäsche auf das Bett legen. Thorne zieht mich auf sich, küsst mich um den Verstand. Packt meinen Nacken, dringt tiefer mit seiner Zunge in meinen Mund ein. Quälend langsam reibe ich mich an ihm, spüre, wie feucht ich bereits bin. Mit einem geschickten Griff öffnet dieser unglaublich schöne Mann meinen BH.

Ich unterbreche unseren Kuss, setze mich auf und habe ein

wildes Lächeln auf den Lippen, als ich zuerst den einen Träger über meine Schulter streiche und dann den anderen folgen lasse. Ich werfe den BH achtlos weg, und Thorne schluckt bei meinem Anblick. Schwer atmend sehe ich ihn an, fühle mich wie eine sexy Göttin, weil mir sein Blick genau das vermittelt. Als wäre ich das Schönste, was er jemals gesehen hat.

Plötzlich packt er mich an der Hüfte und dreht uns so, dass ich unter ihm liege. Ich keuche erschrocken auf, habe aber keine Angst, sondern bin einfach überrumpelt. Mit brennendem Blick fährt Thorne langsam und gemächlich mit seinen Fingerspitzen über mein Schlüsselbein, meine Arme und unter meine Brust. Es sind federleichte Berührungen, aber ihre Wirkung ist immens, und sie verstärken die Hitze in mir, die mich zu versengen droht. Als sein Daumen meine Brustwarze trifft und über sie streicht, zucke ich aufgrund der heftigen Empfindung zusammen. Mein Stöhnen verstärkt sich, als Thorne sie in den Mund nimmt und an ihr zu saugen beginnt. Meine Hände krallen sich in sein Haar, und je mehr er mich neckt, desto stärker wird mein Griff.

Ich liebe den Fakt, dass sein Haar dicht ist und die perfekte Länge hat, um sich daran festzuhalten. Er widmet sich meiner anderen Brustwarze, ehe er seine Lippen immer tiefer wandern lässt. Thorne zieht mir den Slip aus und verwöhnt mich mit dem Mund. Ich bin kurz davor, so kurz davor, doch Thorne löst sich von mir und leckt sich genießerisch die glänzende Feuchte von seinen Lippen.

Ich erröte, was sich wohl über meinen ganzen Körper erstreckt. »Bitte Thorne. Schluss mit dem Vorspiel. Ich möchte alles von dir.«

»Du bekommst alles, was du dir wünschst, aber ich möchte das hier auskosten. Jeden Winkel deines schönen Körpers huldigen, so wie du es verdienst.« Wieso sagt er immer wieder Worte, die mir durch Mark und Bein gehen?

»Dafür wirst du in Zukunft viel Zeit haben, aber jetzt brauche ich dich.«

Thorne nickt mir leicht zu, steht auf, und nachdem er sich die Boxershorts ausgezogen hat, öffnet er das Nachtkästchen und zieht eine Kondompackung heraus. Ich kichere vor Vorfreude. Thorne löst den Blick von dem Möbelstück, um mich anzusehen.

»Tu das noch mal.«

»Was?«

»Kichern. Ich liebe diesen Laut, den ich hier in Washington das erste Mal von dir gehört habe.«

»Tatsächlich?«, frage ich, da mir nicht klar war, wie aufmerksam er meine Veränderung verfolgt hat, seitdem ich hier bin.

»Seit du hier bist, hast du mehr gelacht als in dem gesamten Jahr, in dem ich für dich gearbeitet habe. Du wirkst glücklich, und in diesem Zustand kann ich meine Augen nicht von dir nehmen.«

»Ich *bin* glücklich«, sage ich mit belegter Stimme, und die Tatsache, dass wir beide nackt sind, während wir sprechen, macht den Moment intimer. Besonderer.

»Das ist gut, denn ich möchte dich für eine lange Zeit so sehen«, sagt er, ehe er die Packung öffnet, das Kondom überzieht und sich über mich legt. Die Hände neben meinem Kopf abgestützt, küsst er mich erneut, und wie eine Ertrinkende klammere ich mich an ihn, erzittere, als er mir sanft in die Lippe beißt.

Während unsere Zungen miteinander spielen, spüre ich ihn an meiner Mitte. Er löst den Mund von mir, sieht mich lange an, und erst als ich leicht nicke, dringt er in mich ein. Überwältigt von der Empfindung verstärkt sich mein Griff um seine

Hüften. Es kostet mich viel Kraft, die Lider nicht zu schließen, auch wenn sie schwer geworden sind und ich einfach in dieser Lust ertrinken möchte.

»Verdammt«, knurrt Thorne. Er beugt sich vor und küsst mich, als er weiter in mich vordringt und ein herrliches Ziehen mir Lust auf mehr macht. Thornes Geruch umhüllt mich, seine Augen sind so klar und tief, dass ich das Gefühl habe, bis in seine Seele blicken zu können. Als er schließlich ganz in mir ist, passiert etwas. Meine Liebe für ihn erklimmt ungeahnte Höhen, die mich für immer brandmarken.

Ich gehöre Thorne, mit Leib und Seele, und an seinem Blick sehe ich, dass er ebenso empfindet. Dass er der Meine ist.

»Mehr. Ich brauche mehr«, keuche ich, und genau das gibt mir Thorne. Er zieht sich aus mir zurück, nur um danach härter in mich zu dringen. Mein Stöhnen ist laut und rau, und um keine Kratzspuren an Thorne zu hinterlassen, greife ich nach dem Bettlaken.

Immer wieder dringt er tief ein, und mit jeder Bewegung bringt er mich dem Abgrund näher. Sein schwerer Atem ist das heißeste Geräusch, das ich je gehört habe, und ich drohe wahrlich den Verstand zu verlieren, weil ich nicht genug bekommen kann.

»Was möchtest du?«, raunt Thorne, und seine Stimme ist so tief, dass ich sie kaum erkannt hätte.

»Alles.« Er versteht instinktiv, hebt mein Knie an, verändert den Winkel und dringt tief ein. Thorne nimmt mich härter, sodass ich das Gefühl habe zu vergehen, und doch am Leben zu sein. Es dauert nicht mehr lange, und ich sehe Sterne, während der Orgasmus wie eine große Welle über meinen Körper schwappt. Ich schreie seinen Namen, immer und immer wieder, und das ist auch der Moment, in dem Thorne keuchend erbebt und ebenfalls kommt.

Schwer atmend sackt er auf mir zusammen, sehr darauf bedacht, sich mit dem Ellbogen abzustützen, um mich nicht zu zerquetschen. Kurz löst er sich von mir, verknotet das Kondom und wirft es in den Mülleimer, als er auch schon wieder ins Bett kommt und mich in seine Arme zieht.

Eine herrliche Stille umfängt uns wie ein Kokon, sodass nichts wichtiger ist als die Empfindungen, die uns gerade beherrschen. Ich fühle mich überfordert, glücklich, sensibel, schüchtern, verrucht und noch vieles mehr. Es ist, als würde ich alle Etappen durchgehen, um mich dann für eine Emotion zu entscheiden.

»Was geht in deinem hübschen Kopf vor?«, murmelt Thorne, als er liebevoll über mein Haar streicht.

»Ich fühle mich einfach wunderbar. Das hier. Wir … das ist fast mehr, als mein Herz ertragen kann.« Ein Brummen geht durch seinen Körper, als würde er leise lachen.

»Sollen wir es künftig langsam angehen lassen?«

»Nein. Alles ist richtig, so wie es ist. Auch wenn ich eine erwachsene Frau bin, habe ich noch nicht viele Erfahrungen mit Männern gesammelt.« Meine Wangen brennen, aber ich nehme all meinen Mut zusammen und löse mich aus seiner Umarmung, um ihn anzusehen.

»Wie viele waren denn vor mir an deiner Seite?«

»Einer.« Ich erwarte, dass er loslacht oder vor Überraschung die Augen aufreißt, doch ich erkenne nichts als Neugier in seinem Blick.

»Findest du das nicht schlimm?«

»Wieso sollte ich? Du siehst dir die Menschen genau an, ehe du mehr von dir preisgibst. Da ist es für mich auch einleuchtend, dass du nicht so viele Partner gehabt hast. Dein Terminkalender war immer voller, als ich es je bei einer anderen Klientin erlebt habe.«

Thorne erwähnt mein Stardasein, das jetzt jedoch nicht weiter entfernt sein könnte, und wenn ich ehrlich bin, möchte ich auch nicht darüber reden.

»Er hieß Dexter.«

»Wining?«, fragt er, und seine Stimme wird leiser, als würde er diesen Namen nicht aussprechen wollen.

»Genau der. Es war nichts Ernstes, aber ich Dummerchen habe mir mehr erhofft.«

»Das tut mir leid«, meint er leise.

»Muss es nicht, denn es ist vergangen. Ich habe jetzt dich und brauche nicht in der Vergangenheit verweilen.«

»Nein, dass musst du nicht, denn ich plane, dich heute und in Zukunft unglaublich glücklich zu machen.«

Die nächsten Wochen sind die schönsten in meinem Leben. Jeden Morgen wache ich neben Thorne auf, verbringe den Tag mit seiner Familie oder seinem Freundeskreis, ehe wir abends in die Stadt fahren oder einfach zu Hause bleiben, um Zeit für uns zu haben. Seine Familie wusste von Anfang an über uns Bescheid, weil ich wie ein offenes Buch war und auch Thornes Blicke uns verraten hatten. Aber wir hätten es auch nie geheim halten müssen. Die McKinleys und vor allem Granny freuen sich sehr für unser junges Glück.

Ich wünschte, ich könnte für immer in dieser Bubble bleiben, hier in Washington einem einfachen Leben nachgehen, doch das geht einfach nicht. Meine Auszeit dauert nun schon einige Wochen an, doch mir ist bewusst, dass ich mich nicht ewig verstecken kann. Mein Team habe ich seit einer Ewigkeit nicht gesprochen, und auch wenn ich stets sage, dass ich keine tiefere Bindung gehabt habe, vermisse ich Libby, Callen und Tate.

Da es mir mittlerweile mental und körperlich blendend geht, singe ich die ganze Zeit. Beim Arbeiten, wenn ich Rose in der

Küche helfe oder wenn ich mit den Hunden durch den Wald spazieren gehe. Es kribbelt mir so stark in den Fingern, dass ich mich eines Tages in Thornes Zimmer verschanze und drei Songs schreibe. Meine Finger fliegen nur so über die Saiten.

Thorne versorgt mich in dieser Zeit mit Tee und Snacks, lässt mich aber in Ruhe arbeiten. Er weiß, dass ich, wenn ich tief in meiner Kunst versunken bin, kaum Zeit und Aufmerksamkeit für etwas anderes aufbringen kann.

Leider gibt es nicht nur schöne Begegnungen in Washington, und ich denke immer wieder an das Gespräch mit dem Sheriff zurück, von dem ich Thorne nichts erzählt habe.

Auch wenn mich seine harten Worte getroffen haben, hat er nicht ganz unrecht. Ich bin zwar glücklich, doch die liebevollen Menschen, die mir ans Herz gewachsen sind, könnten durch meinen Ruhm zu Schaden kommen. Vor allem Thorne.

Am liebsten würde ich in die Welt hinausschreien, dass ich zum ersten Mal in meinem Leben diese Form der Liebe erfahren durfte. Zwar hat es eine Weile gedauert, bis ich sie gefunden habe, aber dafür kam sie umso heftiger.

Ich liebe Thorne McKinley. Weil er mir immer eine Wahl gelassen hat, weil er mir das Gefühl gibt, gehört zu werden, und weil er hinter die Maske *Nova* gesehen hat und Novalee, meine innere Stimme, mehr mag als die berühmte Hülle. Manchmal ist er immer noch wortkarg, behält seine Gefühle für sich, doch die Momente, in denen er die Menschen um sich und mich an sich heranlässt, sind umso wertvoller.

Wir sind durch den jeweils anderen über uns hinausgewachsen, doch wir haben unser Wesen nicht verändert. Thorne und ich sind eine bessere Version unserer selbst geworden. Für mich ist es immer noch kaum zu glauben, dass ich mit meinem Bodyguard zusammen bin, denn am Anfang unserer Zusammenarbeit habe ich ihn eher für einen Roboter als für einen Menschen gehalten. Obwohl ich am liebsten für immer in unserer Washingtoner Blase bleiben würde, muss ich dem Management von unserer Beziehung erzählen, auch wenn sich dadurch alles verändern könnte.

KAPITEL 28

Thorne

Ich bin ein einfacher Mann. Ein Dach über dem Kopf, finanzielle Sicherheit, stetige Gesundheit und Menschen um mich, die mir viel bedeuten. Das waren die Dinge, die mich glücklich gemacht haben. Das war es, wonach ich als Kind und auch als Erwachsener gestrebt habe. Allerdings hätte ich damals auch nicht gedacht, dass da noch mehr ist. Ein Hochgefühl, das mein ganzes Sein einnimmt und mich zum glücklichsten Mann der Welt macht.

Novalee ist wie ein Stern, der alles um sich erleuchtet. Auch wenn es ihr vielleicht nicht bewusst sein mag, ist das schon so, seit sie als Sängerin aktiv ist. Sobald sie auf der Bühne gestanden ist, hat sich die Atmosphäre im Raum geändert. Die Mienen der Menschen erhellten sich, weil sie von ihr verzaubert waren. Den Effekt hatte sie schon als junges Mädchen, und jetzt hat er sich noch verstärkt.

Und gerade, weil sie die Fähigkeit hat, Menschen mit ihrem Wesen und ihrer Stimme zu verzaubern, ist mir bewusst, dass sie bald wieder in ihr altes Leben zurückmuss. Zwar reden wir nicht darüber, aber das Thema schwebt über uns wie ein Damoklesschwert. Novalee möchte am Montag ihrem Team von unserer Beziehung berichten.

Mir ist klar, dass ich daraufhin meinen Job verlieren werde, aber damit habe ich schon gerechnet. Nicht nur werde ich Novalee künftig nicht mehr beschützen dürfen, sondern ich werde auch meine Stellung bei der FPA verlieren. Es zeugt nicht gerade von Professionalität, sich in seine Klientin zu verlieben, aber ich würde nichts anders machen wollen.

Mir ist mein persönliches Glück wichtiger als mein beruflicher Werdegang. Ich kann überall arbeiten, und wenn mein Ruf als Security in Verruf geraten ist, gibt es immer noch Clubs in New York, die meine Dienste in Anspruch nehmen würden. Zwar bin ich zu gut ausgebildet, um als Türsteher zu arbeiten, aber wenn alle Stricke reißen, werde ich nicht arbeitslos bleiben.

Novalee ist Multimillionärin, und ich möchte nicht den Eindruck erwecken, ein Gold Digger zu sein, und durch ihr Geld ein Luxusleben zu führen. Ich möchte mein eigenes Gehalt verdienen und weiterhin arbeiten. Das hat nichts mit meinem Ego, sondern mit meiner Erziehung zu tun. Mein Vater meint immer, dass Faulheit eine Person mürbe macht und dazu führt, dass man seine Ziele und Träume aus dem Blick verliert. Deswegen arbeitet jede und jeder in unserer Familie so hart: Wir hatten ein gutes Vorbild und wissen, was man sich aus eigener Kraft aufbauen kann.

Wir sind dabei, den Truck zu beladen, ehe wir zum Farmers Market fahren, wo Madeleine unsere Waren zum Verkauf anbieten wird. Dad, Joy, Stephen und meine Neffen werden auf der Farm bleiben, während Mom, Maddie, Nova und ich zum Markt fahren. Es ist einer der größten Märkte des Sommers, da in der Nachbarstadt New Preston zeitgleich ein Jahrmarkt stattfindet. Diese Events ziehen demnach auch Touris an.

Zwar wird Nova immer wieder mit neugierigen Blicken konfrontiert, doch aufgrund ihrer Frisur wird sie nicht erkannt.

Ich bin Gott dankbar, dass die letzten Wochen entspannt waren, aber etwas in mir sagt mir, dass uns dieses Glück nicht immer vergönnt sein wird. Meine Arbeit als Sicherheitsmann war in den letzten Wochen leichter zu bewältigen, weil Nova keine Termine hatte, und wenn ich nicht in ihrer Nähe gewesen bin, waren es meine Familie oder Menschen aus meinem Freundeskreis, die ein wachendes Auge auf sie hatten.

Wenn ich ehrlich bin, hätte ich nicht gedacht, dass wir so viele Wochen lang unbemerkt in Washington bleiben können. Zwar hat eine ganze Stadt eine Verschwiegenheitserklärung unterschrieben, doch dass sich auch alle daran halten, lässt mich noch mehr Stolz für meine Heimatstadt empfinden. Ich steige in meinen Truck, in dem Nova bereits auf mich wartet, während die anderen mit einem zweiten Auto zum Markt fahren.

Ich stehle mir einen Kuss, ehe ich den Motor starte und losfahre. Beide Scheiben sind runtergelassen, als Novalee das Radio anmacht, wo gerade ein neuer Song von Kacey Musgraves gespielt wird. Nova singt mit, reckt ihren Arm aus dem Fenster und lässt ihre Finger durch den Wind gleiten. Durch den Fahrtwind werden ihre Haare hin und her geweht, und ein Seitenblick reicht, um mir sicher zu sein, dass ich sie noch nie freier und fröhlicher erlebt habe als jetzt.

Bei ihrem Anblick durchflutet Wärme meine Brust, und mein Griff um das Lenkrad wird fester. Ich liebe diese Frau und war noch nie in meinem Leben glücklicher, doch plötzlich ist da auch die Angst, sie zu verlieren. Davor, dass uns das Schicksal wieder trennt. Ich könnte nie wieder derselbe sein, könnte mich an eine Version von mir vor Novalee nicht erinnern.

Ich brauche sie wie die Luft zum Atmen, und gerade, weil sie so besonders ist, werde ich sie wohl oder übel mit der Welt teilen müssen. Doch die Frage, die mir auf der Seele brennt, ist immer noch dieselbe.

Werde ich als einfacher Mann, der ihr nichts bieten kann, genug sein, um sie glücklich zu machen?

»Deine Gedanken gehen wieder in trübe Richtungen, oder?«

»Wie kommst du denn darauf?«, frage ich. Auch wenn sie völlig recht hat, muss sie das nicht gleich wissen.

»Weil du verkrampft bist und wieder den Grumpy-Thorne-Ausdruck aufgesetzt hast.«

»Ach, und was ist das für ein Ausdruck?«

»Sieht aus, als hättest du Sodbrennen«, meint sie kichernd, was auch mich zum Grinsen bringt.

»Nein, wirklich. Du wirkst so ernst, als würdest du viel zu viel grübeln.«

»Tue ich das nicht immer?«

»Nein, diesmal ist es anders. Diesmal ist es ein ernstes Thema.«

»Wie gut du mich kennst«, sage ich anerkennend und lächle, ohne sie anzusehen.

»Darf ich wissen, was dich beschäftigt? Oder willst du es für dich behalten?«

»Ich habe mich nur gefragt, wie anders mein Leben wäre, wenn du nicht mehr Teil davon sein würdest.«

»Wieso sollte ich nicht mehr an deiner Seite sein?«, fragt sie verdutzt und wendet sich mir völlig zu.

»Nichts ist für immer, und vielleicht wird unsere Beziehung dem Druck der Öffentlichkeit nicht standhalten. Vielleicht werden wir uns auseinanderleben, oder was weiß ich. Beziehungen können scheitern.«

»Ja, aber unsere wird Bestand haben. Ich weiß es, weil unsere Liebe nicht von heute auf morgen entstanden ist, sondern sich im Laufe der Monate entwickeln konnte. Wir kennen einander, haben Vertrauen in uns, und unsere Gefühle sind echt.«

»Dein Glaube an uns ist unerschütterlich, oder?«

»Wir haben es uns versprochen.«

»Das haben wir«, sage ich, greife nach ihrer Hand, um sie an meinen Mund zu führen und einen sanften Kuss auf ihre Haut zu hauchen.

Der Verkaufsbereich des Farmermarkts befindet sich, wie das Spendenevent zuvor, auf der Rasenfläche des Parks. Neben dem Pavillon wurde ein Zelt aufgebaut, das die Waren und auch die Verkaufenden vor der heißen Sommersonne schützen soll. Maddie hat die Regale bereits abgewischt und die leeren Körbe schön platziert. Während Novalee die Schilder fein säuberlich beschriftet, füllen wir die Körbe so, dass sie auf die Vorbeigehenden einladend wirken.

Der Markt ist heute voller als sonst, und mein Blick huscht ständig zu Novalee, die von den Touris leider genauer beäugt wird, als mir lieb ist. Auch sie scheint es zu bemerken und dreht den Besuchenden den Rücken zu. Ich eile an ihre Seite und nehme ihre Hand, um sie von dem Markt wegzubringen. Wir gehen hinter das Rathaus, dessen Hintertür offen ist, und betreten das Haus, in dem eine angenehme Kühle herrscht.

»Wow. Ich hätte nicht gedacht, dass ich das so schnell wieder erlebe«, meint Novalee mit einem traurigen Unterton. »Dabei hatte ich mich so daran gewöhnt, inkognito unterwegs zu sein«, fährt sie fort, doch sie sieht auf meine Brust, statt mich anzusehen.

»Sie haben dich womöglich nicht erkannt, sondern sind nur stutzig geworden, aber als einer von ihnen nach seinem Smartphone gegriffen hat, musste ich dich wegbringen«, sage ich und streiche mit dem Daumen über ihren Handrücken. Ich halte sie, und denke nicht daran, sie so schnell wieder loszulassen.

»Es fühlt sich zu früh an, wieder Nova sein zu müssen. Hier

habe ich Freiheiten, von denen ich vor ein paar Jahren nicht mal zu träumen gewagt habe.«

»Wir werden einen Weg finden, eine gewisse Balance zu schaffen, wenn du wieder zurückgehst.«

»Zurück«, murmelt sie und scharrt mit den Füßen über den Holzboden. Mir und ihr graut es davor, wieder unter wachsamen Augen von einem Termin zum anderen zu hetzen, aber wir wissen auch, dass dieser Weg unvermeidbar ist.

»Hey«, sage ich, greife mit Daumen und Zeigefinger unter ihr Kinn und hebe es an. Ich möchte, dass sie mir in die Augen sieht, wenn ich sie zu trösten versuche.

»Egal, was auch kommen mag, wir werden zusammen sein.«

»Zusammen«, flüstert sie und blinzelt, ehe sie auf die Zehenspitzen geht, ihre Arme um meinen Nacken schlingt und mich küsst.

Nach dem Markt bestellen wir uns Pizza und hängen im Wohnzimmer ab. Es ist zu heiß, um etwas draußen zu erledigen, also sitzen wir alle auf der Couch und gucken einen Disneyfilm, den Jackson ausgewählt hat. Novalee hat sich an meine Seite gekuschelt, während wir den Film verfolgen. Es hätte alles perfekt sein können, bis Novalees Smartphone läutet und Tates Name angezeigt wird.

»Entschuldigt mich«, flüstert sie, steht auf und tritt auf die Terrasse hinter uns, um das Gespräch anzunehmen. Ich konzentriere mich wieder auf den Film, um ihr ihre Privatsphäre zu ermöglichen, doch auch wenn die Tür geschlossen ist, höre ich ihren lauten Ausruf und drehe mich alarmiert um. Sie sucht meinen Blick, und ich erkenne die Hilflosigkeit in ihren Augen. *Etwas ist passiert.*

Ich stehe auf, trete ebenfalls auf die Terrasse und stelle mich dicht neben sie. Bin da, wenn sie mich braucht.

»Und weiß man, wer es aufgenommen hat?«, fragt sie mit brüchiger Stimme und sieht sich hilfesuchend zu mir um. Auf Informationen brennend bleibt mir aber nichts anderes übrig, als bei ihr zu sein und ihre Hand zu halten.

»Es tut mir leid. Ich wollte es dir sagen, aber es hat sich einfach nicht ergeben. Möchtest du mit uns beiden sprechen? Wir könnten in fünf Minuten online sein.« Sie hört ihm aufmerksam zu, ehe sie nickt

»Hmm. Ist gut.« Sie legt auf, lässt ihren Arm sinken und blickt auf den strahlend blauen Himmel. Sie atmet tief ein und aus, bleibt ansonsten aber still. Ich lasse ihr Zeit, auch wenn ich unbedingt wissen will, was Tate ihr gerade mitgeteilt hat. Erst als sie ihre Kraft gesammelt hat, sieht sie mich an, und die Trauer in ihren Augen lässt mich innerlich zusammenzucken.

»Es wurde ein Foto von uns aufgenommen und an die Presse weitergegeben.« Tränen sammeln sich in ihren Augen, und ich kann ihr ansehen, dass sie kurz vor einem Zusammenbruch steht.

»Mittlerweile weiß die ganze Welt, dass wir zusammen sind, und jeder kennt meinen Aufenthaltsort.« Ihre dünne Stimme verklingt, und einige Augenblicke später wirft sich meine Freundin weinend in meine Arme. Schluchzer lassen ihren Körper erbeben.

Ich verstehe ihre Trauer, begreife, dass uns durch Menschen, die sich vielleicht ein paar Dollar dazuverdienen wollten, unsere Freiheit geraubt wurde. Wir haben unsere gemeinsame Zeit gehütet wie einen Schatz, und das wurde uns brutal genommen.

»Shh. Alles wird gut«, murmle ich in ihr Haar und werfe einen Blick zu meiner Mutter, die uns mitfühlend ansieht und die Jalousien runterlässt, sodass wir mehr Privatsphäre haben. Ich nicke ihr dankbar zu, ehe ich Novalee etwas fester in meine

Arme ziehe. Ich halte sie eine Weile, bis ihre Tränen schließlich versiegen.

»Bring mich hier weg«, flüstert sie mit leiser, brüchiger Stimme.

»Möchtest du wieder nach New York?«

»Nein!«, ruft sie bestimmt, dass mein Herz schwer wird. »Nicht dorthin, und ich möchte auch nicht hierbleiben. Bring mich einfach woandershin. Wenigstens für einen Tag, ehe uns die Realität wieder in ihren Klauen hält.«

»Mach ich. Ich würde alles tun, damit dieser traurige Ausdruck aus deinen Augen verschwindet.«

»Du sagst immer die richtigen Dinge.«

»Weil ich die Richtige an meiner Seite habe«, sage ich und ziehe sie in meine Arme. Tue alles, um sie zu schützen, auch wenn ich das Gefühl habe, als würde sich ein Sturm zusammenbrauen, dem nicht mal ich gewachsen sein werde.

KAPITEL 29

Novalee

»Pass auf deinen Kopf auf«, sagt Thorne, als wir durch einen dichten Wald spazieren, der uns zu unserem Ziel bringen wird. Zwei Tage. Mir bleiben exakt zwei Tage, in denen ich mich noch in meiner Blase suhlen kann. Zwei Tage, in denen ich die Freiheit tief in meine Lungen einatmen kann, ehe ich in mein altes Leben zurückkehren werde, das gerade so weit weg erscheint.

Auf dem Farmers Market ist uns jemand gefolgt, und als ich Thorne geküsst habe, haben Fremde uns fotografiert und es öffentlich gepostet. Wieso Menschen das Bedürfnis haben, tief in die Privatsphäre von Personen des öffentlichen Lebens einzudringen, werde ich nie verstehen. Ich bin doch auch nur ein Mensch wie sie, und manchmal möchte ich die Personen, die mich ohne meine Erlaubnis ablichten, fragen, wie sie sich fühlen würden, wenn ich sie im Gammellook beim Einkaufen fotografieren würde.

Aber ich habe immer geschwiegen, weil das nur Öl ins Feuer gießen würde. Bisher ist es mir immer gelungen, das alles nicht so nah an mich ranzulassen, doch bisher hatte ich auch noch nichts, was ich um jeden Preis schützen will. Und jetzt habe ich es. Ich möchte Thorne und seine Familie vor diesen Aasgeiern beschützen. Ich würde es nicht verkraften, wenn ihr Leben durch mich erschwert werden würde.

»Nicht zu viel nachdenken. Dafür haben wir später noch genug Zeit«, höre ich ihn sagen. Auch wenn er vor mir geht und mich nicht sieht, hat er wohl geahnt, dass meine Gedanken dabei waren, abzudriften.

»Ist gut.«

Zehn Minuten Gehweg später verlassen wir den Wald und kommen zu einem eingezäunten kleinen Grundstück. Der Rasen wird gerade durch einen Mähroboter bearbeitet. Das kleine Holzhaus sieht frisch renoviert aus. Das Holz wirkt zwar alt, doch offensichtlich wurde das Dach erneuert, und auch die Fenster scheinen neu zu sein.

Die Tür sowie die kleine Veranda sehen noch wie im Originalzustand aus. Ich schätze, dass es sich um ein Fünfzig-Quadratmeter-Häuschen handelt, das gerade mal Platz für zwei Personen bietet.

»Es ist das erste Heim meiner Großeltern gewesen. Sie haben gegen den Willen ihrer Eltern geheiratet und standen ohne einen einzigen Penny da. Ein Freund von Großvater hat ihm dieses Grundstück weit weg von der Stadt verpachtet. Erst Jahre später hat er ihm das Haus abkaufen können. Seitdem ist es der Rückzugsort unserer Familie. Sobald uns alles zu viel ist, kommen wir hierher. Verbringen ein paar Tage oder Wochen in der Natur, ehe wir wieder zur Farm und in unseren Alltag zurückkehren.«

»Wer kümmert sich um das Haus, wenn ihr doch zehn Kilometer entfernt wohnt?«

»Alle paar Monate kommt Granny hierher. Schwelgt in Erinnerungen und kümmert sich um alles.«

»Es muss schwer für sie sein hierherzukommen, wenn dein Großvater nicht mehr da ist.«

»Manchmal fängt sie plötzlich zu lachen an, weil sie sich an etwas Witziges erinnert, oder weint, weil sie ihn mal wieder schrecklich vermisst. Sie sagt, dass er immer ein Teil von ihr sein wird und dass die Liebe zu ihm sie aufrecht hält.«

»Die Schattenseiten der Liebe. Wenn man allein zurückbleibt, sobald der andere gegangen ist. Sie hat zwar ihre Familie, aber es ist nicht dasselbe.«

»Nein, wir können Grandad niemals ersetzen, aber wir lenken sie ab, so gut wir können, und wir ermutigen sie, ihre Reisen fortzusetzen. Alles, was sie mit ihrem Mann nicht mehr realisieren konnte, versucht sie nachzuholen, wenn es ihre Gesundheit zulässt. Komm, lass uns reingehen.«

Im Haus empfängt uns ein abgestandener Geruch, weil wohl schon länger nicht mehr gelüftet wurde, doch als Thorne die fünf Fenster des Hauses weit aufmacht, verschwindet dieser schwere Duft und wird durch Holz und eine Minznote ersetzt. Als ich in die kleine, aber funktionale Küche trete, erkenne ich, dass getrocknete Minze auf dem Fensterbrett auf einem Tuch abgelegt wurde, offensichtlich dient sie als natürlicher Wohnraumduft.

Die Wohnküche ist lichtdurchflutet, aber relativ klein. In einer Ecke befindet sich eine Zweisitzercouch, an der Wand gegenüber befindet sich ein Kamin, ein kleiner Esstisch, an dem zwei Personen Platz finden, und ein Vorhang, hinter dem ich das Bett vermute. Es gibt eine Tür, die wohl ins Badezimmer führt, doch ansonsten spielt sich das Leben in diesem kleinen, aber gemütlich wirkenden Raum ab.

»Was sagst du?«, fragt Thorne, nachdem er die Tür hinter uns geschlossen hat. Er schlingt von hinten die Arme um mich, und sein Kinn ruht auf meiner Schulter.

»Es ist schön intim, und ich frage mich, wie das Leben von Granny und deinem Großvater hier ausgesehen haben mag.«

»Sie hat einmal gesagt, dass die Jahre in dieser Holzhütte die schönsten ihres Lebens gewesen sind.«

»Es fühlt sich irgendwie an, als würden wir in ihr Reich eindringen.«

»Sie hat uns diese Hütte immer als einen Platz der Ruhe angepriesen und uns ermutigt hierherzukommen. Sie meinte, dass die Schönheit der Ruhe und der Umgebung mit anderen geteilt werden muss.« Ich drehe meinen Kopf zur Seite, sehe meinen lächelnden Freund an.

»Ist es in Ordnung, dass wir ein letztes Mal fliehen? Oder bin ich ein Feigling?«, frage ich ihn leise, weil ich Angst habe, einen Fehler zu begehen.

»Natürlich ist es okay, und auch wenn du eine Person des öffentlichen Lebens bist, ist es doch dein eigenes, das du schützen musst.«

»Danke«, hauche ich, drehe mich in seiner Umarmung, lege meine Hände auf seine starke Brust und küsse ihn.

Am ersten Tag lieben wir uns stundenlang, essen Eintopf aus der Dose, und ich sehe Thorne dabei zu, wie er halbnackt Brotteig knetet, bevor er ihn ruhen lässt. An diesem Tag will ich ihn nur für mich haben, möchte ihn weder mit anderen Menschen noch der Natur teilen. Wer weiß, wann wir wieder die Gelegenheit haben werden, einfach für uns zu sein und von niemandem erkannt zu werden.

Haut an Haut mit nichts als unserer Liebe zwischen uns, kuscheln wir in diesem herrlich weichen Bett und blicken auf die dunklen Holzbalken über uns. Thorne spielt mit meinem Finger, ehe er seine mit meinen verhakt und meinen Handrücken auf seine weichen Lippen drückt. Mein Herz quillt über vor Liebe für diesen Mann und ich kann mein Glück immer noch kaum fassen.

»Erzähl mir etwas über dich«, flüstere ich schließlich. »Etwas, was niemand über dich weiß«, füge ich noch an. Thorne dreht seinen Körper zu mir, und ich spiegle seine Bewegung, sodass wir einander zugewandt liegen und uns ansehen.

»Als ich zehn Jahre alt war, wollte ich von zu Hause abhauen. Ich hatte sogar meine wenigen Sachen gepackt, doch Dad hat mich erwischt, als ich gerade durch die Tür treten wollte.«

»Wieso? Warst du denn nicht glücklich?«, will ich wissen, und mein Herz wird schwer, als das Bild eines kleinen Jungen mit schwarzen Haaren und verlorenem Blick vor meinem inneren Auge auftaucht.

»Ich weiß nicht, ob dir jemand erzählt hat, dass Mom keine eigenen Kinder bekommen konnte. Also haben sie Pflegekinder aufgenommen und sie betreut, bis sie weitergezogen sind oder einer anderen Pflegestelle zugeteilt wurden.«

»Ich weiß, dass ihr Pflegekinder wart, aber nicht das mit deiner Mom.«

»Auf jeden Fall waren zu dem Zeitpunkt, als ich gehen wollte, noch zwei andere Pflegekinder da, die mich aufgrund meiner asiatischen Abstammung gehänselt haben. Da Mom und Dad bereits Maddie adoptiert hatten, dachten die Mobber wohl, wenn sie mich rausekeln würden, hätten auch sie eine Chance auf eine Adoption.« Er lächelt traurig und scheint mit den Gedanken ganz weit weg.

»Nachdem mein Dad mich mit gepackter Tasche erwischt hat, ist er mit mir in die Stadt gefahren. Wir haben Kakao getrunken, und er hat geduldig geschwiegen, bis ich schließlich weinend zusammengebrochen bin und ihm alles erzählt habe. Er hat mir zugehört, ehe er genickt und mich in den Arm genommen hat.« Ergriffen lege ich meine Hand auf meine Brust, und Tränen der Rührung verschleiern meinen Blick.

»Das war das erste Mal, dass mich jemand liebevoll in den Arm genommen hat, und es hat auch unsere Beziehung zueinander gestärkt. Er meinte, dass er mich nicht zum Bleiben überreden möchte, sondern es sollte meine Entscheidung sein. Schließlich bin ich geblieben, und es war das Beste, was mir hätte passieren können.«

»Ich bin stolz auf dich, dass du den Mut hattest zu bleiben.«

»Weißt du, mein Leben war hart. Ich habe keinerlei Erinnerungen an meine Eltern, und anfangs hat mich das traurig gemacht, aber je länger ich bei den McKinleys geblieben bin, desto mehr rückte das in den Hintergrund. Meine Wurzeln waren mir nicht mehr wichtig, da ich meine wahre Familie gefunden hatte.«

»Wie schön das klingt.«

»Das ist es auch. Stell dir vor, was aus mir geworden wäre, wenn mich Dad nicht aufgehalten hätte.«

»Zum Glück müssen wir uns diese Frage nicht mehr stellen«, sage ich und küsse seine Nasespitze.

»Wie sieht es mit dir aus?«, fragt mich Thorne, und die Feuchte in seinen Augen klärt sich allmählich. Es muss schwer für ihn gewesen sein, von seiner Kindheit zu erzählen.

»Mein Geheimnis?«

»Wenn du eines teilen möchtest.« Ich überlege kurz, doch da gibt es etwas, was ich tief in mir gehütet habe. Etwas, was ich noch niemandem erzählt habe.

»Mein eigentlicher Traum war es immer, Autorin zu sein. Wenn ich während Touren, Shootings oder Drehs Zeit hatte zu träumen, dann habe ich mir vorgestellt, wie ich in einem Haus mit großem Garten sitze, von meinem Arbeitszimmer aus sehen kann, wie mein Mann draußen mit unseren Kindern spielt, während ich in Ruhe arbeite. Ich weiß, es mag albern klingen, aber je hektischer mein Leben wurde, desto mehr hat sich dieser Traum herauskristallisiert.«

»Das ist doch im Bereich des Möglichen. Du kannst eine Auszeit nehmen, Bücher schreiben und eine Familie gründen.«

»Meine Mutter war da immer anderer Meinung. Ich sollte mich auf die Karriere konzentrieren und das mit der Familie auf Eis legen.« Manchmal habe ich sie für ihre kühle Haltung mir gegenüber gehasst, aber ich verstehe zum Teil ihre Gedankengänge. Unsere Beziehung mag kompliziert sein, und wir unterscheiden uns in unseren Ansichten, aber wir sind eine Familie. Sie war nicht gerade begeistert darüber, dass ich meinen Bodyguard date, aber viel Zeit zum Telefonieren hatten wir nicht, weil sie zu einer Boutique musste.

»Vermisst du es, sie um dich zu haben?«, fragt Thorne. Wie immer weiß er sofort, was mich beschäftigt.

»Ja, das tue ich, aber ich hinterfrage auch vieles. Wir haben einander verletzt und Dinge gesagt, die nicht richtig waren, was zum Unfall geführt hat, aber auch wenn wir nicht so harmonieren, wie es deine Familie tut, weiß ich, dass sie immer für mich da sein wird.«

»Ihr werdet euch bald treffen und in Ruhe reden.«

»Noch nicht«, sage ich und kuschle mich an seine warme Brust, sauge den Duft nach Thorne und Erde tief in meine Lungen. Sein Duft vermittelt mir Beständigkeit und Sicherheit, und ich weiß, dass mir in seinen Armen nichts passieren kann.

»Ich will noch nicht gehen.«

»Aber wir müssen.«

»Morgen«, sage ich und küsse ihn. »Erst morgen muss ich Nova sein. Heute bin ich noch Novalee.«

Thorne legt seine Hand an meine Wange. Ich kann seinen Blick nicht deuten, aber er geht mir unter die Haut, tief unter all die Schichten meines Seins.

»Ich liebe dich, Novalee. Dein wahres Ich, das du nur wenigen zeigst, und dein Superstar-Ich, weil auch das ein Teil von dir ist.«

Nun passiert es doch, und eine Träne der Rührung perlt mir über Wange und Kinn und tropft auf meinen Oberkörper. Noch nie hat mir ein Mann seine Liebe gestanden, und die Worte jetzt zu hören, lässt eine wohlige Schwere entstehen, die mich erdet.

»Ich liebe dich auch, Thorne«, sage ich mit einem Kloß im Hals, überwältigt von all meinen Gefühlen. Seine Worte sickern in mich und lassen mich nach Luft schnappen, ehe Thorne seine Lippen auf meine legt und mich zärtlich küsst. Er besiegelt unsere Liebeserklärungen, und ich wünschte, ich könnte diesen Moment für immer festhalten.

Danach lieben wir uns innig, und sollte ich morgen sterben, weiß ich, dass mein Leben kostbar und wunderschön gewesen ist. Nicht wegen meiner beruflichen Verdienste, der Musik oder meinem Vermögen, sondern weil ich geliebt habe. Wahrlich geliebt.

Am nächsten Tag verbringe ich den Vormittag mit einem guten Buch auf der Veranda, während Thorne sein Workout für den Tag erledigt. Gestern sind wir in den Abendstunden noch spazieren gegangen, ehe Thorne ein Lagerfeuer hinter der Hütte gemacht hat und wir Würstchen gegrillt und Bier getrunken haben.

Wir haben einander von den witzigen und unvergesslichen Momenten unseres Lebens berichtet und einfach gelebt, ohne an morgen zu denken. Nun bleiben uns noch drei Stunden, ehe wir wieder zur Farm und danach zum Flughafen fahren müssen. Als der Dämon in meiner Geschichte der Protagonistin einen Kuss stiehlt, wird die Tür geöffnet, und Thorne tritt mit zwei Tassen Kaffee nach draußen. Er reicht mir eine und setzt sich neben mich, bevor wir beide einen gierigen Schluck nehmen.

Wir blicken auf den dichten Wald, der uns umgibt, und

nichts außer dem Rascheln der Blätter im leichten Sommerwind und dem Vogelgezwitscher ist zu hören. Es ist ein Paradies auf Erden.

»Welche Art von Büchern möchtest du schreiben? Eine Biografie?«, fragt mich Thorne schließlich und löst den Blick von den Bäumen, um mich anzusehen.

»Gott, nein. Das wäre zu intim und würde meinen Fans einen tieferen Einblick in mein Selbst erlauben, als ich bereit bin zu geben. Mein Herz schlägt für die Fantasy.«

»Hast du schon konkrete Ideen?«

»Dutzende, aber ich habe noch nie jemandem von ihnen erzählt. Es war das einzige Geheimnis, was nur mir allein gehörte.«

»Wenn du es nicht unter deinem Klarnamen veröffentlichen möchtest, kannst du ja ein Pseudonym wählen.«

»Du weißt doch gar nicht, ob ich schreiben kann. Zuerst muss ich meine Skills verbessern, an mir und der Geschichte arbeiten, ehe ich mich entscheide, ob ich den Schritt ins Ungewisse wagen möchte.«

»Ich bin mir sicher, dass du alles schaffst, was du dir vornimmst. Wenn dieser Traum dir so viel bedeutet, darfst du ihn nicht unter den Teppich kehren, weil deine Termine eng getaktet sind.«

»Das werde ich nicht tun. Nicht mehr. Dieser Aufenthalt hier war das Beste, was in meinem Leben passieren konnte, Thorne. Meine Sichtweise auf so viele Dinge hat sich verändert, und nun habe ich dich. Du wirst mich wieder auf den richtigen Weg leiten, wenn ich Gefahr laufe, ihn zu verlieren.« Ich lächele traurig.

»Wenn ich Gefahr laufe, wieder mich selbst zu verlieren«, füge ich noch hinzu, was ihn dazu verleitet, nach meiner Hand zu greifen und einen Kuss auf meinen Handrücken zu hauchen.

»Ich werde deine Seite nicht mehr verlassen. Nicht bevor ich dich geliebt habe und erst recht nicht jetzt, wo wir uns endlich gefunden haben.« Wir stellen gleichzeitig unsere Tassen auf den Boden, ehe wir uns küssen. Die Hände jeweils auf den Wangen des anderen. Nichts hat sich realer angefühlt als dieser Moment.

»Da bin ich beruhigt.« Wir lösen uns voneinander, in unseren Augen die Liebe für den anderen glänzend, ehe ich das Wort wieder ergreife.

»Aber vorher muss ich zurück und mich dem Presserummel stellen. Es wird eine Weile dauern, bis Gras über die Sache gewachsen ist, dass wir zusammen sind. Die früheren Gerüchte, mein Verschwinden und dann unsere Beziehung. Das wird die Meute verrückt werden lassen.« Thorne schaukelt uns auf der Hollywoodschaukel ein wenig an, ehe er sich räuspert.

»Wie hat Tate darauf reagiert, dass wir zusammen sind?«

»Nun, er war nicht begeistert, aber er kennt uns nicht und weiß nicht, dass das zwischen uns tiefer geht als eine Affäre. Sobald er uns sieht, wird er es verstehen. Alle werden das tun.«

KAPITEL 30

Novalee

»Bitte geh nicht«, meint Mark schniefend und klammert sich an meine Beine. Mein Herz bricht, als ich mich persönlich bei allen Familienmitgliedern und auch bei Juliette und Harry verabschiede. Diese wunderbare Familie steht versammelt und mit traurigen Mienen vor dem Haus, in dem ich so viel Liebe erfahren habe.

»Es tut mir leid, Jungs, aber ich werde wiederkommen. Das verspreche ich euch«, sage ich mit erstickter Stimme und streiche den Jungs über den Haarschopf. Rose, Maddie und Joy haben Tränen in den Augen, während die Männer der Familie betreten zu Boden schauen. Niemand von ihnen möchte, dass ich gehe, aber dieser Tag war unvermeidlich. Irgendwann musste ich zurück, auch wenn alles in mir bleiben möchte.

»Danke für alles«, sage ich, als ich meine Arme um Granny schlinge, die am gefasstesten von allen wirkt.

»Mein Kind«, flüstert sie in mein Ohr, und ich muss die Lippen zusammenpressen, um nicht loszuheulen.

»Du wirst hier immer einen Ort zum Zurückkommen haben. Immer«, sagt sie, als sie mir mütterlich auf die Schulter klopft. In meinem Herz entsteht eine Schwere, die mir die Worte nimmt. Eigentlich will ich so viel mehr sagen, ihnen mitteilen, wie viel mir dieser Aufenthalt bei ihnen bedeutet hat.

»Danke«, murmle ich jedoch nur, ehe ich alle in eine feste Umarmung ziehe. Nachdem wir von der Hütte zurückgekommen waren, habe ich mich mit Mariella, Ryder und Miles getroffen und mich von ihnen verabschiedet, doch den Abschied von dieser Familie, die mich so liebevoll aufgenommen hat, habe ich mir für den Schluss aufgehoben. Ich wusste, dass er mir am schwersten fallen würde.

»Kommt gut nach Hause und melde dich«, meint Joseph sanft, der für mich in den letzten Wochen eine wahre Vaterfigur gewesen ist.

»Mache ich«, sage ich, ehe ich ihnen den Rücken zukehre und ins Auto steige. Ich sehe nicht zurück, als Thorne einsteigt und den Motor anlässt, will nicht, dass es ein Abschied für immer ist, denn ich werde zurückkommen. Es mag vielleicht eine Weile dauern, aber ich werde die Familie McKinley bis zum Rest meines Lebens im Herzen tragen. Auch wenn ich mir vorgenommen habe, nicht zurückzusehen, bin ich schwach, drehe mich um und winke ihnen zu. Schon fließt die erste Träne, und viele weitere folgen.

Sobald wir wieder in New York sind, sind wir ständig von Blitzlichtgewitter umgeben. Egal wohin wir gehen, überall sind Paparazzi, die jeden unserer Schritte verfolgen. Mein und Thornes Name wird gerufen, und vielleicht liegt es daran, dass ich so lange Anonymität genossen habe, aber die Anwesenheit der Presse und der Rummel um uns nimmt mich mehr mit, als ich erwartet hatte.

Erst als wir im SUV sitzen, kann ich aufatmen. Thorne wurden zwei weibliche Securitys, die für meine Sicherheit sorgen, zur Seite gestellt. Für Thorne war es wichtig, dass er seinen Job wieder ausführt, sobald wir in der Stadt sind. Auch wenn er cool ist, merke ich, dass ihm die Veröffentlichung der Fotos zugesetzt hat. Nicht nur weil ich wieder im Zentrum der Klatschpresse bin, sondern weil er auch bereit gewesen wäre, unsere Beziehung im Geheimen zu führen.

Er weiß, was für eine Welle die Fotos ausgelöst haben. Die Bilder mit Torben waren nur Vermutungen und haben nicht die Wahrheit widergespiegelt, aber unseren Kuss zu fotografieren und das Ganze zu veröffentlichen war eine Verletzung unserer Privatsphäre. *Aber habe ich diese jemals genossen?* Mein Leben wurde immer bis ins kleinste Detail durchleuchtet, jeder meiner Schritte analysiert. Damals hatte ich noch nichts zu verteidigen, doch jetzt will alles in mir Thorne von den Aasgeiern beschützen.

Ich bin es gewohnt, dass Gerüchte über mich kursieren und mir Lügen angedichtet werden, doch bei ihm ist das eine andere Sache. Zwar tut er immer gelassen, doch ich weiß, dass es ihn genauso schockiert hat, unsere Fotos zu sehen, wie mich. Während die Sicherheitsfrauen vorne sitzen, haben wir uns auf der Rückbank niedergelassen. Ich betätige den Knopf, um die Trennwand hochfahren zu lassen, ehe ich mich an Thornes Schulter schmiege.

»Es fühlt sich so merkwürdig an, wieder hier zu sein«, sage ich leise, als er einen Arm um mich schlingt und meine Hand nimmt.

»Ich weiß, aber sieh es mal so. Es ist, als wären wir in den Urlaub gefahren, und jetzt müssen wir wieder unsere Brötchen verdienen.«

»Ja, aber unser Leben in Washington war so einfach, ruhig und schön.«

»Aber nur *einfach* hätte dich vielleicht nicht glücklich gemacht. Du liebst die Musik und das, was du tust. Vielleicht musst du wieder ins Studio und dich von Melodien verzaubern lassen.«

»Vielleicht hast du recht.« Denn je besser es mir ging, desto mehr habe ich es vermisst, Musik zu machen. Meine Mutter hat mich vielleicht ins Rampenlicht drängen wollen, aber die Liebe zur Musik war immer ungefiltert und echt. Das Talent, Songs zu schreiben, hat immer tief in mir geschlummert.

Wir treffen uns in Callens Büro, wo Tate, Libby und eine Person aus der Rechtsabteilung auf uns warten. Thorne lässt meine Hand kein einziges Mal los, als wir uns auf das Zweiersofa setzen, und schenkt mir somit die Kraft, die ich für dieses Treffen dringend brauche.

»Hallo, Leute«, sage ich etwas unsicher, weil ich nicht weiß, was mich erwarten wird. Mit Gerüchten und Skandalen haben wir schon öfter zu kämpfen gehabt, doch dieses hier ist persönlicher, und es ist nicht nur ein rein geschäftliches Treffen, denn Tate, Callen und Libby sind Vertraute, auch wenn ich sie bewusst nicht an mich rangelassen habe. Das wurde mir in Washington klar. Libby sieht traurig aus, aber die Männer in der Runde freuen sich darüber, uns zu sehen.

»Hey, Nova. Schön, dass du da bist. Das ihr hier seid«, meint Callen und sieht kurz zu unseren verschränkten Händen. Ich erwarte, dass Thorne und ich hier wegen unserer Beziehung auf Gegenwind stoßen, denn als ich mich getraut habe, unsere Namen zu googeln, wurden mir Artikel angezeigt, die nicht gerade positiv über uns berichtet haben.

»Bevor wir über die Arbeit reden, möchte ich gerne festhalten, dass du unglaublich gut aussiehst, Nova«, meint Tate und spielt wohl auf meine Bräune und die weichen Rundungen an, die ich bei meinem Aufenthalt in Washington bekommen habe – und natürlich auf meine neue Frisur. Ich habe mich noch nie mehr als Frau gefühlt als in den letzten Wochen, weil ich meinen Körper lieben gelernt habe und auf eine abwechslungsreiche Ernährung umgestiegen bin. Keine Diätpläne mehr für mich.

»Danke. Auch ich möchte etwas sagen, bevor wir uns dem Shitstorm der Presse widmen. Ich möchte mich herzlich bei euch bedanken, dass ihr die Stellung gehalten habt, während ich mich meiner mentalen Gesundheit gewidmet habe. Es tut mir leid, dass ich mich nicht bei euch gemeldet habe, aber in der Zeit, in der ich in Washington gewesen bin, habe ich gelernt, was Familie und Liebe bedeuten und was es heißt, mit seinen Händen zu arbeiten. Ich bin eine andere Frau als vor dem Unfall, und das im besten Sinne.«

Anerkennung spiegelt sich in den Mienen der Anwesenden ab, auch wenn Libby immer noch etwas zerknirscht aussieht.

»Wer hätte gedacht, dass die Reise in eine Kleinstadt sich als der richtige Weg entpuppt«, meint Callen mit einem leichten Lächeln. Keine Spur von Kritik oder Sarkasmus, was mich ehrlicherweise überrascht.

»Niemand hätte das ahnen können. Aber ich bin dankbar, dass ich in Washington bleiben durfte. Es war nicht selbstverständlich, da es hier drunter und drüber ging.«

»Du bist nicht nur der Weltstar für uns, Nova. Auch hier herrschen meiner Meinung nach familiäre Verhältnisse, und du bist ein Teil davon. Ich kenne dich, seit du ein junges Mädchen warst, und habe dich noch nie so glücklich lächeln sehen wie auf den Fotos, die heimlich von euch geschossen wurden. Das bedeutet uns etwas, und auch wenn die Presse jetzt tobt, wir stehen das gemeinsam durch.«

Oh.

Wirklich?

Der Rest der Crew nickt mir zu, als wären sie derselben Meinung. Ich kam in der Annahme hierher, wie eine Löwin meine Beziehung verteidigen zu müssen, doch ich lag falsch.

Sie freuen sich für uns, und das ist mehr, als ich mir hätte wünschen können. Wen kümmert es, dass die Welt gegen unsere Beziehung ist, dass sie denken, dass Thorne nicht genug für mich ist, wenn ich und die Menschen, die mir viel bedeuten, die Wahrheit kennen? Von so vielen Entertainment Companies, die einen toxischen Ruf genießen, stehe ich bei einer unter Vertrag, der mein Wohlergehen wichtiger ist als die Millionen, die ich scheffle.

»Möchtest du auch etwas sagen?«, fragt Tate Thorne freundlich. »Wir reden die ganze Zeit mit Nova, aber du bist auch Teil dieser Beziehung«, fügt er noch hinzu.

»Ich danke euch für den Zuspruch. Ich denke, wir beide sind überrascht, weil wir damit gerechnet haben, auf Gegenwind zu stoßen.« Thorne wirft mir einen Seitenblick zu, und ich nicke.

»Wieso sollten wir euch euer junges Glück madig machen? Niemand hat etwas davon.«

»Danke. Des Weiteren möchte ich vom Posten als direkter Sicherheitsmann von Novalee zurücktreten.« Darüber hatten wir bereits gesprochen, weil es der Wunsch meines Freundes war, diesen Schritt zu gehen. Seine Gefühle für mich könnten ihn unaufmerksam werden lassen und seinen Blick trüben. Damit dies nicht passiert, wird er zukünftig als Verstärkung für mein Sicherheitsteam tätig sein.

»Das klingt vernünftig«, meint Callen und streicht sich übers Kinn.

»Nun gut. Da das nun geklärt ist, möchten wir noch herzlichen Glückwunsch sagen. Es freut mich, dass du seit über zehn Jahren im Showbiz einen Menschen gefunden hast, den du an deiner Seite wissen willst.« Diese Worte kommen nun von Libby, deren Laune sich aufgrund von Thornes Worten sichtlich gebessert hat. Mir schien es, als habe sie an seinen Absichten gezweifelt.

»Ich dachte, ihr wärt gegen unsere Beziehung?«, sage ich schließlich. Auch wenn niemand das Recht hat, uns zu trennen, dachte ich, dass dieser Termin einer der schwierigsten in meiner Karriere sein würde.

»Eine Beziehung sorgt immer für große News und Titelblätter, je nachdem mit wem du zusammen sein wirst, aber du bist eine erwachsene Frau, Nova. Natürlich ist es normal, dass du datest und dir eine Beziehung wünschst. Wir könnten uns gegen Thorne aussprechen, doch dann würden wir uns zu deinem Feind machen, und dieses Drama braucht niemand von uns«, meint Callen, und meine Brust füllt sich mit Wärme.

»Gut, jetzt geht es an die Aasgeier, und die haben nicht so positiv auf deine Männerwahl reagiert«, meint Libby schließlich und dreht den Laptop um, der vor ihr steht. Sie teilt uns mit, dass die wildesten Spekulationen im Umlauf waren, als ich nach dem Unfall einfach von der Bildfläche verschwunden bin. Wäre ich eine einfache Sängerin mit weniger Reichweite, wären die Reaktionen wohl anders ausgefallen, aber ich bin ein international bekannter Star, und laut Libby hat die ganze Welt den Atem angehalten, weil ich unauffindbar war.

Seit die Fotos von Thorne und mir veröffentlicht worden sind, häufen sich die Fragen, wer er ist … Fotos von ihm an meiner Seite werden gezeigt. Es hält sich noch in Grenzen, aber mein Team befürchtet, dass es schlimmer werden könnte. Wir einigen uns darauf, dass die Pressesprecherin mitteilt, dass wir seit kurzem ein Paar sind und dass es uns ernst ist. Mehr brauchen sie nicht zu wissen.

Thorne verliert – abgesehen von seinem Wunsch zu seinem Job – kein weiteres Wort, versteift sich jedoch häufiger, als mir lieb ist, als er die Titelseiten der Klatschblätter sieht, und jedes Mal, wenn er zusammenzuckt, bricht es mir ein bisschen mehr das Herz. Schuldgefühle machen sich in mir breit. Seine Arbeit und er selbst könnten in den Dreck gezogen werden, und ich kann nichts dagegen tun. Dieser wunderbare Mann an meiner Seite hat das nicht verdient. Doch es liegt nicht in meiner Hand, und das wissen wir beide.

Als Tate, Thorne und Libby nach draußen gehen, bittet mich Callen, noch zu bleiben. Ich nicke meinem Freund zu, der sofort versteht und die Tür hinter sich schließt, sodass der CEO von *Start Entertainment* und ich allein sind. Heute trägt er wie immer eine Jeans zu Hemd, das heute schlicht in Weiß gehalten ist. Ich habe ihn außer bei Veranstaltungen selten in einem Anzug gesehen. Er liebt es, sich leger zu kleiden.

»Bitte setz dich noch mal. Ich verspreche, es dauert nicht lange, aber es gibt etwas, was ich mit dir besprechen möchte, bevor du gehst.« Ich verspüre eine Mischung aus Verwunderung und Neugier, weil ich nicht weiß, was so wichtig ist, dass er es mit mir allein besprechen muss. Thorne ist zwar mein Freund, aber auch mein Sicherheitsmann. *Sollte er da nicht anwesend sein?*

Ich nehme Platz, und Callen setzt sich ebenfalls wieder, knetet sich aber die Hände, als wüsste er nicht, wie er das Gespräch starten soll.

»Deine Mutter hat sich in den letzten Wochen öfter bei mir gemeldet.«

»Was?«, frage ich verwundert, denn was sollte sie vom CEO von *Start Entertainment* wollen?

»Sie hat mich zwar gebeten, dir nichts zu sagen, aber ich empfinde es als dein Recht als Tochter, dass du es erfährst.« Meine Überraschung wird durch Sorge ersetzt. *Was ist denn nur passiert?*

»Du machst mir Angst«, murmle ich, weil er sich so viel Zeit lässt, mit der Wahrheit rauszurücken.

»Entschuldige bitte, aber genauso wie du wie eine Schwester für mich bist, mag ich deine Mutter und kenne sie seit Jahren.«

»Das verstehe ich.«

»Aber manchmal ist es besser, das Pflaster gleich abzureißen, als es ewig hinauszuzögern.«

»Hmm.«

»Sie wurde vor ein paar Tagen wegen Ladendiebstahls verhaftet.«

Ich blinzle und höre seine Worte, doch sie wollen nicht zu mir durchdringen. Sie schweben wie Fragezeichen über mir, sodass ich sie nicht zu greifen bekomme.

»Wie bitte?«

»Ja, sie hat ein Problem, Nova.« Ich japse nach Luft, ehe ich die Lippen zusammenpresse und eine plötzliche Klarheit den Nebel vertreibt.

»Kaufsucht«, schlussfolgere ich, was Callen nicken lässt. »Ihr ausschweifender Lebensstil«, sage ich, und die einzelnen Puzzlestücke fügen sich zu einem Gesamtbild zusammen. Ja, sie hatte sich liften lassen, aber das meiste Geld hat sie in Luxusklamotten, Schmuck und anderen Kram investiert, und als ich ihr den Rahmen nicht erhöht habe, hat es sie in die Kriminalität getrieben.

»Es ist meine Schuld.« Die Wahrheit schmeckt bitter auf meiner Zunge, aber ich muss sie aussprechen. Als ich mit Rose Zeit verbracht habe, habe ich gesehen, wie es hätte sein können. Wie Mom und ich hätten sein können, wenn ihre Gier danach, mich zum Star zu machen, sie nicht verändert hätte. Meine Mutter und ich haben bei Gott kein leichtes Verhältnis zueinander, aber ich liebe sie. Das habe ich immer getan.

»Das ist es nicht. Sie ist selbst für ihre Taten verantwortlich, und die waren zahlreich.«

»Wo ist sie jetzt? Und wieso ist es nicht an die Presse gelangt?«

»Ich habe alles in meiner Macht Stehende getan, um es unter dem Radar zu halten. Die Luxuskette hat keine Anzeige erstattet, und auch die Polizei hat kein großes Aufheben gemacht, sodass ich sie persönlich rausgeholt habe.«

»Gott. Meine Mom war im Gefängnis«, hauche ich kraftlos und bedecke mein Gesicht mit den Händen. Sie muss schreckliche Angst gehabt haben, und ich war nicht da, um ihr zu helfen. Ich bin eine furchtbare Tochter.

»Nur für ein paar Stunden.«

»Ich muss zu ihr«, sage ich und stehe hektisch auf.

»Das kannst du nicht so leicht.«

»Wieso?«

»Weil sie sich selbst stationär in eine psychiatrische Klinik mit dem Schwerpunkt Kaufsucht eingewiesen hat.«

»Sie hat was? Aber wir haben erst vor ein paar Tagen telefoniert.« Das klingt untypisch für meine Mutter, denn normalerweise muss sie zu diesen Dingen meist überredet werden. Es hört sich alles so falsch an.

»Und die Kosten? Wer trägt die?«

»Die habe ich übernommen«, sagt er etwas verlegen und kratzt sich am Hinterkopf. Während ich mein Leben gelebt habe und erblüht bin, hat meine Mutter allein die Hölle durchgemacht. Ich fühle mich schrecklich, weil ich sie so oft wegen ihrer verschwenderischen Art getadelt hab, aber ich wusste nicht, dass sie krank war. Ich wusste es einfach nicht.

»Oh, Callen«, sage ich und schluchze auf. Er zieht mich in eine brüderliche Umarmung, und ich war noch nie so dankbar, bei *Start Entertainment* zu sein. Nicht nur weil sie mir zu weltweitem Ruhm verholfen haben, sondern weil Callen ein Mensch mit einem großen Herzen ist und an mich geglaubt hat, als es sonst niemand getan hat. Ihn interessiert nicht nur mein Ruf und das Geld, was er einnimmt, sondern auch meine Mutter ist ihm wichtig, genauso wie mein Seelenwohl.

»Danke«, flüstere ich immer wieder, weil er sich um meine Mutter gekümmert hat, als ich es nicht konnte. Mit tränenüberströmtem Gesicht wende ich mich schließlich Thorne zu, der in den Raum und an uns herangetreten ist und in dessen Arme ich mich werfe. Er hält mich, bis ich mich wieder beruhige und ihm schließlich leise von den Ereignissen erzähle.

Callen ist gegangen und hat uns sein Büro überlassen, bis ich mich wieder gefasst habe. Nachdem ich Thorne ins Bild gesetzt habe, fahren wir in meine Wohnung, wo ich ein langes Bad nehme. Es ist bereits spät in der Nacht, und auch wenn alles in mir danach schreit, zu meiner Mom zu fahren, weiß ich, dass das nicht möglich ist. Die Paparazzi würden jeden meiner Schritte verfolgen, und ich würde sie direkt zu ihr führen.

Wann hat es angefangen, schiefzulaufen? Meine Mutter hat mich zwar ins Rampenlicht gedrängt, damit es uns finanziell besser geht, doch soweit ich mich erinnere, hat ihr ausschweifendes Leben erst vor ein oder zwei Jahren begonnen, als sie Häuser gekauft hat, ohne es mir zu sagen, als sie hunderttausende Dollar ausgegeben hat. Ich war so auf meine Karriere und meine Einsamkeit fixiert, dass ich nicht gesehen habe, wie schlecht es ihr ging.

Ich stelle mir immer wieder die Frage, ob ich sie hätte retten können, wenn mir früher etwas aufgefallen wäre. Doch vermutlich hätte meine Mutter die Krankheit nicht zugegeben und stattdessen nach Ausflüchten gesucht. *Oder musste erst etwas so Drastisches passieren, damit sie sich selbst einweist?*

»Novalee? Ist alles in Ordnung?«, höre ich Thorne an der Badezimmertür sagen, kurz darauf klopft er leicht.

»Komm rein«, sage ich und merke erst, als ich mich aufsetze, dass mein Badewasser bereits kalt geworden ist.

»Deine Lippen sind ja schon blau. Hier, nimm meine Hand.« Thorne hilft mir aus dem Wasser, trocknet mich ab und knüpft den Bademantel zu, ehe er mich zu meinem Bett dirigiert und mich zudeckt. Da meine Haare hochgesteckt waren, und ich sie nicht föhnen musste, wird mir schnell wieder körperlich warm, aber innerlich fröstle ich. Kurz darauf erscheint Thorne wieder, diesmal mit einer Tasse Tee, die er auf dem Nachtkästchen abstellt, ehe er sich auf die Bettkante setzt.

»Brauchst du noch etwas?«, fragt er mit sanfter Stimme und fährt mit seiner Hand zärtlich über mein Haar.

»Dich. Bitte leg dich zu mir.« Und das tut er auch, weil er weiß, dass ich ihn brauche und kurz davor bin, zusammenzubrechen, doch ich bleibe stark. Für mich, für uns und vor allem für meine Mutter.

»Mom! Endlich erreiche ich dich«, flüstere ich am nächsten Morgen und umklammere das Smartphone in meiner Hand fest.

»Hey, mein Schatz. Deine traurige Stimme verrät mir, dass du mit Callen gesprochen hast.«

Während Thorne neben mir im Bett liegt und schläft, habe ich mich entschlossen, meine Mutter anzurufen. Ich konnte nicht mehr warten.

»Das habe ich. Wieso hast du mir nichts gesagt? Wieso hast du zugelassen, dass ich dich so anfahre, wenn du doch ein Problem hast?«

Meine Mutter seufzt tief und schwer. Ich stelle mir vor, wie sie in einem einsamen Bett in einer ihr fremden Umgebung liegt. Tränen sammeln sich in meinen Augen, aber ich bleibe stark. Für Mom.

»Weil ich dir schon genug Probleme gemacht habe. Diese Ohrfeige, mein schlimmster Moment als Mutter, hat alles nur noch schwieriger gemacht.«

»Es ist okay«, flüsterte ich mit belegter Stimme, die Thorne augenblicklich aufweckt. Er blinzelt, und als er sich aufrichtet, rutscht die Decke von seinem nackten Oberkörper. Er greift nach meiner Hand und drückt sie sanft.

»Nein, ist es nicht. Ich habe dich geschlagen, Novalee. Und das nur, weil du mir den Geldhahn zugedreht hast. Weil die Sucht stärker war als meine mütterlichen Instinkte.«

»Mom. Wir werden darüber reden. Eine Therapie machen. Gemeinsam und miteinander werden …«

»Ich möchte nicht, dass du mich hier besuchst.« Mit diesem Satz unterbindet sie meinen Redeschwall.

»Was? Aber …«

»Nichts aber. Ich muss mich jetzt auf mich konzentrieren, und du hast schon genug um die Ohren. Ich muss anfangen, an mir selbst zu arbeiten, und dafür brauche ich Abstand von allem. Das schließt auch dich mit ein.« Ihre Worte sind kalt und für mich nicht greifbar, also halte ich an meiner Liebe, an der Erinnerung an unsere damalige Beziehung fest.

»Aber ich vermisse dich, Mommy.« Mit diesem Kosenamen habe ich sie seit Jahren nicht mehr angesprochen.

»Ich dich auch, mein Schatz. Aber das Leben ist unberechenbar. Du hast in einer fremden Umgebung Heilung finden können, und jetzt liegt es an mir, dasselbe zu tun.«

KAPITEL 31

Novalee

Mom möchte mich nicht sehen.

Zwar telefonieren wir täglich, aber wenn ich um ein Treffen bitte, lehnt sie ab. Natürlich könnte ich einfach hinfahren, aber ich möchte sie auch nicht bedrängen.

Thorne und ich wohnen wie immer in meiner Wohnung in Manhattan, jedoch schlafen wir in meinem Zimmer, das er bis vor ein paar Tagen noch niemals betreten hatte. In den schlaflosen Nächten, die mich heimsuchen, tröstet er mich und versucht mir klarzumachen, dass meine Mutter und ich noch etwas Zeit brauchen.

Es ist schwer zu akzeptieren, aber ich gebe mein Bestes. Nach den ersten Tagen in New York hat Tate all meine Außentermine abgesagt, sodass ich mich entweder in meinem Studio zu Hause oder in dem Studio im *Start-Entertainment*-Gebäude befinde, wenn ich mich mit den Produzentinnen treffe, mit denen ich am liebsten zusammenarbeite.

Um den Problemen des Alltags aus dem Weg zu gehen, verkrieche ich mich im Studio, mit Mia an meiner Seite. Da Thorne von seinem Posten zurückgetreten ist, hat er mir eine andere Sicherheitsfrau, die er schätzt, zur Seite gestellt.

Sie ist professionell, aber freundlich, und unser Verhältnis erinnert mich an Thornes und meine Anfangsphase. Nicht zu fassen, was innerhalb des letzten Jahres in meinem Privatleben passiert ist, denn auch wenn ich in meiner Karriere einen Meilenstein nach dem anderen gefeiert habe, ist mein echtes Leben auf der Strecke geblieben. Anders als jetzt.

Wenn ich abends nach Hause komme, ist Thorne bereits da und hat gekocht oder uns Essen bestellt. Er versorgt mich gut, und ich war noch nie glücklicher als in den letzten Monaten. Die Liebe hat mich gerettet, bevor ich mich selbst verlieren konnte. Auch Thorne macht einen glücklichen Eindruck auf mich, und auch wenn er als mein Partner in aller Munde ist, wirkt es nicht so, als würde es ihm etwas ausmachen, und dafür bin ich unheimlich dankbar.

Wie könnte ein Waisenkind, das nie Liebe erfahren hat, der Richtige für unsere Nova sein?
Nova und ein Farmerboy? Das ist doch das Downgrade schlechthin.
Muss sie mit ihm Kühe melken? Was für ein Loser!
Der will doch nur ihr Geld. Sie sollte sich jemanden in ihrer Gehaltsklasse suchen. Mich zum Beispiel.
Sie hat etwas Besseres als einen Muskelprotz verdient.
Was kann ein Waisenkind ihr bieten? Gar nichts, so sieht es aus.

Der letzte der Kommentare macht mich unsagbar wütend. Dieser wurde von irgendjemandem gepostet, der das Bild eines Kaninchens als Profilbild ausgewählt hat. Eine Teufelsmaske wäre passender gewesen. Wie ich bereits befürchtet hatte, richtet sich die negative Presse eher gegen Thorne als gegen mich. Ein Artikel ist schlimmer als der andere, und die Liste der Klatschblätter, die wir wegen Verleumdung verklagen werden, ist mittlerweile sehr lang.

Natürlich gibt es auch positive Kommentare und Artikel, doch die negativen hinterlassen Schnitte in meiner Seele. Ich bete zu Gott, dass sie an Thorne abprallen und er sie sich nicht zu Herzen nimmt. Mittlerweile sind Tage vergangen, seitdem ich wieder in New York bin. Ich telefoniere regelmäßig mit Joy, Maddie und Rose, die meist zusammen sind und mich per Videocall anrufen.

Sie sind fröhlich und erzählen alles Mögliche, nur die Pressemeute, die sich in Washington Depot stationiert hat, erwähnen sie nicht. Ich habe es von Thorne erfahren, und obwohl er mir versichert, dass die Bewohnenden keinen Groll gegen mich hegen, bin ich besorgt.

Jeden Morgen telefoniere ich mit meiner Mutter und bin erschrocken, wie schnell sich ihr Gemütszustand verändert. Manchmal ist sie gut gelaunt, erinnert sich an glückliche Tage vor dem Ruhm, an anderen ist sie am Boden zerstört, will den Aufenthalt abbrechen und ihren Frust mit einer Shoppingtour bekämpfen. An Tagen wie diesen rede ich ihr gut zu, aber ich bin keine Therapeutin, und oft scheinen meine Worte an ihr abzuprallen.

Heute ist einer der Samstage, an denen ich früher nach Hause gekommen bin, um mir einen Selfcare-Abend zu gönnen. Ich habe Thorne nicht benachrichtigt, weil ich ihn in einem Hauch von Nichts begrüßen möchte. Nachdem ich fünfzig Seiten in meinem aktuellen Roman gelesen habe, gehe ich duschen und lege mir eine Gesichtsmaske auf, während ich mir dir Beine epiliere.

Als ich die Haustür zuschlagen höre, öffne ich im dünnen Morgenmantel die Badezimmertür und will leise ins Wohnzimmer gehen, wo ich Thorne vermute. Doch als ich seinen wütenden Tonfall vernehme, halte ich inne.

»Verdammter Scheißdreck. Am liebsten würde ich diese Redaktion dem Erdboden gleichmachen. Wie können die es wagen, in meiner Vergangenheit herumzuwühlen!« Ich erstarre, als mir klar wird, dass die Artikel ihn härter treffen, als er mir weismachen wollte.

»Anscheinend wollen sie meine leiblichen Eltern finden und Exklusivinterviews veranstalten. Es ist lächerlich.« Sein kaltes Lachen lässt mich erschaudern.

»Ich weiß, Mom. Mir ist bewusst, dass sie sich jeden Scheiß aus den Fingern saugen, nur um irgendetwas zu posten, aber …« Thorne schweigt, und ich schließe unweigerlich die Augen, als der Stich in meiner Brust mich keuchen lässt.

»Das und noch viel mehr würde ich über mich ergehen lassen, nur um mit ihr zusammen zu sein. Mir war bewusst, dass es hart sein wird. Ich bin ein Niemand, und sie ist alles. Natürlich liebe ich sie. Ich würde das alles für niemand anderen ertragen. Passt auf euch auf, und lasst euch nicht von der Presse verunsichern. Ich habe dich lieb. Bye.«

Als er das Gespräch beendet, setze ich mich wieder in Bewegung, auch wenn mein Herz rast, vor … Wut? Enttäuschung? Ich hasse es, dass mein Beruf uns das Leben schwermacht. Thorne war immer an meiner Seite, hat mir durch die schlimmste Krise meines Lebens geholfen und all diese Negativschlagzeilen nicht verdient. Dass die sich nun auch auf seine Familie und die Stadt ausweiten, ist fürchterlich. Ich höre das Rascheln von Papiertüten, und noch ehe ich bei ihm ankomme, weiß ich, dass er gerade die Einkäufe auf dem Tresen abgestellt hat. Als er mich entdeckt, hält er inne und lässt die Arme sinken.

»Hey. Wie war dein Tag?«, fragt er und kommt auf mich zu, um seine Arme fest um mich zu schlingen. Ich erwidere die Umarmung jedoch nur halbherzig, was er natürlich sofort merkt. Dieser Mann hat einen Scharfsinn, der es schwer macht, etwas vor ihm zu verheimlichen.

»Du hast mein Telefonat mitangehört, oder?«, fragt er und lächelt leicht, ohne mich loszulassen. Ich versuche seinem Blick auszuweichen, doch er neigt den Kopf und unterbindet es.

»Hmm.«

»Es tut mir leid, dass du das mitanhören musstest. Ich wollte meine Wut vor dir nicht zeigen. Du leidest schon genug an dieser Situation.«

»Aber hier geht es nicht um mich. Sondern um deine Familie und dich. Ich würde Himmel und Hölle in Bewegung setzen, um euch dieses Leid und die Demütigung zu ersparen.«

»Das weiß ich, und die anderen wissen es ebenfalls. Du machst dich verrückt wegen Dingen, die du nicht ändern kannst. Das Einzige, was wir tun können, ist ausharren. Bald wird Gras über die Sache wachsen, und dann wird alles leichter.« Seine Worte klingen plausibel, und das weiß mein Kopf auch, aber mein Herz scheint das Memo nicht zu bekommen. Ich möchte zu der Meute vor meiner Tür treten und ihnen entgegenschleudern, was ich von ihnen halte. Am liebsten würde ich die McKinleys und den Mann, den ich liebe, wie eine Löwin verteidigen. Aber ich tue nichts dergleichen. Konzentriere mich auf den Mann, der meine ganze Welt geworden ist. Thorne ist mein Ort der Ruhe und Beständigkeit. Ich liebe ihn so sehr, dass es mir schon fast Angst macht. Die Furcht, dass mir dieses Glück genommen wird – auf welche Art auch immer –, zwingt mich beinahe in die Knie. Ich bin zwar glücklich, aber ich frage mich unweigerlich, ob mein Job, der mir so viel gegeben hat, mir die Liebe meines Lebens wieder nehmen wird.

An einem Tag schreibe ich eine herzzerreißende Ballade und singe sie direkt ein. Es ist noch eine unvollständige Demoaufnahme, doch während ich *Heal My Wound* singe, rollen mir unweigerlich die Tränen übers Gesicht. Es geht um die Trennung von der Liebe selbst und wer wir ohne sie sind.

Es ist einer der besten Songs, den ich je geschrieben habe, und auch wenn das Singen mich durch traurige Emotionen leitet, fühle ich mich nach der Tonstudioaufnahme wunderbar.

Anschließend wollen Libby und ich gemeinsam essen gehen, was mir neuerdings nur mit Hilfe von Perücken und Gammel-Outfits gelingt.

Das Presseaufgebot hat sich nicht verringert, aber ich habe einen Weg gefunden, mit dem ein oder anderen Trick ein wenig Freiheit zurückzugewinnen. Wir gehen in ein Fünf-Sterne-Restaurant, das hauptsächlich amerikanische Küche serviert und viel von Prominenten und Personen aus der Politik genutzt wird. Es hat einige Separees, die uns vor neugierigen Blicken schützen.

Nachdem wir bestellt haben, sind wir wieder allein im Raum. Ich betrachte meine Assistentin, die noch ein wenig in der Karte stöbert. Sie trägt ein Tanktop und darüber eine Bluse in Jeansoptik, die sie sich am Bauch zusammengebunden hat. Das Outfit wird durch einen Faltenrock vervollständigt, der ihr bis zum Oberschenkel reicht.

Seit zwei Jahren ist sie an meiner Seite, und mir wird erst jetzt klar, dass ich nicht viel über sie weiß. Sie leistet gute Arbeit, ist ein echtes Organisationstalent, und durch ihre quicklebendige Art war unsere Zusammenarbeit stets angenehm. Sie hat Leben in mein tristes Dasein gehaucht.

»Libby?«

»Hmm?«, meint sie und sieht von der Karte auf. Als sie bemerkt, dass ich reden will, legt sie die Karte zur Seite.

»Es tut mir leid«, setze ich an. Ich habe das Gefühl, dass ich unser Gespräch am besten mit der Entschuldigung beginnen sollte, die längst überfällig ist.

»Was meinst du?«, fragt sie verwundert und legt die Stirn in Falten.

»Ich habe dich in den letzten Jahren abgeblockt, wenn du aus unserem Arbeitsverhältnis eine Freundschaft entwickeln wolltest.«

Ihre Miene wird weicher, als ihr klar wird, worauf ich hinauswill. »Es besteht kein Grund, sich zu rechtfertigen. Du warst damals nicht so weit, und ich habe es vielleicht übertrieben mit meinen Versuchen, unsere Beziehung zu vertiefen. Alles hat seinen Grund.«

»Danke, und auch wenn ich es nicht immer gezeigt habe, habe ich dich liebgewonnen. Du warst immer an meiner Seite und hast mir durch die guten und schlechten Zeiten meiner Karriere geholfen, aber ich möchte dich besser kennenlernen und mit dir befreundet sein.«

»Das geht runter wie Öl. Danke.«

»Weißt du, es ist schon merkwürdig, dass der schlimmste Moment in meinem Leben passieren musste, um die Weichen für die besten Augenblicke zu stellen.«

»So spielt das Leben. Es kommt immer anders, als man denkt, aber das Endergebnis ist das Entscheidende.«

»Genug von mir. Jetzt erzähl mir endlich mehr von dir.«

Meine Assistentin ist ein kreativer Kopf. Sie hat nicht nur immer all meine Termine im Griff, sondern stellt in ihrer Freizeit auch Schmuck her, den sie bei Etsy verkauft.

»Es ist nicht so viel, dass ich davon leben könnte, aber meine TikToks sind schon einige Male viral gegangen, was die Verkäufe in die Höhe getrieben hat.«

»Wieso hast du Helen nie Schmuck von dir gezeigt, den ich

hätte tragen können?« Helen ist meine Stylistin und für die wunderschönen Outfits zuständig, die ich auf Events trage.

»Ich habe mich nicht getraut.«

»Nun, das muss sich ändern. Schick mir gerne den Link zu deinem Shop, und ich stöbere ein wenig, ja?« Sie bekommt große Augen und sieht mich mit offenem Mund an.

»Gerne. Danke«, sagt sie, ehe wir weiter plaudern und uns besser kennenlernen. Die Mittagspause, die laut Libby in meinem Terminkalender eingeplant war, haben wir um zwei Stunden überschritten, aber das macht nichts, denn ich habe vor, zwei Jahre an Smalltalk nachzuholen.

Nach den Aufnahmen fährt mich Mia zu meiner Wohnung und begleitet mich wie immer bis zu meiner Haustür, ehe sie sich verabschiedet und selbst Feierabend macht. Manchmal, wenn Thorne zu Hause ist, unterhalten sich die beiden, doch heute erwartet mich eine leere Wohnung.

Ich springe unter die Dusche, bestelle uns etwas von dem thailändischen Restaurant in der Nähe und schalte mir die aktuelle Podcastfolge meines Lieblingsverlags ein, in dem die Novitäten des Monats vorgestellt werden. Ich gebe viel Geld für Bücher aus, und meistens flattern zwanzig bis dreißig Neuerscheinungen pro Monat bei mir ein.

Seit ich mit Thorne zusammen bin, habe ich zwar weniger gelesen als vorher, aber das rührt auch daher, dass ich so häufig im Studio bin und meine Freizeit auch fürs Schreiben draufgeht.

Als Thorne zwei Stunden später immer noch nicht zu Hause ist, rufe ich ihn an. Als er nicht rangeht, beginne ich mir Sorgen zu machen. Einige Minuten später versuche ich es erneut, doch vergebens.

Als mein Smartphone endlich klingelt, hebe ich augenblicklich ab, ohne auf das Display zu gucken. »Nova, hey«, höre ich Joy sagen, doch anders als sonst klingt ihre Stimme heute nicht fröhlich-trällernd, sondern kratzig, als hätte sie geweint.

»Hallo, Joy. Ist etwas passiert?«, frage ich alarmiert.

»Es geht um Granny. Sie hatte einen Herzinfarkt.«

KAPITEL 32

Thorne

Die Stimme meiner Mutter ist gefasster als meine, als sie mich anruft und mir mitteilt, dass Granny einen Herzinfarkt hatte. Ich parke in der Tiefgarage von Novalees Wohngebäude und lege meine Stirn auf das lederbezogene Lenkrad. *Atmen, Thorne. Einfach atmen.*

»Sie hat mit einem Reporter gestritten, der sich vor unserem Haus herumgetrieben hat. Der Streit war gar nicht heftig, aber es hat ausgereicht, um sie zusammenbrechen zu lassen.«

Ich schließe vor lauter Schmerz die Augen und halte mühsam die Tränen zurück. Meine freie Hand ballt sich zur Faust, während ich mir bildlich vorstelle, wie Granny mit einem Wildfremden diskutiert und ihn auffordert, Leine zu ziehen. Dass eine solche Situation sie dermaßen mitnehmen könnte, hätte ich nicht gedacht.

»Was ist dann passiert?«, frage ich.

»Stephen hatte sich bereits aufgemacht, um deiner Großmutter zu helfen, als sie zusammengebrochen ist. Er war bei ihr, als dieser Reporter den Notruf gewählt hat.«

Ich hoffe, dieses Arschloch hat die Schuldgefühle seines Lebens, nach dem, was er angerichtet hat.

»Hat er ein Foto davon gemacht, wie sie zusammengebrochen ist?« Diese Aasgeier sind zu allem fähig.

»Nein, wenn er das getan hätte, hätte Stephen schon dafür gesorgt, dass die Kamera das Zeitliche segnet.« Erst jetzt höre ich die Wut in Moms Stimme heraus.

»Gut«, gebe ich mit erstickter Stimme von mir.

»Wie geht es ihr?«, frage ich schließlich, auch wenn ich Angst vor der Antwort habe.

»Sie ist schnell wieder zu sich gekommen, hat sich sogar noch beschwert, als der Notarzt ihr einen Zugang gelegt hat, und wollte aufstehen. Doch im Krankenwagen hat ihr Kreislauf nicht mehr mitgemacht, und sie hat das Bewusstsein verloren.«

»Großer Gott«, murmle ich. Diese unerschütterliche Frau hat gewartet, bis ihre Familie sie nicht mehr sehen konnte, bis sie völlig zusammengebrochen ist.

»Mach dir keine Sorgen. Sie ist in New Milford in der besten Klinik und in guten Händen.«

»Ist sie aufgewacht?«, frage ich und versuche zu verhindern, dass meine Stimme zittert, aber die Angst, eine der wichtigsten Personen in meinem Leben zu verlieren, schnürt mir die Kehle zu.

»Noch nicht, aber der Arzt meint, dass es ein leichter Herzinfarkt war und die Nachwirkungen nicht gravierend sind. Doch das werden die Tests noch bestätigen müssen.«

»Okay. Ich … weiß ehrlich gesagt nicht, was ich tun soll. Soll ich den Paparazzo verklagen, soll ich nach Hause kommen oder doch hierbleiben?« Eine Entscheidung zu fällen fühlt sich gerade unmöglich an. Ich fahre mir mit der freien Hand durch die Haare und möchte sie mir am liebsten raufen, so verzweifelt und hilflos fühle ich mich.

»Du wirst gar nichts tun, mein Schatz. Es muss schon schwer genug für Nova und dich sein.«

Das ist es. Zwar habe ich ihr versichert, dass ich die Gerüchte an mir abprallen lassen kann, aber das ist nur zum Teil richtig, denn wenn Wildfremde mein Leben durchleuchten, fühlt sich das falsch an. Aber mit Nova darüber zu reden geht auch nicht, da es ihre wachsenden Schuldgefühle nur verstärken würde.

»Aber ich möchte an Grannys Seite sein. Ich werde mit Nova reden und mich auf den Weg nach Hause machen.«

»Du wirst schwer reisen können, wenn alle Augen auf dich gerichtet sind.«

»Dann fahre ich mit dem Auto. Halte noch ein wenig die Stellung. Ich werde bald bei euch sein.«

»Ach, mein Schatz. Du bist ein guter Junge. Egal was diese Teufel auch über dich schreiben, du wirst immer mein süßer Junge mit dem Herzen aus Gold sein, der alle beschützen möchte.«

»Danke, Mom. Ich werde mich melden, sobald ich Näheres weiß.«

»Mach das und danke.«

»Gern geschehen. Bye.«

Nachdem ich aufgelegt habe, werfe ich das Smartphone auf den Beifahrersitz und damit genau gegen den Blumenstrauß, den ich für meine Freundin gekauft habe. Ein Strauß aus eisblauen und weißen Blumen. Eigentlich wollte ich mir heute mit ihr einen romantischen Abend machen, ihrer neuen Musik lauschen und mit ihr in der Badewanne entspannen.

Doch mit dem Herzinfarkt meiner Großmutter ist alles andere in den Hintergrund gerückt. Zu der Sorge gesellt sich nun die Wut, die ich immer gut verbergen konnte, aber jetzt, allein im Auto im leeren Parkhaus, entweicht mir ein Schmerzensschrei, während ich gegen das Lenkrad schlage. Tränen sammeln sich in meinen Augen, aber das ist mir egal. In diesem Moment wäre es mir gleichgültig, wenn mich jemand sehen oder ablichten würde, denn ich habe ein Recht darauf, zu meinen Gefühlen zu stehen.

Ich fahre mir mit der Hand über den Mund und versuche mich zu beruhigen. Immer wieder vibriert mein Smartphone, aber ich bringe nicht die Kraft auf nachzusehen, wer sich bei mir meldet. Ich brauche diese Verschnaufpause, brauche die Zeit, um meine nächsten Schritte abzuwägen. Schließlich starte ich den Wagen und mache mich auf den Weg nach Hause. Das Vibrieren hört aber nicht auf, also greife ich mit zittrigen Fingern nach dem Smartphone und hebe ab.

»Thorne? Gott sei Dank. Wo bist du?«, fragt meine Freundin mich aufgebracht, was mich darauf schließen lässt, dass sie schon über Granny Bescheid weiß. Der dichte Stadtverkehr lässt mich nur im Schneckentempo vorankommen, und der Fakt, dass ich im Stau stecke, macht mich fertig. *Wieso sieht niemand, dass ich es eilig habe?*

»Ich mache mich gerade auf den Weg nach Hause. Ich habe von Mom erfahren, was passiert ist, und bin unterwegs nach Washington.«

Ihr Seufzen ist schwer, genau wie mein Herz.

»Okay. Wie geht dir?«, fragt sie zaghaft, als wolle sie keine Wunden aufreißen.

»Scheiße. Meine Granny. Die stärkste Frau, die ich neben dir kenne, ist zusammengebrochen. Ich weiß nicht, ob meine Mutter mich nur schonen wollte und mir verschwiegen hat, wie es um sie steht.«

»Das verstehe ich. Wirklich. Aber ich denke nicht, dass Rose dir wichtige Informationen unterschlagen würde.«

»Vielleicht hast du recht. Ich drehe hier gerade durch und stecke im Stau fest, und ich glaube, dass mich ein Wagen mit Paparazzi verfolgt.« Etwas, was ich gerade ganz und gar nicht gebrauchen kann.

»Du solltest in deinem Zustand nicht fahren. Ich schicke dir eine Adresse, die du in dein Navi eingeben kannst. Den Rest organisiere ich.«

»Was?«

»Du warst immer für mich da, als es mir schlecht ging. Jetzt bin ich dran. Auch wenn ich nicht bei dir sein kann, werde ich dir helfen. Fahr dorthin und frage nach Hillary.«

»Okay?«, sage ich, auch wenn ich absolut keine Ahnung habe, was sie meint, lasse ich zu, dass sie mir hilft. Ich würde alles tun, um so schnell wie möglich bei meiner Familie zu sein.

»Danke«, flüstere ich und fahre mir mit der Handfläche übers Gesicht. Ich hasse es, mich so hilflos zu fühlen. Das letzte Mal ging ich durch diese Hölle, als Novalee den Unfall hatte. Nun setzen sich die Katastrophen fort, ohne dass ich etwas dagegen tun könnte.

»Ich liebe dich, Thorne. Sie wird wieder gesund.«

»Das hoffe ich inständig.«

Da es sich zum Glück etwas abgekühlt hat und es in Washington Depot regnet, falle ich in meinem Mittelklasse-Truck kaum auf, den mein Fahrer Adam vor dem Krankenhausparkplatz parkt. Hillary leitet einen Fahrservice, der eng mit *Start Entertainment* zusammenarbeitet. Auf Novas Wunsch hin hat sie einen unauffälligen Wagen mit blickdichten Scheiben inklusive Fahrer organisiert. Es war gut, nicht selbst am Steuer sitzen zu müssen, während die Sorgen an mir nagten.

Mit Jeans, Hoodie und Mundschutz steige ich aus dem Wagen aus und mahle mit dem Kiefer, als ich die Reporterinnen und Reporter vor dem Gebäude sehe, die wohl auf eine Sensation warten. *Wie sie von Grannys Krankenhausaufenthalt erfahren haben, ist mir schleierhaft.* Etwas in mir möchte sie anschreien, ihnen sagen, dass sie Leine ziehen sollen, doch genau darauf warten diese Arschlöcher.

Also schlendere ich lässig an ihnen vorbei. Sie erwarten einen Mann mit Anzug. Den Mann im legeren Outfit ignorieren sie geflissentlich. Da mir Joy bereits die Zimmernummer geschickt hat, begebe ich mich direkt ins Treppenhaus und gehe in den dritten Stock. Ich vermeide es, den Fahrstuhl zu benutzen, damit mich niemand erkennt.

Für die Einwohnenden war Novas Aufenthalt eine Hilfeleistung, und da alles entspannt blieb, hatten sie auch kein Problem mit ihr. Doch jetzt, wo überall die Presse lauert, sind kritische Stimmen lautgeworden, und mittlerweile sind uns nicht mehr alle wohlgesonnen, was ich allerdings auch verstehen kann. Die Leute in meiner Heimatstadt wollten immer schon ihre Ruhe und Beständigkeit genießen, niemand hier mag es, wenn sich die Dinge ändern.

Meine Beine werden schwerer, als ich mich dem Zimmer fünfundfünfzig nähere. Was mag mich hinter dieser Tür erwarten? Komme ich vielleicht schon zu spät, und ihr Zustand hat sich verschlimmert? Was ist, wenn ein irreparabler Schaden entstanden ist? Granny liebt es, zu reisen und immer unterwegs zu sein. Dauerhaft im Bett liegen zu müssen und auf Pflege angewiesen zu sein wäre ihr Untergang. Sie würde schier durchdrehen.

Ich bleibe vor dem Zimmer stehen, atme tief ein und aus und öffne langsam die Tür. Das Piepen der Geräte mischt sich mit flüsternden Stimmen, als ich eintrete und die Tür hinter mir schließe. Ich nehme den Mundschutz ab, stopfe ihn in die Tasche meines Hoodies und schiebe die Kapuze von meinem Kopf. Mom, Stephen und Eric sind bei Granny, die jedoch schläft und viel zu klein und schwach in diesem Krankenhausbett aussieht.

»Hey, da bist du ja«, meint Madeleine und nimmt mich in den Arm, ehe ich Eric und Mom ebenfalls umarme.

»Wie geht es ihr?«, frage ich niemanden Bestimmten und gehe langsam auf meine Großmutter zu.

»Unverändert, aber stabil. Sie sind zuversichtlich, dass sie bald wieder aufwacht, und die bisherigen Tests sehen gut aus. Es war wohl ein leichter Herzinfarkt«, meint Mom leise, während Maddie und Eric nach draußen gehen.

»Aber es hätte schlimm ausgehen können«, sage ich mit brüchiger Stimme und greife nach der Hand meiner Grandma, um sie leicht zu drücken und mich zu versichern, dass ihre Haut warm ist und sie noch da ist. Meine Brust zieht sich schmerzhaft zusammen, als ihre Stimme ausbleibt. Als ich klein war, hat sie mir stets gesagt, dass ich ihr Lieblingsenkel bin, auch wenn ich wusste, dass sie das zu all ihren Enkelkindern gesagt hat.

Sie ist das Herz der Familie, auch wenn mir klar ist, dass wir sie nicht für immer festhalten können. Der plötzliche Tod von Grandpa hat uns vor Augen geführt, dass das Leben kurz ist und wir jeden Moment auskosten müssen, Zeit mit unseren Liebsten verbringen müssen.

»Sie wird es schaffen«, meint Mom, legt ihre Hand auf meinen Oberarm und tritt neben mich.

»Natürlich wird sie das«, sage ich voller Hoffnung, denn wenn wir jetzt zusammenbrechen würden, würde sie uns gehörig die Köpfe waschen. Das Glas ist immer halbvoll. Dieses Motto hat sie uns immer wieder eingetrichtert. Auch wenn die Situation verfahren ist und man kein Licht am Ende des Tunnels sieht, sollte man weitergehen, denn es wird besser.

Alles wird gut.

Ich höre ihre weiche Stimme in meinen Ohren, als wäre sie wach und würde mir versichern, dass sie morgen wieder auf der

Farm mitanpacken wird. Als ich als Waise auf die Farm gekommen bin, wollte ich so schnell wie möglich wieder weg. Es waren zu viele Eindrücke, zu viele Menschen und Tiere, dabei wollte ich mich einfach unter dem Bett verstecken und meine Eltern zurückhaben, auch wenn ich mich nicht mehr an ihre Gesichter erinnern konnte.

Sie haben mich weggegeben, ehe ich eine starke Bindung zu ihnen aufbauen konnte, sodass ich von einem Heim zur nächsten Pflegefamilie geschubst wurde. Als ich hierherkam, fiel mir als Erstes die Wärme auf – und damit meine ich nicht die heißen Temperaturen, die damals herrschten, sondern dieses Gefühl, das sich wie eine warme Decke um einen schließt, weil man endlich angekommen ist.

Ich war zu klein, um es zu verstehen, und habe die ersten zwei Tage unter dem Bett verbracht, so wie ich es immer getan habe, wenn ich Angst hatte oder mich vor der Welt verstecken wollte, doch Granny hat mich eines Tages einfach gefragt, ob sie sich neben mich legen kann. Als kleiner Junge war ich so überrumpelt, dass ich einfach genickt habe und wir dann eine Stunde nebeneinander gelegen haben.

Wir haben geschwiegen, doch sie hat mir mit dieser Geste gezeigt, dass mich hier Schutz und Liebe erwarten würde, wenn ich es zulasse. Also bin ich mit ihr nach unten gegangen, und mein Leben nahm eine wunderschöne Wendung.

»Ich habe dich so lieb«, flüstere ich und halte ihre Hand, weil ich nichts anderes tun kann als das. Das Schlimmste in dieser Situation ist das Warten. Natürlich kommt keine Antwort von Granny, aber ich wollte es einmal ausgesprochen haben, denn auch wenn sie nicht bei Bewusstsein ist, bin ich mir sicher, dass sie uns unterschwellig hören kann.

»Lass uns nach draußen gehen. Sie braucht etwas Ruhe«, sagt meine Mutter.

»Okay«, sage ich und drücke Grannys Hand ein letztes Mal, ehe ich meiner Mom nach draußen folge. Unmittelbar in der Nähe des Zimmers befindet sich der Besuchsraum, in dem man Zeit mit den Patientinnen und Patienten verbringen kann, ohne die anderen im Zimmer zu stören. Zwar ist das zweite Bett in Grannys Zimmer leer, aber das kann sich schnell wieder ändern.

In diesem Raum unterhalten sich Maddie und Mom über den Bioladen, als Eric auf mich zukommt. Seitdem er sich voll und ganz seinem Studium widmet, sehen wir uns nur zu den Feiertagen oder in den Ferien. Da seine Freundin ebenfalls eine große Familie hat, pendeln sie zwischen Arizona und Washington hin und her und versuchen, allen gerecht zu werden.

»Bist du allein hier?«, fragt mich Eric, woraufhin ich nicke.

»Ja. Es ist ein zu großes Risiko, Novalee mit hierherzubringen. Du hast ja gesehen, dass es hier von Paparazzi nur so wimmelt.«

»Ich denke, sie haben wohl nichts Besseres zu tun, als auf einen weiteren Skandal zu hoffen.«

»Hmm, das muss ein schreckliches Leben sein, dessen Hauptinhalt darin besteht, sich am Leid anderer zu ergötzen und ihre Schwächen an die Öffentlichkeit zu zerren.«

»Moralisch sehr verwerflich. Aber wie ist es eigentlich dazu gekommen, dass du das Herz eines Weltstars erobern konntest?«, will Eric neugierig wissen. Als er von Mom erfahren hat, dass ich mit Nova zusammen bin, hat er mir eine Nachricht geschickt und mich gefragt, was mir einfallen würde, seine erste Liebe zu daten. Es war natürlich scherzhaft gemeint, aber ich habe ihn vertröstet und ihm versprochen, ihm unsere Geschichte zu erzählen, wenn wir uns wiedersehen.

Natürlich sind die Umstände furchtbar, die uns nun wieder zusammengebracht haben, aber Eric scheint einen Themenwechsel genauso sehr zu brauchen wie ich. Die Sorge um Granny nimmt uns alle sichtlich mit, also erzähle ich ihm von dem Jahr, in dem ich Novalee beschützt habe und in dem meine Gefühle für sie gewachsen sind.

Ich erzähle ihm von ihrem Weg aus dem Schneckenhaus zur Heilung durch unsere Familie und die Magie unserer Heimatstadt. Unsere Liebesgeschichte ist nicht alltäglich. Die schönste Frau der Welt entscheidet sich für ihren Bodyguard, der ihr nichts außer seiner Liebe bieten kann, und das ist ihr auch genug. Während ich alles wieder Revue passieren lasse, frage ich mich unweigerlich, was ich wohl getan habe, um dieses Glück zu verdienen. *Sie zu verdienen.*

»Das ist eine Liebesgeschichte, wie man sie normalerweise nur in Romanen findet«, sagt Eric, nachdem ich mit meinen Schilderungen fertig bin.

»Es ist unwirklich, oder?«

»Hmm. Dabei warst du immer derjenige, der ihre Musik nicht mochte.«

»Das habe ich als Teenie gesagt. Dinge ändern sich, kleiner Bruder. Aber jetzt genug von mir, wie geht's dir in Pennsylvania?«

Nachdem Eric und ich uns auf den neuesten Stand gebracht haben, sehe ich aus dem Fenster auf die aufgehende Sonne. Ich bin die ganze Nacht hier gewesen und Granny ist immer noch nicht aufgewacht. Wir trinken mit Mom und Maddie einen Kaffee, ehe die beiden durch Stephen und Dad abgelöst werden. Eric lernt ein wenig am Laptop, während ich mich entschließe, nach Hause zu fahren, um zu duschen. Mittlerweile bin ich seit Stunden hier.

Ich verabschiede mich von meiner Familie und will gerade wieder ins Treppenhaus gehen, als plötzlich Novalee und

Mia aus dem Fahrstuhl treten. Zwar trägt sie ihre dunkelrote Perücke und ebenfalls ein unauffälliges Outfit, doch ich erkenne sie sofort, und den Leuten von der Presse geht es sicher ähnlich. Als sie mich sieht, bleibt sie abrupt stehen und rückt ihren Mundschutz zurecht. Sie ist hier. Ich möchte wütend auf sie sein, aber ich kann es nicht. Auch wenn es waghalsig und riskant von ihr gewesen ist hierherzukommen, schließe ich sie erleichtert in meine Arme.

KAPITEL 33

Novalee

»Wieso bist du hierhergekommen? Es wäre sicherer für dich gewesen, in New York zu bleiben.«

»Zuerst habe ich es wirklich versucht, aber ich konnte nicht einfach dasitzen und Songs trällern, wenn es Granny schlecht geht. Auch ich habe sie liebgewonnen.«

»Das bezweifelt auch niemand, und ich verstehe deine Sorge, aber es war riskant.«

»Es tut mir leid«, flüstere ich und löse mich ein wenig aus seiner Umarmung.

»Jetzt können wir es ohnehin nicht mehr ändern. Auch wenn ich dich lieber in Manhattan in Sicherheit gewusst hätte, bin ich froh, dass du hier bist.«

Mir fällt ein Stein vom Herzen. Ich puste mir eine Strähne der Perücke aus dem Gesicht.

Mia räuspert sich, und wir schauen zu ihr. »Wir sollten vielleicht ins Zimmer gehen, bevor Sie erkannt werden«, meint sie an mich gewandt.

»Ist Granny schon wach?«, frage ich, blicke auf die vielen Türen und frage mich, welche davon in ihr Zimmer führt.

»Nein. Sie schläft, und gleich ist Visite. Ich wollte nach Hause, um zu duschen. Komm doch mit, dann können wir später gemeinsam herfahren.«

»Ist gut«, sage ich und kann meine Traurigkeit nicht verbergen. Ich hätte Granny gerne gesehen, aber ich muss wohl warten.

»Ich muss den Sheriff anrufen«, teilt er mir mit, als wir uns auf den Weg zum Treppenhaus machen. Den Aufzug zu benutzen wäre fahrlässig.

»Wieso?«

»Weil er den Parkplatz sichern soll und niemanden reinlassen darf, bis du unerkannt ins Auto eingestiegen bist.«

»Aber warum machst du es so kompliziert? Du kannst mich doch einfach zum Auto bringen.«

»Ich werde nichts riskieren, wenn es um deine Sicherheit geht, Novalee.«

Schließlich nicke ich und frage mich, ob ich einen Fehler begangen habe, als ich hierhergekommen bin.

Der Sheriff tut uns den Gefallen und sichert den Parkplatz, sodass nur noch der Van zu sehen ist, mit dem Mia und ich angekommen sind. Mia und Adam sind mit dem Leihwagen bereits zur Farm gefahren. Er entriegelt den Wagen und flucht dann plötzlich verärgert, als er seine Hosentaschen durchsucht. »Verdammt! Ich habe das Parkticket vergessen.« Mittlerweile regnet es nicht mehr, aber es ist nass, und der Himmel ist grau und wolkenverhangen.

»Steig bitte schon ein. Ich bin gleich wieder da.« Ich tue, was er sagt, setze mich und lehne meine Stirn an die kalte Fensterscheibe. Ein Klopfen lässt mich erschrocken zusammenzucken.

Durch die beschlagene Scheibe sehe ich den Sheriff, der neben dem Fahrzeug steht. Ich kurble die Scheibe runter und schaue in sein mürrisches Gesicht.

»Sie haben vielleicht Nerven«, sagt er anstatt einer Begrüßung, und Wut blitzt in seinen grünen Augen auf.

»Wie bitte?«, frage ich perplex.

»Ich habe gewusst, dass es Ärger bedeutet, wenn Sie hierherkommen, und habe damals nur zugestimmt, weil ich die McKinleys schätze. Doch dass Sie jetzt jemandem den Tod bringen, überrascht selbst mich ein wenig.« Seine Worte ergeben für mich keinen Sinn. *Bezieht er sich auf den Unfall vor einigen Monaten?*

»Wovon reden Sie?«, frage ich perplex und lege die Stirn in Falten. Ich weiß, dass er mich nicht mag, aber seine Feindseligkeit scheint heute besonders stark ausgeprägt zu sein.

»Weil dieser Mistkerl sich auf dem Grundstück der McKinleys herumgetrieben hat, ist es erst zu dem Herzinfarkt gekommen.« Ich reiße die Augen auf, kann ihm aber immer noch nicht folgen. *Kann es sein, dass …?*

»Sie wissen es nicht?«, fragt er, ehe er verbittert auflacht. Es ist ein kalter Laut, der mich erschaudern lässt.

»Mildred wurde von einem Paparazzo fertiggemacht, weswegen sie zusammengebrochen ist. Es ist einzig und allein Ihre Schuld, dass diese herzliche Familie zugrunde geht und unsere Stadt im Chaos versinkt.«

»Was?«, hauche ich atemlos und lege mir erschrocken die Hand auf den Mund. *Ein Reporter hat Granny bedrängt?*

Schuld.

Es ist meine Schuld.

»Tun Sie nicht so naiv. Sie bringen die Menschen, die Sie angeblich mögen, in Gefahr, wenn Sie sich mit ihnen abgeben. Statt sich von ihnen fernzuhalten, ziehen Sie die Menschen noch tiefer rein, bis irgendwann tatsächlich eine Person sterben wird.«

Wie Granny.

Meine Mutter.

Der Taxifahrer und ich selbst.

»Gibt es hier ein Problem?«, höre ich meinen Freund fragen,

doch worum es in dem Gespräch der beiden geht, bekomme ich nicht mehr mit. Denn Bilder der Menschen, die ich liebe, brechen über mich herein. Joy, Joseph, Libby, Rose, Jackson, Mark und die anderen Personen, die mir so viel bedeuten, sehe ich leblos auf dem Boden. Ich sehe, wie das Blitzlichtgewitter uns zu ersticken droht. Würde ich nicht sitzen, würden diese Visionen mich in die Knie zwingen.

Es ist, als wären meine Ohren in Watte gepackt, ich bin gefangen in meinem persönlichen Albtraum. Granny wäre wegen des Medienrummels um meine Person beinahe gestorben. Dieser Fakt sickert in mich ein und breitet sich wie Gift in meinem Körper aus.

»Was hat er zu dir gesagt?«, fragt Thorne und klingt weit weg. Ob es an meinem Zustand oder dem Fakt liegt, dass er leise spricht, weiß ich nicht.

»Nichts. Wir haben uns nur unterhalten.« Ich weiß nicht, ob ich flüstere oder schreie, denn in meinen Ohren ist nur ein Rauschen. Es ist das erste Mal, dass ich Thorne belüge, und die Aussage hinterlässt einen bitteren Geschmack auf meiner Zunge. Aber ihm die Wahrheit zu sagen ertrage ich nicht. Ich möchte nicht mit ihm über dieses Thema reden, weil ich den Fakt erst selbst verarbeiten muss. Ich sehe ihm an, dass er mir nicht ganz glaubt, aber er lässt es auf sich beruhen, wofür ich ihm äußerst dankbar bin.

»Novalee!«, schreit Jackson euphorisch, als er mich aus dem Wagen steigen sieht. Er und seine Mutter haben sich beim Stall aufgehalten und kommen nun auf uns zu. Ich lächle, auch wenn mir nach Weinen zumute ist. Der dunkelhaarige Junge umklammert meine Taille, und ich wuschle ihm durchs Haar, als Madeleine zu mir tritt und mich kurz zur Begrüßung drückt.

»Willkommen zurück. Du wurdest vermisst.«

»Ich bleibe nicht lange, sondern wollte nur nach Granny sehen.«

»Oh«, meint sie und sieht verwirrt zwischen Thorne und mir hin und her.

»Dann kommt mal an. Wir müssen ins Gewächshaus, aber deine Begleiter sind bereits im Haus. Komm Jax. Lass uns gehen.«

»Sehen wir uns beim Abendessen?«, fragt mich der Kleine, bevor er zu seiner Mutter aufschließen kann. Ich blinzle und sehe diesen wunderbaren Jungen, wie er von Paparazzi verfolgt wird und die Gefahr über ihm schwebt wie eine dichte Regenwolke. Das wird unweigerlich passieren, wenn ich weiterhin Zeit mit ihnen verbringe.

»Nein, es tut mir leid. Ich muss gehen«, sage ich. Habe ich mir das nur eingebildet, oder ist Thorne bei meinen Worten neben mir zusammengezuckt? Jackson winkt und läuft in Richtung Stall, als ich mich umdrehe und zum Nebengebäude gehe, das in den letzten Wochen zu meinem Zuhause geworden ist.

Die Wärme, die ich bei diesem vertrauten Geruch nach Seife und Kräutern verspüre, als wir den Bioladen passieren, bleibt aus. Ich gehe direkt in unser Zimmer, das vor kurzem noch Thornes Reich gewesen ist. Danach war es unser Zuhause. Doch jetzt fühle ich mich hier wie ein Eindringling. Wie ein Störfaktor, der das Kartenhaus, das Thorne und seine Familie mühevoll zusammengebaut haben, zum Einsturz bringt.

»Möchtest du etwas essen?«, fragt mich Thorne und stellt die Reisetasche ab, in der sich Klamotten für einige Tage befinden. Ich hatte vor, eine Weile zu bleiben, doch ich befürchte, dass meine Worte an Jackson ernsterer Natur waren, als ich einsehen wollte.

»Nein«, antworte ich und traue mich, ihn anzusehen. Den

Mann, den ich aus ganzem Herzen liebe. Er trägt eine verwaschene Jeans und einen Hoodie. Sein Haar sieht wirr aus und ist vom Wind ganz zerzaust, aber ich liebe es, wenn er so herrlich normal aussieht. In seinen Anzügen hat er eher einen unnahbaren Eindruck auf mich gemacht, doch die Zeiten haben sich geändert. Ich habe mich verändert.

»Ich begrüße schnell meine Familie und rede mit deinem Team«, meint er knapp und eilt aus dem Raum. Vielleicht interpretiert er meine Schweigsamkeit falsch. Denkt, ich bin müde und brauche Ruhe, doch eigentlich möchte ich einfach nur weglaufen. Weit weg, ohne ihn oder irgendjemand anderen an meiner Seite. Wenn niemand bei mir ist, kann ich auch niemanden verletzen. Ich kann mir vorstellen, dass Thorne auch wütend auf mich ist, weil ich durch meine unüberlegte Reise hierher so ein Chaos anrichte.

Eigentlich sollte er bangen und mit dem Schock fertigwerden, aber er muss den Schlamassel, den ich angerichtet habe, wieder kitten. Was mitunter ein Grund ist, wieso ich mich innerlich abschotte. Stück für Stück. Ich bedeute Ärger und Schmerz. Immerhin bin ich für den Herzinfarkt seiner Großmutter verantwortlich. Für ihn ist seine Familie das Wichtigste auf der Welt, und dann komme ich daher und zerstöre wie ein Parasit diese innige Verbindung.

Sobald er den Raum verlässt, überwältigen mich die Gefühle, und ich breche in Tränen aus, die ich vorher nur mühsam zurückhalten konnte. Aus Sorge, aus Verzweiflung und vor lauter Schmerz, darüber, dass mein Leben immer mit diesem Schatten des Ruhms verwoben sein wird.

Wie sehr ich mir wünsche, normal zu sein! Eine einfache Frau, die sich ihren Lebensunterhalt hart verdient, die ganz normal ausgehen, lange Spaziergänge im Central Park machen kann und die öffentlich ihre Liebe zeigt. Meine Ansprüche sind klein, aber ich wünsche mir gerade nichts mehr, als dass mein Ruhm einfach verschwindet.

Ich möchte nicht Nova Wells sein! Sondern eine Frau, die Thornes Liebe und seine Familie verdient. Meine Berühmtheit hätte eine unschuldige Frau beinahe getötet. Sie hat meine Mutter krank gemacht, sodass ich sie nicht mehr sehen kann, auch wenn ich sie einfach nur in die Arme schließen will. Und auch ich hätte fast mein Leben verloren, weil die Paparazzi mich verfolgt haben. Das Schlimmste daran ist, dass ich auch einen unschuldigen Taxifahrer mit mir in den Abgrund gerissen hätte.

Habe ich wirklich gedacht, dass ich ein normales Leben mit dem Mann meiner Träume führen kann? Wie sehr ich mich doch geirrt habe. Wenn er und ich weiterhin zusammenbleiben, wird noch Schlimmeres passieren. Granny war nur der Anfang. Gott bewahre, wenn sich die Dinge weiterhin zuspitzen und noch jemand verletzt wird. Das könnte ich niemals ertragen.

Ich blinzle, und eine Träne perlt über meinen Augenwinkel in mein Ohr. Hier und jetzt herumzuflennen wird mir nicht helfen. Auch wenn mein Herz protestiert, muss ich diesmal auf meinen Kopf hören. Ich breche ein Versprechen und auch Thornes Herz, aber ich muss tun, was nötig ist. Zu seinem Schutz. Ich setze mich auf und wähle Callens Nummer, um ihn zu bitten, mich so schnell wie möglich von hier abholen zu lassen. Es ist besser, das Pflaster schnell abzureißen als die Sache unnötig in die Länge zu ziehen. Ich muss gehen, ob es mir gefällt oder nicht.

»Ist etwas passiert? Wieso willst du wieder nach New York, wenn du doch vor kurzem erst angekommen bist?«, fragt er verwundert.

»Persönliche Gründe«, sage ich, was er sofort akzeptiert. Callen hat mich immer verstanden und ist meinen Wünschen nachgekommen, auch wenn er sie nicht immer nachvollziehen konnte.

»Verstehe, dann veranlasse ich alles. Komm gut nach Hause.«

»Danke«, sage ich, obwohl ich nicht mehr weiß, wo und ob ich überhaupt ein Zuhause habe. Als Thorne wieder ins Zimmer kommt, ist er sichtlich verwirrt.

»Was ist denn jetzt los? Wieso willst du gehen?«, fragt er mich und blickt zwischen meiner Tasche und mir hin und her. Er wirkt aufgewühlt, und seine Haare stehen in alle Richtungen ab. In seinem Gesicht sehe ich so viele Fragen. Mia muss ihn wohl darüber ins Bild gesetzt haben, dass ich gehen möchte. Bald ist es vorbei. Wut mischt sich in seine besorgte Miene.

Gut so.

Das macht es mir leichter.

»Novalee. Bitte rede mit mir.«

»Wieso hast du mir nicht gesagt, dass Granny wegen einem Paparazzo zusammengebrochen ist?«, frage ich ruhig, und ich sehe, wie sich seine Augen weiten. Als hätte er nie vorgehabt, mir die Wahrheit zu sagen. Den Stich in meiner Brust ignoriere ich, denn ihm werden noch viele folgen. Es ist unfair von mir, ihn mit Vorwürfen zu konfrontieren, wenn er immer meine Stütze gewesen ist, aber vielleicht kommt er schneller über mich hinweg, wenn er mich hasst.

»Weil es nicht wichtig war. Das Einzige, was zählt, ist, dass es ihr bald besser geht.«

»Für dich vielleicht, aber für mich wäre dieser Fakt wichtig gewesen. Du hättest es mir sagen müssen.«

»Weswegen? Damit du dir Schuldgefühle einredest?«, fragt er verbittert und fährt sich hastig durch das dichte Haar.

»Einreden? Sag mal, merkst du es nicht? Granny, meine Mutter und ich selbst haben am Abgrund gestanden und hätten alles verloren. Ich zerstöre Leben, weil ich bin, wer ich bin.«

Ich unterdrücke die Tränen, die mir die Sicht verschwimmen lassen. Ich kralle meine Finger um den Riemen meiner Handtasche, um mich zu fassen und nicht vor ihm zusammenzubrechen. Dafür ist später genug Zeit.

»Das stimmt doch nicht. Nichts davon war deine Schuld.«

»Aber es ist mit mir verwoben, Thorne.« Er schüttelt immer wieder den Kopf und will nach meiner Hand greifen, doch ich weiche ihm aus.

»Ja, der Rummel kann manchmal schwer zu ertragen sein, aber wir wussten das alle und haben dich akzeptiert, wie du bist.«

»Aber es kann schlimmer werden.« Die Wahrheit schmeckt so bitter auf meiner Zunge.

»Wir sollten den Teufel nicht an die Wand malen«, versucht er mich zu beschwichtigen, aber mein Entschluss steht bereits fest. Nichts, was er sagt, könnte mich umstimmen. Wenn ich ihn und seine Familie schützen will, muss ich gehen.

»Ich habe dich gesehen, weißt du? Am Tag des Unfalls. Wie du geschrien hast, wie du diese verbogene Tür aufreißen wolltest, aber nicht konntest. Du hast wegen mir gelitten.« Dieses YouTube-Video hat mich beinahe gebrochen, aber ich musste es einfach anschauen.

»Nichts würde ich ändern wollen. Siehst du denn nicht, dass dein Ruhm uns erst zusammengebracht hat?«

»Und willst du nicht sehen, dass meine Berühmtheit euch die Presse an den Hals hetzt?«

»Aber das ist doch nicht …«

»Es ist meine Schuld!«, brülle ich und balle die Hände zu Fäusten. Eine Träne bahnt sich einen Weg über meine Wange. Sie wird nicht die letzte sein.

»Könntest du es ertragen, wenn Mark der Nächste wäre, der verletzt wird? Oder Rose?«

»Novalee …«

»Ich kann es nicht, Thorne. Ich kann das alles nicht mehr. Ich möchte nicht mehr schuld daran sein, dass schreckliche Dinge passieren.« Denn es ist bei Gott zu viel geschehen.

»Was meinst du damit?«, fragt er und weitet die Augen. Offensichtlich wird ihm erst jetzt bewusst, worauf ich die ganze Zeit hinauswollte. Panik macht sich in ihm breit, und ich unterdrücke den Drang, meine Arme um ihn zu schließen, und balle stattdessen die Hände zu Fäusten.

»Ich denke, dass es für alle besser wäre, wenn wir uns trennen und nicht mehr wiedersehen.« Jedes Wort, das meine Lippen verlässt, fühlt sich an wie ein Dolchstich in mein bereits blutendes Herz. Thornes Hände beginnen zu zittern, und das macht es für mich noch schlimmer.

»Du verlässt mich? Wegen Gerüchten und Vermutungen?«

»Ich gehe, weil ich dich liebe. Weil ich den Gedanken nicht ertragen kann, dass du eines Tages derjenige sein wirst, der in diesem Autowrack sitzt.«

»Novalee, bitte«, flüstert er verzweifelt und greift fast panisch nach meinen Händen, um sie zu drücken, sie an seine Lippen zu heben und Küsse auf meinen Handrücken zu hauchen.

»Es tut mir leid«, flüstere ich und frage mich, wie ich noch aufrecht stehen kann, wenn doch meine gesamte Welt gerade zusammenbricht. Seine Berührung schmerzt, denn eigentlich will ich mich in seine Arme werfen und mich von seinem Duft nach Zuhause einhüllen lassen.

»Du hast mich für eine lange Zeit beschützt und dafür gesorgt, dass ich sicher an meine Ziele und wieder zurückkomme. Dafür werde ich dir immer dankbar sein, aber ich möchte auch dich beschützen. Und das kann ich nur, wenn ich dich gehen lasse.«

»Ich kann selbst für meine Sicherheit sorgen«, flüstert er. Thorne steht nun dicht vor mir und legt sanft eine Hand an meine Wange. Ich schließe die Augen und lehne mich gegen seine Berührung. Nur noch ein letztes Mal möchte ich seine Wärme spüren.

»Körperlich vielleicht, aber was ist mit deiner mentalen Gesundheit? All die Gerüchte, die Presse, die in deiner Vergangenheit und der deiner Familie herumwühlt … das verletzt euch, verletzt dich, und ich möchte das nicht mehr.«

»Novalee. Du hast es versprochen«, sagt er mit quälend leiser Stimme und lässt mein Herz endgültig brechen.

»Manche Versprechen können nicht gehalten werden. Du brauchst eine normale Frau an deiner Seite. Jemanden, der nicht so viel Ballast mit in die Beziehung bringt.« Thorne, dessen Haare ihm in die Stirn fallen, die Haltung angespannt, der Ausdruck in den Augen tieftraurig, liefert einen Anblick, den ich niemals wieder vergessen werde. Er wird mich auf ewig in meinen Albträumen verfolgen.

»Und ich brauche dich. Gott, nie habe ich etwas so sehr gewollt wie dich.«

Er muss aufhören. Er muss mich gehen lassen. Bitte lieber Gott, hilf mir.

»Bitte versteh doch. Ich liebe dich, aber ich muss das hier tun.«

»Ich liebe dich mehr. Damit meine ich nicht, dass meine Gefühle stärker sind als deine, sondern dass ich dich mehr liebe, als dass ich je zulassen würde, dass Probleme uns auseinanderbringen«, murmelt er und umfasst mein Gesicht mit seinen Händen. Unser schneller Atem vermischt sich, und ich fühle mich, als würde ich innerlich zerbersten.

»Das haben sie bereits.«

Das letzte Wort wird durch einen Kuss von Thorne verschluckt. Der Kuss schmeckt nach Verzweiflung und Angst, aber ich genieße ihn. Ein letztes Mal, ehe wir getrennte Wege gehen werden. Für seine Sicherheit ertrage ich den Schmerz, der sich in meinem Körper ausbreitet und mich wohl mein Leben lang begleiten wird.

KAPITEL 34

Novalee

»Dieses Haus sieht wunderschön aus«, sagt Libby, als sie die Koffer aus dem Van vor meiner Villa am Strand von Beverly Hills auslädt. Ich folge ihrem Blick, sehe das beinahe völlig aus Glas bestehende Haus an, in dem locker vier Großfamilien Platz finden könnten. Die äußere Hülle strotzt nur so vor Luxus und entspricht eigentlich gar nicht meinem Geschmack. *Oder hat sich dieser mit der Zeit verändert?*

Tatsächlich war es meine Mutter, die sich in dieses Anwesen verliebt hat, weil es einen Privatstrand hat, eine herrliche Aussicht bietet und nur so vor Extravaganz strotzt. Es ist schade, dass sie nie hierhergekommen ist, um die von ihr geliebte Aussicht zu genießen. Die Häuser, die ich und zum Teil auch meine Mutter gekauft haben, sind in erster Linie als Geldanlagen gedacht. Ich besitze diese Villa seit Jahren, war aber insgesamt nur etwa zwei Monate hier.

Werde ich je die Zeit finden, zur Ruhe zu kommen, wenn ich es nicht mal schaffe, durchgehend an einem Ort zu bleiben?

Während Libby sich staunend umsieht, kann ich nur daran denken, dass ich die Villa eines Tages mit Thorne betreten wollte. Lange Sonnenstunden am Strand, Küsse im Sand oder ein entspannter Abend mit einem Glas Wein auf der Terrasse, während wir den Wellen beim Brechen lauschen. All das stand auf meiner Agenda. Meiner Lebensliste mit all den Dingen, die ich nachholen wollte.

Zum Prom gehen, einen Liebesurlaub machen oder mit meinem Freund über einen Jahrmarkt schlendern, ohne von Wildfremden angesprochen zu werden. Jetzt, wo ich mich von Thorne getrennt habe, glaube ich nicht, dass ich je etwas davon erleben werde, oder besser gesagt, will ich es mit niemand anderem erleben als mit ihm.

Nach der Trennung von Thorne bin ich mit Mia und Libby nach Manhattan gefahren, habe mich kurz bei ihnen bedankt und bin dann in meinem Apartment zusammengebrochen. Den einzigen Menschen zu verlassen, den ich je geliebt habe, war schlimmer als der Unfall, schlimmer als jeder Schmerz, den ich je empfunden habe.

Ich war bereit, mein Leben mit ihm zu teilen, ihn an meiner Seite zu wissen, auch wenn mir bewusst war, dass eine Beziehung mit mir nur Unglück bringt.

»Denkst du wieder an ihn?«, fragt mich Libby. Sie ist an mich herangetreten und legt tröstend eine Hand auf meinen Oberarm. Die Berührung hat etwas Tröstliches, und ich bin froh, dass sie sich bereiterklärt hat, mich nach Beverly Hills zu begleiten.

»Ja. Und auch, wenn ich mittlerweile an diesen Schmerz gewöhnt sein sollte, zerstört er mich jedes Mal.«

Sie lächelt mich mitfühlend an, denn was sollte sie auch darauf antworten? In dieser Situation kann mir niemand helfen, und ich kann nur hoffen, dass die Zeit Besserung bringt.

»Komm erstmal an. Ich werde die Koffer reintragen«, meint Libby, doch ich schüttle den Kopf.

»Keine Chance. Das machen wir gemeinsam. Dann bestellen

wir uns etwas zu essen und erholen uns von der langen Fahrt. Was sagst du dazu?«

»Das klingt perfekt.«

Zwei Tage lang ist Libby bei mir, hilft mir, mich in dem Haus, das mir so fremd ist, einzuleben, ehe sie und Mia wieder nach Manhattan fliegen. Das moderne Haus wurde in einer offenen Bauweise errichtet. Wenige Türen, hohe Decken und die Wand, die zu Terrasse, Pool und Meer führt, ist komplett verglast. Die offene Küche ist im Wohnzimmer integriert, sodass man beim Kochen alles überblicken kann.

Der Grund meines Aufenthalts ist simpel. Ich möchte heilen, an meinem Album arbeiten und mich möglichst vom Medienrummel fernhalten.

Aber egal welche Ausreden ich auch suche, es wird immer eine Flucht sein. Vor der Wahrheit und den Konsequenzen meines Handelns. Ich habe Granny einen großen Blumenstrauß geschickt, mit Genesungswünschen und einer Entschuldigung. Daraufhin hat sie mich angerufen und mir den Kopf gewaschen, weil ich es überhaupt wage, mir selbst die Schuld zu geben.

Diese wunderbare Frau klang unerschütterlich und nicht so, als hätte sie vor ein paar Tagen einen Herzinfarkt erlitten. Ihre Stimme zu hören hat die Enge in meiner Brust verstärkt, bis meine Lippen zitterten und ich nur noch weinen wollte. Sie fragte mich, wann ich wieder nach Washington kommen werde, was mir bestätigt hat, dass sie noch nichts von Thornes und meiner Trennung weiß. Da ich sie nicht beunruhigen wollte, habe ich einfach geschwiegen und bin dem Thema aus dem Weg gegangen.

Seit dem Gespräch habe ich mich in mein hauseigenes Tonstudio zurückgezogen. Ich arbeite ununterbrochen und mache nur Pausen, um etwas zu essen oder mich kurz hinzulegen.

Wenn ich Songs schreibe, bin ich abgelenkt und in meinem Element. Das Schlimmste ist die Stille. Wenn ich im Bett liege, an die Decke starre und mein Kissen durch meine Tränen so durchnässe, dass ich es anschließend auswringen könnte. Da, wo noch vor ein paar Tagen Liebe und Geborgenheit waren, prangt nun ein Loch in meinem Herzen.

Da ich zuvor noch nie richtig geliebt habe, konnte mich auch nichts auf die Gefühle vorbereiten, die ich gerade durchlebe. Ich dachte, dass ich durch die Trennung von Dexter weiß, wovon ich all die Jahre gesungen habe, doch ich lag falsch.

So falsch.

Jetzt, wo ich auch Thorne nicht mehr in meinem Leben habe, stelle ich mir die Frage, wie es so dermaßen aus dem Ruder laufen konnte. Ich hatte ein Leben. Es war nicht perfekt, aber ich habe in der Illusion gelebt, glücklich zu sein. Dass dies nur Scheinglück war, sei dahingestellt, aber ich war zufrieden. Dann lernte ich familiäre Wärme und allumfassende Liebe kennen, und es hat meine Weltanschauung verändert.

Plötzlich roch ich Düfte intensiver, sah die Schönheit der Natur klarer und liebte zum ersten Mal in meinem Leben. Es war wunderschön, so lange es eben angedauert hat, doch jetzt ist es vorbei, und ich stelle mir die Frage, ob diese Gefühle es wert waren, nun so viel Schmerz zu empfinden.

Ich wünschte, es würde einen Knopf geben, der meine Emotionen ausschaltet, sodass ich nicht bei jedem Atemzug das Gefühl bekomme, innerlich zu sterben.

Fünf Tage, neunzehn Stunden und vierundvierzig Minuten sind vergangen, seitdem ich Thorne das letzte Mal gesehen habe. Die Sehnsucht ist schier unerträglich, sodass ich mich abzulenken versuche. Zwar lasse ich meine Gefühle zu, fülle aber meinen Alltag mit neuen Routinen und Gedanken. In der Frühe mache ich Yoga, frühstücke auf der Terrasse, wo die Sommersonne meine Haut wärmt, auch wenn mein Inneres kalt und leer ist.

Da meine Stimme etwas kratzig ist, kann ich heute keine Songs aufnehmen, also ziehe ich mir einen Bikini an, creme mich ein und lese draußen in meinem aktuellen Buch. Es handelt sich um einen High-Fantasy-Wälzer, der blutig ist und ganz ohne Romanik auskommt. Ich lese so lange, bis mir vor lauter Schweiß das Buch aus der Hand rutscht.

Da der Wellengang heute stärker als sonst ist, entscheide ich mich dafür, in den Pool zu springen, wo ich einige Bahnen schwimme. Für eine Weile halte ich mich am Rand meines Infinity-Pools auf, der randlos verläuft, sodass es aussieht, als würde er ins weite Meer hineinragen. Ich genieße die salzige Meerluft und habe das Gefühl, endlich wieder befreiter atmen zu können.

Das Wasser umhüllt mich, und mir wird klar, dass ich zwar ein gebrochenes Herz habe, aber trotzdem das Glück hatte, zu lieben und geliebt zu werden. Thorne hat mich geliebt, hat mich auf Händen getragen, und gerade weil er der perfekte Partner für mich gewesen ist, musste ich seine Sicherheit an die erste Stelle setzen. Ich habe das Richtige getan, weil ich ihn und seine Liebsten beschützen muss. Dass das mit Schmerz verbunden ist, ist die andere Seite der Medaille.

Nach dem Schwimmen esse ich Ramen-Nudeln, ehe ich beschließe, einen Spaziergang zu machen. Wenn ich nur in meinem Haus herumsitze, werde ich wahnsinnig, also vertrete ich mir die Beine, nachdem die Mittagssonne langsam nachgelassen hat und man nicht mehr das Gefühl hat, lebendig gegrillt zu werden.

Der Privatstrand ist gut abgesichert, ein Sicherheitsteam fährt täglich die Straßen rauf und runter, und selbst der Strand wird überwacht. Da ich selten bis nie hier bin, kenne ich mich in der Nachbarschaft nicht so gut aus. Vom Strand aus führt ein Weg zu einem kleinen Waldstück, das öffentlich zugänglich ist, aber trotzdem in gebührendem Abstand zu den gesicherten Residenzen der Reichen und Schönen ist.

Ich gehe eine Weile und erfreue mich an der Kühle des Waldes, die die Hitze ersetzt, als ich ein Wimmern höre. Zuerst denke ich, dass ich es mir einbilde, doch dann höre ich es erneut. Langsam nähere ich mich dem Geräusch und entdecke ein verängstigtes Fellknäuel, das sich im Dickicht versteckt hat.

»Hey, Kleiner.« Sobald das Tier meine Stimme hört, wird das Winseln stärker und es versucht noch tiefer in den Strauch zu krabbeln.

»Alles gut. Ich tue dir nichts. Ist deine Besitzerin oder dein Besitzer gar nicht hier?« Ich gehe ein paar Schritte und suche nach einer Person, die den Welpen vermissen könnte, doch abgesehen von dem Winseln des Tieres höre ich nichts.

»Du bist hier allein, oder?«, frage ich, erhalte aber selbstverständlich keine Antwort.

»Was mache ich nur mit dir?«, frage ich mehr an mich selbst gerichtet. Da ich mein Smartphone mitgenommen habe, entscheide ich mich spontan dazu, das Sicherheitsunternehmen anzurufen, das für die Häuser in der unmittelbaren Umgebung verantwortlich ist.

Die sagen mir jedoch, dass sie mir in diesem Fall nicht weiterhelfen können. Es wurde kein vermisstes Tier gemeldet, sodass ich es beim Tierheim oder der Polizei versuchen soll. Da ich weiß, dass sich hinter dem Park ein kleiner Supermarkt befindet, der auch diskret ist, laufe ich dorthin und kaufe eine Flasche Wasser, Pappteller und eine Dose Hundefutter.

Mit meinen Einkäufen gehe ich wieder zum Tier, das sichtlich Angst hat, doch der Hunger ist stärker als die Furcht, denn sobald ich die Dose öffne, stürzt es sich mit der ganzen Schnauze ins Essen.

»Du armer Schatz«, flüstere ich und unterdrücke den Drang, den Welpen zu streicheln. Ich bin schon froh, dass er aus seinem Versteck rausgekommen ist, da brauche ich ihn nicht mit unerwünschten Streicheleinheiten zu verängstigen.

»Beverly Hills Police Department.«

»Hallo, hier spricht Novalee Wells. Ich wohne in der Grand Versailles Street und habe im Park einen Hundewelpen gefunden, der verdreckt und verängstigt ist.«

»Ist das Tier verletzt?«

»Ich kann keine äußeren Verletzungen feststellen.«

»Vermisste Tiere werden nicht von uns betreut, aber ich leite sie an das örtliche Tierheim weiter. Bitte bleiben Sie dran.«

»Danke«, sage ich, doch da klickt es bereits in der Leitung, und ich werde mit einem freundlichen jungen Mann verbunden, dem ich das Tier beschreiben soll. Ich teile ihm mit, dass der Welpe, abgesehen von seinem abgemagerten Zustand, körperlich unversehrt zu sein scheint.

»Ich bin alle Anzeigen durchgegangen, doch ein Welpe, der zu Ihrer Beschreibung passt, wurde uns nicht gemeldet. Leider sind wir überfüllt und können kein weiteres Tier aufnehmen. Warten Sie einen Moment.« Während der Mann an der anderen Leitung überlegt, sieht der weißbraune Welpe, der wie Cujo einem Australian Shepherd ähnelt, mich mit großen Augen an. Er ist neugierig und beschnuppert gerade meine Sneaker.

»Kann ich ihn mitnehmen, baden und zu Ihnen fahren, sodass Sie nachsehen können, ob er gechipt ist? Vielleicht würde das helfen, die Besitzenden zu finden.«

»Wenn es Ihnen nichts ausmacht, wäre das wunderbar. Leider sind wir unterbesetzt, und es würde Stunden dauern, bis ihn jemand abholen könnte.«

»Sie haben ja vorhin meine Daten aufgenommen. Sobald der Kleine sich etwas beruhigt hat und sich überhaupt transportieren lässt, werde ich mich noch mal melden.«

»Ist gut. Danke.«

»Bye.«

Eine Stunde später ist mein Badezimmer das reinste Chaos. Auf den Fliesen sind dreckige Pfotenabdrücke zu sehen, Wasserpfützen haben sich neben der Badewanne gesammelt, und von dem Inneren der Wanne will ich gar nicht sprechen, aber ich habe den kleinen Peanut sauber bekommen. Weil er so winzig ist, habe ich ihm spontan diesen Namen gegeben.

Ich wickle ihn in ein Handtuch und fühle richtig, wie die Müdigkeit ihn übermannt. Gemeinsam kuscheln wir uns auf die Couch, wo ich ihm sanft über das Köpfchen streichle, während ich draußen der Sonne dabei zusehe, wie sie im weiten Ozean untergeht. Meine tiefe Trauer über das Ende meiner Beziehung wird mich noch lange beschäftigen, und ich werde Thorne immer lieben, doch in diesem Moment erkenne ich, dass ein Ende sehr wohl ein Anfang sein kann.

KAPITEL 35

Novalee

Offiziell arbeite ich an meinem Album, doch eigentlich besteht mein Tag hauptsächlich aus Spieleinheiten mit Peanut. Der kleine Racker wurde vom Tierarzt durchgecheckt, aber leider wurde kein Chip gefunden, sodass ich ihn erneut mitnehmen konnte. Nach einer Wartezeit von einem Monat, in dem eine Vermisstenanzeige öffentlich gestellt wird, kann ich ihn behalten. Und das will ich.

Anfangs war der Welpe scheu und hat sich häufig unter dem Bett versteckt. Ich habe ihm Zeit gegeben, habe mich ins Bett gelegt, und als ich aufgewacht bin, lag Peanut ebenfalls im Bett und hatte seine Pfote im Schlaf auf meinen Fuß gelegt. Der Anblick hat mein Herz erwärmt. Ich habe Peanut bereits liebgewonnen, und es würde mir schwerfallen, ihn wieder abgeben zu müssen.

Als junges Mädchen habe ich mir sehnlichst ein Haustier gewünscht, doch meine Mutter hat es aus Zeitgründen und wegen der vielen Ortswechsel nie in Betracht gezogen. Jetzt sehen die Dinge anders aus, denn ich kann nun selbst entscheiden, was ich mit meinem Leben anfange und wen ich Teil davon werden lasse. Peanut schläft bei mir im Bett, isst mit mir am Esstisch und kuschelt sich an mich, während ich lese. Es scheint so, als wäre er genau in dem Moment aufgetaucht, in dem die Einsamkeit mich bei lebendigem Leibe zu verschlingen drohte.

Dieses wunderschöne und lebhafte Wesen erinnert mich an Cujo und somit auch an Thorne. Mittlerweile ist mir klar, dass er die Liebe meines Lebens ist. Nie werde ich einen Mann finden, der so starke Emotionen in mir auslösen könnte. Das fühle und weiß ich einfach. Ich zweifle immer noch nicht an meiner Entscheidung, denn es war richtig, seine Sicherheit über mein Wohlbefinden zu stellen, aber mir wird auch klar, dass ich weggelaufen bin. Vor der Presse, vor Thorne und dem Risiko, das mit meinem Beruf einhergeht.

Genauso habe ich auch nach dem Unfall reagiert, und auch, nachdem sich die Situation in der Rehaklinik zugespitzt hat. Nach Grannys Infarkt bin ich Hals über Kopf geflüchtet. Da ich jeden Tag mit Rose telefoniere, weiß ich, dass sie auf dem Weg der Besserung und schon wieder zu Hause ist. Die Erleichterung, die mich bei dieser Nachricht erreicht hat, kann ich gar nicht in Worte fassen. Rose fragte mich nach meinem Wohlbefinden, aber wir sprechen nicht über Thorne und meine Beziehung zu ihm. Von seiner Seite kam kein Anruf und keine Nachricht, genau wie ich es wollte, aber trotzdem vermisse ich ihn schrecklich.

Für mich war es zur Gewohnheit geworden, in seinen Armen einzuschlafen und mit seinen Küssen geweckt zu werden. Durch ihn weiß ich, was wahres Glück ist, und sollte ich ihn nie wiedersehen, bin ich ihm doch unendlich dankbar für alles, was ich durch und für ihn empfinden durfte. Während ich ein paar Songzeilen notiere, klingelt es an der Tür. Das schrille Geräusch erschreckt nicht nur Peanut, der sich unter dem Esszimmertisch versteckt, sondern auch mich.

»Wir müssen in Zukunft an deinen Wachhund-Qualitäten arbeiten«, sage ich amüsiert. Ich habe kein Essen bestellt, und

Post wird auch keine an diese private Adresse geliefert. Ich gehe zur Videosprechanlage und schalte die Kamera ein, die mir meine Mutter vor dem schmiedeeisernen Sicherheitstor anzeigt.

»Mom«, hauche ich und öffne das Tor, um den Wagen auf das Gelände zu lassen. Vom Tor zur Villa zu kommen dauert mit dem Auto nicht lange, also warte ich voller Nervosität und Vorfreude, bis meine Mom geparkt hat und aussteigt. Ich laufe auf sie zu und nehme sie fest in den Arm. Sie streichelt mir liebevoll über den Rücken. So wie damals. Mit zittrigen Fingern und rasendem Puls blicke ich die zierliche Frau vor mir an, die zwar an Gewicht verloren hat, jedoch immer noch dieselbe Eleganz ausstrahlt wie eh und je.

»Hallo«, sagt sie und sieht sich unsicher um, ehe sie meinen Blick erwidert. Sie ist sichtlich nervös, und auch mich erfüllt es mit Aufregung, sie nun endlich wiederzusehen.

»Hey Mom. Komm doch rein«, sage ich und schaffe es kaum, meine Freude darüber zu zügeln, dass sie mich nach Monaten nun endlich aufsucht. Seit ich von ihrer Krankheit weiß, sehe ich vieles aus einem anderen Blickwinkel und habe den Tag herbeigesehnt, an dem wir uns wiedersehen werden. Ich bin davon ausgegangen, dass ich es sein werde, die sie irgendwann aufsucht, doch meine Mutter war immer schon für eine Überraschung gut.

»Danke«, murmelt sie und tritt in das Haus, das sie ohne mein Wissen gekauft hat.

»Die Villa hat sich verändert«, sagt sie und fährt mit ihren schlanken Fingern über eine Kommode.

Ich habe durch meine Innenausstatterin die Möbel der Vorbesitzer, die etwas altmodisch gewesen sind, durch helle Holzmöbel im Vintage-Stil austauschen lassen, aber mehr habe ich aus Zeitgründen nicht geschafft. Ein luxuriöses Haus mit altem Charme. Das war es, was ich hier gestalten wollte.

An den Wänden hängen Kunstwerke, die jedoch nicht von mir ausgewählt wurden, und hier und da fehlt es an Dekoration, was mich unweigerlich an Madeleine denken lässt, die mit Feuereifer mein Haus dekorieren würde, wenn ich sie ließe. Den Stich in meiner Brust ignoriere ich, denn an die McKinleys zu denken führt genau zu der Sehnsucht, der ich eigentlich keinen Raum geben wollte.

»So wie wir selbst«, sage ich, da wir beide uns nicht nur optisch verändert haben.

»Deine Naturhaarfarbe steht dir hervorragend«, sagt sie mit weicher Stimme, und ich wickle mir eine Strähne meines schulterlangen Haares um den Finger.

»Findest du?« Ich habe schon viele Komplimente zu meiner neuen, alten Haarfarbe bekommen, aber es von meiner Mom zu hören, macht es echter. Schöner.

»Und wie.« Wir lächeln uns zaghaft an.

»Bist du allein hier?«, fragt sie und sieht sich um, als Peanut angetapst kommt und neugierig meine Mutter beschnuppert. Sie blinzelt und sieht mich verwirrt an.

»Nein. Darf ich vorstellen? Das ist Peanut, mein Vielleicht-Hund.«

»Dein was?«, fragt sie, ehe sie in die Hocke geht und ihre Hand von ihm beschnuppern lässt. Ich erkläre ihr die Situation, was sie nicken und sich wieder aufrichten lässt.

»Ich behalte ihn bei mir, bis seine Besitzenden sich melden, und falls nicht, werde ich ihn behalten. Deswegen das Vielleicht.«

»Verstehe. Dein Bodyguard ist nicht hier?«

»Nein«, sage ich und kann ein sehnsüchtiges Seufzen kaum unterdrücken.

»Wieso?«

»Weil wir uns getrennt haben.«

»Oh«, meint sie und legt ihre Handtasche auf der Couch ab, ehe sie sich mir zuwendet.

»Möchtest du gerade darüber reden?«

»Im Moment nicht. Ich möchte mich lieber darauf konzentrieren, wer ich in Zukunft sein will.«

»Und spiele ich in deiner Zukunft noch eine Rolle?«

»Wieso solltest du das nicht?«, frage ich und runzle die Stirn.

»Ich habe dir nur Unglück gebracht, mein Schatz. Ohne mich wärst du besser dran.«

Ich greife nach ihrer Hand und drücke sie. »Es war turbulent, das muss ich zugeben, aber ich sehe mittlerweile ein, dass wir das Schlimmste hätten verhindern können, wenn wir ehrlich zueinander gewesen wären.«

»Womöglich. Aber unsere kleine Familie war schon immer fragil.«

»Wir sind eine Familie, die ihre Höhen und Tiefen hatte. Wir sind an einer Weggabelung in verschiedene Richtungen abgebogen, aber wir können wieder zueinander finden. Da bin ich mir sicher.« Immerhin ist sie endlich hierhergekommen, ohne dass ich sie darum bitten musste. Ich sehe es als ersten Schritt.

»Was macht dich da so sicher?«

»Ich weiß es, weil ich dich liebhabe, Mom.«

»Du …«, flüstert sie und blinzelt die Tränen weg. Wie gebannt sehe ich in ihre feuchten Augen und blinzle, denn es muss Jahre her sein, dass ich meine Mutter weinen gesehen habe.

»Mom. Ich werde dafür sorgen, dass wir beide zu Kräften kommen, damit wir die beste Version von uns sein können.« Tränen sammeln sich in meinen Augen, denn das Gespräch mit meiner Mutter zu suchen stand ganz oben auf der Liste, die ich in den letzten Tagen erstellt habe. Überrascht schnappe ich nach Luft, als sie mich erneut fest in den Arm nimmt.

»Denk nicht mal im Traum daran, wieder die Verantwortung für alles zu übernehmen. Ich war es, die sich der Sucht hingegeben hat, die dich ins Rampenlicht gezerrt hat, ohne auf deine Bedürfnisse zu achten. Es tut mir leid, Novalee. Meine kleine LeeLee.«

Der Kosename, den sie mir als Kind verpasst hat, lässt den Damm, den ich mühsam aufrechterhalten habe, brechen, sodass ich aufschluchze und meine Wange an ihre Schulter schmiege.

»Alles wird gut, mein Schatz. Lass es raus«, flüstert sie mit tränenerstickter Stimme, und das ist die Mutter, die ich als Kind kannte. Die, die immer für mich da gewesen ist und mich aufgebaut hat, wenn ich traurig war. Sie streicht mir mütterlich über den Rücken, bis wir uns beide wieder beruhigen und die Tränen trocknen.

Einige Zeit später sitzen wir auf der gemütlichen Couch, halten einander im Arm und sehen gemeinsam aus dem Fenster. Es fühlt sich so befreiend an, meine Wange auf die Brust meiner Mutter zu legen und ihrem stetigen Herzschlag zu lauschen. Nicht zu glauben, dass wir monatelang nur telefoniert haben. Gerade fühlt es sich so an, als wären wir nie getrennt gewesen. All die Probleme und ihre Krankheit scheinen weit weg zu sein. Auch wenn unsere Probleme nicht von heute auf morgen verschwinden, werden wir an ihnen wachsen und sie überwinden.

»Dieses Haus ist ein Juwel und ein Ort der Ruhe.«

»Da hast du recht. Und auch wenn ich nicht oft hierherkomme, weiß ich die Schönheit der Natur und des Ozeans zu schätzen.«

»Das verstehe ich«, sagt sie.

Nachdem wir uns alles von der Seele geweint haben, mache ich uns einen Tee, ehe ich mich wieder neben sie setze.

»Ich schulde dir viel mehr als eine Entschuldigung«, meint meine Mutter schließlich mit einem traurigen Lächeln und meidet meinen Blick.

»Nachdem ich dich geohrfeigt hatte, konnte ich nicht aufhören, auf meine zitternden Hände zu blicken, habe in die verurteilenden Gesichter der Presseleute geschaut, ehe sie dir nachgelaufen sind. Mir war klar, dass ich einen irreparablen Schaden angerichtet habe. Als du dann auch noch diesen Unfall hattest …« Ihre Stimme bricht, aber sie fasst sich schnell wieder. »Ich habe mich so unsagbar geschämt, dir unter die Augen zu treten. Dieses Gefühl hat meine Kaufsucht verschlimmert, ohne dass mir überhaupt klar war, dass ich ein Problem hatte. Selbst als mein Geld zur Neige ging, konnte ich nicht aufhören. Erst als ich verhaftet wurde, hat sich das Blatt gewendet. Auf dem Revier wurde mir klar, dass ich Hilfe brauchte. Callen war da und hat sich darum gekümmert, dass ich dir nicht noch mehr schaden kann als ohnehin schon. Ich habe mich selbst eingewiesen und versuche seitdem, meine Sucht zu bekämpfen.«

»Und allein dass du es eingesehen hast, zeigt, dass du auf dem Weg der Besserung bist. Es ist ein kleiner Schritt, aber auch der lässt dich vorankommen.«

»Das tut er. Aber er ist mir alles andere als leichtgefallen.«

»Wir haben es wohl ganz schön vermasselt«, sage ich. Ich zwinge mich zu einem Lächeln, und meine Mutter hebt ebenfalls einen Mundwinkel.

»Wir lernen daraus. Etwas anderes können wir nicht machen. Andere Menschen machen ebenfalls Fehler, nur dass unsere Verstöße der Welt auf dem Silbertablett serviert werden.«

»Wie wahr«, sage ich. Für meine Fans und die Presse war ich immer die perfekte Frau, das Mädchen von nebenan und die Tochter der Nation. Doch ich bin ein Mensch mit Makeln, und diese Version von mir haben sie nie sehen können, weil sich das falsche Bild von mir in ihren Köpfen festgesetzt hatte.

»Wieso bist du jetzt gekommen?«, frage ich meine Mom.

»In meiner Verhaltenstherapie gibt es verschiedene Schritte, die wir absolvieren, um der Sucht keinen Raum mehr zu geben. Die Störung ist schon lange meine Begleiterin, aber in den letzten Jahren ist es schlimmer geworden. In der Therapie werden wir dazu motiviert, uns bei den Menschen zu entschuldigen, denen wir wehgetan haben.«

»Es hat wehgetan, Mom. Aber ich bin bereit, mit dir an unserer Beziehung zu arbeiten. Wir werden nicht von heute auf morgen ein Herz und eine Seele sein, aber ich werde immer da sein, wenn du mich brauchst. Die Kosten für die Klinik sowie deine Lebenshaltungskosten habe ich bereits übernommen. Bezüglich aller weiteren Ausgaben werde ich mich mit deiner Therapeutin besprechen, wenn das für dich in Ordnung ist.«

»Mehr als in Ordnung. Danke, dass du mich nicht weggeschickt hast.«

»Und ich danke dir, dass du mich nicht länger von dir stößt«, sage ich und nehme meine Mutter erneut in den Arm. Wie bei der Ohrfeige damals verzeihe ich, aber vergessen kann ich nur schwer. Aber wenn wir beide uns auf uns konzentrieren, können wir wieder heilen. Wir mögen unsere Probleme haben, doch sie ist die Frau, die es mir ermöglicht hat, nach meinen Träumen zu greifen, und dafür werde ich ihr für immer dankbar sein.

Mom schläft tief und fest, als ich in ihrem Zimmer nach dem Rechten sehe, also schließe ich die Tür wieder und gehe nach unten. Als ich auf die Terrasse trete, zerrt der salzige Wind an meinem Schlafshirt, sodass ich die Arme um mich schlinge. Peanut springt neben mir auf und ab, und ich setze mich lachend auf den Boden, wo er mich mit Küssen überhäuft.

»Thorne würde dich sehr mögen«, flüstere ich, und als würde er wissen, dass ich ein wichtiges Thema anschneide, hält er inne und neigt neugierig den Kopf.

»Ich vermisse ihn so schrecklich. Ohne ihn an meiner Seite ergibt nichts mehr einen Sinn.«

»Dann hol ihn dir zurück«, höre ich meine Mutter flüstern und zucke erschrocken zusammen.

»Mom. Du bist ja wach.«

»Ich habe einen leichten Schlaf entwickelt und habe Peanuts Bellen gehört.« Sie setzt sich neben mich und legt ihren Arm um mich.

»Mein Recht, dir Ratschläge zu geben, habe ich vielleicht verwirkt, aber ich habe in der Klinik viel Zeit zum Nachdenken. Er macht dich glücklich. Das wusste ich schon beim Anblick der Pressefotos, und dieses Glück darf man nicht so leicht gehen lassen.«

Ich schnaube auf. »Leicht war es keineswegs, aber nötig. Ich verletze Menschen mit meinem Ruhm. Die Augen aller Welt sind auf mich gerichtet.«

»Und was, wenn du den Ruhm eindämmst?«

»Was meinst du?«

»Du könntest neue Wege einschlagen, die Thorne und dir eine Chance geben.«

»Neue Wege«, murmle ich. Ja, die wollte ich schon seit einer Weile gehen, aber erst jetzt formt sich eine Idee in meinem Kopf, die Hoffnung in mir schürt.

KAPITEL 36

Thorne

Sebastian Holt, mein Mentor und Vorgesetzter, tritt aus seinem Büro und kommt auf mich zu. Wie immer trägt er einen maßgeschneiderten Anzug und lächelt charmant, und doch ist er ein Mann, der dich mit einem gezielten Schlag töten könnte. Er war jahrelang bei der Eliteeinheit SAS, dem britischen *Special Air Service*, im Dienst der Krone. Steel, wie ihn alle nennen, hat nach seinem Militärdienst das Angebot erhalten, die FPA zu leiten.

Wir kennen uns noch von meinen Zeiten beim Militär, und nie habe ich einen Vorgesetzten mehr bewundert als Sebastian *Steel* Holt. In den letzten Wochen habe ich rund um die Uhr gearbeitet, meine Schichten und auch die meiner Kolleginnen und Kollegen übernommen, da es einige krankheitsbedingte Ausfälle gab. Solange ich arbeite, fühle ich mich wie ein Mensch. Ein unglücklicher Mensch, aber immerhin jemand, dessen Herz noch schlägt.

Und das hat auch mein Boss und Freund mitbekommen, weswegen er einem Treffen sofort zugestimmt hat. Sobald die Fotos von Novalee und mir in der Presse zu sehen waren, hat er mich eine geschlagene Stunde lang angebrüllt und mich gefragt, was ich mir einbilde, eine Klientin zu verführen. Ich habe seine Wut ausgehalten, und als er sich beruhigt hatte, habe ich ihm erzählt, dass ich Novalee liebe. Dieses Wort kommt mir niemals leichtfertig über die Lippen, und das wusste er auch. Sobald klar war, dass wir keine Affäre, sondern etwas Tieferes, etwas Reales miteinander eingegangen sind, hat er sich wieder beruhigt.

Zwar ist er immer noch wütend, weil ich mich nicht an die Regeln gehalten habe, aber da ich einer seiner besten Männer bin, sieht er davon ab, mich rauszuschmeißen, und vielleicht ist es auch mein Glück, dass wir uns über die Jahre angefreundet haben. Ich erhebe mich von dem Stuhl, auf dem ich auf seine Ankunft gewartet habe, aber ein Blick auf mich muss ihm ausgereicht haben, um lange und laut zu seufzen.

»Du siehst aus, als würdest du durch die Hölle gehen.«

»Dir auch einen guten Tag«, sage ich amüsiert, ehe wir uns kurz umarmen. Ich könnte beleidigt über seine Aussage sein, doch er hat ja recht. Seit Novalee mich verlassen hat, habe ich kaum eine Nacht durchgeschlafen, und ich arbeite ohne Unterlass, um mich beschäftigt zu wissen. Nachts vermisse ich sie am meisten, weil wir zu dieser Tageszeit unsere schönsten gemeinsamen Erinnerungen geschaffen haben.

Manchmal nehme ich mein Smartphone, öffne die Notizenapp und tippe Nachrichten, die ich nie abschicken werde. Schreibe Worte auf, die ich nicht aussprechen kann, nur um daraufhin das Smartphone aufs Bett zu werfen und mein Gesicht in den Händen zu vergraben. Es ist sogar so schlimm, dass ich manchmal bewusst Novalees Songs einschalte, weil es die einzige Möglichkeit ist, ihre Stimme zu hören.

Sobald ich die vertrauten Melodien und ihre Stimme höre, fühlt es sich an, als würde mein Herz immer und immer wieder zerfetzt werden. Weil ich sie dann vor mir sehe, wunderschön wie eh und je. Bei Soundchecks, bei Albumaufnahmen, beim Singen unter der Dusche. Die Musik ist ihr Leben, und sie war meines.

»Was führt dich zu mir? Du bist nicht hierhergefahren, nur um mich zu sehen.«

»Bin ich auch nicht.«

»Sag ich doch.«

»Ich wollte mit dir über meine Zukunft bei der FPA sprechen.«

»Oh, ganz kryptisch, dann lass uns in meinem Büro weiterreden.« Als wir endlich Platz genommen haben und allein sind, kann ich frei sprechen.

»Also, was möchtest du besprechen, Thorne?«, fragt er und legt die Hände auf die Armlehnen seines Lederstuhls.

»Ich werde nicht mehr mit *Start Entertainment* zusammenarbeiten können.«

»Und wieso das?«

»Nova und ich haben uns getrennt.«

»Oh. Das erklärt dein äußeres Erscheinungsbild.«

»Genau, und weil ich in Zukunft unangenehme Begegnungen vermeiden möchte, ist es für mich an der Zeit, andere Wege einzuschlagen.« Steels Miene ist unergründlich, während er über meine Worte nachdenkt.

»Die Presse ist dir also nicht mehr auf den Fersen?«

»Nicht mehr so stark wie am Anfang, aber auch das tut nichts mehr zur Sache, denn die Verbindung zu Nova ist gekappt, sodass es diesbezüglich keine Probleme mehr für sie geben wird.«

»Glaubst du das? Dass du ein Problem für sie dargestellt hast?«, fragt er mich mit gerunzelter Stirn.

»Um ehrlich zu sein, weiß ich es nicht, aber ich möchte sie schützen. Das werde ich immer tun.«

»Wenn du sie so sehr liebst, wieso habt ihr euch dann getrennt?« Vielleicht liegt es daran, dass er der Einzige in meinem Umfeld ist, der Novalee nicht persönlich kennt, oder an der jahrelangen Zusammenarbeit und dem dazugehörigen Vertrauen, das wir genießen, aber ich ertappe mich dabei, dass ich ihm vom Trennungsgrund erzähle.

»Nun, wenn es dein Wunsch ist, *Start Entertainment* zu verlassen, werde ich mich dir nicht in den Weg stellen. Auch wenn Callen mir vor ein paar Tagen ein Angebot zu deiner Person unterbreitet hat.«

»Angebot?«

»Ja, sie wollen ihr Sicherheitspersonal ausbilden lassen und eine eigene Abteilung für diese Schulungen entwickeln. Als Leiter für diesen Posten haben sie dich in Erwägung gezogen.«

»Wieso mich?«

»Callen vertraut dir und weiß deine harte Arbeit zu schätzen. Da du nicht mehr Novas persönlicher Bodyguard bist, dachte er, du könntest dein Talent und Wissen an andere weitergeben.«

»Das wäre eine unglaublich tolle Möglichkeit, aber ich werde ablehnen müssen.«

»Weil du nicht willst, oder weil du denkst, dass es Nova wehtut, wenn du dort arbeitest?«

»Es ist eine Mischung aus beidem.«

»Gut. Überlege es dir gut, und fälle dann eine endgültige Entscheidung. Du kannst diese große Karrierechance annehmen oder einfach neu starten, mit einer anderen Person, für deren Sicherheit du verantwortlich sein wirst.«

»Danke, ich werde mich bei dir melden.« Ich stehe auf und reiche ihm zum Abschied die Hand.

Dieses Wochenende habe ich mir freigenommen, um zu meinen Eltern zu fahren. Granny geht es mittlerweile besser, und Mom und Dad müssen sie fast anketten, damit sie sich ausruht. Während der zweistündigen Fahrt lasse ich mich vom Radio berieseln, als plötzlich eine Eilmeldung zwischengeschaltet wird.

Nova Wells wird morgen eine Pressekonferenz halten und zu all den Gerüchten um ihre Person Stellung beziehen. Das hat sie schon seit Jahren nicht mehr getan. Bleibt dran, während wir in den nächsten Stunden alles über die aktuellen Skandale und Gerüchte besprechen …

Ich schalte das Radio aus, gerade als ich vor dem Farmhaus zum Stehen komme. *Novalee möchte sich an die Presse wenden? Warum sollte sie das tun?*

Leider werden meine rasenden Gedanken durch ein Klopfen an der Autoscheibe unterbrochen. Joy strahlt mich von draußen an, doch ich schaffe es nicht, ihr Lächeln zu erwidern.

»Was geht, Brüderchen?«, fragt sie mich, nachdem ich ausgestiegen bin und sie mich fest in den Arm genommen hat.

»Mir geht es gut«, sage ich mit aller Überzeugung, die ich aufbringen kann, doch sie hebt eine Braue und zeigt mir so, dass sie mir nicht glaubt.

»Du hast schon mal besser gelogen«, meint sie kopfschüttelnd. »Worauf wartest du? Das Essen steht schon auf dem Tisch, und die anderen wollten nicht anfangen, bis du da bist.« Ihre Worte bringen mich zum Lächeln, denn egal wie es mir geht oder was mein Leben noch für mich bereithalten wird, ich weiß, dass meine Familie immer auf mich wartet.

Ich bin hierhergefahren, um Granny zu besuchen, nur um zu erfahren, dass sie zu einem Städtetrip aufgebrochen ist. Ihr Arzt hat ihr grünes Licht gegeben, und dann war sie auch schon weg. Es ist so typisch Granny, dass ich mich gar nicht mehr über ihr Verhalten wundere.

»Tja, Mom meinte, dass sie es nicht mehr aushält und etwas tun muss«, meint Dad, als ich ihm die Bratensauce reiche.

»Ich habe vorgestern mit ihr telefoniert, da war von einer Reise noch keine Rede«, sage ich und schneide die zu groß geratenen grünen Bohnen kleiner.

»Wer weiß schon, was in dieser Frau vor sich geht«, sagt Dad belustigt. Ja, meine Großmutter ist ein Original, und genau deswegen lieben wir sie.

»Habt ihr schon davon gehört, dass Novalee morgen eine Pressekonferenz halten wird?«, sagt Eric, der in die Küche kommt, ohne von seinem Handy aufzusehen.

Ich schlucke und senke den Blick, als mein Bruder ihren Namen ausspricht. *Wann wird das aufhören?* Dass es mir einen Stich versetzt, sobald ihr Name fällt, oder dass meine Brust schmerzt, wenn ich im Kaufhaus, bei der Tanke oder auf der Arbeit ihre Songs höre?

Nova Wells ist ein internationaler Star, was auch heißt, dass die ganze Welt ihre Musik und ihr Gesicht liebt. War sie früher auch schon auf jedem Bus, jedem Plakat und am Times Square auf den digitalen Leinwänden zu sehen? Oder spielt das Schicksal ein grausames Spiel mit mir und will mich leiden sehen?

»Sorry, Mann«, sagt mein kleiner Bruder, als er sich neben seine Verlobte setzt. Es herrscht eine gedrückte Stimmung, doch ich versuche sie loszuwerden, indem ich das Thema wechsle. Es gelingt mir nur mäßig, denn plötzlich wird mir klar, dass nicht nur ich diese wunderbare Frau vermisse, denn meiner Familie geht es genauso. Mir war nicht bewusst, dass sie nicht nur mein Herz, sondern auch das meiner Liebsten gebrochen hat.

Nach dem Essen unterhalten wir uns im Wohnzimmer, doch irgendwann sondern Dad und ich uns etwas von den anderen ab und gehen nach draußen auf die Terrasse. Es ist Mitte September, und es herrschen schon herbstliche Temperaturen, sodass wir eine Jacke mitnehmen müssen. Dad reicht mir eine Flasche Bier, die er mitgenommen hatte, und wir stoßen an, auch wenn es keinen Grund zum Feiern gibt. Es scheint, dass mit Novalee auch mein Glück gegangen ist.

»Hast du gewusst, dass deine Mutter mich verlassen hat, als sie erfahren hat, dass sie keine Kinder bekommen konnte?«, sagt er in die Stille hinein.

»Nein. Ihr habt es nie erwähnt.«

»Es ist auch nicht gerade eine Sache, mit der man prahlt.«

»Stimmt auch wieder«, sage ich und erwidere sein trauriges Lächeln.

»Deine Mom dachte, dass sie nicht gut genug wäre, weil sie keine Kinder austragen kann. Sie dachte allen Ernstes, dass es besser wäre, wenn sie sich von mir trennt, als dass wir kinderlos blieben.« Seine Stimme ist leiser geworden, als würden selbst die Erinnerungen schmerzen.

»Sie hat einfach ihre Sachen gepackt und wollte wieder zu ihren Eltern fliegen. Rose hatte mir nicht mal eine Möglichkeit gegeben, Gegenargumente für die Trennung vorzulegen. Sie hat mich einfach vor vollendete Tatsachen gestellt.«

»Und wie hast du sie wieder zurückgewonnen?«

»Ich bin zu ihr gefahren und habe sie gebeten, mich anzuhören. Ich sagte ihr, dass sie vielleicht dachte, dass sie mich mit ihrer Entscheidung beschützen würde, die Trennung mich aber tatsächlich zerstört hat. Das alles hat mir meinen Lebenswillen genommen, denn nur mit ihr an meiner Seite kann ich vollständig sein.«

Seine Worte lassen mich sofort an Novalee denken. Wie mein Dad damals fühle ich mich gerade. Ohne Novalee ergibt nichts mehr Sinn für mich.

»Was ich damit sagen will, ist, dass manche Menschen von ihrem Schmerz geblendet sind und Entscheidungen für ihre Liebsten treffen«, fügt er noch hinzu und sucht meinen Blick. Ich trinke einen großen Schluck, ehe ich den Mut aufbringe, ihn anzusehen.

»Willst du damit sagen, dass ich zu ihr fahren sollte?«

»Ich will dir damit sagen, dass es immer eine zweite Chance geben kann, wenn man über Dinge redet. Kommunikation ist der Schlüssel für eine lange und glückliche Beziehung, denn an der Liebe liegt es meistens nicht, sondern an den Problemen, die zunächst ganz klein erscheinen und sich dann in den Vordergrund drängen.«

Seine Worte beschäftigen mich bis tief in die Nacht, in der ich wieder keinen Schlaf finde. Sie zeigen mir auf, dass es noch eine kleine Flamme gibt, und sie trägt den Namen Hoffnung.

KAPITEL 37

Novalee

Sobald ich wieder in New York bin, sind meine Schritte leichter und entschlossener. Mia begleitet mich vom Flughafen zu *Start Entertainment*, wo wir das letzte Krisenmeeting für eine lange Zeit halten werden. Was mich so sicher macht? Meine Entschlossenheit, neue Wege zu beschreiten. Als ich ins Auto steige und der Wagen sich in Bewegung setzt, klingelt mein Telefon.

»Hey, Joy«, sage ich, nachdem ich einen Blick aufs Display geworfen und den Anruf angenommen habe.

»Hallo, Schönheit. Wie fühlt es sich an, wieder New Yorker Luft zu schnuppern?«

»Schmutzig?«, sage ich, denn in der Stadt ist die Luft nicht so frisch und klar wie in Washington.

»Das klingt jetzt zweideutig.« Ihre Aussage bringt mich zum Lachen. Es ist ungewohnt, Joy nicht täglich zu sehen. Die Abende im *Sherlock Homes* scheinen nun weit entfernt.

»Es war aber nicht so gemeint. Wie ist es in Washington?«

»Langweilig, aber okay. Hier vermissen dich alle. Jackson und Mark wollen nur deine Konzerte sehen und singen mit. Der Lärmpegel war nie höher.«

»Die Süßnasen sind aber goldig.«

»Ich wohne ja zum Glück nicht mehr auf der Farm.«

»Somit bleiben deine Ohren verschont.«

»Unter anderem. Derzeit komme ich kaum aus der Schmiede raus. Ryder und ich verbringen die Pausen gemeinsam, aber sonst sehen wir uns nur abends in meiner oder seiner Wohnung.« Die beiden sind nun ein Paar. Auch wenn es ein längeres Hin und Her war, haben sie letztendlich zueinandergefunden.

»Gibst du so viele Workshops?«

»Nein, das ist es nicht. Eines meiner Videos ist auf TikTok viral gegangen, und jetzt soll ich in den nächsten Monaten sechs Schwerter anfertigen.«

»Wow, wie cool!«

»Es sind noch einige auf der Warteliste, aber leider braucht es Zeit, eines zu fertigen.«

»Ich bin froh, dass du gut ausgelastet bist, aber denk auch daran, Pausen zu machen.«

»Wenn ich es vergessen sollte, ist Ryder zur Stelle.«

»Guter Ryder.«

»Bester Ryder. Oh, ich muss leider einen Anruf annehmen. Komm gut nach Hause und melde dich.«

»Mach ich. Tschüss.«

Mit einem Lächeln auf den Lippen lege ich auf und lasse die Hand sinken. Mit Joy zu reden macht immer gute Laune, weil sie sich nicht verstellt und stets für einen Witz zu haben ist. Ich entsperre mein Display und tippe auf die Galerie, um mir Fotos von Thorne und mir anzusehen. Selfies am See, auf der Couch oder bei einem Spaziergang. Dann sind da noch die Fotos, die ich von ihm gemacht habe, als er nicht in die Kamera geblickt hat. Mein Herz beginnt schneller zu schlagen, als ich mir diese genauer anschaue.

Einmal sein Profil, als er mit Cujo und Chucky gespielt hat. Sein Blick in die Ferne, während er meine Hand gehalten hat. Wie der Sonnenuntergang sein Gesicht in warmes Licht taucht. Damals hatte ich das Gefühl, nie einem schöneren Mann begegnet zu sein, und davon bin ich immer noch überzeugt. Doch mir gefällt nicht nur sein Aussehen, sondern auch seine Herzensgüte, der Familiensinn und die Leidenschaft, mit der er Dinge in die Hand nimmt.

Der Drang ihm zu schreiben, ist stark, aber ich möchte mich vollkommen auf meine Liste konzentrieren, ehe ich als neue Novalee an mein altes Leben anknüpfe, dem ich einen neuen Hauch verleihen möchte.

In meiner Wohnung ist alles sauber und geputzt, sodass ich nichts zu tun habe, als meine Klamotten zu waschen und eine Runde auf dem Laufband zu joggen. Seitdem ich mir ein Ziel gesetzt habe, verspüre ich einen ungeheuren Tatendrang. Nicht mal das Lesen kann mich ablenken, also rufe ich meine Mutter an, um mich nach ihrem Wohlbefinden zu erkundigen.

Seitdem sie mich in Beverly Hills besucht hat, ist unser Verhältnis besser geworden. Wir werden noch eine Weile an unserer Beziehung arbeiten müssen, damit es so wird, wie wir beide es uns wünschen, aber es gibt nichts, was wir gemeinsam nicht schaffen könnten.

Morgen werde ich eine Pressekonferenz halten, zu der es auch einen Livestream geben wird, und mich direkt an meine Fans wenden. Ich bin etwas nervös, weil ich nicht weiß, wie die Öffentlichkeit auf die Neuigkeiten reagieren wird, aber ich lasse den negativen Gefühlen keinen Raum. Es ist später Nachmittag, als es an meiner Gegensprechanlage läutet. Ich betätige den Knopf, und der Portier meldet sich.

»Guten Tag, Miss Wells. Ich habe hier eine Dame namens Mildred McKinley, die gerne zu Ihnen möchte.«

»Danke Lionel. Schicken Sie sie bitte zu mir hoch.«

»Wie Sie wünschen.«

Ich warte bereits an der offenen Tür, als sie in den Flur tritt und selbstbewusst auf mich zukommt. »Granny, was für eine Überraschung!«, sage ich freudestrahlend. Zwar habe ich mit ihr telefoniert, nachdem ich sie nicht im Krankenhaus besuchen konnte, aber sie endlich wiedersehen zu können, freut mich unheimlich.

»Hallo, meine Schönheit.« Sie nimmt mich fest in den Arm, und ich merke, wie sehr ich es vermisst habe, sie täglich um mich zu haben.

»Komm bitte rein«, sage ich und bin froh, dass meine Wohnung vorzeigbar ist. Sie sieht sich beeindruckt im Penthouse um, ehe sie einen Pfiff ausstößt und mich mit großen Augen ansieht.

»Mädchen, das ist vielleicht einer der schönsten Orte, die ich je in New York gesehen habe.«

»Dann warst du mit Sicherheit noch nicht oft in New York«, sage ich amüsiert, was sie nur lachend den Kopf schütteln lässt. Sie kommt auf mich zu und greift nach meinen Händen, ehe sie mich eindringlich anschaut.

»Wie geht es dir?«

»Gott …«, seufze ich, weil ich so viel fühle, dass ich nicht weiß, wo ich anfangen soll.

»Ich denke, dass es mir ab morgen besser gehen wird.«

»Morgen?«, fragt sie neugierig und dirigiert mich zum Sofa, auf dem wir Platz nehmen.

»Ja, ich habe mich dazu entschieden, neue Wege einzuschlagen, und möchte morgen meine Fans darüber in Kenntnis setzen.«

»Veränderungen sind gut, weil der Lauf des Lebens mit diesen einhergeht. Kein Tag gleicht dem anderen.«

»Hmm, aber sie können einem auch Angst einjagen.«

»Auch die kann man nicht völlig verbannen. Wichtig ist,

dass man dieser Angst keine so große Macht gibt, dass sie dein Leben bestimmt.«

»Ach, das klingt immer so viel einfacher, als es ist, aber genug von mir. Wie geht es dir? Was hat der Arzt zu deinem Zustand gesagt?«

Sie hebt eine Braune, weil ich offensichtlich das Thema wechsle, doch sie lässt es mir durchgehen.

»Mir geht es blendend. Es war ein leichter Herzinfarkt, der keine bleibenden Schäden hinterlassen hat, aber ich muss künftig auf meine Ernährung achten und alle paar Monate zur Kontrolle.«

»Das klingt gut.«

»Eigentlich ist es eher langweilig.« Peanut kommt müde aus dem Schlafzimmer und stellt die Ohren auf, als ihm klar wird, dass wir nicht allein sind.

»Oh Gott, wer ist denn dieser süße, kleine Schatz?«

Ich erkläre ihr, wie ich Peanut gefunden habe, und koche uns dabei einen Tee. Sie lauscht gespannt, während sie ihn streichelt. »Es ist ganz schön viel passiert in so kurzer Zeit«, stellt sie nachdenklich fest, und blickt auf die Stadt unter uns.

»Ja, das ist es. Sag mal … weißt du, wie es Thorne geht?«, frage ich leise und halte den Atem an, als sie sich mir zuwendet.

»Nicht so gut, aber ich sehe dir an, dass auch du nicht gerade Freudentänze aufführst.«

»Nein, ich vermisse ihn.« Ich spreche es zum ersten Mal laut aus. Es fühlt sich gut an, endlich die Wahrheit zu sagen.

»Und er vermisst dich. Was ihr Kinder für Probleme habt, weiß ich nicht, und es geht mich auch nichts an, aber ich musste dich besuchen. Weil wir, also die ganze Familie, dich vermissen. Du und Thorne seid vielleicht nicht mehr zusammen, aber ich hoffe, dass du uns nicht ganz vergisst und uns vielleicht mal besuchen kommst.«

»Das werde ich«, verspreche ich, und sie nickt zufrieden.

»Gut, jetzt aber genug von diesen schweren Themen. Erzähl mir mal, wo man hier am besten ausgehen kann.«

Granny und ich unterhalten uns stundenlang und bestellen uns etwas zu essen, ehe sie kurz vor Mitternacht in ihr Hotel fährt. Es hat gutgetan, sie wiederzusehen, und ihre tröstenden Worte bestärken mich in meiner Entscheidung, mein Leben zum ersten Mal selbst in die Hand zu nehmen. Dinge verändern sich, und ich liebe alles daran.

»Guten Morgen, ihr Lieben.«

»Novalee. Du siehst zauberhaft aus. Der Urlaub scheint Wunder mit deiner Haut angestellt zu haben«, meint Libby und umarmt mich zur Begrüßung.

»Danke, ich fühle mich auch unglaublich gut.«

»Nicht nervös? Du wirst deine erste große Pressekonferenz seit Jahren halten.«

»Ich bin vielleicht ein bisschen aufgeregt, aber ich weiß ja, wofür ich es tue.«

»Das ist schön zu hören«, meldet sich Tate zu Wort, den ich ebenfalls umarme.

»Wir haben per Telefon ja schon die Punkte besprochen, die wir anschneiden werden. Es ist wichtig, dass du dich von den Fragen nicht aus der Ruhe bringen lässt. Sie werden es drauf anlegen, dich zu verunsichern«, weist er mich an, was ich mit einem Nicken quittiere.

»Ist gut.«

»Nun, dann lasst uns gehen.«

Blitzlichtgewitter und Gemurmel empfangen mich, als ich in einem beigen Hosenanzug, der aus Anklepants, einem weißen Top und einem Oversize-Blazer besteht, auf das Podest trete, auf dem sich unsere Sitzplätze befinden. Meine Haare trage ich nach wie vor brünett, auch wenn es viele Stimmen gab, die sich gegen die neue Haarfarbe ausgesprochen haben.

»Vielen Dank, dass Sie sich so zahlreich eingefunden haben. Nova wollte zum ersten Mal persönlich an einer Pressekonferenz teilnehmen. Bitte nehmen Sie Platz. Nova wird gleich vom Grund dieses Treffens berichten, und wenn noch Zeit bleibt, wird sie eventuell für ein paar Fragen bereit sein.« Unsere Pressesprecherin Sara macht mir Platz, sodass ich mich hinter das Podest stellen kann.

»Einen schönen guten Morgen. Danke, dass Sie hier sind.« Ich sehe auf die Reporterinnen und Reporter, die mir seit Jahren das Leben schwer machen, aber die auch die Macht haben, meine Entscheidung in die Welt zu tragen, sodass sie so viele Menschen wie möglich erreicht.

»Ich möchte mich herzlich für all den Support und die Liebe meiner Fans bedanken. Ohne euch wäre ich nicht hier, und ihr seid der Grund, wieso ich überhaupt Musik mache. Leider wurden in den letzten Monaten viele Unwahrheiten über mich und die Menschen, die mir viel bedeuten, verbreitet, und ich möchte einige Dinge klarstellen.« Es ist erstaunlich ruhig geworden, was mir die Sache hoffentlich erleichtern wird.

»Mein ganzes Leben lang wurden Entscheidungen für mich getroffen, meine Zukunft von meiner Mutter, einem Social-Media- oder PR-Team geplant. Ich musste Trends folgen oder welche erschaffen, und Sie alle haben mir dabei zugesehen, wie aus der kleinen Grundschülerin Novalee Nova Wells, die Sängerin, wurde. Und so glücklich mich all die Aufmerksamkeit und Liebe zu meiner Musik und Person gemacht haben, waren da auch die Schattenseiten des Ruhms. Die Auswirkungen haben Sie alle in Form eines Unfalls und der Auseinandersetzung mit meiner Mutter miterlebt. Nach dem Hoch kam der Fall, und ich wäre in einen tiefen Abgrund gestürzt, wenn mich nicht jemand aufgefangen hätte.«

»Ihr Bodyguard«, murmelt jemand, den ich aber nicht ausmachen kann. Ein warmes Lächeln erhellt meine Züge, wenn ich an Thorne und unsere gemeinsame Zeit auf der Farm denke.

»Genau. Der Liebling der Nation, wie Sie mich gerne nennen, hat ihr Herz an einen wunderbaren Mann verloren. All die Gerüchte und die Spekulationen sind frei erfunden, und der Medienrummel hat nur Schaden angerichtet. Mentalen und auch körperlichen. Erlebnisse wie diese haben bisher immer dazu geführt, dass ich mich zurückziehe. Dass ich die Flucht vor dem Sturm suche, der sich zusammengebraut hat. Aber das möchte ich nicht mehr.«

»Was meinen Sie damit?«, fragt eine Reporterin vor mir.

»Mein Leben als Sängerin ist aufregend und bringt mich an die unterschiedlichsten Ecken der Welt, aber ich sehne mich nach einem Neuanfang. Ich möchte eine berufliche Pause einlegen, um mich auf mein Privatleben konzentrieren zu können.«

Sobald ich die Worte ausgesprochen habe, bricht Tumult aus, aber damit habe ich schon gerechnet.

»Hat es etwas mit dem Bodyguard zu tun?«, ruft jemand, und es ärgert mich, dass immer ein Sündenbock gesucht wird.

»Es handelt sich um meine eigene und freie Entscheidung. Sie alle haben mich unterstützt, als ich mein Bestes als Sängerin gegeben habe, und jetzt würde ich mir wünschen, dass Sie mir die Chance geben, einen neuen Lebensabschnitt zu beginnen. Ich habe nach all den Jahren harter Arbeit privates

Glück verdient. Oder was meinen Sie?«, frage ich in den Raum hinein und freue mich, als keine protestierenden Stimmen zu hören sind.

»Wie lange möchten Sie diese Pause ausweiten?«

»Das kann ich noch nicht sagen, aber ich verspreche, dass ich Sie auf meinen Social-Media-Kanälen auf dem Laufenden halten werde.«

»Untersagt Ihr Vertrag nicht, dass Sie einfach aufhören?«, will jemand wissen, doch daraufhin meldet sich Tate zu Wort.

»Wir unterstützen Nova bei all ihren Entscheidungen. Sobald sie dazu bereit ist, werden neue Infos dazu veröffentlicht.«

»Ich danke Ihnen allen für Ihre Treue. Ich versuche ein guter Mensch zu sein, um mir weiterhin Ihre Liebe zu verdienen.«

Das Blitzlichtgewitter blendet mich beinahe, aber das macht nichts, denn zum ersten Mal in meinem Leben fühle ich mich frei von Verpflichtungen und Stress. Ich sehe endlich ein Licht am Ende des Tunnels, das mich wieder zu einer glücklichen Frau machen wird.

KAPITEL 38

Novalee

Der Herbst in Connecticut ist ein Wunder der Natur. Der Duft von Wald und Zimt hängt in der Luft, als ich vor Mariellas Café Halt mache und sie überschwänglich umarme. Mein Wunsch nach einem Leben fernab des Ruhms hat mir unglaublich viel Zuspruch von allen Seiten eingebracht. Selbst von den Klatschblättern selbst.

Ich dachte, dass sie mich in der Luft zerreißen würden, weil ich es wage, mich zurückzuziehen, doch die negativen Stimmen sind erstaunlich leise. Der Besuch von Granny, die Gewissheit, endlich tun zu können, was ich möchte, hat mir auch eines klargemacht: Ich möchte Thorne nicht verlieren. Mein Ruhm hat viel Schaden bei den Menschen, die ich liebe, angerichtet, aber ohne meinen Promistatus hätte ich Thorne wohl niemals kennengelernt.

Mir wird klar, dass ich ihn aus Angst von mir gestoßen habe und ihm und auch mir damit wehgetan habe. Es war vielleicht falsch, aber vor ein paar Wochen hat die Verzweiflung aus mir gesprochen. Als ich in meinen Wagen gestiegen bin, habe ich mich für unglaublich mutig gehalten, weil ich mich auf den Weg gemacht habe, meinen Fehler wiedergutzumachen und Thorne um Vergebung zu bitten.

Jetzt, da ich an dem Ort angekommen bin, der mir so viel

Liebe geschenkt hat, meldet sich die Unsicherheit. *Was ist, wenn Thorne mich nicht mehr zurückhaben will? Was ist, wenn ich ihn so tief verletzt habe, dass er nichts mehr mit mir zu tun haben möchte?*

»Alles wird gut«, meint Mariella. Sie scheint wohl zu ahnen, wieso ich hier bin.

»Wir haben immer zu dir gehalten, auch wenn diese Aasfresser sich hier eingenistet hatten«, meint Mrs Lawson freundlich.

»Danke. Wirklich.«

»Schnapp ihn dir, Liebes. Ihr habt beide genug gelitten«, höre ich jemanden in der Nische sagen, doch von der Theke aus kann ich die Person nicht erkennen.

»Dann gehe ich mal weiter.« Ein Jubeln begleitet mich auf den Weg nach draußen und macht meine Schritte, die vorhin noch schwer gewesen sind, leichter. Als ich bei der McKinley-Farm ankomme, ist es bereits nach zwanzig Uhr abends.

»Novalee. Wie schön, dich zu sehen, Darling«, sagt Rose zwar freundlich, doch ihr Stirnrunzeln macht mich etwas stutzig. Maddie greift hastig nach ihrem Handy und tippt drauflos, ehe sie auf mich zugeht.

»Es ist auch schön dich zu sehen. Ist Thorne hier?«, frage ich und sehe mich neugierig um.

»Ähm. Nein.«

»Nein?«

»Er ist nach New York gereist, um dich zurückzugewinnen«, meint Maddie amüsiert, nachdem sie mich herzlich begrüßt hat.

»Was?«

»Ja, ich schätze, ihr hattet beide denselben Einfall. Er ist vor einigen Stunden nach Manhattan gefahren.« Sie verkneift sich sichtlich das Lachen.

»Ähm, ja. Das ist merkwürdig, aber witzig.«

»Stimmt. Möchtest du hier auf ihn warten? Er wird sicher schnell wieder zurück sein, wenn er erfährt, dass du hierhergefahren bist.«

»Nein, ich könnte jetzt nicht stillsitzen. Ich mache eine Spazierfahrt und komme später wieder.«

»Ist gut.« Ich bin gerade dabei, das Haus zu verlassen, als Rose meinen Namen ruft.

»Ja?«

»Ich bin so unsagbar froh, dass du wieder da bist.«

»Danke. Das bin ich auch.«

Es ist tiefste Nacht, als ich mich im Park wiederfinde. Ich rufe Thorne auf seinem Handy an, aber dieses ist ausgeschaltet, also schreibe ich ihm Nachrichten. Meine Füße tragen mich zu der geschwungenen Holzliege, die mit einer der schönsten Erinnerungen meines Lebens verknüpft ist. Ich lege mich darauf, auch wenn das Holz durch die sinkenden Temperaturen kühler ist als damals, doch das macht mir nichts aus.

Ich sehe hinauf in den Himmel. Die Sterne sind wegen der dichten Wolken leider nicht klar zu erkennen, aber das ist nicht schlimm, denn ich schließe die Augen und atme tief ein und aus. Es riecht nach Wald, Herbst und Freiheit.

»Nächte sind unser Ding, oder?«, höre ich eine mir vertraute Stimme sagen und reiße die Augen auf. Vor mir steht Thorne, der mir ein umwerfendes Lächeln schenkt. Ich rapple mich auf und werfe mich in seine Arme, getrieben von Sehnsucht und Kummer. Ein zufriedener, tiefer Laut entfährt ihm, als er mich fest an sich drückt.

»Es tut mir leid«, murmle ich immer wieder, als ich mich an seine Brust schmiege und seinen vertrauten Duft tief einatme. In diesen Armen befindet sich mein persönliches Lebensglück, und ich frage mich, wie ich es jemals ohne ihn aushalten konnte.

»Alles ist gut, Novalee«, flüstert er, und ein Schauer rieselt über meine Haut. Nie hat mein Name schöner geklungen.

»Kannst du mir je verzeihen, dass ich dir wehgetan habe?«, flüstere ich.

»Nur wenn du mir verzeihst, dass ich bis jetzt nichts unternommen habe, um für uns zu kämpfen.«

»Damit ist es jetzt vorbei. Kein Kämpfen, keine Missverständnisse oder Skandale. Nur du und ich. Für immer«, sage ich und blinzle die Tränen der Rührung weg.

»Für immer«, flüstert Thorne, ehe er seine Hände in meinem Haar vergräbt und mich küsst, als wäre es das erste, aber mit Sicherheit nicht das letzte Mal.

Ein Jahr später

»Novalee! Schwing deinen sexy Arsch runter. Wir kommen zu spät zum Thanksgiving-Essen«, ruft mir mein nerviger Freund zu, während ich still und heimlich erneut meine Hausarbeit durchgelesen habe. Als hätte ich es nicht schon unzählige Male getan, aber ein weiteres Mal schadet sicher nicht. *Oder?*

»Ich komme«, rufe ich, lese noch mal den letzten Satz und eile dann die Treppen nach unten. Gleich am Ende der Stufen wartet mein himmlisch gutaussehender Thorne in einem Rollkragenpullover, Jeans und langem Mantel. Er sieht aus wie einem Modemagazin entsprungen.

»Tasche. Mantel. Du kannst mich auch später noch anzüglich mustern«, sagt er schmunzelnd und hilft mir wie ein wahrer Gentleman in meine Jacke.

»Ich musste mich nur noch mal frischmachen.«

»Oder besser gesagt, noch mal deine Arbeit durchlesen.«

»Gott, ich kann es nicht ausstehen, dass du mich immer durchschaust.«

»Sorry, das ist berufsbedingt«, meint er und küsst mich auf die Wange, ehe er Peanuts Leine an sich nimmt. Mit unserem süßen Zweibeiner gehen wir zum Auto und steigen ein. Nachdem Thorne und ich uns vor einem Jahr wiedergefunden haben, habe ich ihm mitgeteilt, dass ich Literatur studieren möchte. Ich habe ein Online-Semester an der Brown University abgeschlossen, ehe ich den Mut gefunden habe, vor Ort zu Vorlesungen zu gehen. Nach wie vor begleitet mich Mia, wenn ich mich außer Haus begebe, aber seit ich mich aus dem Musikgeschäft zurückgezogen habe, bin ich auch für die Paparazzi nicht mehr so interessant und werde nur ab und zu abgelichtet, wenn ich mit Peanut spazieren gehe oder einfach unterwegs zur Uni bin.

Thorne bildet zukünftiges Sicherheitspersonal beim *Start Entertainment* Protection Service aus und geht in seiner Rolle als Lehrer förmlich auf. »Pass auf, hier ist es rutschig«, meint er, als er mir die Tür aufhält, damit ich in seinen alten Truck einsteigen kann. Ich habe mir ein Haus in New Preston, keine drei Meilen von Washington Depot, gekauft, um näher an Thorne und seiner Familie zu sein.

Erst vor ein paar Monaten ist Thorne bei mir eingezogen, auch wenn er schon vorher die meiste Zeit bei mir verbracht hat. Als wir vor der McKinley-Farm zum Stehen kommen, sehe ich Joy und Ryder vor dem Haus, die sich mal wieder lautstark »unterhalten«, so wie sie ihre Diskussionen vor Mark und Jackson nennen.

»Hey, ihr zwei«, sage ich, als wir Hand in Hand auf den Eingang zusteuern. Peanut bellt vor Aufregung und wedelt euphorisch mit dem Schwanz, weil Joy, neben uns, seine Lieblingsperson geworden ist. Egal worüber sie auch gestritten haben, es scheint vergessen zu sein, als sie uns erblicken. Joy hakt sich bei mir ein, und ich höre, wie Ryder Thorne etwas zuflüstert.

»Deine Schwester treibt mich noch in den Wahnsinn.«

»Seine Schwester lässt dich heute Nacht im Schuppen schlafen«, erwidert sie, als wir ins Innere treten. Bei der Garderobe erwarten uns Schuhe über Schuhe und Jacken und Kinderhandschuhe, die auf dem Boden liegen. Stimmengewirr und lautes Lachen ist zu hören, noch bevor wir in die Küche treten, wo Rose, Joseph, Maddie, Stephen, die Kinder, Harry und Juliette am Esstisch sitzen und sich bei einem Glas Wein unterhalten.

Eric und seine Verlobte sehen sich Fotos auf dem Kamin an und drehen sich um, als sie uns erblicken. Und am Kopfende des Tisches sehe ich meine Mom, die uns dieses Jahr beim Essen Gesellschaft leistet. Ich gehe auf sie zu und nehme sie fest in den Arm. Sie hat sich zehn Monate nach ihrer Einweisung in die psychiatrische Klinik selbst entlassen und führt ihre Therapien bei einer örtlichen Spezialistin fort.

Einer der Gründe für ihre Entlassung war auch der Fakt, dass sie im Internet einen Mann kennen und lieben gelernt hat. Die beiden sind seit einem halben Jahr ein Paar, und ihr ist deutlich anzusehen, wie gut Frank ihr tut. Ich habe ihn einmal getroffen, aber erst als sich Mom sicher war, dass die Beziehung ernst geworden ist.

»Du siehst toll aus, Mom«, flüstere ich und schaue ihr ins Gesicht.

»Ach, mein Schatz, das kann ich nur zurückgeben. Glück steht dir einfach am besten«, meint sie lachend und spielt darauf an, dass ich mittlerweile mit beiden Beinen fest im Leben stehe und endlich da bin, wo ich immer sein wollte. Wir blicken beide zu den Menschen, die uns so herzlich in ihrer Mitte aufgenommen haben.

»Nach dem Unfall hierherzukommen war der Start von etwas Gutem.«

»Es war eher der Start von etwas Echtem.«

Es war der Start von einem Leben, das ich immer wie einen Schatz hüten werde, so wie diese Familie und die Liebe meines Lebens mich beschützt haben.

ENDE

DANKSAGUNG

Taylor Swift begleitet mich seit Jahren mit ihrer Musik, und ich könnte mir nicht vorstellen, je ein Buch zu schreiben, ohne ihren Songs zu lauschen. Ich wollte immer schon eine Fanfiction über diese umwerfende Frau schreiben, und als ich *Start Entertainment* geschaffen habe, kam meine große Chance. Ich hoffe, diese Geschichte bedeutet dir, liebe Leserin und lieber Leser, genauso viel wie mir.

Ich danke dem wunderbaren LYX-Verlag, meiner Lektorin Silvana und Sonja für ihre Unterstützung und ihren Einsatz.

Viel Liebe an meine Familie. Meine Kinder, meinen Mann und meine Schwester, die mir die Welt bedeuten.

Danke an meine Wingspan-Crew, ohne die ich nie wieder schreiben könnte. Ihr seid die beste Co-Working-Gang ever. Ihr seid die besten Freundinnen, die man sich wünschen kann.

Laura Labas und Ann-Kathrin Karschnik werden auch immer meine Schreibbuddys sein. Danke, dass es euch gibt.

BookTok hat mein Leben verändert, und durch diese Plattform habe ich so viele neue und liebe Buchmenschen auf TikTok kennengelernt. Ein dickes Dankeschön an meine Testleserinnen Anna (annas.books), Jenny (books.with.jenny), Johanna (johannaslibrary_), Sabsi (bookiemouse), Emily (breathtakingbookworld). Und last but not least danke ich dir, liebe:r Leser:in, dass du zu meinem Buch gegriffen hast.

Thorne gehört dir.

x April

Sie kann sich nicht erinnern. Doch er konnte sie nie vergessen ...

April Dawson
STARTING SOMETHING NEW

400 Seiten
ISBN 978-3-7363-2237-0

An Daphnes erstem Tag als Juristin geht alles schief. Statt Fälle zu bearbeiten, soll sie die Babysitterin von Aspen Knox spielen! Der attraktive Schauspieler will einen Neuanfang und nicht länger als The Hot Villain bekannt sein. Daphne soll ihn für seine kommende Hauptrolle als Anwalt in einem Liebesfilm beraten – und vor allem dafür sorgen, dass Aspen in keinen weiteren Skandal verwickelt wird. Direkt geraten sie aneinander, wobei Aspens türkisgrüne Augen ein seltsam vertrautes Gefühl in Daphne auslösen. Und als ein Geheimnis aus der Vergangenheit ans Licht kommt, ändert sich alles ...

»Witzig und klug, sanft und romantisch« *LAURA LABAS*

LYX

Sich zu verlieben stand nicht im Businessplan

April Dawson
PROOF OF HOPE

432 Seiten
ISBN 978-3-7363-1866-3

Aurora glaubt einfach nicht an die Liebe. Nicht nur, dass sie immer wieder an den Falschen gerät, auch der Erfolg von *PROOF OF LOVE*, der Treuetest-Agentur, die sie mit ihren Schwestern gegründet hat, beweist ihr, dass sie ihr Herz beschützen muss. Finanzmogul Elijah würde lieber heute als morgen in das Start-up investieren, doch das erste Treffen geht gewaltig schief, und Rory wird darauf angesetzt, den Deal zu retten. Dass Elijah allerdings ihr Herz zum Rasen bringt, war nicht Teil des Plans ...

»Die Geschichte ist herzerwärmend, emotional und ein Hoffnungsschimmer für all jene, die den Glauben an die wahre Liebe beinahe verloren haben.« *YVY KAZI*

LYX

Triggerwarnung

Dieses Buch enthält Elemente,
die triggern können.

Diese sind:
Autounfall, Erbrechen, übergriffiges Verhalten, Auseinandersetzungen mit Diätkultur, Panikattacken, ein geliebter Mensch erleidet einen (nicht tödlichen) Herzinfarkt